JUDITH KINGHORN
Die Rose von Eden Hall

JUDITH KINGHORN

Die ROSE von EDEN HALL

Roman

Aus dem Englischen
von Anja Schäfer

blanvalet

Die Originalausgabe erschien 2015 unter dem Titel
»The Snow Globe« bei New American Library, New York.

MIX
Papier aus verantwortungsvollen Quellen
FSC® C014496
FSC
www.fsc.org

Verlagsgruppe Random House FSC® N001967

1. Auflage
Deutsche Erstausgabe März 2016 bei Blanvalet Verlag,
einem Unternehmen der
Verlagsgruppe Random House GmbH, München

Umschlaggestaltung: www.buerosued.de
Umschlagmotive: Getty Images/LOOK-foto/Ingolf Pompe;
mauritius images/Alamy; www.buerosued.de
Satz: KompetenzCenter, Mönchengladbach
Druck und Einband: GGP Media GmbH, Pößneck
Redaktion: Angela Kuepper
LH · Herstellung: sam
Printed in Germany
ISBN: 978-3-7341-0251-6

www.blanvalet.de

Für Elizabeth, meine Mutter

Vögel tun es, Bienen tun es,
selbst dressierte Flöhe tun es.
Cole Porter

TEIL 1

Dezember 1926

1

Als Eden Hall gerade erbaut worden war, waren bei der Lokalzeitung zahlreiche Leserbriefe eingegangen, was das dortige elektrische Licht betraf. Es sei gefährlich, zu grell und gehöre nicht aufs Land, hatten die Leute geschrieben. Wenn *diese Londoner* so etwas nötig hätten, sollten sie gefälligst in der Stadt bleiben.

Ein Vierteljahrhundert später und zwei Wochen vor Weihnachten stand Eden Hall erneut in der Zeitung. Diesmal nicht seiner Größe oder hellen Beleuchtung wegen, genau genommen ging es gar nicht um das Anwesen selbst, sondern um die achtzehnjährige Daisy Forbes, die sich an der landesweiten Suche nach der verschollenen Autorin Agatha Christie beteiligte und ihr Elternhaus als Versammlungsort für all diejenigen zur Verfügung stellte, die in den umliegenden Hügeln und in jenem Tal fahndeten, das im Volksmund *Devil's Punchbowl* hieß.

»Alle Freiwilligen, die sich der Polizei bei ihrer Suche anschließen wollen, sind eingeladen, sich am kommenden Samstag, dem 11. Dezember, um 9 Uhr auf Eden Hall zu versammeln … Für das leibliche Wohl ist gesorgt«, verkündete die Zeitung am Ende ihrer Titelgeschichte unter der Überschrift: Das Geheimnis um Mrs. Christie.

Am Samstagmorgen um neun Uhr waren bereits mehr als hundertfünfzig Menschen auf Eden Hall zusammengekommen, und weitere strömten herbei. Sie standen mit dem *Crown-Derby-* und *Wedgwood-*Porzellan von Mabel Forbes in der trüben Dezemberkälte, während Daisy gemeinsam mit der Köchin Mrs. Jessop aus dem großen Kessel Tee nachschenkte.

Seit sieben Tagen, seit man Mrs. Christies Wagen, einen Morris Cowley, verlassen und mit abgelaufenem Führerschein darin an einem nahe gelegenen See gefunden hatte, war die ganze Nation in Aufruhr, und so wie die Flugzeuge, die über der Gegend herumknatterten, schwirrten auch die Spekulationen durch die eisige Luft: War Mrs. Christie entführt worden? Hatte man sie ermordet? War ihr Ehemann daran beteiligt gewesen?

Als der Constable des Ortes mit einem Sprachrohr die alten Stufen erklomm, kehrte Ruhe ein, und alle Blicke richteten sich auf ihn. Der Wachtmeister sprach mit ruhiger Stimme; die Lage sei ernst, sagte er. Er deutete zur Karte, die am Tor des Wagenschuppens hing, bat alle, auf die mit rotem Band gekennzeichneten Gebiete zu achten und sich in Vierer- oder Fünfergruppen aufzuteilen. Niemand solle, so mahnte er, alleine durch das Tal *Devil's Punchbowl* laufen.

Daisy hörte, wie man Constable Trotton durch den Nebel grässliche Fragen zurief; nach anfänglichem Gemurmel brachen in den Grüppchen immer lautere Diskussionen aus. Vor zwei Tagen war unten an der Kreuzung ein Mann beobachtet worden, der sich verdächtig verhalten hatte. Ja, ein paar Leute hätten ihn gesehen. Nein, er stamme nicht aus dieser Gegend. Ein Fremder. Aber war er auch ein Mörder?

Lauerte er im nebelverhangenen Heideland darauf, erneut zuzuschlagen? Einige Minuten lang hatte Constable Trotton Mühe, sich in der versammelten Menge Gehör zu verschaffen, dann erinnerte er sich an sein Sprachrohr und erinnerte mit strenger Stimme daran, dass bislang noch kein Verbrechen begangen worden sei.

Es war schon fast zehn Uhr, als Stephen Jessop über den kiesbedeckten Hof auf Daisy zukam. Die letzte Gruppe war bereits – mit Rucksäcken, Feldstechern und Spazierstöcken ausgerüstet und von Trotton und zwei seiner Kollegen begleitet – durch das breite Tor in den Wald verschwunden.

»Danke, dass du gewartet hast … Tut mir leid, dass ich zu spät dran bin«, sagte Stephen. Er rieb sich die Hände und hauchte hinein.

»Wir sollen in Vierer- oder Fünfergruppen losziehen, Stephen, nicht zu zweit.«

»Ah, aber das gilt wohl eher für Leute, die sich in der Gegend nicht auskennen, nicht für uns.«

»Nein, das gilt aus Gründen der Sicherheit, hat Trotton gesagt.«

Stephen lächelte. »Bei mir bist du völlig sicher.«

Daisy schüttelte den Kopf und lief los. »Warum kommst du so spät?«, fragte sie.

»Ich habe verschlafen.«

»Ich fasse es nicht, dass du verschläfst, wenn *so etwas* passiert. Ich habe kaum geschlafen und bin seit halb sechs wach.«

»Tja … du bist eben ein wenig fanatisch.«

»Fanatisch? Ich mache mir Sorgen – wie alle hier. Außer dir, wie es scheint.«

»Ich habe mehrmals gesagt, was ich von der Sache halte.

Sie will doch bloß öffentliches Aufsehen erregen. Anders kann es gar nicht sein.«

»Ich glaube kaum, dass die Regierung so viel Aufhebens darum machen würde, wenn es hier nur um öffentliches Aufsehen ginge, Stephen. Ich habe gelesen, dass auch Sir Arthur Conan Doyle äußerst besorgt ist. Er hat einem Medium einen Handschuh von Mrs. Christie gegeben, mit dessen Hilfe es versuchen soll, sie zu finden«, fügte sie hinzu und drehte sich zu ihm um, während sie durch das Eichengatter trat, das zum Wald führte. Ein kleines Flugzeug, das mit mittlerweile vertrautem Knattern über ihren Köpfen kreiste, zog ihre Aufmerksamkeit auf sich. Sie hielt inne und sah nach oben. »Alles sehr merkwürdig«, sagte sie, ließ den Kopf wieder sinken, und ihre Blicke trafen sich. »Was ist los? Weshalb grinst du?«

»Nur so«, sagte er, und sie liefen weiter durch den Nadelwald.

Stephen war drei Jahre älter als Daisy. Er lebte seit 1909 auf Eden Hall, seit dem Sommer, in dem die Jessops ihn adoptiert hatten. Eine Cousine von Mrs. Jessop hatte den damals vierjährigen Waisenjungen mit dem Zug aus London hergebracht. Daisy erinnerte sich nicht mehr an diesen folgenreichen Tag, aber sie hatte gehört, wie schüchtern Stephen und wie überglücklich Mrs. Jessop gewesen war, ihren neuen Sohn kennenzulernen.

Offiziell in Eden Hall eingestellt wurde Stephen, nachdem er mit vierzehn die Schule beendet hatte – ursprünglich als einfacher Dienstbote. Vor nicht allzu langer Zeit, nach dem Skandal im vergangenen Jahr, als Howard Forbes' Chauffeur eine junge Küchengehilfin in andere Umstände versetzt hatte und Howard beide ihre Koffer packen ließ, hatte er dann

Stephen gebeten, als Fahrer einzuspringen. Stephen hatte noch nie zuvor einen Wagen gelenkt, aber Howard hatte ihm versichert, dass es sehr einfach sei und er ein oder zwei Stunden in der Auffahrt üben könne. Und so waren Stephen und der Rolls immer wieder scheppernd und knirschend, ruckelnd und stotternd hinauf- und hinunter- und wieder hinaufgefahren, während Daisy und ihre Schwestern zugesehen hatten. Die Mädchen hatten erwartet – beinahe erhofft –, einer Wiederholung von Tante Dosias Vorführung Anfang des Jahres beiwohnen zu können, als diese beschlossen hatte, eine Spritztour mit Howards altem Austin Twenty zu unternehmen und dabei den Wagen – mit gehörigem Tempo – die Auffahrt hinunter durch den japanischen Garten gejagt und in den Seerosenteich gesetzt hatte. Aber ein derartiges Drama blieb aus, und Stephen wurde nun *Jessop* genannt und wohnte über dem Wagenschuppen in der Kutscherwohnung.

Er war, wie Daisy häufig denken musste, derjenige, der einem großen Bruder am nächsten kam, denn er war immer so gewesen, wie sie sich einen Bruder vorstellte: Er hatte sie beschützt, ihr Dinge beigebracht, war gescheit, und manchmal neckte er sie auch.

Als sie auf halbem Wege ins Tal am Hang neben der alten Holzbrücke standen, zog Daisy das Fernglas ihres Vaters aus der Lederhülle. Der Nebel lichtete sich, die tief stehende Wintersonne brach durch die diesigen Schleier und sorgte für Farbtupfer in der ansonsten kargen, trostlosen Heidelandschaft. Weit unten konnte sie Grüppchen von Menschen erkennen, die aus den Schatten der mit Bäumen gesäumten Wege hinaustraten und wieder darin verschwanden.

»Es sieht so aus, als würden sich alle in dieselbe Richtung aufmachen … nach Thursley«, sagte sie. »Trotton hat aber ausdrücklich gesagt, wir sollen uns verteilen und nicht den anderen folgen«, setzte sie hinzu, packte das Fernglas weg und wandte sich zu Stephen um, der sich eine Zigarette drehte. »Ich weiß nicht, wie du in einer solchen Lage dazu fähig bist.« Sie sprang die Böschung hinab. »Begreifst du es nicht? Die Sache ist von *internationalem* Interesse.«

Stephen schwieg. Er legte den Kopf schräg und hob das Streichholz an die Zigarette.

»Du bist unerträglich«, sagte sie, während sie ihm zusah. »Wenn die arme Mrs. Christie gefunden wird, dann hat sie es jedenfalls nicht dir zu verdanken.«

Das Haar unter seiner Mütze wirkte fettig und ungekämmt. Offenbar hatte er keine Zeit gehabt, sich zu waschen oder gar zu rasieren, dachte sie. Er hatte das dunkelgrüne Tuch, das sie ihm letztes Jahr zu Weihnachten geschenkt hatte, vorne an seinem blassen Hals geknotet und in den Pullover gesteckt. Der Jackenkragen war hochgeklappt. Ihn fröstelte, und er stampfte mit den Füßen, während er an seiner Zigarette zog. »Na, dann komm«, sagte er und lief voraus. »Und wer trödelt jetzt?«, rief er zurück und rannte unter den Kiefern entlang.

Als Daisy ihn eingeholt hatte, befanden sie sich schon mitten im Tal, wo der Fluss breiter war und in einem Schwall über die Felsen und Steine toste, die seit Jahrtausenden von den Hügeln heruntergespült wurden. Stephen ließ sich auf einem Baumstumpf nieder und sah demonstrativ auf seine Armbanduhr.

»Sehr lustig«, sagte sie, ohne ihn eines Blickes zu würdigen, und lief langsam auf ihn zu. »Möglicherweise ist hier ein Mord geschehen, und du tust so, als … als wäre alles nichts als ein Spiel.«

»Ich glaube einfach nicht, dass wir Mrs. Christie hier finden werden – oder auch nur Hinweise auf ihr Verschwinden, das ist alles. Ihr Wagen wurde in Newlands Corner zurückgelassen. Das ist etliche Meilen von hier entfernt.«

»Warum wolltest du dann mitkommen? Du hast als Erster vorgeschlagen, dass wir hier nach ihr suchen.«

Er stand auf und nahm die Mütze ab. Sein Haar strotzte in der Tat vor Dreck. Er sah erbärmlich aus.

»Warst du gestern im *Coach and Horses?*«, fragte sie und trat mit ihrem Stiefel gegen die weiche Erde.

Er zögerte einen Augenblick, dann sagte er: »Ja, das stimmt. Und es tut mir leid, dass ich zu spät gekommen bin und … schnippisch war.«

Sie nickte.

»Vergibst du mir?«

Sie drehte sich zu ihm um, schloss kurz die Augen und zuckte mit den Schultern. »Tu ich das nicht immer?«

»Ja, das tust du«, sagte er zerknirscht und voller Ernst. Er erwiderte ihren Blick. »Immer.«

»Theosophen ist es wichtig, etwas zurückzugeben und zu verzeihen«, sagte sie und lief weiter.

Stephen lächelte. »Erkläre mir noch einmal, warum.«

»Es geht um die Wechselwirkungen zwischen Universum und Menschheit … um die Verbundenheit zwischen der äußeren Welt und dem innerlichen Erleben«, sagte sie, blieb stehen, um ein winziges Rindenstück aufzuheben, und betrachtete es von Nahem. »Um Weisheit zu erlangen, müssen wir die Natur in ihren kleinsten Einzelheiten untersuchen … So wie dieses Stück Rinde hier«, sagte sie und streckte ihre Hand aus.

Er nahm es, warf einen kurzen Blick darauf und sah

sie wieder an. »Und welche Weisheit lässt sich daraus erlangen?«

»Das musst du selbst herausfinden.«

Er steckte den Fund in seine Jackentasche, und sie liefen weiter unter den Kiefern entlang und durch die wunderschöne wilde Landschaft, folgten den Pfaden, welche die Schmuggler mit ihren Packpferden einst genommen hatten, Sandwege durch hohe Ginstersträuche und Stechpalmen, Wacholder und Dornenbüsche. Daisy erzählte ausführlich, was sie in den vergangenen Tagen über den Fall in der Zeitung gelesen hatte, hielt gelegentlich inne, um Schlussfolgerungen zu ziehen oder eine Frage aufzuwerfen oder einfach nur um über die Heide zu blicken und zu sagen: »Hm, ich frage mich ...«

Es war bereits kurz nach Mittag, als sie sich auf die Mauer setzten, die unter einem verkrüppelten Baum neben dem verlassenen Cottage stand, drei Meilen von Eden Hall entfernt. Aus ihrer Angeltasche aus Segeltuch, die sie schräg über der Schulter getragen hatte, holte Daisy zwei hart gekochte Eier und eine Flasche von Mrs. Jessops selbst gebrautem Ingwerbier.

»Es ist so merkwürdig«, sagte sie, wie so oft an diesem Tag. »Keinerlei Anzeichen für einen Streit ... keine Lösegeldforderung ... keine Leiche ... keine Zeugen«, fuhr sie fort. »Und dennoch komme ich nicht umhin zu glauben, dass die Antwort direkt vor unserer Nase liegt.«

Stephen schwieg.

Abgesehen von einem Kinderschuh – den Daisy aus irgendeinem Grund aufgehoben und eingesteckt hatte – und gelegentlichen Überresten von Lagerfeuern und weggeworfenen Flaschen hatten sie nichts gefunden. Sie hatten einige andere Freiwillige getroffen, die den Kopf schüttelten und bereits nach Eden Hall zurückliefen, und sie hatten ein kleines Lager von Landfahrern durchquert, wo ein Junge mit verschmiertem Gesicht die Finger in die Ohren gesteckt und ihnen die Zunge herausgestreckt hatte.

»Vielleicht geht es ihr nicht gut, genau wie Noonie«, sagte Stephen, indem er für Daisys Großmutter, die Mutter von Mabel Forbes, denselben Kosenamen wie die Familie verwendete. »Vielleicht leidet sie an Gedächtnisschwund.«

Daisy drehte sich zu ihm um. »Aber Mrs. Christie ist doch noch gar nicht alt. Sie ist jünger als meine Mutter.«

»War nur so ein Gedanke … und ich will um deinetwillen hoffen, dass sich alles ganz anders verhält, als ich denke. Sonst hat sie uns alle zum Narren gehalten.«

Daisy schüttelte den Kopf und reichte ihm die braune Flasche. »Es geht nicht nur darum, öffentliches Aufsehen zu erregen, Stephen«, sagte sie, »das kann ich dir versichern. Es ist weitaus mehr.«

Sie saßen eine Weile schweigend nebeneinander, pellten die hart gekochten Eier und schnippten winzige Schalenreste auf die sandige Erde unter sich.

»Du denkst doch nicht immer noch ans Auswandern, oder?«, fragte Daisy.

Es war ein Gedanke, den Stephen erst kürzlich geäußert hatte. Er hatte ihr erzählt, er habe Annoncen gesehen, in denen Hilfe bei der Überfahrt nach Neuseeland und bei der Finanzierung für den Aufbau einer Farm angeboten wurde.

»Ich weiß es nicht«, sagte er. »Was hältst du denn davon?«

»Ich habe dir bereits gesagt, dass ich den Gedanken abscheulich finde«, sagte sie schnell. »Denke nur, wie traurig deine Mutter wäre.«

»Und du?«

»Ja, ich auch ... Ich fände es furchtbar, wenn du nicht mehr hier wärst.«

»Denn ...?«

»Denn«, sagte sie und grinste ihn an, »wer würde mir dann auf die Nerven fallen?«

»Ich bin sicher, da würde sich schon jemand finden.«

Hoch über ihnen zankten sich zwei Vögel. Sie flogen bald hierhin, bald dorthin, drehten ihre Kreise und kreischten laut im ansonsten stillen Tal.

»Ich halte es für einen grässlichen Einfall«, sagte Daisy erneut, »dein Zuhause zu verlassen, um auf die andere Seite der Erdkugel zu ziehen.«

Stephen drehte sich zu ihr um. »Aber es ist nicht mein Zuhause. Es ist *dein* Zuhause und das meiner Eltern vermutlich. Ich passe hier nicht wirklich hin.«

»Ich dachte, du wärst glücklich. Ich dachte, du würdest dich hier wohlfühlen.«

Er nickte. »Das schon, aber ... ach, es ist schwer zu erklären, und wahrscheinlich könntest du es gar nicht verstehen.«

»Probieren wir es aus«, sagte sie, griff zu ihm hinüber und nahm ihm die Flasche aus der Hand.

Er seufzte und holte sein Tabakpäckchen und das Zigarettenpapier aus der Tasche. »Es ist ziemlich kompliziert«, sagte er, »aber ich vermute, mir würde es anders ergehen, wenn ich meine wirklichen Eltern kennen würde.«

»Ich verstehe«, sagte Daisy, als würde sich ihr nun alles vollkommen erschließen.

»Es ist nicht so, dass ich unglücklich wäre«, sagte er und sah kurz zu ihr auf.

»Was ist es dann?«, fragte sie und beobachtete seine Finger dabei, wie sie den Tabak aufrollten.

Er zuckte die Achseln. »Einfach die Unwissenheit vermutlich.«

»Ich habe dir schon einmal geraten, deine Mutter zu fragen.«

Stephen schüttelte den Kopf. »Das kann ich nicht. Sie hat nie mit mir darüber gesprochen, und ich will sie nicht verunsichern. Ich will auch nicht, dass sie denkt, mir würde etwas fehlen oder sie wäre mir keine gute Mutter gewesen – denn das war sie, und ich liebe sie von Herzen«, fügte er hinzu, während er sich die Zigarette anzündete. »Ich liebe sie beide.«

»Dann kannst du sie nicht einfach verlassen. Es würde deiner Mutter das Herz brechen, wenn du auf einen anderen Kontinent auswandern würdest. Sie würde dich nie wiedersehen. Du würdest sie nie wiedersehen.«

»Vielleicht … vielleicht«, sagte er nickend, den Blick gesenkt, und dachte nach. »Aber ich kann auch nicht hierbleiben – nicht, wenn ich etwas aus meinem Leben machen will«, fügte er hinzu und sah zu Daisy auf.

Als sie sich schließlich wieder in Richtung Eden Hall aufmachten, hatte Daisy Mrs. Christies Verschwinden vergessen. Das einzige Verschwinden, an das sie denken konnte, war Stephens. Einmal ausgesprochen, lauerte es nun in der klammen, von Kieferndduft erfüllten Luft zwischen ihnen. Aber sie konnte sich die Welt – ihre Welt – ohne ihn einfach nicht vorstellen.

In Daisys Augen gehörte Stephen Jessop mehr an diesen

Ort als sie selbst oder ihre Schwestern, sogar als ihre Eltern. Er kannte hier jeden Pfad, jedes Gehölz und jede Senke. Gemeinsam hatten sie die Wälder, Felder und Täler in der Gegend erkundet. Gemeinsam hatten sie jeder Pflanze und jedem Baum einen Namen gegeben. Er hatte ihr beigebracht, welche Pilze giftig waren und welche nicht, hatte ihr das fahrende Volk erklärt, und von ihm hatte sie die Legenden jenes Tals gehört, des *Devil's Punchbowl*. Er hatte sein Leben beim Baumklettern riskiert, war über alle Äste gestiegen, nur um ein Nest oder Eier zu holen und ihr zu zeigen; er hatte sie mitgenommen, damit sie junge Füchse oder einen Dachsbau in der Abenddämmerung beobachten konnten; er hatte ihr eine Schleuder gebaut und beigebracht, damit umzugehen, und ihr zum zehnten Geburtstag drei Murmeln, ein Glas Kaulquappen und eine Nachtfalterraupe geschenkt.

Zudem kannte Stephen hier buchstäblich jeden, selbst diejenigen, die nur auf der Durchreise waren, wie den Landstreicher, der dauernd mit einem Stock auf der Schulter über die Kreuzung gelaufen war und hin und wieder etwas gen Himmel geschrien hatte. Ein Kriegsopfer, hatte Stephen ihr erklärt.

»Er glaubt, sein Name sei Fletch, aber an viel mehr kann er sich nicht erinnern.«

»Du meinst, er weiß nicht, wo er wohnt?«, hatte Daisy gefragt.

»Wo er gewohnt *hat*«, hatte Stephen sie korrigiert. »Nein, er weiß nicht mehr, woher er stammt oder wo er vor dem Krieg gelebt hat. Er glaubt, der Ort fängt mit *B* an. Natürlich denkt er, er wäre noch immer in der Armee, deshalb marschiert er so auf und ab. Er hält Wache.«

»Aber vielleicht hat er irgendwo eine Familie … die ihn sucht.«

»Oder vielmehr glaubt, er sei tot.«

Daisy hatte vorgeschlagen, Captain Clark könne ihm helfen, aber Stephen hatte es bezweifelt, denn Captain Clark sei ebenfalls »angeschlagen«.

Captain Clark hatte im selben Heim gewohnt wie die alte Mrs. Reed, die frühere Köchin von Eden Hall, und sich ebenfalls im Militärschritt bewegt: Er lief in geraden Linien, hob die Füße ein wenig zu weit an, hielt die Arme schnurgerade am Körper. Daisy hatte schon viele Kriegsveteranen gesehen, vor allem in der Stadt, wo sie auf Parkbänken schliefen und auf dem Asphalt oder in Rollstühlen vor den U-Bahn-Stationen saßen und Streichhölzer verkauften oder um Almosen bettelten. Und selbst diejenigen, die noch alle Gliedmaßen besaßen – und auch sonst keinerlei offensichtliche körperliche Blessuren aufwiesen –, waren schnell an diesem Gang zu erkennen … oder einem Zucken … oder an ihrem gequälten Blick.

Im vorigen Winter, als Lebensmittel aus der Speisekammer verschwunden waren – und Nancy, die Haushälterin, Mabel darüber in Kenntnis gesetzt und Daisy es wiederum von Mabel erfahren und gleich gewusst hatte, dass Stephen mit ihrem Einverständnis etwas für Fletch genommen hatte –, hatte Captain Clark sich erschossen. Er hatte wie gewöhnlich zu Mittag gegessen, war dann zu seinem Verdauungsspaziergang auf den Hügel gestiegen und hatte sich eine Kugel in den Kopf gejagt. Mrs. Jessop hatte gesagt, das sei traurig, aber immerhin habe er keine Familie, und er habe es nicht in Hörweite von Mrs. Reed getan (eine Bemerkung, die Daisy für töricht hielt, weil jeder wusste, dass Mrs. Reed so gut wie taub war). Es hatte in der Zeitung gestanden, und man hatte eine gerichtliche Untersuchung durchgeführt, bei der herausgekommen war, was alle ohnehin wussten: dass es sich um Selbstmord »wegen Unzurechnungsfähigkeit« handelte. Kurz danach war Fletch verschwunden.

Lange bevor Fletch aufgetaucht war, schon im Krieg, hatte Stephen mit Daisy und einigen anderen Dorfkindern den Unterricht im Schulhaus besucht. Und bei jeder Geburtstagsfeier und bei jeder Einladung zum Tee war er dabei gewesen: bei Besuchen der rotwangigen, kariert gekleideten Cousins aus Schottland und der schweigsamen Kinder, die kürzlich in die Gegend gezogen waren und die Daisys Mutter ins Herz geschlossen hatte. »Neue Freunde!«, rief Mabel dann und klatschte in die Hände. Das waren die schlimmsten Verabredungen: verkrampfte Stunden mit verschütteten Getränken und roten Gesichtern und neugierigen, feindseligen Blicken.

Und dann gab es noch die Londoner Kinder, die Erbsen spuckten und mit Brot warfen.

Nicht alle seien Waisen, hatte Stephen ihr erklärt; manche hätten durchaus Eltern, die aber seien zu arm, um für ihre Kinder sorgen zu können. Zu Kriegszeiten und auch noch einige Jahre danach waren sie jeden Sommer gekommen, hatten oben im Kinderzimmer geschlafen, das man zu einem Schlafsaal umfunktioniert hatte, jedes Jahr eine andere Gruppe. *Diese* Kinder waren alles andere als schweigsam. Sie kletterten durchs Fenster, statt die Türen zu benutzen, und rutschten das Geländer hinab, statt die Treppe hinunterzusteigen. Sie prügelten sich und fluchten und kletterten auf Mauern, Bäume, Abflussrohre und das Dach des Gewächshauses, bis zwei von ihnen hindurchkrachten. Sie hatten

Läuse, und von den Nasenlöchern bis zum Mund flossen grünliche Rinnsale, die sie mit den Ärmeln wegwischten. Fast alle von ihnen rauchten, und sie zündelten und erschreckten Leute und hatten ständig Hunger. »Hab ’nen Mordskohldampf«, sagten sie, jeden Tag und zu jeder Tages- und Nachtzeit.

Jedermanns Nerven lagen blank, bis sie nach Hause fuhren. Aber Stephen war der Mittelsmann, er konnte sowohl sie als auch Daisy und ihre Schwestern verstehen.

Selbst heute noch musste Daisy oft an Janet Greenwell denken mit ihrem kahl rasierten Kopf und den jämmerlich dürren Beinen, die blasser und schmaler waren, als Daisy je gesehen hatte. Und sie erinnerte sich an einen verkrüppelten Jungen, Neville, der eine Schiene am Bein trug und so dicke Brillengläser, dass seine Augen winzig wirkten. »Verkrüppeltes Schlitzauge« hatten die anderen ihm hinterhergerufen, wenn er über den Ziegelweg des eingezäunten Gartens gehumpelt war.

Nur ein einziges Mal hatte Daisy den Mut aufgebracht, ihnen etwas entgegenzusetzen. Nur ein einziges Mal hatte sie zurückgebrüllt, sie seien brutale Tyrannen, und war Neville hinterhergelaufen. Sie hatte ihn zusammengekauert neben dem Kaninchenstall gefunden, sein steifes Bein von sich gestreckt wie ein Kriegsveteran – bloß ohne Tapferkeitsmedaillen.

»Sie wollen nicht gemein sein, sie sind nur ungehobelt«, hatte sie gesagt, sich neben ihn ins Gras gesetzt und hätte ihn am liebsten in den Arm genommen. Er hatte geschwiegen, leise geweint, seine Nase am grauen Ärmel abgewischt und durch die dicken Brillengläser auf sein nutzloses Bein gestarrt.

Am Tag, bevor Neville nach Hause gefahren war, hatte Daisy ihm das Buch geschenkt, das sie bei der Blumenausstellung für ihr Gemüsetier gewonnen hatte. (Das Pferd aus Kartoffeln, Erbsen und Möhren mit Streifen aus Gurkenschale als Mähne und Schweif hatte ihr den zweiten Platz und die besondere Auszeichnung der Jury in Form einer Plakette eingebracht.) Sie hatte lange überlegt, welches Buch sie ihm schenken sollte und sich schließlich für *A Shropshire Lad* entschieden, vor allem weil es dem Titel nach von einem Burschen handelte. Auf die erste Seite schrieb sie: »Lieber Neville, ich hoffe, dass wir uns wiedersehen und dass du eines Tages einmal ohne die anderen zu uns kommst. Deine Daisy M. Forbes.« Als sie Stephen davon erzählte, schüttelte er ihr die Hand und sagte, sie sei die netteste Person, die er kenne.

Jedes Mal, wenn diese Kinder gefahren waren, war auf Eden Hall wieder die gewohnte Stille und Ruhe eingekehrt. Hier herrschten Ordnung und Gleichförmigkeit. Glöckchen kündigten das Frühstück oder den Unterricht oder das Mittagessen an; ob Ankleide- oder Dinner-Glocke, die Tage waren durchdrungen von ihrem Läuten. Monate, Jahreszeiten und Jahre waren verstrichen, das Läuten blieb dasselbe. Für Daisy hatte sich nur wenig verändert. Aber der Gedanke an Eden Hall ohne Stephen, die Vorstellung, er könne nicht mehr hier sein, sie würde ihn nie wiedersehen …

Nein, Stephen durfte nicht weggehen, dachte Daisy, während sie ihn dabei beobachtete, wie er vor ihr herlief und Ginster und Stechpalmen und Brombeeren zur Seite schob, während sie sich durch das Gestrüpp und das kniehohe Heidekraut kämpften. Sie würde mit ihrem Vater reden, beschloss sie; sie würde warten, bis er zu Weihnachten nach

Hause kam, den richtigen Zeitpunkt abpassen und dann mit ihm über alles sprechen. Immerhin hatte er sämtliche Formalitäten für Stephens Adoption geklärt, und vielleicht konnte er Stephen sogar Arbeit in der Fabrik verschaffen … In jedem Fall, dessen war sie gewiss, würde ihr Vater wissen, was zu tun war. Das wusste er immer.

2

In einer ruhigen Enklave in den Surrey Hills gelegen, die im Volksmund *Little Switzerland* hieß, gehörte Eden Hall zu den neueren Herrenhäusern, die vor Blicken geschützt wurden. Hohe Hecken, Bäume und Rhododendronsträucher schirmten das Anwesen im Süden vor dem Straßenverkehr ab, allerdings ließen das Eingangstor und die lange, gebogene Auffahrt erahnen, was sich dahinter verbarg.

Im Herbst und Winter verschwanden Haus und Garten häufig aus der Sicht, wurden verschlungen von wabernden Nebelschwaden und tief liegenden Wolken. Aber zu Beginn des Frühlings, wenn die Schleier sich hoben und die Bäume noch ohne Blätter waren, boten einige der oberen Zimmer von Eden Hall eindrucksvolle Aussichten über drei Countys: Surrey im Norden und Osten, Sussex im Süden und Hampshire im Westen.

Howard Forbes behauptete, an einem klaren Tag könne man hinter dem Bergrücken im Norden, dem sogenannten *Hog's Back*, sogar die Kuppel der St.-Paul's-Kathedrale erkennen. Häufiger war das einzig erkennbare Zeichen der Hauptstadt allerdings der dichte Qualm, den die unzähligen Schlote und Fabriken dort ausstießen. Aber irgendwo am verhangenen Horizont lag eine Straße namens Clanricarde

Gardens, und dort stand das Londoner Haus der Familie Forbes: eine Stadtvilla mit Stuckfassade, die Howard mit zweiundzwanzig Jahren geerbt hatte.

Mit Eden Hall verhielt es sich anders. Dieses Anwesen war für Howard ein Zeichen für seine eigenen Errungenschaften, war Krönung und Beweis seiner harten Arbeit: sein Traum, seine Vision, erbaut von den Erträgen seines florierenden Unternehmens *Forbes and Sons*. Die große Fabrik des seit drei Generationen geführten Werks stand an der Forbeswerft in Ratcliff in Middlesex, wo Bleiweiß, Ölfarben und Lacke hergestellt wurden. Zu den Erzeugnissen gehörten zudem besondere Schutzanstriche für Schiffe gegen Rost und Verwitterung sowie die berühmte patentierte weiße Zinkfarbe, die angeblich weder fleckig wurde noch verblich.

Anfang des neuen Jahrhunderts, kurz vor seiner Hochzeit und als Geschenk zu seinem dreißigsten Geburtstag an sich selbst, hatte Howard Ackerland in Surrey gekauft, zu dem auch eine alte Farm gehörte. Später hatte er mit einem aufstrebenden Architekten aus der Region namens Edwin Lutyens auf dem höher gelegenen Gelände gestanden. Mit seiner achtzehnjährigen Braut Mabel an der Hand hatte er den Blick schweifen lassen und Mr. Lutyens seine Vorstellungen dargelegt: ein massives Landhaus mit *imposanten Formen, hohen Schornsteinen und gewaltigen Giebeln.* Fenster hatte er vorgeschrieben, viele Fenster – runde, viereckige, große und kleine – und Türen, durch die ein Riese hätte gehen können. Er hatte sich ein Anwesen gewünscht, auf das kommende Generationen stolz sein konnten.

Howard bekam, was er wollte: einen prunkvollen Landsitz im traditionell mittelalterlichen Stil. Mit seiner Eingangshalle in doppelter Geschosshöhe, dem ausladenden Treppenaufgang und der Eichenvertäfelung, mit dem Salon mit doppelter Deckenhöhe und Erkerfenstern war dieses Anwesen genauso beeindruckend geworden wie in Howard Forbes' Vorstellung. Und dennoch strahlte es auch eine gewisse Bescheidenheit aus, dachte Howard, denn Mr. Lutyens hatte nur Holz, Stein und Ziegel hier aus der Gegend verwendet und einige alte Scheunen und Cottages der ursprünglichen Farm erhalten.

Im Gegensatz zur Fassade war Eden Hall innen modern ausgestattet, ganz im Stil des zwanzigsten Jahrhunderts: mit Elektrizität, Zentralheizung und zwei Badezimmern mit fließend heißem Wasser, Klosetts mit Wasserspülung und Keramikfliesen von William De Morgan. Verantwortlich für die Innengestaltung, für die Tapeten von *Morris & Co.* im Schlafzimmer, für die Vorhänge, für Samt und Seide und handbedruckte Leinenwaren war Mabel gewesen. Sie hatte jede Wandfarbe, jeden Stoff und jedes Möbelstück mit Bedacht ausgewählt. Nachdem sie dem Anwesen ihren Stempel aufgedrückt hatte und da sie das Leben auf dem Land ohnehin vorzog, hatte Mabel schon bald Eden Hall zur vorrangigen Familienresidenz erklärt.

Mabel war auf dem Land aufgewachsen; hier kannte sie sich aus, hier war sie so glücklich und ungezwungen wie sonst nirgendwo. Howard würde, wie sie sagte – und dachte –, seine Zeit zwischen London und Eden Hall aufteilen, und während er arbeitete, würde sie sich dafür einsetzen, um dieses Zuhause, diese Landidylle zu gestalten: als einen Ort, an den ihr Ehemann vor den Mühen und Plagen der Großstadt fliehen konnte, einen Ort, an dem ihre Kinder mit reichlich Platz und frischer Luft aufwachsen konnten. Im Gegenzug würde sie, so viel gestand sie ihm zu, London besuchen. Vor allem während der Saison – und vor allem, falls sie einmal Töchter bekommen sollten. Sie hatten beide darüber gelacht.

Howard und Mabel hatten die feste Absicht gehabt, eine große Familie zu gründen, und Howard hatte sich Söhne gewünscht – so wie jeder normale Mann, wie er sagte. Und er brauchte sie, um das Geschäft weiterzuführen, das er von seinem Vater übernommen hatte. Aber von den acht Kindern, die Mabel empfangen, und von den vieren, die sie geboren hatte, überlebten nur die drei Mädchen. Howards ersehnter Sohn und Erbe, der im Krieg vorzeitig zur Welt gekommen war und, nach Howards Vater, Theo hieß, hatte sich nur sieben Wochen ans Leben klammern können.

Aber in Teilen war Howards und Mabels Plan aufgegangen. Während Howard die Woche über in der Stadt blieb, lebte Mabel mit ihren Töchtern auf Eden Hall, schuf ein Heim – die Landidylle, die sie sich beide gewünscht hatten – und kümmerte sich um Haus und Garten, um Bedienstete und ihre Wohltätigkeitsaufgaben. Und als Iris, die älteste Tochter, fortging, zog Mabels Mutter ein. Mittlerweile war auch Lily, die Mittlere, frisch verheiratet und lebte nun ebenfalls in London. Nur Daisy wohnte noch zu Hause.

So wie die Inneneinrichtung waren auch die Gärten von Eden Hall Mabels Verdienst. Ein Vierteljahrhundert lang hatte sie nun zu säen und gießen geholfen, hatte zugesehen und gewartet. Und so wie Mabel waren auch Eden Hall und seine Gärten gereift. Die honigfarbenen Ziegel des Hauses waren zu einem silbrigen Grau verblasst, und die einst dürftigen Büsche in den Gärten hatten üppige Formen angenommen. Das Land war voller Rhododendren und robuster Sträucher, die gezähmt wurden von wogenden Blumenrabatten und breiten, ausladenden Rasenflächen, die nach Süden lagen und auf denen eine gekieste Terrasse Wache hielt wie ein Burggraben zwischen Mensch und Natur. Der japanische Garten mit den hängenden Glyzinien, den Azaleen, dem Bambus und Ahorn, dem Seerosenteich, winzigen Steinbrücken und -laternen, war Mabels ganzer Stolz und kam erst jetzt zu seiner vollen Geltung, wie sie feststellte.

Die Haupteinfahrt schlug einen großen Bogen durch den malerischen Westgarten, wo die Rhododendren am höchsten waren und noch ein paar alte Bäume standen, bevor sie das nach Süden ausgerichtete Haus mit seinen riesigen Erkern und der breiten Eingangstür erreichte. Dann führte die Zufahrt weiter durch einen Torbogen in den Hof, zu den Cottages, zum Kutscherhaus und zum Wagenschuppen; sie ging schließlich über in die Hinterauffahrt mit dem Lieferantenzugang und führte östlich von Howard Forbes' Anwesen wieder zur Straße.

Nördlich des Hauses führten Ziegelwege zum Tennisplatz, zur Obstwiese und zu dem mit roten Mauern umgebenen Küchengarten und Gewächshaus. Dahinter fiel das Land zum Wald hin steil ab, und unter den hohen Kiefern verliefen Reitwege im Zickzack ins Tal, das die Leute *Devil's Punchbowl* nannten.

Kurz nach Fertigstellung des Hauses hatte der National Trust das Land erworben, das sich mittlerweile zu einer beliebten Gegend zum Spazierengehen und Wandern entwickelt hatte – vor allem in den Sommermonaten. Gelegentlich hatte Howard an der Nordseite hinter den Büschen schon Leute beim Zelten erwischt oder Fremde in kurzen Hosen über seinen gestreiften Rasen schlendern sehen. In unbeirrbarer Höflichkeit hatte er diese Urlauber dann und wann sogar über sein Anwesen geführt und ihnen am Ende ein Glas Sherry angeboten.

Mehr als alle ungebetenen Gäste ärgerten Howard und Mabel die zunehmende Zahl lokaler Bauherren. Als nebenan auf dem Grundstück des kürzlich abgerissenen Herrenhauses der Laurels, an einer Sackgasse, die nun Laurel Close hieß, neue Häuser erbaut wurden, fragten sich beide insgeheim, ob Eden Hall eines Tages ebenfalls niedergerissen werden würde. Würde ihr und Mr. Lutyens' Traum – ihre akribischen Planungen all der Fenster und Perspektiven und Ausblicke – einst in Schutt und Asche fallen, um dann in Form eines Dutzends dürftig errichteter Häuser wiederaufzuerstehen und zu völlig überzogenen Preisen und unter dem Namen Edenhall Close verkauft zu werden? Das schien der Lauf der Dinge zu sein. Einst abgelegene und friedvolle Orte, ihrer natürlichen Schönheit und ihres Charmes wegen begehrt, veränderten sich.

»Die Welt gibt keine Ruhe, bis sie ihre Motoren nicht bis in den letzten Winkel gebracht hat – es hupt, jede Straße wird verbreitert, und überall werden Stromkabel und Straßenlaternen angeschlossen«, hatte Howard kürzlich zu seiner Frau gesagt. Mabel war klug genug, ihn nicht daran zu erinnern, dass er selbst gern seine Hupe betätigte und sie in diesem Teil der Erde ihren Teil zu den Kabeln und Lampen beigetragen hatten.

Howard war in letzter Zeit häufiger erregt und verärgert. Besorgt. Das lag am Alter, dachte Mabel, er fühlte sich nicht mehr auf der Höhe der Zeit. Der modernen Zeit. Und obwohl sie manchmal dieselben Gefühle beschlichen, war sie insgeheim entschlossen, nicht zu weit zurückzufallen. Aber das war gar nicht so einfach, dachte sie, es war eine Gratwanderung, ihren Töchtern ein gutes Vorbild zu sein, Weisheit und Erfahrung in Würde weiterzugeben und zugleich den Wunsch – und noch immer das Bedürfnis – zu verspüren, zu leben und neue Erfahrungen zu sammeln.

»Neue Erfahrungen!«, hatte ihre Schwägerin Dosia ihr beim letzten Mal geraten, als sie sich in London getroffen hatten. »Genau die brauchst du, Mabe. Wir brauchen sie alle.«

Mabel hatte eine Idylle erschaffen, eine geordnete Idylle, in der die Ankleideglocke um sechs Uhr dreißig ertönte und die Glocke zum Abendessen um sieben Uhr fünfundzwanzig. Aber Glocken und Ordnung langweilten sie. Eden Hall langweilte sie. Seit einem Vierteljahrhundert hatte sie keine neuen Erfahrungen mehr gemacht, und wonach sie sich sehnte, wonach sie sich insgeheim mehr als nach allem anderen sehnte, war ein Liebhaber.

3

Zehn Tage vor Weihnachten fand man Mrs. Christie – lebendig und wohlauf – in einem hydropathischen Hotel in Harrogate, wo sie – wie Daisy von Iris erfuhr – unter anderem Namen residierte: dem der Geliebten ihres Mannes.

»Welch ein unglaublicher Jux«, sagte Iris am Telefon zu ihrer kleinen Schwester. »Und alles nur, um ihrem erbärmlichen Ehemann eine Lehre zu erteilen.«

»Glaubst du wirklich, sie hat das alles geplant?«, fragte Daisy.

»Natürlich!«, kreischte Iris. »Was für ein außerordentlicher Spaß.«

»Wirklich? Ich habe gelesen, dass die Suche das Land ein Vermögen gekostet hat und es die aufwendigste Fahndung der Geschichte war.«

»Hm, gut, die Rechnung sollte in jedem Fall an Colonel Christie gehen«, sagte Iris und schnaubte. Ihr schien die Sache großes Vergnügen zu bereiten – wie immer.

»Arme Dodo«, fuhr Iris fort, »ich weiß, dass dich die Geschichte arg mitgenommen hat – Mummy hat's mir erzählt –, aber sie war auch furchtbar amüsant … Wir sollten alle an Mrs. Christie schreiben und ihr danken, dass sie uns so gut unterhalten hat.«

Daisy schüttelte den Kopf. Mrs. Christie tat ihr leid – ihrer ehelichen Schwierigkeiten wegen und weil sie hoffte, dass ihre schriftstellerischen Fähigkeiten nicht darunter litten –, aber sie fühlte sich auch betrogen. Denn wenn Iris recht hatte, wenn Mrs. Christie die ganze Sache nur inszeniert hatte, um ihrem Ehemann eine Lektion zu erteilen, waren sie alle, das ganze Land, nichts als Schachfiguren in ihrem persönlichen Ehestreit gewesen. Stephen hatte recht. Es schien, als sei es beim Verschwinden der Schriftstellerin nur um das Erregen öffentlichen Aufsehens gegangen … und wie sehr sie es erregt hatte.

»Freust du dich auf Weihnachten, Dodo? Hast du schon deine Schneekugel ausgepackt?«, fragte Iris.

Daisy verdrehte die Augen. »Ich bin inzwischen achtzehn, wie du weißt. Ich bin da rausgewachsen.«

Iris lachte. »Ach, Süße, wir kennen dich doch alle.«

»Warst du in letzter Zeit oft tanzen?«, fragte Daisy.

Tanzen – das war Iris' Leidenschaft. Und alle tanzten, sagte sie, sogar der Prinz von Wales, von dessen Künsten sie schwärmte – »Er hat Rhythmus im Blut und ist so ungemein leichtfüßig!« – und mit dem sie im *Embassy* in der Old Bond Street schon mehr als einmal getanzt hatte. Iris' bevorzugtes Tanzlokal lag nur wenige Schritte von ihrem zweitliebsten entfernt, den *Grafton Galleries*. Diese und andere Lokalitäten schienen für Iris wie eine zweite Heimat zu sein, und Daisy hatte schon so viel über sie gehört, dass ihr schien, sie würde sie alle kennen, indirekt zumindest.

»Beinahe jeden Abend … London ist einfach *umwerfend*«, sagte Iris gespreizt.

Umwerfend war Iris' Lieblingswort. Sie hatte schon fast alles damit betitelt, oder zumindest alles, wofür sie schwärmte, aber man musste es in einem bestimmten Tonfall sagen und in viel tieferer Stimmlage. Und nicht nur Menschen oder Orte waren in Iris' Augen umwerfend – selbst ein Hut konnte »einfach umwerfend« sein.

»Und wann kommst du?«, fragte Daisy.

»Ich weiß es noch nicht … vielleicht an Heiligabend.«

»Ich glaube, du wirst hier schon früher erwartet.«

»Tatsächlich? Also schön, vielleicht schließe ich mich Howard für die Fahrt an, wenn ich es ertrage.«

Iris sprach immer gehässig über ihren Vater, und das völlig grundlos.

»Du kannst auch einfach den Zug nehmen«, schlug Daisy vor.

Iris lachte erneut. »Muss jetzt los. Tschüs, Süße«, sagte sie, und die Verbindung war tot.

Als Daisy in die Eingangshalle trat, stand ihre Mutter mit Klemmbrett und Stift vor dem Weihnachtsbaum. Um den Baum herum und überall auf dem Boden verteilt, lagen die ramponierten Schachteln und Kisten, die Daisy mit Mr. Blundell vom Dachboden geholt hatte.

»Wir müssen dieses Ding jetzt endlich schmücken«, sagte Mabel.

Dieses *Ding*? Das war ein Baum. Ein prächtiger Weihnachtsbaum, dachte Daisy, und sah an ihm hinauf.

»Die elektrischen Lichter werden nur zum Problem, wenn dein Vater sie in die Finger bekommt«, fuhr Mabel fort. »Er hat ein verblüffendes Talent, diese Dinger zu ruinieren.«

Noch mehr *Dinger*. Was war los mit ihr? Die Lichter waren wunderschön. Hübscher als andere, die Daisy schon gesehen hatte. »Blundy hat gesagt, dass er mir morgen früh hilft, dieses *Ding* zu schmücken.«

Ihre Mutter warf ihr einen schnellen Blick zu. »Das hätte schon längst erledigt sein können, Daisy. Wenn du nicht ständig verträumt umherspazieren oder am Telefon plaudern würdest – was zudem, wie ich dich erinnern darf, höchst kostspielig und nicht zu diesem Zweck gedacht ist –, könntest du weitaus mehr erreichen … Und bitte verdrehe nicht derart die Augen«, fügte sie hinzu.

»Entschuldigung.«

»Wir müssen dafür sorgen, dass der Baum geschmückt ist und die Lichter hängen *und* leuchten, bevor dein Vater nach Hause kommt«, sagte Mabel. Dann drehte sie sich um und marschierte durch den Korridor in ihr Boudoir.

Vielleicht war sie ärgerlich auf Howard, mutmaßte Daisy, während sie ihrer Mutter nachsah, die durch eine Tür verschwand. Er war seit mehr als zwei Wochen nicht zu Hause gewesen. Aber er war eben äußerst beschäftigt. Er hatte in London an diversen Dinnern und Feiern teilnehmen müssen und bat Mabel schon lange nicht mehr darum, ihn zu begleiten, weil jeder wusste, dass sie für derartige Anlässe nichts übrighatte und es vorzog, auf Eden Hall zu bleiben. Und obwohl Mabel behauptete, das Haus zu lieben – und es wie ein Generalmajor befehligte, dachte Daisy –, schien es ihr keine solche Freude mehr zu bereiten wie früher. Sie sprach darüber wie über eine Anstellung – eine Anstellung, derer sie überdrüssig geworden war. Sie glich den Figuren aus einem Roman von Henry James, beeindruckenden Frauen, denen das Pflichtgefühl die Luft zum Atmen raubte.

Als Daisy nach draußen trat, war der Himmel klar. Die Sonne schien glühend durch die schwarzen Bäume und tanzte auf dem mottenbraunen Stein. Sie fand Stephen, als er gerade das Gewächshaus abschloss: eine einsame Gestalt in den friedlichen Schatten des ummauerten Gartens, wo Hühnerställe und ein seit Langem unbewohntes Kaninchengehege hinten in der Ecke standen. Auch das kleine Haus und der mit Draht überdachte Auslauf befanden sich hier, die einst von Sherlock bewohnt worden waren, Daisys Schildkröte, die im letzten Frühjahr nicht mehr aus der Winterstarre erwacht war und deren Grab jenseits der Mauer lag, neben dem einer Ziege namens Charlie.

»Du hattest recht«, sagte Daisy und lief über den Ziegelweg auf Stephen zu. »Offenbar war alles nur ein groß angelegter Plan, um öffentliches Aufsehen zu erregen.« Sie hatte beschlossen, es sei indiskret, ihm von Mrs. Christies persönlichen Schwierigkeiten zu erzählen.

»Wovon sprichst du?«

»Von Mrs. Christie … ihrem Verschwinden.«

»Ach so, das.«

Er war ungewöhnlich still, und sie folgte ihm auf den Hof und sah ihm zu, als er begann, Holzscheite auf eine Schubkarre zu stapeln.

»Wie gefällt dir mein Mantel?«, fragte sie und meinte den langen Pelzmantel, den ihre Großmutter ihr geschenkt hatte. Sie sehnte sich plötzlich danach, dass er sie ansah.

»Ist das Noonies?«, fragte er, nachdem sein Blick sie kurz gestreift hatte.

»Jetzt nicht mehr. Sie hat ihn mir geschenkt.«

»Er steht dir«, sagte er, ohne zu lächeln.

»Was machst du heute Abend? Willst du zum Kartenspielen kommen? Und Radio hören? Meine Großmutter hat uns noch eins besorgt – jetzt kann eins in ihrem Zimmer neben ihrem Bett stehen und das andere im Salon.«

Er streckte die Arme nach oben, verschränkte die Finger

und legte die Hände auf seiner Mütze ab. »Leider nein, Daisy … heute nicht.«

Die Lichter im Haus wurden angeschaltet. Sie erleuchteten den gekiesten Innenhof und enthoben sie den Schatten. Mr. Blundell, der Butler, drehte seine Runde.

»Es wird kalt. Du solltest wieder hineingehen«, sagte Stephen und sah sie an.

»Nein, ich möchte nicht hineingehen, noch nicht. Ich möchte hierbleiben und mit dir reden … Ich habe das Gefühl, du bist ärgerlich auf mich, und ich weiß nicht, warum. Ist es wegen der ganzen Geschichte um Mrs. Christie?«, fragte sie. »Denn wenn es darum ging oder geht, dann tut es mir leid, dass ich so dickköpfig war und dich mit hineingezogen habe. Ich bin selbst ärgerlich – auf *sie.*«

Stephen lachte. Er nahm die Mütze ab und fuhr sich mit der Hand durchs Haar. »Ich bin nicht böse auf dich. Ich war noch nie böse auf dich. Das weißt du. Aber ich bin …«

»Ja?«

»… frustriert, schätze ich.«

»Meinetwegen?«

»Ja«, sagte er mit geneigtem Kopf und kniff die Augen zusammen.

»Ich verstehe«, sagte sie, obwohl sie gar nichts verstand und auch nicht verstehen konnte. »Tja, ich kann mich nur entschuldigen … denn das ist nicht meine Absicht.«

»Ich weiß«, sagte er.

Es war wohl unvermeidlich, dachte Daisy, während sie ihm dabei zusah, wie er weitere Holzstämme auf die Schubkarre lud, dass ihre Freundschaft anders wurde als damals, als er sie ständig sehen wollte, meist abends ins Haus gekommen war, um zu fragen, was sie vorhatte, und Zeit mit ihr verbrachte. Es war wohl unvermeidlich, vermutete sie, dass er seine Abende nun lieber im Wirtshaus zubrachte. Das täten junge Männer wie Stephen eben, hatte ihre Mutter gesagt. Aber Daisy vermisste seine Gesellschaft. Vermisste ihre Freundschaft.

»Gehst du in den Pub?«, fragte Daisy.

»Weiß ich noch nicht, vielleicht«, sagte er, ohne aufzublicken.

Daisy fragte sich häufig, was dort wohl vor sich ging – abgesehen vom Trinken. Sie wäre gern einmal eingeladen worden – hätte sie die Erlaubnis gehabt hinzugehen. Die einzige Gelegenheit, zu der sie das Gasthaus betreten hatte, war letztes Jahr am zweiten Weihnachtstag zur Jagd gewesen, als sie und Iris mit ihren Eltern und Punschgläsern in der Hand dort gestanden und zugesehen hatten, wie die Pferde und Hunde aufbrachen, um ein paar arme Füchse zu jagen. Sie hatte damals zu Iris gesagt, dass ihr das alles ziemlich unzivilisiert erscheine und sie nicht noch einmal hingehen werde. Damit hatte sie aber die Jagd gemeint, nicht den Pub.

»Also, falls du es dir noch einmal anders überlegst …«, sagte sie.

Dann öffnete Mr. Blundell die Hintertür und fragte Stephen, ob die Holzscheite fertig seien, und Daisy drehte sich um und ging hinein.

Sie lief durch den Korridor in die Küche, begrüßte Mrs. Jessop und Nancy und Hilda und ging hinauf in ihr Zimmer. Sie schüttelte den Mantel ab, legte sich aufs Bett und dachte noch einmal über Mrs. Christie nach. Sie fragte sich, was genau sie dazu getrieben hatte, ihr eigenes Verschwinden zu inszenieren. In Wahrheit konnte Daisy noch immer nicht glauben, dass es ihr nur um öffentliches Aufsehen gegangen war. Es erschien ihr so drastisch, so radikal. Es war ein Hilferuf gewesen, dachte Daisy und setzte sich auf. Genau wie all die Gelegenheiten, bei denen sie selbst ins Sommerhaus geflohen war; denn sie hatte, so wurde ihr schlagartig klar, ebenfalls einige Male ihr Verschwinden vorgetäuscht.

An diesem Abend ertönte die Ankleideglocke um sechs Uhr dreißig, um sieben Uhr fünfundzwanzig läutete es zum Dinner, aber nur Daisy und ihre Mutter erschienen und setzten sich an ein Ende des langen Esstisches.

»Noonie fühlt sich nicht gut, sie bekommt ein Tablett aufs Zimmer«, sagte Mabel und schüttelte ihre weiße Leinenserviette aus. »Aber ich finde es so auch einmal ganz schön«, fügte sie lächelnd hinzu. »Gemütlich, nicht wahr?«

»Ja, gemütlich«, sagte Daisy.

Mabel sah prüfend in die Schüssel, die mit einer dünnen grünen Flüssigkeit gefüllt war, und roch daran. »Kohl?«

Daisy zuckte die Schultern. »Laub.«

»Stechpalme!«, sagte Mabel. »Stechpalmensuppe? Was für eine Vorstellung«, fügte sie hinzu und kicherte über ihren eigenen Witz, als sie den Löffel zur Hand nahm.

Ihre Laune hatte sich gebessert, dachte Daisy. Vielleicht hatte Howard angerufen oder, was wahrscheinlicher war, ihr neuer bester Freund Reggie.

»Nächste Woche werden alle hier sein«, nahm ihre Mutter das Gespräch auf. »Aber wir werden weniger sein, als ich dachte … Heute kam ein Brief von Rivinia. Unglücklicherweise ist sie letzte Woche bei der Jagd gestürzt und hat sich das Handgelenk gebrochen, die Arme. Sie bedauert es sehr, dass sie nicht in den Süden kommen kann … Sie *hasst* es, in diesem zugigen Haus festzusitzen und zu Silvester Schottenmuster tragen zu müssen«, erzählte Mabel über ihre Cousine, die zu Jahresende sonst immer die schottischen Grenzen zugunsten der hellen Lichter im Süden hinter sich ließ. »Und eines von Dixies Rentieren ist krank, deshalb werden wir auch sie nicht sehen«, ergänzte Mabel bezüglich einer anderen Cousine, einer außerordentlichen Tierliebhaberin, für die Weihnachten ein ganzjähriges Fest war.

»Was ist mit Tante Dosias Freundin Harriett? Kommt sie wieder? Es war so unterhaltsam mit ihr im letzten Jahr, mit all ihren verrückten Kleidern und wie sie getanzt hat – und sie hat versprochen wiederzukommen«, sagte Daisy.

»Nein, offenbar hat Hattie einen Freund.«

»Einen Freund?«

Mabel nickte. »Ein geschiedener Bursche aus dem Außenministerium. Simon Irgendwas. Und Dosia zufolge äußerst reizend – trotz seines ungewöhnlich penetranten Auftretens.«

»Und Sophie und Noel?«, fragte Daisy.

»Sankt Moritz – wieder einmal«, sagte Mabel mit flatternden Augenlidern. »Ich hoffe nur, sie setzen Freddie und Jessie, die armen kleinen Dinger, nicht wieder auf diese Rodelbahn. Nicht nach letztem Jahr.«

»Das Cresta-Rennen«, sagte Daisy. »Ist das der Grund, weshalb du vorhin so angespannt warst? Weil einige nicht kommen werden?«

Mabel lachte. »Ich war nicht angespannt. Und um ehrlich zu sein, bin ich sogar erleichtert, in diesem Jahr nicht so viele Gäste zu haben. Es werden noch mehr als genug sein mit uns allen und Dosia … und Reggie natürlich.«

»Natürlich … Wo ist er heute?«, fragte Daisy. »Ich dachte, er isst vielleicht wieder mit uns zu Abend.«

»Er ist zu einem Empfang beim Militär eingeladen.«

Reggie – *Major* Reginald Ellison – war verwitwet und wohnte auf High Pines, einem im gotischen Stil erbauten Herrenhaus an der Straße ein Stück weiter westlich von Eden Hall. Er hatte mehr als zwei Jahrzehnte in Indien gedient und war erst im letzten Jahr in den vorzeitigen Ruhestand nach England zurückgekehrt. Major Ellison hatte keine Kinder und lebte in seinem »Kasten« – wie er ihn nannte – mit einem jungen Paar zusammen, das er aus Indien mitgebracht hatte. Es fungierte als Haushälter und Gärtner und erledigte, was immer notwendig war. Anfangs hatte das Erscheinen dieser beiden einigen Aufruhr in *Little Switzerland* erregt, vor allem an dem Tag, als sie in den Omnibus stiegen und sich gekleidet in *nichts als Tüchern* Mrs. Jessop gegenübergesetzt hatten. Aber schließlich waren Mr. und Mrs. Singh – sie in ihren exotisch gefärbten Saris, er in seinem seidenen Dhoti mit Hemd, Jacke und Krawatte – zu einem vertrauten Anblick in der Gegend geworden.

Howard war es gewesen, der die Freundschaft gesucht hatte. Er hatte den Major bald nach Eden Hall eingeladen, neugierig, etwas über entlegene Gebiete des Britischen Empires zu erfahren. Aber da Howard die Woche über in London wohnte, hatte Mabel die Freundschaft mit Major Ellison gepflegt und vertieft. Er kam häufig zum Abendessen oder sah zum Morgenkaffee oder zum Nachmittagstee herein, oder er tauchte am frühen Abend auf, nach der Runde mit seinem Hund über die Dorfwiese, zum Aperitif. Und bei den Hochzeitsvorbereitungen Ende letzten Sommers, als Lily und Miles geheiratet hatten, war er Mabel die allergrößte Unterstützung gewesen: stets zur Stelle, um die Männer einzuweisen, die das Festzelt aufstellten und Tische und Stühle und Geschirr anlieferten, um Mabel hierhin und dorthin zu fahren und um alle zu beschwichtigen. Er hatte Iris und Daisy das Fahren gelehrt, saß neben ihnen, wenn sie sich abwechselnd auf die Straßen in *Little Switzerland* wagten. Seither hieß Major Ellison nur noch Reggie.

Als es zwischen Lily und Miles Differenzen gegeben hatte, kurz nach ihren Flitterwochen in Schottland, und Lily ein Telegramm geschickt hatte, dass sie Miles verlasse und mit dem Zug um sechzehn Uhr zwanzig komme, war Reggie losgefahren, um sie abzuholen; Reggie hatte sich mit ihr hingesetzt, mit ihr geredet, ihre Tränen getrocknet und sie zurück zum Bahnhof gefahren, damit sie rechtzeitig für den Zug um neunzehn Uhr zweiundvierzig wieder dort war. Als Daisy und Mabel vom Besuch bei einem Damenschneider in Farnham zurückgekehrt waren, den Mabel als »gänzlich unsinnig und höchst unerfreulich« beschrieb, war es Reggie gewesen, der sich zu Daisy gesetzt und sich ihre Begründung angehört hatte, weshalb sie kein weiteres hübsches Sommerkleid mit Blumenmuster brauche, und Reggie war es auch gewesen, der es Mabel behutsam beigebracht hatte. Und als es Noonie so schlecht gegangen war eines Nachts im November und man sie in ihrem Nachthemd draußen auf der vorderen Zufahrtsstraße gefunden hatte (unterwegs zu einem gewissen Samuel, wie sie sagte), war Reggie gleich hergekommen und hatte sie – als Einziger – dazu bewegen können, wieder hineinzugehen.

»Es muss sich merkwürdig anfühlen für Reggie«, sagte Daisy, »nach so vielen Jahren in Indien zurück in England zu sein, wieder zu bibbern und zu frieren.«

»Ich glaube, er hat sich daran gewöhnt«, erwiderte Mabel.

»Aber weshalb kommen alle zurück?«

»Zurück?«

»Ja, aus den Kolonien … Wie diese neue Familie, die erst kürzlich nach Westfield House gezogen ist und Kautschuk angebaut hat – oder Tee?«

»Ihr Name lautet Chapman. Und sie haben Tee angebaut, auf der Malaiischen Halbinsel.«

»Die Chapmans von der Malaiischen Halbinsel, die Pritchards aus Ceylon und die Williamsons und Reggie aus Indien. Alle, die in letzter Zeit hierhergezogen sind, scheinen aus exotischen Gegenden zu kommen.«

Mabel schüttelte den Kopf. »Ich weiß auch nicht genau, weshalb das so ist«, sagte sie. »Die Welt verändert sich, und ich vermute, wenn Veränderungen vor sich gehen, kehrt man nach Hause zurück … zurück zu dem, was Bestand hat.«

»Weil man den Kopf verliert?«

»Ja«, sagte Mabel. »Ich vermute, es ist ein bisschen so, dass man den Kopf verliert. Veränderungen sind schwierig … man muss sich neuen Gegebenheiten, neuen Umständen anpassen, vor allem, wenn man älter ist oder die Verantwortung für eine Familie hat.«

»Ich habe nicht vor, alt zu werden«, sagte Daisy, als Nancy erschien und ihre Teller mit den kaum angerührten Fleischpasteten abräumte. Sie sah, dass die Haushälterin den Kopf schüttelte. Als die grüne Filztür hinter ihr ins Schloss fiel, lehnte sie sich zu ihrer Mutter hinüber und fragte: »Was denkst du, wie alt Nancy ist?«

»Sie ist zwei Jahre jünger als ich. Sie wird bald vierzig.«

»Und sie war nie verheiratet?«

»Sie war verlobt, aber er ist im Krieg gefallen.«

Daisy nickte. Der Krieg schwebte noch immer über allen, den Jungen wie den Alten. Wie ein stets anwesender, aber verschwiegener Gast, der einsam dastand und in einer dunklen Ecke wartete. Wie hätte es auch anders sein können? Schließlich waren so viele ihrer Männer, Kinder und Zukunft beraubt worden. Und dennoch konnte sie sich Nancy nur schwer als *Verlobte* vorstellen, mit einem Mann, in einer anderen Familie als ihrer eigenen, den Forbes. »Sie wirkt älter als vierzig«, sagte Daisy.

»Ihr Haar ist damals vorzeitig ergraut – und das sehr schnell. Sie ist gealtert; sie hat sich verändert.«

»Wie traurig«, sagte Daisy und versuchte, es sich vorzustellen.

»Er hieß John Bradley und war Farmer. Nancy erwähnt seinen Namen nur noch selten, aber sie hat immer geschwärmt, er sei der Eine unter Millionen gewesen. Und so war es dann auch – er war einer von einer Million Männern, die in der Schlacht an der Somme ums Leben kamen … Sie besitzt ihre Aussteuer noch immer«, fuhr Mabel flüsternd fort und hielt den Blick auf die Kerze gerichtet. »In einer Truhe aus Kiefernholz in ihrem Zimmer, mit ihrem ungetragenen Brautkleid, dem Schleier ihrer Mutter und dem elfenbeinfarbenen Seidennachthemd, das ich ihr geschenkt habe – für die Hochzeitsnacht.«

»Und das nie getragen wurde.«

»Nein, es wurde nie getragen, nicht in einer Hochzeitsnacht … John hätte mittlerweile die Farm geerbt; sie besäße ihr eigenes Haus, hätte ihre eigene Familie. Vermutlich wird sie Deutschland und Kaiser Wilhelm nie verzeihen.«

Als Nancy mit Mabels Kaffee zurückkehrte, richteten sich Daisy und ihre Mutter auf und lächelten herzlich. Und als die Filztür erneut ins Schloss fiel, sagte Mabel: »Ach ja, und ich habe Benedict Gifford eingeladen, uns in diesem Jahr zu besuchen. Der Arme hat ja niemanden mehr, und ich weiß, dass du dich letztes Jahr zu Weihnachten und im Sommer über seine Gesellschaft gefreut hast.«

»Oh ja«, sagte Daisy. Sie hatte Ben völlig vergessen. »Ich glaube, Iris mag ihn nicht besonders«, sagte sie einen Augenblick später. »Sie hat ihn als ›kriecherisch‹ bezeichnet.«

»Iris kann wirklich gemein sein«, meinte Mabel kopfschüttelnd. Sie nahm einen Schluck Kaffee aus ihrer Tasse. »Weißt du, ich habe immer gedacht – ich habe so eine Ahnung –, dass du einen älteren Mann heiraten wirst«, sagte sie. »Nicht Ben Gifford«, fügte sie rasch hinzu, »aber jemand Älteren.«

»So wie du und Daddy?«

»Ja ... ja, ungefähr so.«

Eine Ehe wie die ihrer Eltern, einen Mann zu heiraten, der so ähnlich war wie ihr Vater – prinzipientreu, aufrichtig und liebenswürdig –, war Daisys Traum.

4

Es waren noch fünf Tage bis Weihnachten, und Mrs. Christies Geschichte war von der Titelseite in eine kleine Spalte auf Seite elf gerutscht, in der ihren Anhängern Neuigkeiten über ihr Wohlergehen zugetragen wurden. Die Zeitungen sagten weiße Weihnachten voraus, und Mrs. Jessop blieb unnachgiebig.

Mabel war, wie sie gehofft hatte, vermittelnd und unvoreingenommen in die Küche gegangen. Aber als Mrs. Jessop sie mit verschränkten Armen über den Küchentisch hinweg anstarrte, wusste Mabel, wie festgefahren die Angelegenheit war.

»Doch … ich denke tatsächlich, dass Lang ein englischer Name ist«, sagte Mabel erneut.

Mrs. Jessop schwieg.

Ausländern – und überhaupt allen, die neu waren in der Gegend, *Auswärtigen*, wie sie sagte – stand sie nun einmal skeptisch gegenüber. Und nun hatte Mrs. Jessop ihren Fall dargelegt und beteuert, sie sehe sich nicht imstande, Fleisch bei diesem neuen Metzger zu kaufen. Sie hatte Mabel unmissverständlich erklärt, sie fahre lieber mit dem Achtzehner-Bus nach Farnham, als mit einem Mann zu »experimentieren«, den sie nicht kannte und der – wenn sie es so schlicht ausdrücken dürfe, denn nichts anderes als eine schlichte Köchin mit schlichter Sprache sei sie ja – mit den Anzeichen eines, wie sie zu hören glaubte, deutschen Akzents sprach.

»Es ist nicht notwendig, in keiner Weise notwendig, mit dem Bus nach Farnham zu fahren, Mrs. Jessop«, fuhr Mabel fort, wohl wissend, dass Argumente zu nichts führten. Sie war hergekommen, um sie ein letztes Mal darum zu bitten, aber diese Frau war unnachgiebig. »Wir haben mit keinem der Metzger in Farnham einen Vertrag, und ich glaube kaum, dass sie so weit anliefern«, fügte Mabel hinzu.

Mrs. Jessop senkte die Augenlider.

»Wenn Sie meinen, Sie müssten …«

Die Abneigung gegenüber Deutschland war in manchen tief verwurzelt und verständlich, rief Mabel sich ins Gedächtnis, als sie die Küche verließ. Aber das Misstrauen Ausländern gegenüber, das der Krieg mit sich gebracht hatte, wurde zu einem schwelenden Fremdenhass. Die Leute redeten noch immer über Spione und über die Wahrscheinlichkeit eines neuerlichen Kriegsbeginns. Vor allem Mrs. Jessops und Nancys Vorstellungskraft schien keine Grenzen zu kennen, dachte Mabel. Sie holte tief Luft, als sie zum Foyer lief.

Der vertraute Duft von Lavendel und von Holzscheiten lag in der Luft; der Wohlgeruch eines Hauses, das jeden Sommer mit Blumen und im Winter mit Kaminfeuer erfüllt ist; der Duft von Kerzen und Hunden und Lehm und Land; der schwindende süße Duft von Obst und die warmen, erdigen Gerüche von altem Leder und Bienenwachs: das bleibende Aroma eines Vierteljahrhunderts.

Der Baum war frisch mit Kugeln geschmückt und erleuchtet von matten Glaslichtern, die wie Früchte geformt waren: blassviolette Birnen und gelbe Äpfel. Mabel blieb einen Moment gebannt stehen und erinnerte sich an Weihnachtsfeste vor dem Krieg, bevor Menschen gegangen waren und sich alles verändert hatte, als die Kinder noch klein gewesen waren und das Haus erfüllt von Lachen und Durcheinander – und ein Mundwinkel ging nach oben.

Auf allen vieren – als Löwe, als Wolf, als wild brüllende, aber nachgiebige Bestie, die nur er und seine Kinder erkannten – hatte Howard seine kreischenden Mädchen um den Baum und zum Baden nach oben gejagt und Daisy dann, später, auf dem Arm wieder nach unten getragen, süß duftend und rosa.

Die Standuhr in der Diele schlug fünf.

»Ich habe meine Schneekugel ausgepackt«, sagte Daisy. Sie stand im Durchgang zum Salon und hielt sie in der Hand. »Ich höre Beethoven«, fügte sie hinzu und drehte sich summend um.

Mabel folgte ihr. Sie sah, wie Daisy die Glaskugel auf einen Tisch am Erkerfenster stellte, neben das viktorianische Diorama mit präparierten Tieren. Mabel hasste die ausgestopften Vögel im Glasrahmen, mit ihren winzigen festgenagelten Füßen und ihren leblos blickenden Augen. Sie wünschte, ihre Mutter hätte dieses Ding mit den anderen ins Auktionshaus gegeben, aber Noonie hatte es Mabel geschenkt, zusammen mit umfangreichem Zierrat und Geschirr und einst modernen *Objets d'art* – wie Noonie alle Gegenstände zu nennen pflegte, denen jeder offensichtliche Nutzen und jegliche Schönheit abging, die aber unter Umständen von Wert waren.

Als Noonie nach Eden Hall gekommen war, hatte sie den angesammelten, wenn auch bereits reduzierten Besitzstand eines ganzen Lebens mitgebracht und die Relikte und Erbstücke anderer vor ihr. Das Zimmer, dachte Mabel jetzt, erinnerte an eine alternde, allzu elegant gekleidete Dame, die ihren Stil, oder Stil überhaupt, verloren hatte. Und dennoch blitzte – hier und da – noch etwas auf, das von einem früheren Sinn für Geschmack und einem unabhängigen Geist zeugte. Aber die einst leuchtende Seide war nun verblichen, der ehemals prächtige Samt verschlissen und verblasst. Der Raum war vollgestopft mit zu viel von allem, und selbst Mabels geliebtes Meissener Porzellan und die Wiener Glaswaren gingen unter in dem ganzen Meer aus Krimskrams.

Als die goldbronzene Uhr auf dem Kaminsims fünfmal – verspätet – schlug, bemerkte Mabel die Vorderlichter eines Wagens in der Einfahrt.

»Es kommt jemand … Sieht aus wie ein Bahnhofstaxi«, sagte Daisy.

Aber es hatte sich niemand angekündigt. Noch nicht. »Vielleicht eine Lieferung«, sagte Mabel und drehte sich zu Mr. Blundell um, der nun das Foyer durchquerte, weil es geklingelt hatte. Sie hörte in der Ferne das Schlagen der holländischen Uhr an der Küchenwand und der Kuckucksuhr am Ende der Diele und nahm sich innerlich vor, mit Blundell darüber zu sprechen, dass die Uhren nicht präzise liefen. Dann hörte sie eine Stimme.

»Hallo, Blundy, wie geht's? Ist das nicht eine verbotene Kälte?«

Dosia.

»Eine Überraschung?«, wiederholte Dosia Sekunden später. »Aber ich habe doch ein Telegramm geschickt, dass ich früher komme.«

»Ach ja, das Telegramm … Ich habe vergessen, dir Bescheid zu geben«, sagte Daisy und drehte sich zum Dielentisch um.

Mabel nahm Daisy das Telegramm aus der Hand: Neue Zeit Stop Komme heute Stop Bus um 16 Uhr 20.

Das Telegramm war am Nachmittag gekommen, als Mabel Weihnachtskarten zu den Häusern gebracht hatte. Es hatte auf dem Tisch gelegen und war von einem Stapel weiterer Karten überdeckt worden.

»Ich kann nicht glauben, dass es schon wieder passiert ist«, sagte Mabel, warf das Telegramm zur Seite und umfasste mit beiden Händen ihr Gesicht. Bei Dosias letztem Besuch hatte es eine ähnliche Verwechslung der Fahrzeiten gegeben, und niemand hatte sie am Bahnhof in Empfang genommen.

»Du hättest wirklich anrufen sollen«, fuhr Mabel fort, half ihrer Schwägerin aus dem mottenzerfressenen Pelzmantel und vergaß, dass Dosia in ihrer Londoner Wohnung noch kein Telefon besaß – oder vielmehr, dass Dosia sich weigerte, eines installieren zu lassen, weil das eine »vollkommen überflüssige Ausgabe« sei.

»Wo ist dein restliches Gepäck, Liebes?«, fragte Mabel.

»Das ist alles.«

Dosia deutete auf einen ungewöhnlich kleinen Koffer, der dem ähnelte, den Daisy früher für ihre Puppenkleider benutzt hatte.

»Das ist alles?«

»Du kennst mich doch, Mabe. Mode bedeutet mir nicht viel. Und ich dachte, das hier ist kleidsam genug«, fügte Dosia hinzu und fuhr mit ihren großen Händen über ihre in Tweed gehüllten Hüften.

Sie trug ihre übliche Kleidung: einen Tweedrock – dessen Saum immer ein wenig verrutscht war –, ihren gewohnten braunen Pullover, Wollstrümpfe und Schnürschuhe. Wie immer lag keine Spur Schminke auf Dosias alterndem und zugleich noch immer unschuldigem Gesicht, und ihre dünnen Mädchenhaare, die sie angeblich extra für Weihnachten »frisiert« hatte, standen zu Berge, als sie ihren ramponierten Glockenhut abnahm.

»Sehr hübsch, nicht wahr?«, sagte Dosia und drehte den Filzhut in der Hand. »Ich habe ihn beim Wohltätigkeitsbasar für das Kinderhilfswerk erstanden. Für einen halben Schilling! Könnt ihr euch das vorstellen? Wucher, in der Tat, aber die ungezogene Beatrice hat meinen alten zu ihrem Bett erkoren«, sagte sie und bezog sich dabei auf eine ihrer zahlreichen Katzen.

Dosia war auf den Namen Theodosia Hermione Evangeline Forbes getauft und Howards einziges noch lebendes Geschwisterteil. Ihre beiden Brüder waren im Krieg gefallen, genau wie Dosias Verlobter Hugh. Ähnlich wie ihr Bruder war Dosia groß, hatte breite Schultern und einen ausladenden Schritt. Anders als ihren Bruder hielt Mabel sie für einen Freigeist, zumal sie in ihren Jugendjahren etliche Male festgenommen worden war, als sie sich im Kampf um das Frauenwahlrecht an Gleise gekettet und Fensterscheiben mit Ziegelsteinen eingeworfen hatte.

Es war noch immer seltsam, sich ihre Schwägerin im Gefängnis vorzustellen … Dosia eine Verbrecherin? Eine bizarre Vorstellung, dachte Mabel und nickte Blundell lächelnd zu, als er den winzigen Koffer anhob, der nichts zu wiegen schien.

»Das übliche Zimmer. Vielen Dank, Mr. Blundell«, sagte Mabel.

Als Dosia sich im Salon in einen Sessel fallen ließ, bemerkte Mabel, dass dicke Staubwolken aufwirbelten. Sie musste unbedingt noch einmal mit Nancy über Hilda sprechen. Gerade als Dosia erklärte, ihr Zug habe Verspätung gehabt, weil »irgendeine arme Teufelin« sich in Woking auf die Gleise geworfen habe, erschien Hilda höchstpersönlich mit einem Tablett voll Teegeschirr und ihrem üblichen mürrischen Gesichtsausdruck.

»Passiert dauernd um diese Zeit«, sagte Hilda, während sie sich vorbeugte und Milch in die Tassen goss. »Die Leute halten's nich' aus, zu Weihnachten bei ihren Familien festzusitzen, sagt meine Ma. Die drehn einfach durch.«

»Ja, danke, Hilda«, sagte Mabel.

Als die Ankleideglocke läutete, hatte Dosia ihre Halbschuhe abgestreift und lag auf dem Sofa. Ihre großen Füße ruhten, in gestopften Socken, auf dem gepolsterten Fußhocker. Die Glocke blieb unbeachtet, und auf Noonies Wunsch hin wurde *Time for a Tune* im Radio angeschaltet. Als die Dinnerglocke läutete, liefen die vier Frauen ins Speisezimmer hinüber, wo über der Tür ein Mistelzweig an einem blauen Samtband hing.

»Daisy«, sagte Dosia, nahm den Arm ihrer Nichte und blickte nach oben. »Wünschst du dir, an diesem Weihnachtsfest geküsst zu werden?«

Daisy zuckte die Schultern. »Vielleicht.«

»Ach, der erste Kuss«, murmelte Noonie. »Ich erinnere mich noch genau an meinen ersten … von Samuel. Ich war *sehr* verliebt.«

Mabels Mutter Daphne verdankte ihren Kosenamen ursprünglich Iris, die ihre Großmutter »Neenie« genannt hatte, als sie sprechen lernte. Daisy hatte ihn dann in Noonie abgewandelt.

Sie war klein, genau wie Mabel und Daisy, aß äußerst

wenig und wirkte kümmerlich dürr. Sie hatte ihr einziges Kind, Mabel, erst spät bekommen und war seit fast zwei Jahrzehnten Witwe. Bei der Beerdigung ihres Mannes hatte sie nicht geweint. Zwar hatte sie eine kurze Trauerzeit begangen und das übliche Schwarz getragen, ihn aber nicht vermisst, wie Mabel wusste. Mabels Eltern – Daphne und Gerard Taylor – waren in ihrer Ehe überwiegend getrennte Wege gegangen. Während Daphne mit Mabel auf dem Land geblieben war, in einem Haus, das nicht weit entfernt lag von dem Grundstück, auf dem später Eden Hall errichtet wurde, hatte Gerard in der Stadt gewohnt. Einige Zeit nach seinem Tod, nach der Vollstreckung seines Testaments, in dem einer gewissen Monica Sutton und zwei Kindern ein Londoner Grundstück und eine beträchtliche Summe Geldes vermacht worden waren, hatte Daphne jede Fotografie, die sie von ihrem Mann finden konnte, verbrannt. Anschließend hatte sie alle weiteren Erinnerungsstücke an verschiedene soziale Organisationen und ein Auktionshaus vor Ort bringen und mit einem Teil des Geldes, das er ihr hinterlassen hatte, seine geräumige Orangerie abreißen lassen.

Nun war sie zwischen Mitte und Ende siebzig (ihr genaues Alter kannte niemand, offenbar nicht einmal sie selbst), und Noonie war noch immer stolz auf ihre Erscheinung, trug ihr weißes Haar zu einem Knoten aufgesteckt und zog Kleider immer noch den neuen, modernen Zweiteilern vor, wobei ihr Saum nie mehr als ein oder zwei Zoll über den Knöcheln endete. Sie gestand, dass die neuen Zeiten und Moden sie zwar faszinierten, sie jedoch keine Vorstellung mehr von der Zukunft habe und lieber in die Vergangenheit zurückkehren würde, vor allem in die Zeit, bevor sie Gerard kennengelernt habe.

»Bist du immer noch Kommunist, Liebes?«, fragte Noonie Dosia gegen Ende des Dinners, das aus Ochsenschwanzsuppe, gefolgt von Fasan, Blaukraut, Lauch und Roter Bete in einer weißen Soße bestand.

»Ich war noch nie Kommunistin, Noonie. Aber ich bin und bleibe Sozialistin.«

»Ach ja«, sagte Noonie nickend. »Ich bringe die beiden immer durcheinander. Ich bin ja keine politische Person. Zu unserer Zeit wurden wir einfach nicht dahingehend erzogen. Aber das hat sich gewandelt ... so, wie alles andere auch«, sagte sie und schabte das Vanilleeis aus der Kristallschale. »Und ich vergesse immer, wer dieser Mann ist ... dieser Verantwortliche«, fügte sie hinzu.

»Unser Premierminister, Mr. Baldwin«, sprang Mabel ihr zu Hilfe.

Es verliefen nun mehrere Gespräche parallel.

»Hast du jemanden kennengelernt? Einen Mann?«, fragte Dosia, indem sie sich nach vorn lehnte und Daisy anblickte.

»Mr. Baldwing!«, rief Noonie.

Daisy schüttelte den Kopf. »Ich bin nirgendwo gewesen, wo ich jemanden hätte kennenlernen können.«

»Nicht Baldwing, Mutter – *Bald-win*. Mr. Stanley Baldwin.«

»Und was ist mit ... du weißt schon?«, flüsterte Dosia.

»Baldwin?«, wiederholte Noonie.

Daisy lächelte. »Nein, ich hab dir doch schon gesagt – mit ihm ist das etwas *anderes*.«

»Wie denn anders?«

»Ein großer Schnurrbart ... Ja, jetzt sehe ich ihn vor mir. Er trägt einen Schnurrbart, nicht wahr, Mabel?«

»Ich weiß nicht. Das ist schwer zu beschreiben«, sagte Daisy.

»Nein, jetzt denkst du an Mr. MacDonald, Mutter.«

»Aber er hat etwas Besonderes an sich, findest du nicht?«, meinte Dosia.

Dann flossen die Gespräche zusammen.

»*Mr. MacDonald*?«, fragte Noonie, an Dosia gewandt.

Daisy lachte.

»Ja«, sagte Dosia. »Das muss an seinem großen Schnurrbart liegen«, fügte sie mit einem Zwinkern zu Daisy hinzu.

Nach dem Essen zogen sich die Frauen in den Salon zurück, wo Dosia auf dem Grammofon einige von Iris' Schallplatten abspielte und mit Daisy dazu tanzte, während Mabel und ihre Mutter ihnen zusahen. Als Mabel aufstand und ebenfalls zu tanzen begann, tat ihre Mutter es ihr eifrig nach. Erst als Blundy hereinkam, um nach dem Feuer zu sehen, stellte Mabel fest, wie laut die Musik war und wie seltsam sie aussehen mussten – Dosia, die auf bizarre Art Ballett tanzte und durch den Raum hüpfte, Daisy, die es ihr nachtat, Noonie in ihrem langen Kleid, das sie hochraffte, versunken in ihrer eigenen Welt –, und setzte sich eilig wieder hin.

Später, nachdem die anderen Frauen schon zu Bett gegangen waren, fand Mabel in ihrem Boudoir eine in ihrem typischen Telegrammstil verfasste Notiz von Mrs. Jessop: »Mister Lang. sagt, kein Wilt meer in diesem Jahr. Habe stadtdessen Fasan und Pellhuhn bestelt.«

Halleluja!, dachte Mabel, wieder eine kleine Hürde aus dem Weg geräumt. Es war heutzutage äußerst schwierig mit dem Personal, und niemand riss sich um die unliebsame Aufgabe, jemanden neu einstellen zu müssen – vor allem keine Köchin. Die waren zweifellos am schwierigsten zu finden. Selten wie Goldstaub, dachte sie und küsste Mrs. Jessops handgeschriebene Notiz.

Mabel sah auf ihre Liste, die nun vollkommen mit Häkchen versehen war, wie sie zu ihrer Zufriedenheit feststellte. Nur ein einziger Punkt – eine Person – war noch ungewiss, und das Fragezeichen neben diesem Namen bereitete ihr größere Sorgen, als ihr lieb war. Sie wartete noch immer auf die Antwort auf ihren Brief, den sie sorgfältig verfasst, frankiert und eigenhändig zum Postamt gebracht hatte. Sie lächelte. Sie würden gewiss kommen, dachte sie; sie brächten eine Absage nicht übers Herz. Und Mabel nahm ihren Füllfederhalter, strich das Fragezeichen durch und malte einen großen Haken neben den Namen.

5

Zwei Tage vor Weihnachten, kurz bevor die Ankleideglocke läutete und als es gerade zu schneien begann, kam Howard Forbes' silberfarbener Rolls-Royce vor der Eingangstür aus Eichenholz zum Stehen. Minuten später fuhr ein schwarzes Taxi hinter ihm vor, und seine beiden älteren Töchter Iris und Lily stiegen aus.

Wie immer wurde auch an diesem Abend unverzüglich das Dinner serviert, und genau eine Stunde und fünfzehn Minuten später erhob sich die Familie vom Tisch und begab sich in den Salon. Als die Uhr auf dem Kaminsims neunmal schlug, standen Daisy und ihr Vater Hand in Hand am Erkerfenster und sahen dem Schneetreiben zu. Hinter ihnen mischte sich das Gemurmel von Daisys Mutter und Großmutter, von ihren Schwestern und ihrer Tante mit der Musik von Debussy, die aus dem Radioempfänger ertönte.

»Zauberhaft …«, sagte Daisy.

»Wie du«, flüsterte ihr Vater.

Früher hatte man Howard Forbes mit einem olympischen Gott verglichen, und noch immer überragte er seine jüngste Tochter, denn Daisy kam äußerlich nach ihrer Mutter. Sie hatte Mabels herzförmiges Gesicht, die helle Haut und graugrünen Augen und war nur einen Meter sechzig groß.

Howard dagegen hatte sein dunkles Haar und seine Größe seinen beiden älteren Töchtern vererbt.

»Wir sollten uns etwas wünschen«, sagte Daisy. »Du hast mir früher immer gesagt, wenn ich mir viel wünsche, geht auf jeden Fall hin und wieder etwas in Erfüllung. Wenn ich mir etwas wünsche beim Anblick des Sternenhimmels oder eines Regenbogens oder wenn wir Geburtstagskerzen auspusten und wenn Zähne ausfallen. Oder wenn wir kostbare Pennys in Brunnen und Bäche werfen oder zu Weihnachten in meine Schneekugel sehen. Erinnerst du dich noch daran?«, fragte sie und blickte zur Kugel auf dem Tisch neben ihnen.

Winzige Kiefern, eine Miniaturausgabe von Eden Hall und handgemalte Goldsterne – jeder mit einem winzigen Diamanten in der Mitte – waren darin zu erkennen. Sie war ein Geschenk ihres Vaters gewesen, als sie höchstens fünf Jahre alt gewesen war, und sie wurde jedes Jahr hervorgeholt und immer an denselben Ort gestellt. Ihr kurzes Erscheinen an Weihnachten machte sie zu einer wahren Kostbarkeit. Und Daisy war nach wie vor von ihr fasziniert. Sie stellte sich alle – sich selbst und ihre Familie – in dem Miniaturhaus vor: winzige Menschen mit riesigen Seelen und unerschöpflicher Liebe im Herzen, die hinter dem Glas, unter den Diamanten und goldenen Sternen sicher und warm waren.

Aber am Himmel waren heute keine Diamanten. Kein silberner Mond, kein Gold und kein Leitstern waren zu sehen. Das Universum war einfach schwarz und die Erde weiß, dachte Daisy und blickte erneut durch das Fenster hinaus. Und dennoch lag ein unerwarteter Zauber in den winzigen weißen Kristallen, die ihnen aus der Dunkelheit entgegentanzten, bei diesem Licht und mit dem sanft knisternden *Clair de lune* im Hintergrund.

»Ja, man soll sich viel wünschen«, stimmte Howard träge zu. »Haben sich ein paar Wünsche erfüllt?«

»Das darf ich dir nicht verraten«, sagte sie lächelnd.

Als das Telefon klingelte, wandte sich keiner der beiden um.

»Ich gehe ran!«, rief Iris. »Hallo … Ja, ich bin's … Hallo, Darling!«

»Früher hast du mir *alle* verraten«, fuhr Howard fort. »Sobald du dir etwas gewünscht hast, hast du es mir erzählt. Du konntest Geheimnisse nie für dich behalten.«

»Nein, vor dir nicht.«

»Kannst du es heute?«

»Deine Geheimnisse bewahren oder meine?«

»Deine eigenen natürlich. Ich käme nicht im Traum darauf, dich mit meinen zu belasten.«

Daisy lachte.

»Nein, Darling, keinesfalls«, hörten sie Iris' Stimme weiterreden. »Ich sitze hier unten die *gesamte Zeit* über fest.«

»Die wahre Schande ist – und das ist wahrscheinlich in sich schon ein Geheimnis –, dass ich gar keine Geheimnisse habe … mir aber so sehr welche wünschen würde«, sagte Daisy.

Nun lachte ihr Vater. »Das solltest du nicht. Geheimnisse sind immer etwas, wofür man sich schämt – persönlich oder für einen anderen.«

In dem gedämpften Licht sahen die Konturen seines Gesichts plastisch und grau aus, und sein Lächeln verschwand ein wenig zu schnell von seinen Mundwinkeln. Er strich sich das silberne Haar aus der Stirn. Seine Lippen – die heute schmaler wirkten und an den Mundwinkeln etwas nach unten gebogen waren – verliehen ihm ein ernsteres Aussehen, als Daisy es bei ihm kannte oder gern an ihm gesehen hätte. Ihr dünkte in diesem Moment und zum ersten Mal, dass in seinen Zügen mehr als bloß eine leichte Verdrossenheit lag: vielmehr waren es die Spuren persönlicher Traurigkeit oder vielleicht Einsamkeit. Und als Daisy seine weiche Hand etwas fester drückte, hörte sie Iris erneut: »Wie wenn man betäubt wird, Darling … So ungefähr … Natürlich … Dir auch. Tschüs, Darling.«

Daisy sah zum großen Spiegel über dem Kamin hinüber, bemerkte, wie Iris durch den Raum schritt und aufblickte, ihre bemalten Lippen schürzte und ihr einen Kuss zuwarf.

»Du musst dir etwas überlegen, das du dir wünschen willst«, sagte Daisy und schenkte ihre Aufmerksamkeit erneut ihrem Vater. »Und konzentriere dich dabei, so, wie du mir immer geraten hast.«

Er hatte Daisy das Träumen beigebracht, und das war einer der Gründe, weshalb sie ihn liebte, weit mehr als alle anderen. Zugleich war er einen Großteil ihres Lebens nicht anwesend gewesen. Einen Moment lang sah sie ihr jüngeres Ich wieder auf der Mauer neben der Toreinfahrt warten und wild winken, hinunterklettern und über den Rasen auf den Wagen zulaufen, damit sie das letzte Stück gemeinsam gehen konnten, Hand in Hand. Das waren die Augenblicke gewesen, in denen sie alles unterbringen, ihm alles vor den anderen erzählen musste: … *und Lily hat gesagt … und Iris hat mir erzählt … Das ist doch einfach ungerecht, findest du nicht?*

Ihr Vater hatte sich immer die Zeit genommen, um ihr zuzuhören, um den jüngsten Anschlag auf die Gerechtigkeit, die Katastrophen des Tages oder der vergangenen Woche und die erniedrigende Behandlung durch ihre beiden älteren Schwestern mit einem Nicken zu bedenken, von Zeit zu Zeit nach Luft zu ringen oder ungläubig den Kopf zu schütteln. Aber er hatte sie nie belogen oder ihren Tränen nachgegeben, sondern er hatte einfühlsam, zärtlich und offenbar mit großem Verstand und Mitgefühl stets das Wörtchen *wir* gebraucht: *Wir müssen vernünftig bleiben … Wir müssen ein Vorbild sein … Wir müssen versuchen zu verstehen … Wir dürfen uns nicht auf diese Ebene herabbegeben.* Immer hatte es *wir* geheißen. In seiner Kapazität als Richter, Jury oder Ombudsmann waren seine Worte – *mein letztes Wort in dieser Sache* – immer ein korrektes und rechtmäßiges Urteil gewesen, das hochgehalten und befolgt werden musste und später gelegentlich zitiert wurde: *Also, Daddy sagt …*

In Daisys Augen war ihr Vater unerschütterlich, unbezwingbar, wie ein mächtiger Ozeandampfer, der kaum schwankte in den plötzlichen und verheerenden Stürmen, in denen Daisy sich zunehmend wiederfand – oder sich wiederzufinden glaubte. Seine Umgangsformen, Haltungen und Tugenden waren über jegliche Kritik erhaben. Er schien alles zu wissen, was es zu wissen gab. Sie konnte ihm alles erzählen, dachte sie häufig, weil er sie verstand und weil sie ihm und an ihn glaubte.

»Bist du fertig? Hast du dir etwas gewünscht?«, fragte sie.

»Ja.«

»Erzähle es mir aber nicht.«

»Das hatte ich nicht vor.«

»Gut.«

»Hast du dir etwas gewünscht?«

»Nein. Aber das werde ich jetzt …«

Daisy kniff ihre Augen zusammen und hielt sie einige Minuten geschlossen. Sie konzentrierte sich auf das Wort *glücklich*: ein glückliches Zuhause, eine glückliche Familie, ein glücklicher Vater. Dann rief sie: »Fertig!«, öffnete die Augen und drehte sich ihm zu. Aber er schwieg und starrte weiter mit ausdrucksloser Miene aus dem Fenster, den Blick auf einen Punkt jenseits der Finsternis, jenseits der Begrenzungen des Hauses und selbst des Grundstücks gerichtet.

»Du wirkst nicht gerade fröhlich heute. Stimmt etwas nicht?«, fragte sie.

Ihr Vater seufzte, lächelte und senkte den Blick. »Ich bin ein wenig müde, das ist alles. Ich würde gerne etwas trinken, aber es scheint kein Mineralwasser zu geben – und auch kein Eis.«

»Mutter hat Blundy den Abend freigegeben. Er ist mit Hilda ins Konzert im Gemeindesaal gegangen.« Sie schwieg einen Moment, dann fügte sie leiser hinzu: »Nicht jetzt, nicht heute Abend, aber zu einem anderen Zeitpunkt muss ich mit dir über Stephen reden.«

»Über Stephen?«, fragte er und wandte sich zu ihr.

»Ja, ich muss mit dir über sein Leben sprechen … seine Zukunft. Ich glaube, es ist wichtig, ich mache mir Sorgen, große Sorgen.«

Howard lächelte müde. Er hob die Hand und strich sich ein Haarbüschel aus der Stirn. »Mein Engel … macht sich immer so viele Sorgen um jeden«, sagte er. »Wir setzen uns morgen früh gleich zusammen und sprechen über Stephen.«

»Alleine?«

»Alleine.«

Daisy schlang die Arme um seine Hüfte. »Ich habe dich lieb«, flüsterte sie. Sie stellte sich auf ihre Zehenspitzen, um ihn auf die Wange zu küssen. »Ich hole dir Mineralwasser und Eis«, sagte sie, ließ von ihm ab und trat in die Helligkeit des Raumes.

Sie hob den silbernen Eiskübel vom Getränkewagen, setzte ihn sich auf den Kopf und versuchte wie Iris über den türkischen Teppich zur Tür zu schreiten, die Hände an den Hüften. Unweigerlich kippte er um, aber glücklicherweise fing sie ihn auf. Ihrer Großmutter verschlug es den Atem, sie schüttelte den Kopf. »Welch ein Leichtsinn ... Es wird noch ein Unfall geschehen.«

Sie lief durchs Foyer und schwang den leeren Kübel wie ein Kind, das durch den Sand zum Meer läuft. Sie nahm die Abkürzung durch den Speisesaal, in dem zwischen verstreuten Leinenservietten noch die Kerzen flackerten. Sie blieb vor der grünen Filztür stehen und lächelte über die gedämpften Stimmen von Mrs. Jessop und Nancy auf der anderen Seite. Dann lehnte sie sich vorsichtig, sehr vorsichtig dagegen ...

»Sieh mich nicht so an. Das ist die Wahrheit.«

Daisy beugte sich vor.

»Wenn ich es dir doch sage – *es stimmt*. Er ist wieder mit dieser schicken Dame zusammen«, fuhr Nancy fort. »Dieser Mrs ... Wie war noch gleich ihr Name? Dieser Schauspielerin.«

»Mrs. Vincent«, ergänzte Mrs. Jessop.

»Genau. Margot Vincent. Jeden Sonntagabend fährt Stephen ihn dahin ... Eine Schauspielerin! Ich schätze, so etwas war zu erwarten. Bloß für die arme gnädige Frau tut es mir leid. All die Jahre hat sie weggesehen, während er sich da oben vergnügt und ein Doppelleben geführt hat.«

»Mr. Forbes ist vielleicht kein Heiliger, Nancy, aber er ist auch kein schlechter Mensch ... So viel steht fest.«

»Da wäre ich mir nicht so sicher – nicht mehr.«

»Er hat viel Gutes getan«, brummte Mrs. Jessop.

»Ja, ich weiß, er war gut zu dem armen Bastard, aber …«

»Nicht dieses Wort, bitte«, fiel Mrs. Jessop ihr ins Wort. »Zufällig weiß ich, wie sehr dieses Kind geliebt wird.«

Das Geräusch eines Stuhles, der über den steinernen Küchenfußboden geschoben wurde, ließ Daisy von der Tür Abstand nehmen. Das Universum schwankte; das Zimmer kippte zur Seite. Und als willkürliche Bilder auf sie zuwirbelten wie die Schneeflocken, die sie noch vor einer Minute beobachtet hatte, spürte sie ein merkwürdiges ruckendes Zittern – in ihrer Brust, ihrem Hals, ihrem Kopf: wie ein Motor, der überdreht und immer weiter beschleunigt, denn es hatte keinerlei Vorwarnung gegeben, keine Warnung vor irgendeiner Kurve, die vor ihr lag. Die Erkenntnis hatte sie mit derselben Wucht getroffen, wie wenn ein Wagen mit hoher Geschwindigkeit auf eine Mauer prallt.

Benommen drehte sie sich um, lief zurück durchs Foyer und setzte sich auf die Bank neben dem Baum. Irgendwo entfernt konnte sie Musik hören, vermischt mit Gelächter und schrillen Stimmen. Irgendwo in der Ferne konnte sie *ihn* hören: samtweich, von Natur aus charmant und dominant. Und irgendwo in der Ferne hörte sie sich selbst flüstern: *Daddy.*

Als Daisy sich schließlich wieder erhob, zitterte sie noch immer. Sie spürte ihren Herzschlag weiterhin, aber der anfängliche Impuls zu fallen war nur noch ein schwächer werdender Taumel. Stattdessen spürte sie eine neue, bleierne Schwere, die ihre Füße kraftlos, ihre Arme und Beine müde werden ließ. Und so schlich sie langsam, sehr langsam, mit leeren Händen und hängenden Schultern auf die offene Tür, auf die Musik, die Stimmen zu und trat über die Schwelle. Sie ließ den Blick durch den Raum schweifen, über den Seidenbrokat, die Wandteppiche und die Samtstoffe mit ihren Quasten, über die Mahagoni- und Walnussmöbel, auf denen Silberwaren und Porzellan und Gläser funkelten, und hinüber zur Schneekugel mit ihrem Miniaturhaus und den Kiefern und den Diamanten am Himmel. Die gesamte Dekoration, dachte sie, alles Lüge, alles nur da, um ihn zu schützen – um ihren Vater zu schützen.

Und da stand er, Howard Forbes. Sein Arm ruhte auf dem schwarzen Marmorsims, ein leeres Glas in der einen Hand, eine Zigarre in der anderen.

»Kein Eis?«

Er verdiente keine Antwort. Sie konnte ihm keine bieten. Sie starrte auf das vertraute Lächeln: vor einem Augenblick noch ersehnt, jeden Augenblick zuvor ersehnt. Sie hätte gern etwas gesagt, hätte am liebsten einfach gesagt: *Ach Daddy, sag, dass es nicht stimmt … bitte sag mir …*

Da ergriff ihre Mutter das Wort: »Ist alles in Ordnung, Liebes? Du siehst aus, als hättest du ein Gespenst gesehen.«

Daisy sah ihre Mutter nicht an, konnte sie nicht ansehen. Und sie brachte keinen Ton heraus, denn es hätten die falschen Worte sein können. Die Worte waren konfus, *schicke Dame* und *Bastard* hatten ein Ungeheuer erschaffen.

Und dann sprach das Ungeheuer: »Dodo? Was ist los? Es ist Weihnachten – erinnerst du dich? Die Zeit, in der man fröhlich ist … Friede und Wohlgefallen und so, hm? Komm her …«

Er stellte sein Glas ab und lief einen Schritt auf sie zu – die Zigarre im Mund, die Arme ausgestreckt.

Was als Nächstes passierte, verschwamm mit der Zeit in der Erinnerung, jedenfalls bei einigen. Lily hätte es keinesfalls erwartet, sie hatte Daisy immer gehänselt und *Papakind* genannt. Aber in diesem Augenblick erschien Daisy dieser Begriff unanständig, eine Beleidigung, die so abstoßend war wie dieser Mann, der sie soeben umarmen wollte.

Als Daisy den Arm hob, tat sie dies aus einem schnellen, instinktiven Impuls heraus. Sie achtete nicht auf die brennende Zigarre, die ihre Hand seitlich streifte und ansengte, bevor sie in hohem Bogen durch den Raum flog und im Schoß ihrer Großmutter landete, woraufhin die alte Dame kreischend von ihrem Sessel hochsprang – und dabei den Beistelltisch umwarf und mit Dosia zusammenstieß, die eine Karaffe Sherry in der Hand hielt. Daisy hörte ihre eigenen Worte nicht und schrie – manche sagten später, brüllte – ihrem Vater zu: »Fass mich nicht an!«

In dem folgenden Tumult, in dem Konzert aus drei kläffenden Hunden und Debussy, der noch immer – und zudem lauter und dramatischer als vorher – zu hören war, brach Lily in Tränen aus: weil man auf Eden Hall keine Szenen machte, weil Weihnachten war und weil sie – so vermutete Daisy – nichts verstand und auch gar nichts verstehen konnte. Schließlich, nachdem das Chaos aus Scherben und verschütteten Getränken beseitigt worden war, nachdem Mabel darum gebeten hatte, den Radioempfänger auszustellen, nachdem Noonie – »nur einen kleinen Sherry, bitte« – besänftigt worden war, nachdem Lily ihre Schwester »törichter kleiner Dummkopf« genannt hatte und Iris Lily entgegengehalten hatte: »Ach, halt den Mund, du weiß doch gar nichts«, entschuldigte Howard sich leise, zog sich in sein Studierzimmer zurück und überließ es den sechs Frauen, *ihre* Hysterie zu bewältigen.

6

Anfangs sagte keine etwas. Iris seufzte und sah mit ihren geschminkten Augen zur Decke. Lily spreizte die Finger ihrer linken Hand und betrachtete mit Schmollmund ihren diamantenen Verlobungs- und Ehering. Noonie schnupfte, trank einen Schluck Sherry und drehte sich zum leeren Sessel neben sich um, als wolle sie etwas sagen, hielt dann aber inne. Und Dosia saß mit geschlossenen Augen da und summte leise *Hark! The Herald Angels Sing*.

»Lass gut sein«, sagte Mabel – ungewöhnlich barsch, ungewöhnlich laut –, als das Telefon klingelte und Iris aufsprang. »Bitte lass es gut sein, Liebes«, sagte sie erneut, diesmal ruhiger.

Iris setzte sich wieder.

Mabels Mund verzog sich zu einem Lächeln. Es war Weihnachten, sagte sie sich. *Weihnachten.* So etwas kam vor. Es hatte keinen Zweck, laut oder hysterisch zu werden – zu viele Frauen waren dem schon erlegen, aber wohin hatte das geführt? Sie sah kurz zu Dosia hinüber. Es hatte ihnen – in gewisser Hinsicht – das Wahlrecht eingebracht, ihnen eine Stimme verliehen. Aber der Begriff *hysterisch* – der derart abfällig klang, so häufig von Männern gebraucht wurde und den sie so oft von ihrem eigenen Vater gehört hatte – ließ

Mabel irritiert jenen anderen Begriff betrachten: *Leidenschaft.*

Mabel sah Daisy an, die wieder in die Schneekugel auf dem Tisch neben sich starrte, erneut in Tagträumen versunken. Was in aller Welt war bloß der Grund, dass sie ihren Vater derart anfeindete? Das entsprach so gar nicht ihrer Art … Sie sah erneut zu Dosia hinüber, die ihre Augen fest geschlossen hielt; dann drehte sie sich ihrer Mutter zu, die sie ansah und den Kopf schüttelte: *Nein.*

Nein. Noonie hatte recht. Sie mussten die Sache auf sich beruhen lassen. Aller Vergesslichkeit zum Trotz hatte ihre Mutter noch immer Momente der Klarheit.

Mabel räusperte sich. »Mrs. Jessop hat gesagt, es können heute Abend bis zu zwölf Zentimeter Schnee fallen.« Das war doch ein Anfang. Nun musste sie fortfahren. »Sie sagt, uns stehe eine wahre Kälteperiode bevor … und im neuen Jahr soll es noch schlimmer kommen.« Sie lächelte zur Decke hinauf: »Aber weiße Weihnachten werden sicher wunderschön …«

»Früher hatten wir immer weiße Weihnachten«, sagte Noonie, bemüht, den Faden aufzunehmen und das Gespräch fortzuführen. »Erinnerst du dich an deine Kindheit, Mabel? Damals fiel *immer* zu Weihnachten Schnee.«

Mabel wagte sich an einen kleinen Ausstoß des Entzückens. Jetzt war nicht die Zeit, ihrer Mutter zu widersprechen. »Oh ja, immer.« Sie fuhr mit beiden Händen gleichzeitig über die gepolsterten Sessellehnen. Es war nicht einfach, aber sie mussten zur Stimmung von vorher zurückkehren. Wie auch immer. Sie sah hilfesuchend zu ihrer Mutter hinüber.

»Zu meiner Zeit«, begann Noonie ein wenig heiser, aber

nichtsdestoweniger eifrig, und Mabel lächelte, Erleichterung strömte warm durch ihren angespannten Körper, sie war ihrer Mutter dankbar für eine ihrer abgedroschenen Anekdoten, die sie ablenkten von dem, was sie in den nächsten Jahren nur als »die Zigarrengeschichte« bezeichneten.

Daisys Ausbruch, ihr irrationales Verhalten, war nur eine jähe Entgleisung gewesen, beruhigte sich Mabel und strich eine Falte aus ihrem Kleid aus Kreppjersey. *Manchmal würden wir* alle *gern schreien*, dachte sie. Sie selbst auch. Oh ja, sie selbst auch. Obwohl sie schon vor langer Zeit gelernt hatte, stumm zu schreien oder sich ein Taschentuch in den Mund zu stopfen. Hätte sie das nicht gelernt, wo stünde sie dann heute?

Aber Launen und plötzliche Ausbrüche kamen, wie Mabel gelesen hatte, häufiger unter modernen jungen Frauen vor, die zum Grübeln neigten. Und Daisy war durchaus modern … Nicht so modern wie Iris vielleicht, aber modern genug. Und Daisy grübelte offenbar ein wenig zu viel. Von ihren drei Töchtern war sie zweifellos am schwierigsten zu durchschauen, und es musste schon ein besonderer Mann sein, der einen solchen Hang zu Grübeleien ertrug. War Ben Gifford der Richtige? Mabel bezweifelte es, zudem käme er nur über Howards Leiche in Betracht – so hatte Howard es gegen Ende von Bens unerfreulichem und allzu langem Aufenthalt bei ihnen im letzten Sommer ausgedrückt. Und Daisy hatte noch viel Zeit. Um Iris machte Mabel sich größere Sorgen. Bei Iris stellten sich etliche Fragen. Aber bevor Mabel weiter darüber sinnieren konnte, klingelte das Telefon erneut. Iris sah sofort ihre Mutter an, die ihr zunickte. Alle schwiegen, als Iris einen weiteren Anruf entgegennahm.

»Im *Embassy*? … Heute Abend? …«

»Das klingt nach einem Notfall in der Botschaft«, flüsterte Noonie. »Hat sie dort viel zu tun, Mabel?«

»Das ist ein Lokal, Mutter ... ein Tanzlokal.«

»Nee, leider nicht ... leider schon ... Ja, vertrackt alles ... Ich *wünschte* es ... Dir auch, Darling ... Tschüs.«

Iris setzte sich wieder und sah ihre Mutter an: »Tut mir schrecklich leid. Das mit dem Telefon, meine ich.«

»Du musst den Leuten in der Botschaft sagen, dass sie dir in Zukunft ein Telegramm schicken sollen«, sagte Noonie. »Die Fernsprechleitung muss für Notrufe frei bleiben. Ist es nicht so, Mabel?«

»Ach Himmel, beinahe hätte ich vergessen, es euch zu erzählen«, sagte Lily, die wieder zu sich kam. »Ich habe mich im Gästezimmer für Flieder entschieden. Das passt zu dem Stoff, den ich ausgesucht habe, und ich mochte die Farbe immer schon gern. Miles sagt ...«

»Wenn ihr nichts dagegen habt, werde ich jetzt zu Bett gehen«, unterbrach Daisy ihre Schwester und stand auf. »Die Sache vorhin tut mir leid. Das war ... völlig irrational. Ich weiß selbst nicht, was in mich gefahren ist«, setzte sie hinzu.

»Besser, man zeigt Gefühle, statt sie zu verstecken«, sagte Dosia. »Ich bin eine große Verfechterin dafür, den Emotionen freien Lauf zu lassen ... Und ich tadele dich nicht im Geringsten dafür, wenn du meinen Bruder am liebsten schlagen würdest. Das täte ich schon seit Jahren gern. Genau genommen kenne ich nur sehr wenige Männer, die ich *nicht* gern schlagen würde«, fügte sie hinzu und zwinkerte Daisy zu.

Alle lachten, Mabel eingeschlossen, die Daisy zu sich heranwinkte und dann ihre Hand nahm.

»Lass uns nicht mehr darüber reden. Aber vielleicht wäre

es schön, wenn du zu deinem Vater gehen und ihm eine gute Nacht sagen würdest. Ich glaube, das würde er sich wünschen.«

Es war kurz vor Mitternacht, und Mabel saß schon eine Weile an ihrem Sekretär, als ihr Mann die Tür zu ihrem Boudoir öffnete, in dem eine Lampe brannte. Es war ein kleiner, vollgestellter Raum, von dem aus eine doppelte Glastür mit Spitzengardinen in den Garten führte. Er lag auf der Ostseite des Hauses, neben dem Frühstückssalon, gegenüber Howards Studierzimmer und dem Billardraum.

Mabel sah in das bestürzte Gesicht ihres Mannes. »Ich habe dir schon gesagt, Howard, dass ich keine Ahnung habe. *Du* solltest doch wissen, womit du sie verärgert hast, nicht ich. Ist sie noch gekommen, um dir gute Nacht zu sagen? Ich habe sie darum gebeten.«

Howard schüttelte den Kopf.

»Du musst doch *irgendetwas* gesagt oder getan haben.«

Offenbar stand er wirklich vor einem Rätsel. Er sah müde aus und wirkte, wie Mabel erkennen konnte, erheblich gekränkt.

»Wir haben uns unterhalten ... über nichts Besonderes, wenn ich mich recht entsinne, über Wünsche und Geheimnisse ... die üblichen Daisy-Themen ...«, begann er zögerlich, als er sich zurückerinnerte. »Dann ging sie hinaus, um mir Eis zu holen. Ich habe mich gewundert, wie lange sie brauchte ... und als sie zurückkam, na ja, du hast es ja selbst erlebt.«

»Vielleicht war es das, vielleicht hat es sie gestört, dass du sie losgeschickt hast, um Eis zu holen«, schlug Mabel vor und zuckte mit den Schultern. »Du weißt doch, wie sehr sie gegen Alkohol ist.« Sie warf einen Blick auf die Uhr an der Wand und dann auf ihren mit Papieren übersäten Sekretär. Für alle Überlegungen war es schon viel zu spät. »Du solltest doch von allen am besten wissen, wie emotional – oder sollte ich sagen: wie *leidenschaftlich* – wir Frauen sein können.«

»Und was meinst du damit?«

»Mein Lieber, denke einmal an deine eigene Mutter … deine Schwester, deine Töchter …«, erwiderte Mabel und vermied es, sich selbst mit aufzuführen. »Ich bin sicher, morgen früh ist alles vergessen … Dann erklärt sie dir ihren Ausbruch und entschuldigt sich. Und falls nicht, tja, dann musst du sie wohl fragen, weshalb sie dich derart angegangen hat.«

Howard nickte. Er beugte sich vor und küsste seine Frau auf die Stirn. Mabel sah, wie sich die Tür schloss; sie lauschte dem Geräusch seiner sich entfernenden Schritte. »Gute Nacht, Howard«, flüsterte sie. Dann schloss sie die Augen, holte tief Luft und rief sich in Erinnerung, dass sie sich nicht mit ihm oder der Vergangenheit aufhalten durfte. Es war Weihnachten, Weihnachten mit der Familie, und das mussten sie jetzt überstehen. *Sie* musste es überstehen. Aber in diesem Jahr hatte sie eine besondere Überraschung für Howard.

Sie lächelte und widmete sich wieder ihren Listen.

Benedict Gifford musste um zwölf Uhr sechsundzwanzig vom Zug abgeholt werden – zusammen mit Lilys Ehemann Miles; somit waren sie beim Mittagessen zu neunt … und zum Dinner ebenfalls – oder elf, falls Patricia und Bernard Knight bei dem Schnee rechtzeitig eintrafen. Dann fiel ihr Reggie ein. »Zehn … oder zwölf«, sagte sie hörbar und erleichtert.

Neben Menüplänen und Speisezetteln lag auf Mabels kleinem Sekretär auch eine Liste für die Weihnachtsgeschenke – die bereits eingepackten waren mit einem großen *E* versehen, hinter jedem Geschenk waren die Initialen des Empfängers vermerkt. Es gab eine Liste mit der Zimmereinteilung und den entsprechenden Daten für die An- und Abreise jedes Gastes und mit Hinweisen auf bestimmte Wünsche – etwa, dass Miles um acht Uhr Kaffee statt Tee wünschte und dass ihre Mutter einen Nachttopf benötigte (der jeden Morgen geleert werden musste). Es gab eine Kladde für die »Wäsche«, eine für »Flickarbeiten« und eine für »Maß- und Damenschneiderei«, ein Wirtschaftsbuch für den Lohn des Personals und ein weiteres für allgemeine Haushaltsausgaben. Es lagen Rechnungen da, bezahlte wie unbezahlte und bevorstehende, und daneben Einladungen und Bitten um Rückantwort und Postkarten und Briefe – von Freunden und Verwandten und von Wohltätigkeitsorganisationen, die auf ihre Unterstützung angewiesen waren.

Das war Mabels Leben – oder zumindest war es das gewesen. Denn etliche der Bücher und Gewohnheiten waren in Wirklichkeit überflüssig und ganz und gar unnötig geworden – selbst wenn Mabel sie beibehielt, entweder weil sie die Augen verschloss oder weil sie sich danach sehnte, wie es früher gewesen war, und sie darauf wartete, dass es wieder so wurde. Die Zahl der Bediensteten auf Eden Hall war eines Spätsommers innerhalb weniger Wochen von vierzehn auf sieben und schließlich auf fünf gesunken. Von den sieben Männern auf Eden Hall, die in den Krieg gezogen waren, hatten zwei überlebt, aber nur einer war an seine Stelle zurückgekehrt. Und die regelmäßigen Hausgäste – bunt gekleidete Geschöpfe, die aus den Autos geströmt und das

Haus von Samstag bis Montag mit ihrem Lachen und Lärm bevölkert hatten – gehörten ebenfalls der Vergangenheit an. Der Krieg hatte das Fest beendet, und nun war diese Lebensweise schlichtweg zu kostspielig.

Als Mabel sich schließlich von ihrem Sekretär erhob, schaltete sie die Lampe aus, blieb vor dem Fenster stehen und zog die Vorhänge zurück. Noch immer fiel Schnee. Er hüllte alle Silhouetten immer dicker in Weiß und verlieh den beschnittenen Hecken und einzeln stehenden Bäumen ganz neue, breitere Konturen. Mabel konnte von hier aus das Licht in Daisys Zimmer sehen, das so hell war, dass es selbst durch den dichten Vorhang aus Schneeflocken einen Augenblick so aussah, als stünde das Fenster offen. Mabel fragte sich flüchtig, was ihre jüngste Tochter gerade machte. Hoffentlich war sie ruhig und gefasst, dachte sie, und drehte sich um.

Als sie die Treppe hinaufging, hakte Mabel innerlich weitere Punkte auf ihrer Liste ab und fügte andere hinzu: Zimmer und Betten mussten noch gelüftet werden … Sie mussten saubere Handtücher und Seifen herauslegen … Oben blieb sie stehen und überlegte kurz, ob sie noch bei Daisy hereinschauen sollte. Aber es war spät, sie war erschöpft, und weitere Theatralik konnte sie schlichtweg nicht mehr ertragen. Zudem wusste sie, dass dies erst der Anfang einer womöglich anstrengenden Woche war. Als sie an der Schlafzimmertür ihres Mannes vorüberging, hörte sie von drinnen ein tiefes Brummen, und sie stellte sich vor, wie er mit offenem Mund auf dem Rücken lag. Früher war er anders gewesen, musste sie denken, und ein längst vergangenes Bild von ihm wollte sich in ihr Gedächtnis schieben. Sie wischte es beiseite. Es hatte keinen Zweck, sich zu erinnern, jetzt nicht. Es war schon zu lange her, viel zu lange. Von den flüchtigen

Begrüßungs- und Abschiedsküssen und denen zu besonderen Anlässen und Geburtstagen einmal abgesehen, hatte Howard sie seit Jahren nicht mehr berührt, und sie überlegte, wie lange es schon her war.

Als sie ihr Kleid auf den Bügel hängte und die Schranktür schloss, versuchte sie, sich an das letzte Mal zu erinnern. Sie streckte die Arme aus, streifte ihr Nachthemd über und spürte, wie der Seidenstoff über ihren nackten Körper glitt, gleich Spinnfäden im Frühlingswind, und ging langsam ins Badezimmer. Sie hob den Blick und sah das Gesicht im Spiegel: die dunklen Locken, die an den Schläfen langsam silbrig wurden; die einst strahlenden und nun trüben Augen; die Fältchen rund um diese Augen und die anderen Falten – die auf beiden Seiten von ihrer Nase zu ihrem Mund, ihrem Kinn verliefen. Die Zeit, nicht Howard, hatte von ihr Besitz ergriffen und sie sich zu eigen gemacht, dachte sie. Sie presste die beiden winzigen Seifenstücke in ihren Händen zusammen, drehte den Wasserhahn auf und wusch die drohenden Tränen fort. Dann nahm sie das raue Handtuch und drückte es sich vor das Gesicht.

»Sechs Jahre«, sagte sie schließlich und schlug die dicke Daunendecke zurück. *Sechs Jahre*, dachte sie, schob ihre Beine unter das kühle Leinenlaken und zog die mehreren Lagen Decken über sich. Sie streckte den Arm aus, bediente einen Schalter und drehte sich auf die Seite, rieb ihre Füße an der heißen Wärmflasche unten im Bett und schlang die Arme um ihre Schultern, während sie in Erinnerungen versank.

Howard, der damals so hinreißend gewesen war, so aufmerksam und so sehr in sie verliebt, war mittlerweile gänzlich aus ihrem Leben verschwunden. Nun ähnelten sie Geschäftspartnern, die ein Haus, eine Familie führten und diesbezüglich alltägliche – oder vielmehr allwöchentliche – Entscheidungen trafen. Er kam, er ging. War ständig erschöpft. Früher war er anders gewesen, dachte sie, und ihr Herz stockte erneut.

Anfangs hatte sie die Gleichgültigkeit ihres Mannes auf den Krieg geschoben. Nicht, dass Howard an der Front gewesen wäre, Gott sei Dank nicht. Er war diesem Schrecken entkommen, weil man ihn und sein Unternehmen als unentbehrlich eingestuft hatte und weil er ohnehin zu alt gewesen war, damals schon. Nein, sie hatte den Krieg schlichtweg deshalb vorgeschoben, weil man damals *alles* mit ihm erklärt hatte: von allgemeinem Unwohlsein bis hin zu jeder kleinen Verhaltensänderung. *Das macht der Krieg,* hatte man so häufig gesagt, dass Mabel davon ausging, er sei auf irgendeine Weise auch für den Verlauf ihrer Ehe verantwortlich, und die tief sitzende Angst jener langen, finsteren Jahre habe auch Howards Liebe zu ihr versiegen lassen.

Sie hätte ihm, dachte sie nun, durchaus eine Art Atempause gewährt, vielleicht, damals. Aber ihre Entfremdung hatte sich fortgesetzt. Und in der ganzen Zeit, die ganzen Jahre hindurch hatte sie … unberührt … nur gelächelt; wenn er verspätet eintraf, wenn er früher wieder fuhr, hatte gelächelt über Telegramme, in denen stand: Komme später, hatte, allein, den Kindern zugelächelt. Die ganze Zeit über hatte sie gehofft, hatte gehofft, dass er in diesem Jahr – in diesem Monat, dieser Woche, dieser Nacht – zu ihr kommen, seine Arme zu ihr ausstrecken und sie noch einmal lieben würde. Sechs Frühjahre, sechs Sommer, sechs Herbste und Winter hatte sie gewartet … oder nicht? *Fünf*, korrigierte sie sich, lächelte und schloss die Augen.

Unten in der Küche zählte Mrs. Jessop ebenfalls: »Ein halbes Dutzend Perlhühner, vier Fasanenpaare … macht acht … drei Hasen, vier Tauben, zwei Gänse, ein Truthahn, ein Schinken.«

Sie würde Mr. Jessop holen, damit er erst ein paar Vögel rupfte und die Hasen häutete und dann Frikassee kochte … würde Hilda auf die Eiscreme zum Pfirsich Melba ansetzen, während sie das Hackfleisch und den Teig für die Pasteten zubereitete: zwei mit Schinken und Ei und zwei mit Taubenfleisch. Aber mit vier Tauben war es nicht getan, sie würden nicht reichen … Sie musste Stephen noch einmal mit dem Gewehr losschicken. Doch nein, Stephen wurde gebraucht, um die Auffahrten freizuräumen und Fahrdienste vom Bahnhof zu übernehmen. Und Mr. Jessop konnte sie nicht fragen, denn beim letzten Mal hatte ihm das zu sehr zugesetzt – ob es am Knall der Gewehrschüsse oder an der Waffe in der Hand gelegen hatte, wusste sie nicht genau.

Mrs. Jessops Mann sprach nicht viel. Genaugenommen hatte er seit seiner Rückkehr aus dem Krieg fast gar nichts gesagt. Anfangs war es zwar merkwürdig gewesen, mit jemandem zusammen zu sein, der nur schwieg, aber mittlerweile hatte sich Mrs. Jessop daran gewöhnt. Sie behalf sich bei ihren einseitigen Gesprächen anders und beantwortete alle Fragen, die sie (und andere) an ihn richteten, einfach selbst. Er war ein umgänglicher Zeitgenosse. Und er vergötterte Stephen, und Stephen behandelte ihn vorbildlich: geduldig, behutsam und fürsorglich.

Mrs. Jessop hatte ihre Schürze schon lange an den Haken gehängt und saß auf dem Stuhl mit der breiten, runden Rückenlehne neben dem noch warmen Herd. Neben ihr hingen die unterschiedlichsten langstieligen Kupferpfannen,

Schöpflöffel, Schaumkellen und große geschlitzte Holzlöffel. Eine Röstgabel und zwei Bügeleisen befanden sich auf der Ablage vor dem Herd, neben dem alten Blasebalg, den sie noch immer gern benutzte, und unter dem Messerkasten hingen die alten Dochtlöscher und die Scheren für die Kerzen.

All diese Gerätschaften waren wie Balsam für Mrs. Jessop, und sie liebte es, sie zu betrachten. Sie waren immer gleich geblieben und erinnerten sie an ihre Kindheit, als sie von früh bis spät auf dem Feld gearbeitet hatte, in der Ernte und beim Heuen, zusammen mit ihrem Großvater und ihrer Großmutter, ihren Eltern und Geschwistern. Mit sieben Jahren hatte sie die kleinen Vögel von den Steckrübensamen vertrieben, Krähen von den Erbsen verscheucht, mit einem weißen Taschentuch gewunken, das an einen Stock geknotet war, hatte von sechs Uhr morgens bis neun Uhr abends gearbeitet.

Mrs. Jessop liebte Erinnerungen. Sie saß gern um diese Tageszeit hier, wenn sie die Küche für sich allein hatte und die einzigen Geräusche das beruhigende Knarren, Klirren und Zittern der Rohre, der Dielen oder das Tropfen eines Wasserhahns und nun auch das unregelmäßige Surren des neuen Kühlschranks in der Speisekammer waren. Nicht, dass ihr das Ding geheuer wäre, wohlgemerkt. Sie hatte sich gerade erst wieder hingesetzt, nachdem sie nachgesehen und ihn aus sicherer Entfernung von der Speisekammertür aus beobachtet hatte, weil er wieder seltsam zu rattern begonnen und ihr einen Schrecken eingejagt hatte. Sie waren schließlich lange genug ohne ihn ausgekommen, und der Einsatz von Elektrizität für die Kühlung von Lebensmitteln erschien ihr unsinnig. Alles unnütze Kosten, wenn man sie fragte.

Aber die Leute schienen heutzutage wie besessen zu sein von neumodischen Apparaturen, überall wurde dafür annonciert – selbst in *Wahre Liebesgeschichten*.

Meinetwegen, hatte sie zu Mr. Jessop gesagt, *wenn man so viel Geld zum Fenster hinauswerfen will*, und er hatte ihr zugestimmt, hatte genickt – so, wie er das immer tat.

Sie konnte nur hoffen, dass niemand je vorschlug, einen neuen Herd anzuschaffen, dachte sie und betrachtete sein dunkles Äußeres. Drei massive Türen – zwei Augen und eine Nase – blickten sie flehend an, wie ein vertrautes altes Gesicht, das von der Vernichtung bedroht war. Nur über ihre Leiche. Niemand, der bei rechtem Verstand war, kochte mit Elektrizität. Sie ganz sicher nicht. Aber zugleich ahnte sie, dass die Neuerungen nicht eher aufhören würden, bis nicht *alles* anders war. Und das ganz ohne Not. Mehr Geld als Verstand, dachte sie manchmal, denn heutzutage konnte man beinahe alles kaufen, selbst Eiscreme. Sie zog dagegen ihr hausgemachtes Eis vor, das aus dem alten hölzernen Eisbereiter. In dessen äußeres Fass gab man das gestoßene Eis; Sahne, Zucker und andere Zutaten füllte man in die innere Schüssel, bevor man dann langsam und ausdauernd an der Kurbel drehte, bis die Sahne geschmeidig wurde – so, wie sie es vor vielen Jahren gelernt hatte.

Mrs. Jessops Gedanken trieben weiter dahin. Voller Wehmut sehnte sie sich nach der Vergangenheit zurück, die sich anfühlte wie eine schillernde Flügelspitze einer Libelle, die in dem langen, schwülen Sommer ihrer Erinnerung surrte. Von ganzem Herzen wünschte sie sich an jenen Ort zurück, sie lechzte danach, noch einmal die warme Sonne auf ihrem jugendlichen Nacken zu spüren, noch einmal einen Blick auf *ihn* zu erhaschen.

»Michael«, flüsterte sie.

Dass sie an ihn denken und hin und wieder seinen Namen laut aussprechen konnte, war einer der Gründe, weshalb sie abends um diese Zeit gern allein in der Küche saß. Jeder hing den eigenen Gedanken doch gern allein in der Stille nach; nur so konnte man sich richtig besinnen, und nur jetzt kam sie überhaupt dazu. Säße sie in diesem Augenblick bei ihrem Ehemann im Cottage, nun ja, dann könnte sie wohl kaum über Michael nachdenken, denn das wäre treulos gewesen ... und zudem könnte er sie lächeln sehen oder etwas in der Art und sich fragen, worüber sie nachdächte, und dann müsste sie es ihm erklären, denn zu lügen käme für sie nicht infrage, und wahrscheinlich bekäme er dann einen seiner Anfälle, und das wollte sie vermeiden. Nein, es war immer besser, alleine im Stillen über Michael nachzudenken.

Immer, wenn Mrs. Jessop an jene Zeit und an Michael zurückdachte, musste sie unweigerlich auch an ihre Cousine Nellie und Mr. Forbes denken. Sie ließ den Blick über den Tisch schweifen, der bereits für das Frühstück gedeckt war, über das Ensemble aus Eierbechern und Teetassen und Tellern, und der Anblick verwandelte sich, nun sah sie einen kleineren Tisch, eine Kellerküche und Mr. Forbes, der den winzigen Säugling im Arm hielt. Er konnte gut mit Säuglingen umgehen und würde sicher einmal eigene haben. Zur Vaterschaft vorherbestimmt, dachte sie. Nein, er war kein Heiliger, aber er hatte ein gutes Herz.

»Alles Vergangenheit«, murmelte Mrs. Jessop.

Aber in diesen Abendstunden klopfte die Vergangenheit immer öfter an, und wenn die verblassten Namen wieder auftauchten, war sie versucht, sich auch an die anderen zu erinnern, die einst mit ihr auf Eden Hall gewesen waren. Sie ging die Namen im Kopf durch und hielt dann inne. Sie wollte nicht rührselig werden; es war Weihnachten, und heute waren sie viel besser dran als damals. Aber es war schwer, in dieser Zeit des Jahres nicht an sie zu denken und sie nicht vor sich zu sehen und zu hören: die Geister aus der Küche und dem Dienstbotenzimmer. Aber es hatte sich so viel verändert, es waren so viele von ihnen gegangen, dass Mrs. Jessop jene Zeit häufig wie ein Traum erschien. Als hätte sie sich alles nur eingebildet. Als hätte sie sich ihn nur eingebildet, Michael.

Sie lächelte und schloss die Augen …

Die Sonne stand hoch am Himmel, die Wiese war sattgrün, voller Hahnenfuß und Mohnblumen. Sie konnte den Bach hören und das Summen der Bienen, sonst nichts. Gar nichts. Er sagte: »Hier ist es vollkommen.« Er sagte: »Du bist vollkommen.« Er sagte: »Denke immer daran.«

Sie hatte ihn sich nicht eingebildet: Sie hatte in ihrem Leben große Leidenschaft erlebt.

Die Wanduhr schlug zur halben Stunde. Im Haus war es still. *Alle schlafen*, dachte sie und kam vorsichtig auf die Beine. Die Schmerzen in der Hüfte waren abends noch schlimmer, und sie hatte viel zu lange auf diesem Stuhl gesessen. Die Rohre stießen ein weiteres Zischen aus, um gleich darauf laut loszurattern. Sie hoffte, dass sie nicht wieder einfroren und platzten. Als sie sich aufrichtete, verzog sie das Gesicht, sah sich um, legte den Kopf zur Seite und horchte auf ein Geräusch aus der Speisekammer. Aber auch der Apparat schien endlich schlafen gegangen zu sein, und so drehte sie das elektrische Licht aus und lief durch die Diele zur Hintertür, wobei sie sich flüsternd ihre Aufgaben für den nächsten Tag in Erinnerung rief.

Es schneite noch immer, als Mrs. Jessop mit ihrer Taschenlampe auf den Hof trat, und als sie sich den Schal über den Kopf zog, sah sie Licht im Fenster der Kutscherwohnung. Sie lächelte. Sie hatte Glück, die beiden zu haben, dachte sie: den einen, der zweifellos schlief, aber am Leben war, und den anderen, der noch hellwach war und was auch immer im Schilde führte. *Es ist, wie es ist, und das genügt*, sagte sie sich und schloss hinter sich die Tür ihres Cottages.

»Liebe Daisy«, schrieb Stephen. Er hielt inne. Er wusste noch immer nicht, wie er in Worte fassen sollte, was er ausdrücken wollte, und der Malt Whisky, der ihn überhaupt erst zum Schreiben veranlasst hatte, vernebelte die Worte auf dem Papier ebenso wie seine Gedanken. Er hörte das Klappern einer Tür im Hof und zündete sich eine weitere Zigarette an.

Er fragte sich, wo sie wohl war, was sie in diesem Augenblick tat. Sie schlief, dachte er: Sie schlief fest und träumte … Vielleicht träumte sie von ihm, dachte er, erlaubte sich eine Schwelgerei, die seine Mundwinkel zu einem müden Lächeln bewegte. Ach, könnte er bloß in einem ihrer Träume mitspielen. Das allein wäre schon genug. Ja, es wäre genug, um weiterzumachen … ein ganzes Jahr, mindestens. Und wie könnte er noch mehr erwarten?

Er sah hinunter auf den Namen und biss sich auf die Lippe. Es war ein alberner Gedanke, glaubte er und schwankte erneut, aber er musste es ihr gestehen, musste sie fragen. Er nahm sich ganz schön etwas heraus, würde seine Mutter sagen. Aber sie war altmodisch und in der Vergangenheit gefangen, und die Zeiten hatten sich geändert – oder etwa nicht?

Er zerknüllte das Papier in seiner Faust, kniff ein Auge zu

und zielte auf den Feuerrost: *Wenn ich treffe, gehört sie mir.* Es war sein neunter Treffer – von dreizehn. Nicht schlecht, dachte er, aber nicht gut genug.

»Liebe Daisy«, begann er erneut.

Am Ende eines dunklen Flurs und hinter einer anderen fest verschlossenen Tür saß Daisy am Schreibtisch über ihrem Tagebuch. Sie trug den langen Biberpelzmantel, den ihre Großmutter ihr geschenkt hatte, ihren gestreiften Schlafanzug aus Flanell und dicke Wollsocken. Trotz der Minusgrade draußen war der Vorhang noch zurückgezogen, und ein Fensterflügel stand offen. Auf dem äußeren Fensterbrett lag Schnee, und pudrige Flocken tanzten in den Raum, in dem auf dem Feuerrost noch immer orange die Asche glühte. Hin und wieder hob Daisy den Kopf, verfolgte gedankenverloren den Wirbelflug eines winzigen Kristalls, klopfte mit dem Stift an ihre Lippen.

Daisys Zimmer zählte zu den kleineren auf Eden Hall, von den Schlafzimmern war es sogar das kleinste und gehörte seit zwölf Jahren ihr, seitdem sie zu Kriegsbeginn vom Kinderzimmer im obersten Stockwerk heruntergezogen war. Der Mahagonitisch besaß zwei abschließbare Schubladen. In einer bewahrte Daisy ihr Tagebuch und ein paar unersetzliche Schätze auf: diverse Kieselsteine, einige Murmeln, eine getrocknete Nachtfalterraupe in einer alten Zigarrenschachtel, eine kaputte Schleuder und einige in schiefer Handschrift und auf ausgerissene Papierfetzen geschriebene Gedichte. In der anderen Schublade lagen weniger wertvolle Gegenstände: Knöpfe und Schnüre, Postkarten, Schmuckstücke und die Rougetiegel und Lippenstifte von Elizabeth Arden, die Iris ihr vermacht hatte.

Auf der Kommode stand der phrenologische Porzellankopf, den sie von Tante Dosia bekommen hatte und auf dem jede Gehirnregion und die zugehörige Funktion verzeichnet waren, wie Freundlichkeit und Befürchtungen. Daneben stand ein Regal, das jedes Buch enthielt, welches Daisy je gelesen hatte, und zudem die alte Sammlung ihrer Erinnerungsalben – mit krumm und schief eingeklebten Zeitungsausschnitten und Verzierungen. Es lehnte gegen eine Schrankwand, deren Vorderseiten mit demselben Papier aus rosa-grauem Flechtmuster beklebt waren wie die Wände. Zahlreiche Bleistiftskizzen und Aquarelle – manche verblasst, manche schlecht gerahmt, mit Blüten, Gräsern und Blättern, Pilzen und Schmetterlingen – zierten die Wände ebenso wie eine signierte Fotografie von Rudolph Valentino.

Nachdem sie sich früh zurückgezogen hatte, Zeit zum Nachdenken *und* für einen Drink gehabt hatte (Gin, den sie aus dem Vorratsschrank entwendet hatte, als Mrs. Jessop im Dienstbotenzimmer war), bestand für Daisy nun kein Zweifel mehr – kein einziger –, dass stimmte, was sie mit angehört hatte: Ihr Vater, Howard, hatte eine Mätresse. Er war nichts weiter als ein Schürzenjäger, ein wohlhabender Schürzenjäger. »Neureicher, untreuer Heuchler«, schrieb sie in ihr Tagebuch und unterstrich das letzte Wort gleich doppelt. Offenkundig war er ein Lüstling und unterschied sich vermutlich in nichts von jenem Mann, über den sie kürzlich gelesen und der drei verschiedene Familien unterhalten und zahllose Frauen in verschiedenen Teilen Nordlondons gehabt hatte. Und das arme Kind, dachte sie kopfschüttelnd, als ihr Nancys Worte in den Sinn kamen; irgendwo lebte eine weitere Schwester oder ein Bruder von ihr.

Es war ihre eigene Schuld, schalt sie sich, dass sie so

erschüttert, so verletzt war. Sie hatte ihren Vater vergöttert, ihm Eigenschaften zugesprochen, die er nie gehabt hatte. Er war nicht einmal gewöhnlich, denn um gewöhnlich zu sein, brauchte man ein Mindestmaß an Anstand, den Howard eindeutig nicht besaß.

Sie würde morgen früh als Erstes mit Stephen sprechen, beschloss sie. Sie musste erfahren, wohin genau er ihren Vater jeden Sonntagabend fuhr. Aber weshalb hatte Stephen ihr *nie* davon erzählt? »Hat er Geheimhaltung geschworen?«, fragte sie sich laut. Aber wog für ihn ein Versprechen an ihren Vater schwerer und bedeutete ihm mehr als *ihre* Freundschaft? Wenn das stimmte – sie schüttelte den Kopf, sie wusste, dass es stimmte –, dann hatte Stephen mit ihrem Vater heimlich gemeinsame Sache gemacht, hatte das Doppelleben ihres Vaters gutgeheißen.

Sie hielt sich die Nase zu, nahm noch einen Schluck aus der Flasche und zündete sich erneut eine von Iris' türkischen Zigaretten an. Dann lehnte sie sich auf ihrem Stuhl zurück, legte die Füße auf den Schreibtisch und versuchte, sich zu konzentrieren.

Ja, sie würde von Stephen eine Adresse erfahren. »Aber was soll sie schon nützen – eine Adresse?« Sie könnte nie selbst nach London fahren, und was sollte sie in einem Brief denn schreiben? Was sie gern getan *hätte* und was sie tun *konnte,* waren zwei verschiedene Dinge. Was sie gern getan hätte, war, nach London zu fahren und Mrs. Margot Vincent damit zu konfrontieren; was sie gern getan hätte, war, auf der Stelle mit der Zigarette in der Hand in das Schlafzimmer ihres Vaters zu marschieren und zu schreien: *Verdammter Hurensohn*, so wie die jungen Männer, die während des Krieges bei ihnen gewohnt hatten. Aber was hätte sie schon davon gehabt? Und wenn ihre Mutter ohnehin Bescheid wusste, *wenn* sie es wissentlich ignoriert hatte, hatte sie ihn nicht wie alle anderen geschützt? Und war sie dann nicht genauso schuldig?

Die Sache war verwirrend und kaum zu glauben. Sie musste nachdenken …

Weshalb eigentlich *dachten* Frauen nicht nach? Weshalb ließen sie … sich so behandeln? Immerhin schrieb man demnächst das Jahr 1927! Wie sollten Frauen je gleichberechtigt sein, wenn sie eine solche Behandlung zuließen? Wenn sie sich an Männer versklavten, sich ihnen unterordneten, sie in Schutz nahmen. Die Welt brauchte mehr Frauen wie ihre Tante Dosia. Sie scherte sich nicht darum, was irgendein Mann dachte oder was *überhaupt* jemand dachte.

Daisy kam ein neuer Gedanke: Ihr Vater benutzte sowohl Mabel *als auch* Margot Vincent. Die eine sollte sich um sein Haus und seine Familie kümmern, die andere … Nein, sie ertrug den Gedanken daran nicht, was ihr Vater und diese Schauspielerin trieben. Sie schüttelte den Kopf – er war über fünfzig! Und sie vermutete, dass Mrs. Vincent schon ähnlich alt war.

Daisy nahm die Füße herunter und griff nach dem Stift. Sie sah auf die Zigarette in ihrer Hand: schon wieder verloschen. Diese Raucherei war eine hohe Kunst. Sie lehnte sich vor, schnippte das Ding aus dem offenen Fenster, hielt sich anschließend die Nase zu, nahm einen weiteren Schluck, schauderte und schrieb: »Heute Abend habe ich angefangen zu trinken und zu rauchen, und morgen schneide ich mir die Haare ab.«

Sie hielt erneut inne und schnupperte in die Luft. Es roch seltsam, unangenehm, beißend, fast nach Rauch, überlegte sie. Sekunden später, nachdem sie den glühenden Zigarettenstummel aus dem Pelz ihres Mantels geschnipst hatte, gestolpert war, den phrenologischen Kopf vom Boden aufgehoben und den Riss gesehen hatte – ein Haarriss, der mitten durch das Urteilsvermögen lief –, war es um sie geschehen. Sie setzte sich auf den Fußboden und weinte.

Daisy hörte nicht, wie die Tür geöffnet wurde. Sie sah Iris' zinnoberrote Fußnägel vor sich über den Teppich laufen, hörte, wie das Fenster geschlossen wurde. Sie spürte, wie ihr der Porzellankopf aus der Hand genommen wurde. Dann hörte sie sich zwischen den Schluchzern sagen: »Er ist ein Lügner, Iris … Er ist ein verdammter Lügner.«

»Ja, Süße, ich weiß.«

7

Erschöpft von ihrer kleinen Revolte am Abend zuvor, sterbenselend und weiß wie frisch gefallener Schnee, stand Daisy auf und kleidete sich rasch an. Immer noch zitternd, zog sie die Vorhänge zurück, ließ die alabasterweiße Landschaft hinter der vereisten Fensterscheibe auf sich wirken, schnürte schließlich ihre Lederstiefel, zog den Pelzmantel an, nahm ihren Hut und lief in die Küche hinunter. Sie wartete einen Augenblick, bevor sie die Tür öffnete; wartete, ob das Gespräch vom vergangenen Abend zu Ende war.

Es war alles in Ordnung. Mrs. Jessop redete über Gott. Zu Weihnachten ging es immer um Gott und um Barmherzigkeit und das Fügen ins eigene Schicksal, und Mrs. Jessop sprach jedes Mal in einer veränderten Stimmlage und mit sorgfältiger Betonung über ihn, als könne er sie hören. Wie mit einer Telefonstimme, dachte Daisy. Nicht, dass Mrs. Jessop das Telefon benutzte, vermutlich hatte sie es nie berührt.

»Das ist das Problem in unserem Land«, sagte Mrs. Jessop soeben. Sie kauerte neben dem Ofen, noch immer in ihren Schal gehüllt. Sie blickte in eine große, brodelnde Pfanne, Dampfwolken umhüllten ihr Gesicht, Tröpfchen sammelten sich bereits auf ihrer Stirn. In der Küche roch es wie immer nach gekochtem Kohl und Bienenwachs und Karbolseife.

»Wenn ich Premierminister wäre«, fuhr sie fort, »stünde er ganz oben auf meiner Liste. Oh ja, bei mir wäre der Gottesdienst Pflicht ... Gott wäre eine Pflicht.«

»Du kannst ihn niemandem aufzwingen. Das wäre ja wie ...«, Nancy brauchte einen Augenblick, »... wie Kommunismus. Aber wie dem auch sei, ich glaube, der Krieg ist schuld«, sagte sie. »All die ganzen Gebete ... und wofür?«

»Aber es geht doch gar nicht nur um dieses Leben, oder? Nein – gesegnet sind die Armen, denn ihnen gehört das Himmelreich, Nancy.«

»Oh, guten Morgen, Miss«, sagte Nancy, als sie den Blick vom Silberbesteck hob, das vor ihr auf dem Tisch ausgebreitet war, und Daisy bemerkte. »Raus in den Schnee?«

»Ja, ich dachte, ich unternehme einen kleinen Spaziergang.«

Nancy sah sie an: »Hm, Sie wirken tatsächlich, als könnten Sie ein bisschen frische Luft vertragen.«

»Ist Stephen in der Kutscherwohnung?«

»Nein, er räumt den Schnee von der Einfahrt. Ist schon seit sieben mit Mr. Blundell dran«, erwiderte Nancy.

Mrs. Jessop drehte sich zu Daisy um, und in diesem Augenblick spürte Daisy – unter den zusammengekniffenen Augen der Köchin –, dass sie sich nun anders fühlte, entblößt, als hätte ihr Wissen um die Sittenlosigkeit ihres Vaters sie ebenfalls besudelt; als schlössen die beiden von ihm auf sie. Sie lief schnell auf die Tür zum Gang zu. Mrs. Jessop rief ihr nach: »Passen Sie gut auf, es ist glatt draußen.«

Der Gang lag auf der Rückseite des Hauses, hatte einen Boden aus roten Ziegeln, die im Fischgrätmuster verlegt waren, und unbemalte Steinwände. Auf der einen Seite des Ganges blickte eine Reihe runder Fenster zum Hof, und auf der anderen Seite lagen kleine, zellenähnliche Räume mit Steinfußboden und Gitterfenstern: die Speisekammer mit dem neuen Kühlschrank (Mrs. Jessop hatte sich geweigert, ihn in die Küche zu stellen – aus Sicherheitsgründen, wie sie sagte) und dem großen Spülstein, der Vorratsraum mit den Schieferbänken und gut gefüllten Regalen und daneben die Vorratskammer des Butlers, die Blumen-, die Stiefel- und die Gepäckkammer. Ganz am Ende des Ganges – neben der Tür, dem Lieferanteneingang – lagen die verschlossene Waffenkammer und zudem die Lagerräume für Kohle und Holz.

Hilda werkelte bereits in der Blumenkammer und kämpfte mit frisch geschnittenen Stechpalmenzweigen und Tannengrün. Der alte Jessop stand in Schürze und Hut und mit dem Rücken zur offenen Tür in der Stiefelkammer und hatte die unterschiedlichsten Schuhe und Stiefel auf der Bank vor sich aufgereiht. Als Daisy vorbeilief, hörte sie, wie er sich fragte: »Ist das hier Schwarz, oder ist das Braun?« Es war ungewohnt, diesen Mann etwas sagen zu hören.

Die Scheiben der halb verglasten Tür, die hinter den Gitterstäben lagen, waren vom Eis undurchsichtig geworden, und Daisy blieb einen Augenblick stehen, um sich die verworrenen Muster der Kristalle genauer anzusehen. Wie ein mikroskopisch kleines Universum aus explodierten Sternen, dachte sie und kratzte am Glas. Als sie nach draußen trat, regte sich nichts, und es war gespenstisch still. Der blasse Himmel wölbte sich tief, wirkte schwer von noch ungefallenem Schnee. Lange Eiszapfen hingen von den Abflussrohren und Regenrinnen und von dem vertrockneten Efeu, der sich an die Mauern des Kutscherhauses klammerte. Daisy lief weiter, folgte dem frisch geräumten Kiesweg durch den Schnee über den Hof und hinaus in die Einfahrt. Das einzige

Geräusch, das die Stille durchbrach, war das gelegentliche sanfte Rascheln, wenn Schnee von einem Giebel rutschte oder durch die Zweige der Bäume fiel.

Als sie die Männer am Ende der Einfahrt erblickte, lief Daisy eifriger, und während sie näher kam, rief sie Stephens Namen. Er sah auf und lehnte sich – den Blick auf sie gerichtet – einen Augenblick auf seine Schaufel, bevor er sie auf seine Schulter schwang und auf Daisy zulief. Sie holte tief Luft und kniff sich in die Wangen.

Stephen lüftete die Mütze und nickte. »Daisy …«

»Ich habe gehofft, dich hier zu finden … Ich muss mit dir reden.« Sie kam näher. »Ich muss alles über Margot Vincent wissen.«

Stephen wandte den Blick ab und schloss die Augen.

»Ich kann nicht glauben, dass du Bescheid wusstest und mir nie etwas erzählt hast. Ich kann nicht glauben, dass du es mir verheimlicht hast.«

Er stellte die Schaufel ab, rammte sie aufrecht in eine Schneewehe und sah sie wieder an. »Ich konnte es dir nicht erzählen«, schüttelte er den Kopf. »Ich konnte es nicht.«

»Wo wohnt sie? Ich will eine Adresse.«

»London, Flood Street, Nummer sechsundsechzig.« Er schob die Mütze zurück, verdeckte die Augen mit den Händen. »Dein Vater wird vor Scham im Boden versinken.«

»Nein, er darf es gar nicht wissen, dass ich Bescheid weiß. Ich will nicht, dass er es erfährt. Du musst mir versprechen, dass du ihm kein Wort sagst.«

Stephen nickte.

»Versprochen?«

»Versprochen.«

»Ist sie verheiratet?«, fragte Daisy. Sie wusste, dass es

viele Frauen gab, die ihrem Namen ein *Mrs.* voranstellten, ohne verheiratet zu sein.

»Verwitwet, aber noch nicht lange.«

»Hat sie Kinder?«

»Eins. Einen Sohn. Er heißt Valentine.«

»*Valentine*? Was ist denn das für ein Name?«

»Ein Name, wie ihn Schauspielerinnen ihren Kindern geben.«

»Hast du ihn einmal kennengelernt?«

»Ja.«

»Wie ist er so?«

»Nett … Ich glaube, du würdest ihn mögen.«

»Wie lange geht das schon?«

»Ich … ich bin nicht sicher.«

»Wie lange?«

»Schon eine ganze Weile, glaube ich … aber …«

»Hat sie einen großen Busen?«

»Daisy …«

»Ich hasse sie.«

Sie schwiegen einen Augenblick, keiner mochte den anderen ansehen. Dann sagte Daisy erneut: »Ich kann nicht glauben, dass du es mir nie erzählt hast … dass du mir etwas, das so wichtig, so bedeutend für mich und mein Leben ist, verheimlicht hast.«

»Es tut mir leid.«

Sie erwiderte seinen Blick, sah ihm in die Augen – und fühlte sich auf einmal erbärmlich und schuldig und müde. Sie zuckte mit den Schultern. »Und ich dachte, wir wären Freunde«, sagte sie, wandte sich um und lief davon.

Als sie vom Kiesweg abbog und durch den Schnee stapfte, war ihr ungewöhnlich warm unter all den Lagen aus Wolle und dem Gewicht des Pelzes. In ihrem Kopf pochte es, ihre Glieder fühlten sich schwer an, und sie hatte einen bitteren metallischen Geschmack im Mund. Im Haus brühte Nancy ihr eine Tasse Tee auf und bot ihr einen Toast an, aber die Gerüche in der Küche verstärkten ihre Übelkeit nur noch. Und später, als sie mit Farbe und Papier, einem Glas Wasser und einem feinen Pinsel aus Zobelhaar im Salon vor dem Erkerfenster saß, fühlte Daisy sich noch immer nicht besser.

Das Licht, das in diesem Zimmer immer hell war, so hell, dass Daisy schon oft gedacht hatte, der Raum würde sich hervorragend als Kunstatelier eignen, war an diesem Morgen noch strahlender als sonst. Die mit goldenen Blättern gemusterte Tapete und die verblichenen Samt- und Seidenstoffe in Bronze- und Kupfertönen glänzten so schillernd, dass es Daisy an einen sonnenreichen Herbstmorgen erinnerte. So wie in der kurzen Zeit, meist im November, dachte sie, wenn die Bäume ihre leuchtenden Blätter noch halten und das Auge betören, bevor das Laub herabfällt.

Daisy war noch unentschlossen, was ihre Berufswahl betraf, ob sie Malerin oder Schriftstellerin werden wollte, und nun erschien es ihr vollkommen unerheblich. Stoff, aus dem nur Träume waren, dachte sie: Fantasien, so kindisch wie die Vorstellung vom Himmel … oder von wahrer Liebe … oder einem treuen Ehemann.

Sie drehte sich zu ihrer Schneekugel auf dem Tisch neben sich. Auch jetzt noch stellte sie sich vor, wenn sie nur lange genug hineinblickte, könnte sie alle sehen: noch immer zwergenhaft, aber zitternd und frierend, mit der Hoffnung auf ein Entkommen und doch gefangen hinter den winzigen Fenstern eines winzigen Hauses in einer winzigen eingeschneiten Welt. Wenn sie die Kugel zerschlug, das Glas zertrümmerte, konnte sie vielleicht alle und sich selbst befreien. Denn Eden Hall war ein – wenn auch fürstliches – Gefängnis, und sie war überhaupt nur einmal ausgebrochen.

Das war vor drei Jahren gewesen, nachdem sie ihren Vater eindringlich gebeten hatte, ein gemischtes Internat in der Nähe besuchen zu dürfen.

»*Bedales*?«, hatte er wiederholt. »Das ist nicht einmal eine richtige Schule, oder?«

Daisy war nur zwei Halbjahre dort gewesen, bevor sie die dortige Gesellschaft für Freikörperkultur erwähnt hatte und ihre Eltern sich einig gewesen waren, dass eine Ausbildung im Nacktbaden nicht das war, wofür sie Geld ausgeben wollten.

Kürzlich hatte sie erneut ihren Vater ersucht, hatte ihm erzählt, sie habe von einem hervorragenden Kurs an der *South Kensington School of Art* gehört. Sie erinnerte sich an das Gespräch, als sei es gestern gewesen. Wieder verweigerte er ihr einen Wunsch: Künstler, sagte er, seien unweigerlich mittellose, verstörte Seelen, die das wenige Geld, das sie verdienten, für Gin und Zigaretten ausgaben. Ob sie denn wirklich ein *solches* Leben führen wolle? Damals hatte sie gelacht, sein grauer werdendes Haar zerzaust und gesagt, er entwickle sich zu einem alten Griesgram.

»Du hast Talent, das weiß ich … aber ernsthaft, Dodo, Malerei? Das ist kein richtiger Beruf … und du brauchst auch keinen Beruf. Eines Tages wird dein zukünftiger Ehemann erscheinen und einen mitbringen.«

»Iris arbeitet auch.«

Er lächelte. »Iris' kleiner Laden ist eine Liebhaberei, Darling. Sie verkauft Kleider an ihre Freundinnen. Und außerdem bist du nicht Iris.«

»Ich könnte sehr wohl eine Stelle annehmen«, sagte sie gekränkt. »Und dann würde ich mein eigenes Geld verdienen und wäre unabhängig. Ich bin sicher, ich würde etwas finden … Vielleicht in einer Kunstgalerie oder einem Buchladen …«

Ihr Vater lachte. »Mein liebes Mädchen, das steht außer Frage.«

»Aber weshalb?«, beharrte sie. »Weshalb steht das außer Frage? Ich schlage ja nicht vor wegzulaufen und zum Zirkus zu gehen oder Schauspielerin zu werden … und zudem könnte ich mich sogar um dich kümmern«, fuhr sie fort. »Ich könnte in der Woche bei dir in London wohnen … Wir könnten ins Restaurant gehen, ins Theater … Du musst doch einsam sein da oben, die Woche über so ganz alleine.«

Howard fuhr sich durchs Haar. »Das ist die andere Sache. Möglicherweise werde ich das Haus in London verkaufen.«

»Verkaufen?«

»Ja … es … wird nicht mehr gebraucht«, sagte er und sah sie an. »Da Iris lieber woanders wohnt, eine Wohnung mietet, und ich meinen Club habe … ist es nicht mehr notwendig. Wobei mir lieber wäre, du würdest es den anderen nicht erzählen, noch nicht zumindest.«

»Natürlich nicht.«

Das Haus in London war vermutlich tatsächlich entbehrlich, reinster Überfluss, dachte Daisy. Viele Familien, die sie kannten, hatten sich in letzter Zeit von einem ihrer Häuser getrennt. Das war, wie Noonie sagte, der Lauf der Dinge. Und ihr Vater musste sich einsam fühlen, die ganze Woche über ganz alleine dort oben. Es verwunderte sie nicht, dass er seine Abende lieber im Club verbrachte, wo er Gesellschaft hatte, Männer wie ihn. Es war ihr ohnehin reichlich selbstsüchtig erschienen, dass Iris auf einer eigenen Wohnung bestanden hatte, obwohl es doch ein großartiges Haus gab, in dem sie bei dem armen Howard hätte wohnen können. Aber ihr Vater und ihre ältere Schwester sahen sich schon seit Jahren nicht mehr in die Augen, und vermutlich war es am besten, wenn sie nicht unter einem Dach lebten.

»Ich werde traurig sein, wenn wir das Haus aufgeben«, sagte sie, weil ihr nichts Besseres einfiel und weil sie eine Welle aus Mitleid für ihren Vater überkam. »Aber ich könnte bei Iris wohnen ... Bei ihr ist noch ein Zimmer frei.«

Er schüttelte den Kopf.

»Aber ich bin achtzehn ... fast neunzehn«, bettelte sie, »und du hast gesagt ... du hast gesagt, wenn ich achtzehn bin, denkst du darüber nach; du hast gesagt, du denkst darüber nach, ob ich nach London gehen kann.«

»Daisy, Daisy, Daisy. Du magst achtzehn sein, aber du bist immer noch zu jung, um auszuziehen und alleine zu wohnen.«

»Aber ich wäre ja auch gar nicht alleine«, sagte sie eifrig. »Ich würde bei Iris wohnen.«

Erneut zählte sie auf, wie jämmerlich ihr Leben war, wie schrecklich ungerecht sie alles fand und dass er sich gar nicht vorstellen konnte, wie es für sie war; dass Männer all die aufregenden Dinge tun konnten, die schönsten Orte sahen, tun und lassen konnten, was sie wollten. Ihr Vater brummte, murmelte etwas, gab aber nichts Eindeutiges von sich. Ob er bitte darüber nachdenken würde?, bettelte sie. Ja, willigte er schließlich ein, er werde es in Betracht ziehen, aber er könne nichts versprechen.

Das war vor beinahe drei Monaten gewesen, und seither hatte keiner von ihnen ein Wort darüber verloren. Nun verstand sie, weshalb Iris zögerte, bei ihrem Vater zu leben, und weshalb er nicht wollte, dass sie – Daisy – zu ihm zog und bei ihm wohnte. Er musste Panik bekommen haben, als Iris verkündet hatte – denn sie hatte es einfach verkündet, sie bat nie um Erlaubnis –, sie werde in London wohnen, und zwar in einer Mietwohnung in Chelsea, und in der Nähe ein Geschäft eröffnen.

Wie schnell begriff man alles, wenn man erst einmal die Tatsachen kannte, dachte Daisy nun. Sie tupfte die feine Zobelspitze ihres Pinsels in die grüne Farbe auf ihrer Palette und sah auf den Stechpalmenzweig, der auf dem polierten Tisch vor ihr gegen die Schneekugel lehnte. Aber in ihrem Kopf pochte es noch immer, und als ihre Mutter in der Türe des Salons erschien, gab Daisy auf und legte ihren Pinsel nieder.

»Jessop ist losgefahren, um Benedict und Miles abzuholen, aber ich mache mir auf diesen verschneiten Straßen Sorgen um ihn … Zudem haben die Züge sicherlich Verspätung«, sagte Mabel.

Sie kam näher und stellte sich neben Daisy ans Fenster. Sie verschränkte ihre Hände, und Daisy – die sie beobachtete, die jedes Detail an ihr wahrnahm – dachte: Wie kann er sie nicht lieben? Wie kann er so grausam sein?

Mabel hob den Blick, beobachtete erneut die fallenden Schneeflocken. »Wirklich lästig«, dachte sie laut. »Ich sollte Mrs. Jessop bitten, den Lunch auf halb zwei zu verschieben … aber sie wird nicht glücklich darüber sein, und dein Vater hasst es, wenn wir nicht pünktlich essen.«

»Er ist ja nicht der verdammte König!«

Mabel sah sie streng an.

»Tut mir leid.«

Mabel lief zum Tisch, hob den Stechpalmenzweig hoch und betrachtete ihn einen Augenblick. Dann zog sie ein besticktes Taschentuch aus ihrem Ärmel, wischte damit über den polierten Tisch und verließ den Raum. Daisys Stechpalmenzweig nahm sie mit.

Es war beinahe zwei Uhr, als sich die soeben erweiterte Familie im Speisesaal versammelte und zu Mrs. Jessops Hasenfrikassee niederließ. Dazu gab es Klöße, die hart waren wie das Eis draußen. Mabel blickte über die mit einem Leinentischtuch bedeckte lange Tafel. Sie war frisch mit Gestecken aus Stechpalmenzweigen, Beeren, Eukalyptus und Efeu geschmückt, die ebenso gleichmäßig angeordnet waren wie die drei Kerzenleuchter. Sie entschuldigte sich für die *unvermeidbare Verspätung*. Howard seufzte und schob die hart gewordenen Kugeln an den Tellerrand. Noonie sagte: »Oh, ich habe ganz vergessen, dir zu sagen, Mabel, dass ich beschlossen habe, kein Fleisch mehr zu essen … wegen meiner *Zähne*«, fügte sie in lautem Flüsterton hinzu und offenbarte ihrer Tochter mit gebleckten Zähnen ihr neues falsches Gebiss.

Miles riss wie immer das Gespräch an sich, seine Stimme war noch lauter als sonst, und er schwadronierte unaufhörlich über seine Arbeit in der Bank und über Zinssätze und dass er wahrscheinlich befördert werde – im Januar, so glaube er. Wie Lily ihn ertrug, war Daisy schleierhaft, aber Lily hatte immer schon einen Bankangestellten heiraten wollen, als hätte er unbeschränkten Zugang zu den Tresoren. Von Howard hatten sie zur Hochzeit ein Haus mit drei Schlafzimmern in Putney geschenkt bekommen, von wo aus Miles leicht mit dem Zug in die Stadt fahren konnte. Lilys

Leben bestand aus Tennis und Bridge, Shopping, nachmittäglichen Besuchen und Verabredungen und glich damit ganz dem – wenn auch in anderem Maße – ihrer Mutter und Großmutter. Für andere Dinge fehlte ihr einfach die Vorstellungskraft, dachte Daisy.

Sie führten ein typisches Vorstadtleben, hatte Iris gemeint und prophezeit, dass Miles sich vermutlich eines Tages in einer verwahrlosten Gegend eine Geliebte halten werde. »Bankbeamte machen so etwas«, hatte sie hinzugefügt.

»Bist du noch immer Sozialistin, Dosia?«, fragte Miles nun.

Diese Frage musste sie ungemein langweilen, dachte Daisy. Aber bevor Dosia antworten konnte, fuhr Howard dazwischen: »Miles, bitte. Keine Politik beim Lunch.«

Anschließend folgte ein Gespräch über Daisys Blässe, angestoßen von Mabel, die sagte: »Du siehst furchtbar bleich aus, Liebes ... Fühlst du dich noch immer angeschlagen?«

»Nein, ich fühle mich nicht *angeschlagen*«, erwiderte Daisy ungewollt schroff – und sah zu Ben Gifford hinüber.

»Ihr Gesicht hat dieselbe Farbe wie der Himmel«, behauptete Iris.

»Oder wie der Weihnachtsbaum«, ergänzte Lily und warf Miles ein Lächeln zu.

»Grün!«, sagte Noonie. »Das Mädchen ist ja ganz grün, Mabel.«

»Sie braucht frische Luft«, erklärte Dosia und erhob sich, um sich vorzubeugen und Howards Klöße aufzuspießen. »Heutzutage bekommen junge Mädchen davon gar nicht mehr genug. Ich dagegen habe immer schon bei offenem Fenster geschlafen, sogar im Winter, und ich hatte noch nie Probleme mit dem Kreislauf.«

»Weshalb läuft Dosia in ihrem Zimmer in London im Kreis?«, fragte Noonie Mabel leise.

Daisy versuchte zu lächeln. Sie schob ihr Essen hin und her, schichtete es an verschiedenen Stellen auf dem bunten *Crown-Derby*-Porzellan auf und schob sich nur winzige Häppchen in den Mund. Es war der Geruch, dachte sie, der die Übelkeit verursachte. In ihrem Kopf pochte es noch immer, und in Wahrheit fühlte sie sich elender als zuvor.

Als der Nachtisch serviert wurde, lehnte der bis dahin schweigsame Howard den Pfirsich Melba mit einem Handzeichen ab. Dafür nahm Noonie seinen *und* ihren eigenen und sagte: »Pfirsiche! Ich könnte bis in alle Ewigkeit von Dosenpfirsichen leben!« Da schob Howard seinen Stuhl zurück und stand auf, murmelte etwas von Sodbrennen in Richtung Fenster und entschuldigte sich. Anschließend sahen alle so aus, als sackten sie aus allgemeiner Erleichterung in sich zusammen.

Daisy sah zu Ben hinüber, der zwischen Lily und Iris saß, ihr direkt gegenüber, aber die tiefe Enttäuschung über ihren Vater schien sich auf alles und jeden um sie herum gelegt zu haben. Benedict Gifford reichte nicht an ihre Erwartungen heran. Er war ganz anders, als sie ihn in Erinnerung hatte. Er war älter, ein gutes Stück älter sogar, und sein Haar war schütter und gar nicht dunkel. Er sah sie nicht an, hatte seit seiner Ankunft kaum ein Wort mit ihr gewechselt, und als er etwas sagte, war sie von seiner Stimme überrascht, weil sie zittrig und leicht schrill klang. Aber auch Daisy war ungewöhnlich still, was vor allem ihrer Übelkeit geschuldet war, die in regelmäßigen Wellen aufstieg und derentwegen sie kurz davor stand, sich zu entschuldigen und zur Toilette zu laufen. Aber es lag auch an ihrem Entschluss, nur das Allernötigste zu sagen, wenn ihr Vater im Raum war.

Es hatte aufgehört zu schneien, und Lily schlug vor, nach dem Lunch einen Spaziergang über das Gelände zu unternehmen, eine Idee, die alle begrüßten. Sie könnten den alten Schlitten aus dem Kutscherhaus holen, sagte Miles, und hinüber ins *Devil's Punchbowl* fahren. Da kam Nancy mit dem Kaffeetablett und einem Telegramm für Mabel herein.

Als Daisy den Namen hörte, fragte sie sich erst, ob es ihr noch schlechter ging als gedacht, ob sie womöglich sogar an Fieberträumen litt. Aber dann wiederholte ihre Mutter ihn. Gewiss nur ein Zufall, dachte Daisy lächelnd und spürte, wie sie errötete. Mabel sprach noch immer mit Nancy und nannte ihr die neue Anzahl der Dinnergäste.

»Bitte richte Mrs. Jessop meine Entschuldigung aus, aber ich habe selbst soeben erst ihre Bestätigung bekommen«, sagte Mabel, und Nancy verließ den Raum – mit seltsamem Lächeln, wie Daisy bemerkte.

»Welche Bestätigung?«, fragte Daisy.

»Sie haben sich gerade erst zurückgemeldet. Mrs. Vincent und ihr Sohn Valentine werden uns an Weihnachten beehren.«

Daisy sah zu Iris hinüber, die gar nichts zu bemerken schien und sich mit Dosia unterhielt; sie sah zu Lily hinüber, die Miles tief in die Augen blickte, und dann zu Noonie, die sich gerade den letzten Pfirsich in den Mund schob. Daisys Übelkeit wurde schlimmer. Sie schwitzte. Sie stotterte: »Aber … aber … wer *ist* denn diese Mrs. Vincent? Und weshalb kommt sie her?«

»Daisy! Wirklich. Wo sind bloß deine Manieren?«

»Ich glaube, ich muss mit dir reden, Mutter. Allein.«

8

Mabel ließ sich an ihrem Sekretär nieder. Sie schien ungerührt, aber augenblicklich abgelenkt von der zunehmenden Zahl an Schriftstücken und handschriftlichen Listen vor sich. »Himmel, es ist noch eine ganze Menge zu tun«, seufzte sie. Dann drehte sie sich zu Daisy um, die wie vor den Kopf geschlagen war.

»Ja?«

»Also … es ist so, dass … ich glaube, du solltest erfahren …«

»Ja?«

»Du solltest ein paar Dinge erfahren.«

Mabel blinzelte und zuckte die Schultern. »Ein paar Dinge?«

»Ich bin nicht sicher, was Mrs. Vincent angeht.«

»Nicht sicher? Was um alles in der Welt meinst du damit?«

Daisy begann, im Zimmer auf und ab zu laufen, und blieb dann stehen. In ihrem Kopf drehte sich alles. Sie sagte: »Wir kennen sie nicht.«

»*Du* kennst sie vielleicht nicht, aber Mrs. Vincent ist eine langjährige Freundin deines Vaters.«

»Kennst *du* sie auch?«

Mabel nickte lächelnd.

Wie ein Lamm vor der Schlachtbank, dachte Daisy und wurde erneut von Übelkeit erfasst. »Ach Mummy … Aber Margot ist …«

»Ach, du hast also doch schon von ihr gehört. Sie ist sehr berühmt, und ich glaube, als du noch klein warst, hast du sie sehr wohl schon einmal kennengelernt – nachdem dein Vater, du und ich sie in London auf der Bühne gesehen haben in …«

»Du meinst, er kennt sie schon all die Jahre?«

»Ja, schon lange, bevor er mich kennenlernte.«

»Ich will nicht, dass sie herkommt … Und ich glaube nicht, dass du weißt, was du da tust.«

»Bitte sei nicht töricht, Daisy. Ich weiß sehr wohl, was ich tue. Dein Vater hat viel gearbeitet, und ihr Besuch ist eine kleine Überraschung für ihn«, sagte Mabel und wandte den Blick ab. »Es ist immer schön, alte Freunde wiederzusehen.«

Eine kleine Überraschung für ihn, sinnierte Daisy, *eine kleine Überraschung* … Ihr war heiß, ihr war übel, und einen Augenblick befürchtete sie, ohnmächtig zu werden. Sie hielt sich am Kaminsims fest. »Wann kommt sie an?«

»In einer Stunde etwa, denke ich …«

»In einer Stunde!«

Mabel stand auf. Sie lief auf Daisy zu und legte ihr die Hand auf die Stirn. »Oh weh, du hast ja Fieber!«

»Ich habe kein Fieber, Mutter. Ich bin nur ein wenig …«

Daisy hörte, wie Mabel etwas von Hinsetzen sagte, aber als die Lampen zu flackern begannen, wurden die Worte ihrer Mutter aus dem Zimmer gesaugt, und dann wurde alles schwarz.

Es musste schon eine ganze Weile vergangen sein, denn Daisys Gefühl nach waren die vorausgegangenen Momente länger her, als üblich gewesen wäre. Sie konnte Stimmen hören. Ihr Vater sagte, es sehe böse aus, und Mutter erwiderte, es sei aber vermutlich nicht so schlimm, wie es aussehe, und dass Nancy schon alles wegräumen werde. Aber wie sollte Nancy den ganzen Schnee wegräumen?

Als Daisy die Augen öffnete, lag sie auf dem Rücken auf der karierten Chaiselongue in Mabels Boudoir. Howard saß in dem Korbsessel neben ihr, lehnte sich über sie und streichelte ihre Stirn. Sie schob seine Hand zur Seite.

»Dodo«, sagte er, »was ist denn los, hm? Deine Mutter hat gesagt, du willst nicht, dass Besuch kommt … aber es ist Weihnachten, die Zeit des Jahres, die du am liebsten magst, und wir haben doch zu Weihnachten immer Besuch.«

Iris und Lily standen neben Mabel: Lily beobachtete sie mit verschränkten Armen, Iris lächelte freundlich, und Mabel kräuselte die Stirn.

Daisy hörte, wie Lily flüsterte: »Ich glaube, ihr solltet den Arzt rufen lassen … nach gestern Abend – und nun auch noch das.«

Verfluchte Lily. Sie würde wegen eines Mückenstichs den Arzt rufen.

Daisy versuchte sich aufzurichten. »Nein, ich will keinen Arzt. Ich brauche keinen Arzt. Es geht mir gut«, sagte sie.

Mabel eilte sofort herbei. »Lehn dich wieder zurück, Liebes. Du bist schwer gestürzt.«

Da spürte Daisy den Schmerz und fasste sich an den Kopf. Ihr Haaransatz und ihre Stirn waren feucht und klebrig, und als sie auf ihre Finger sah, waren sie rot verschmiert.

»Du bist ohnmächtig geworden«, sagte Howard und musterte sie. »Und im Sturz hast du dir den Kopf an der Kante des Sekretärs deiner Mutter angeschlagen.«

In diesem Augenblick erschien Nancy mit einer Flasche Jod und einer Rolle weißer Watte. Howard machte Nancy Platz, die Daisys Kopf wusch und sie dabei unentwegt ansah und flötete: »Ach, meine Arme … armes kleines Lämmchen …«

»Muss es genäht werden?«, fragte Howard.

»Nein, ich glaube nicht«, erwiderte Nancy. Dann sagte sie zu Daisy: »Aber ich fürchte, du wirst dir ein paar Tage nicht die Haare waschen können. Erst wieder, wenn die Wunde, die du dir da geholt hast, verheilt ist. Aber ich glaube, ich habe den Großteil des Blutes entfernen können.«

»Nein, ich brauche keinen Verband …«

»Oh doch. So bleibt die Wunde sauber und geschützt.«

»Aber wie lange denn?«

»Nur ein paar Tage.«

»Nur ein paar *Tage?* Es ist Weihnachten … Ich kann doch nicht an Weihnachten mit einem Verband herumlaufen. Ich sehe ja aus wie ein Idiot – und dann vor allen Leuten … vor …«

Daisy konnte und wollte den Satz nicht beenden. Es war gar nicht der Gedanke an den Verband, der sie in Tränen ausbrechen ließ, auch wenn ihr klar war, dass es auf alle Anwesenden so wirken musste; sondern es lag daran, dass alles vermiest und schiefgelaufen war. Und als sie sich umzudrehen versuchte und ihr Gesicht mit den Händen bedeckte, war ihr Vater plötzlich wieder neben ihr und sagte: »Dodo, bitte weine doch nicht.«

Daisy drehte sich zu ihm. »Das ist alles *deine* Schuld … alles!«

Da verließ Nancy das Zimmer, gefolgt von Iris und Lily. Howard erhob sich mit einem tiefen Seufzer, und Mabel sagte: »Sie ist gestürzt, Howard, sie hat sich den Kopf angeschlagen. Ich weiß, sie meint es nicht so.«

Die beiden flüsterten miteinander, als wäre Daisy nicht zugegen: »Sollen wir nicht doch Dr. Milton rufen? Nur um sicherzugehen? …« – »Nein, Howard, das ist nicht notwendig. Sie wird sich schon wieder erholen. Ich bleibe hier. Geh du nur …« – »Bist du sicher? …« – »Ja, ganz sicher. Nancy wird im Salon den Tee servieren. Halte die anderen Gäste bei Laune, und ich werde bald dazustoßen …« – »Ich bringe dir eine Tasse Tee …« – »Danke, aber das ist nicht nötig. Ich komme sofort nach, Howard. Bitte geh einfach …«

Howard verließ das Zimmer, und nachdem sie Daisy geraten hatte: »Schlummer ein bisschen, Liebes. Du wirst dich nach einem kurzen Nickerchen schon viel besser fühlen«, lief Mabel zu ihrem Sekretär hinüber und begann mit den Papieren zu rascheln.

Daisy drehte sich auf die Seite und beobachtete ihre Mutter: den angespannten Rücken, die zarte Figur – wie sie ihr Leben organisierte, ihrer aller Leben. Was würden sie bloß ohne sie machen? Das war ein unvorstellbarer, finsterer Gedanke, den Daisy von sich schob. Sie ließ den Blick durch das Zimmer schweifen. So beleuchtet, so klein und so vollgestellt, wie es war, strahlte es die Sicherheit eines Mutterleibs aus, immer schon. In ihrem Heiligtum, ihrem Boudoir, war Mabel fast immer zu finden. Wie oft war Daisy vom Garten hinein- und durch die Diele gelaufen, war in Strümpfen über das polierte Parkett geschlittert, um eine große Ungerechtigkeit oder ein schlimmes Ereignis zu verkünden, um Geschichten zu erzählen oder sich einen Kuss zu holen, damit alles wieder gut wurde? Und Geschichten könnte sie auch jetzt erzählen, aber wie sollte Mabel alles wiedergutmachen?

»Mummy …«

»Ja, Liebes?«

Daisy starrte auf die Umrisse ihrer Mutter: *All die Jahre hat sie weggesehen …*

»Ach, nichts.«

Mabel und Howard stießen in der Diele zusammen.

»Ich habe gerade ein Taxi in der Einfahrt gesehen. Wir erwarten aber doch niemanden, oder?«, fragte Howard.

»Doch. Ich habe eine kleine Überraschung für dich arrangiert, Liebling.«

Howard täuschte eine Grimasse vor und nahm die Hand seiner Frau. »Du bist zu gut zu mir, Mabel, wirklich.«

Sie gingen gemeinsam ins Foyer, wo der Weihnachtsbaum prachtvoll leuchtete. Die Tür zur Empfangshalle stand offen, und draußen ratterte ein Automotor. Mabel hörte das Grammofon im Salon und Dosias und Noonies Gezanke über den Karten. Sie hörte das entfernte Klirren der Töpfe aus der Küche und setzte ein Lächeln auf.

Zuerst erschien Blundy mit einer großen Hutschachtel, einem Handkoffer und einer dunkelroten Lederschatulle unter dem Arm. Mabel beobachtete ihren Ehemann. Sie sah, wie er die Stirn runzelte, als er die Schatulle erkannte, sah, wie sein Lächeln erstarb. Sie holte tief Luft und trat vor. »Margot! Wie schön, Sie wiederzusehen. Es ist schon wieder so lange her …« Dann drehte sie sich zu ihrem Mann um: »Überraschung!«

»Überraschung!«, wiederholte die Dame, lächelte Howard an und winkte mit der Hand.

9

Als Daisy erwachte, war es draußen noch dunkel. Sie berührte den Verband um ihren Kopf, der noch immer schmerzte, stand langsam auf und lief hinüber zum Wandspiegel. In dem schwachen Licht sah ihr Gesicht genauso aus wie vorher, abgesehen von einem Schatten unter ihrem rechten Auge. Der weiße Baumwollverband verlieh ihr ein Äußeres, das ihr früher gefallen hätte, als sie ihre Kinderfrau bei jedem kleinen Schnitt oder blauen Fleck angebettelt hatte, sie zu verarzten: damit sie verwundet und verwegen wirkte. Nun war sie tatsächlich verwundet, aber ihre eigentliche Verletzung war gar nicht zu sehen. Wie viele vermeintlich gesunde, makellose und unversehrte Menschen wohl mit unsichtbaren, klaffenden Wunden herumliefen?, fragte sie sich, wandte sich vom Spiegel ab und öffnete die Tür.

Sie musste gefasst bleiben, dachte sie, während sie durch die lange Diele lief. Sie musste ihre Gefühle beherrschen – ihre Wut, ihren Zorn, ihren Ärger. Musste es Mabel nachtun: lächeln … wegsehen … die andere Wange hinhalten, wie die Bibel sagte, vor allem um ihrer Mutter willen. Doch wie konnte es dieses fadenscheinige Flittchen bloß wagen, zu Weihnachten *ihr* Haus zu betreten? Daisy blieb stehen: Mabel hatte sie eingeladen.

Daisy hörte die Stimmen immer deutlicher, als sie durch den Korridor auf das helle Licht zuschlich, das aus dem Raum drang. Sie blieb vor dem offenen Durchgang stehen. Vor ihr lagen die drei Spaniels – Pippa, Ruby und Boy – laut schnarchend auf dem Teppich vor dem Feuer ausgestreckt, inmitten von Geplapper und vom Klirren des Geschirrs. Sie richtete den Blick auf den Riss in der Tür: Sie konnte Iris hinten im Raum neben dem Grammofon erkennen, wie sie mit Dosia die Platten durchsah und wieder den Shimmy tanzte, sie sah die verliebte Lily mit Miles am Fenster sitzen und Howard, der mit Ben in der Mitte des Raumes stand. Sie ging in die Hocke, um unter dem Schmuck aus Tannengrün hindurchzusehen, der ihr auf der Rückseite der Tür die Sicht versperrte, und machte die untere Hälfte dreier weiblicher Figuren in Röcken aus, die gemeinsam auf dem großen Sofa saßen und von denen zwei ihre Mutter und Noonie waren. Leise, vorsichtig, schob sie den Chippendale-Sessel über den gebohnerten Boden an die Tür, streifte ihre Schuhe ab, stieg auf den ledergepolsterten Sitz und richtete ihren Blick erneut auf den Riss …

»Können Sie etwas Interessantes erkennen?«

Daisy zuckte – und verlor beinahe, aber nicht ganz, das Gleichgewicht.

»Sachte!«, flüsterte die Stimme.

Sie drehte sich um. Sein dunkles Haar war nach hinten frisiert, und er wies eine frappierende Ähnlichkeit mit dem jungen Valentino auf: *Ein Valentin durch und durch*, musste sie denken. Er lächelte zu ihr hinauf. »Ich bin Valentine.«

»Ja, ich weiß, wer Sie sind.«

Sie ergriff seine warme, geschmeidige Hand und stieg vom Sessel. »Ich wollte nur Spinnweben fortwischen«, sagte sie und hielt den Blick nach unten gerichtet, während sie sich ihre Schuhe wieder anzog.

»Ja, diese lästigen Dinger.«

Sie erkannte an seiner Stimme, dass er amüsiert war. Als sie sich umdrehte, um den Sessel zurückzuschieben, sagte er: »Darf ich?«

»Ich bin Daisy ... Daisy Forbes.«

»Das habe ich mir schon gedacht«, sagte er, drehte sich wieder zu ihr um und schielte zu ihrem Verband hinauf.

»Ich bin gestürzt.«

»Und soeben beinahe noch einmal.«

»Wenn es Ihnen nichts ausmacht, wäre es mir lieb, wenn Sie die Sache hier nicht weiter erwähnen ... gegenüber niemandem.«

»Das fiele mir nicht im Traume ein. Ist schon vergessen. Gehen Sie hinein?«

Sie nickte, und er trat zur Seite, um sie durchzulassen.

Noonie rief aus: »Ah, da ist sie ja, unsere verwundete kleine Soldatin!«

Mabel erhob sich rasch und eilte zu ihr. »Ach, Liebling, geht es dir schon besser?«

Daisy nickte. Unterdessen trat Valentine Vincent herein – hinter ihr – und gesellte sich zu den anderen ans Fenster. Dann sagte Mabel: »Margot, das ist meine arme Daisy, die so furchtbar gestürzt ist.«

Eine Dame in einem malvenfarbenen Kleid erhob sich vom Sofa. »Liebe Daisy ...« Sie stellte ihre Teetasse ab und kam zu Daisy und ihrer Mutter. »Es tat mir sehr leid, von Ihrem Sturz zu erfahren. Ein Augenblick der Ablenkung, der Unachtsamkeit – und schon ... Du meine Güte, was da nicht alles passieren kann!«

So, wie ihr Sohn seinem Namen alle Ehre machte, war Mrs. Vincent durch und durch Schauspielerin, dachte Daisy. Und dem bot sie viel Raum. Sie war groß und üppig, mit einem Busen gesegnet, wie er nicht mehr der Mode entsprach, dachte Daisy – und einer Stimme, die dunkel und zuversichtlich wie auch herrisch und furchtsam zugleich war. Mrs. Vincent war geschminkt, hatte Puder und Rouge aufgelegt und ihr goldenes Haar ganz im edwardianischen Stil hochgesteckt.

Die Schauspielerin wandte sich Mabel zu: »Ich bin im letzten Winter ebenfalls ganz *grauenhaft* gestürzt, damals im *His Majesty's.*«

Für einen Augenblick glaubte Daisy, sie spreche vom Palast, und sah Mrs. Vincent schon mit dem Kopf voran eine vergoldete Treppe hinunterfallen.

»Ich bin mit dem Knöchel umgeknickt, die Theaterstufen hinuntergestürzt und in hohem Bogen gelandet! Glücklicherweise war nichts gebrochen. Aber mein armer Knöchel hat sich leider nie ganz erholt.«

Ihre Augen strahlten, während sie erzählte, und sie bewegte dazu langsam ihre Finger, als beschriebe sie ein Ballett – und keinen Sturz, dachte Daisy.

Mrs. Vincent drehte sich zu Daisy um, betrachtete erneut lächelnd und stirnrunzelnd zugleich ihren Kopfverband, einfühlsam, wie Daisy fand. »Ach ja, alte Knochen heilen einfach nicht mehr so gut wie *entzückende* junge«, sagte sie.

Daisy schien es, als sei sie sich jeder Nuance und Betonung, jeder Pause und jedes Atemzugs gänzlich bewusst; sie wirkte übertrieben herzlich, so wie selbstverliebte Menschen, die mehr von sich eingenommen als dem anderen zugewandt sind. Jede kleine Äußerung – aus ihrem eigenen Mund oder dem eines anderen – rief bei ihr ein kleines

Lächeln hervor, als kenne und verstehe sie einfach *alles*. Ausnahmslos.

Mrs. Vincent drehte sich um. »Valentine, mein Herz … Val, komm her und begrüße die arme Daisy. Sie hatte einen ganz *furchtbaren* Tag.«

Er durchschritt leichtfüßig den Salon. Er trug ein dunkelblaues Samtsakko, ein weißes Hemd und eine Krawatte mit dunklem Paisleymuster. »Sehr erfreut, Sie kennenzulernen«, sagte er und reichte ihr die Hand zum zweiten Mal.

Vielleicht lag es am Feuer – sie standen tatsächlich direkt davor – oder an den Nachwirkungen ihres Sturzes oder an der misslichen Lage, in der sie sich nun alle befanden oder in der sie sich vor einigen Momenten im Foyer befunden hatten, jedenfalls spürte Daisy plötzlich eine immense Hitze aufsteigen und ihr Gesicht erröten.

»Mein Gott, du siehst ja aus wie ein Kriegsveteran, Süße«, rief Iris herüber.

»Ich bin gestürzt«, sagte Daisy erneut, so sachlich wie möglich, und berührte den schiefen Verband.

Als Mabel und Margot wieder Platz nahmen, kam Howard zu Daisy und Valentine herüber. Ben folgte ihm sogleich mit spöttischer Miene und sagte: »Sie Arme« – scheinbar mehr zum Kamin als zu Daisy.

Iris spielte auf dem Grammofon wieder ihre neue Tanzmusik, und als die Lautstärke plötzlich anschwoll, rief Howard: »Stell den Lärm aus! Ich kann mich ja selbst nicht mehr denken hören.« Er war angespannt, dachte Daisy. Und sie fragte sich, wie es ihm wohl in diesem Augenblick erging, da seine Frau und seine Mätresse im selben Zimmer saßen, all seine Lügen und sein Betrug unter einem Dach vereint, und das zu Weihnachten.

Er kam auf sie zu. »Du wolltest doch mit mir sprechen? Du sagtest, es gehe um Stephen …«

Daisy schüttelte den Kopf. »Ist schon gut.«

»Du hast gesagt, es sei wichtig.«

»Nein … jetzt nicht mehr.«

Sie rückte von ihm ab, trat näher an Valentine Vincent heran. »Mr. Vincent … womit verbringen Sie denn so Ihre Zeit?«, fragte sie.

»Bitte nennen Sie mich Val«, gab er eilig zurück, dann wiederholte er zögerlicher: »Womit ich meine Zeit verbringe …?« Er lächelte, senkte den Blick. »Ich würde gern sagen, dass ich Schriftsteller bin.«

»Schriftsteller? Dann sagen Sie es doch. Weshalb denn nicht?«

»Weshalb nicht, in der Tat. Ich muss es wohl lernen. Aber bevor ich keinen Verleger für meinen Roman finde … bin ich nicht sicher, ob ich Anspruch erheben darf auf diesen Titel.«

»Völlig zu Recht«, sagte Howard und kam näher. »Auch ein Arzt darf keine Patienten behandeln und sich Arzt nennen, wenn er noch nicht dafür qualifiziert ist … Da klingt es nur einleuchtend, dass auch ein Schriftsteller sich nicht so nennen sollte, bevor er nicht ordentlich verlegt wurde.«

»Ordentlich?«, fragte Valentine zurück.

»Ja, durch einen ordentlichen Verleger und nicht von so einer dahergelaufenen Gestalt, die Geld dafür nimmt, die neunhundert Seiten Memoiren von jedem beliebigen Tom, Dick oder Harry über … über Schweinezucht in Yorkshire zu veröffentlichen – oder worüber auch immer!«

Daisy sah, dass Ben inständig nickte. »Einspruch«, sagte sie, ohne ihren Vater anzublicken. »Wenn Valentine« – Val erschien ihr noch zu vertraut – »sich selbst einen Schriftsteller nennen möchte, denn genau als solcher arbeitet er und verbringt seine Zeit, dann sollte er das so sagen und auch so sagen dürfen, ohne dass ihn irgendjemand nach einer… Qualifikation fragt. Wir würden auch keinen Maler danach fragen, wie viele Bilder er schon verkauft hat, um daran zu bemessen, ob er würdig ist, ein solcher genannt zu werden, oder? Sie sind ein Schriftsteller, Mr. Vincent, und ich bin sicher, ein hervorragender noch dazu. Hören Sie nicht auf meinen Vater… Er ist ein Banause«, setzte sie flüsternd hinzu, laut genug, dass Howard es hören konnte.

Valentine lächelte sie an. Howard täuschte ein Lachen vor. Und dann lachte auch Ben. Aber aus irgendeinem Grund, den Daisy sich nicht erklären konnte, wirkte Ben Gifford verändert. Er hielt Tasse und Untertasse umklammert und lächelte mit zum Teppich gesenktem Blick. Er wirkte unbeholfen, linkisch und teilnahmslos, und das alles – seine ganze Person – begann sie zu irritieren. Als sie die beiden Männer so nebeneinander sah, stachen ihr Bens Alter und Valentines Jugend, die Mittelmäßigkeit des einen und das Charisma des anderen ins Auge. Er musste mindestens schon dreißig sein, dachte sie bei einem erneuten Blick auf Ben. Und plötzlich fragte sie sich, ob Mrs. Vincents Erscheinen in ihrem Leben einen höheren Sinn haben könnte.

So, wie sie selbst, war auch diese Dame gealtert, dachte Mabel mit einem Blick auf Margot und lächelte. Ihr zart schimmerndes, noch immer goldenes Haar wurde schon grau an den Schläfen, und sie besaß mehr Falten, als Mabel in Erinnerung hatte, vor allem um die Mundpartie, die Mabel genauer studierte, während Margot sprach. Sie war froh, wenn Margot plauderte. Froh, sich einfach zurücklehnen, beobachten und zuhören zu können. Und Margot redete gern und mochte sichtlich den Klang ihrer Stimme.

Die Schauspielerin saß kerzengerade neben Mabel auf dem Sofa und hielt Tasse und Untertasse auf dem Schoß. Sie trug ein Korsett, wie Mabel bemerkte, und das malvenfarbige Kostüm mit geknöpfter Brust erinnerte – zusammen mit ihrer steifen Haltung und den Falten – an einen Polstersessel mit Knöpfen an der Rückenlehne. Genau wie der, der ihnen geradewegs gegenüberstand, dachte Mabel und streifte ihn mit ihrem Blick.

»Glauben Sie, Howard freut sich, dass ich hier bin?«, wisperte Margot, während sie sich zu Mabel hinüberbeugte.

»Ich bin sicher, er ist geradezu entzückt.«

»Das hoffe ich. Als Sie schrieben, es solle eine Überraschung für ihn werden, nun, da habe ich erst gezögert … Ich bin mir nicht sicher, ob er Überraschungen so schätzt.«

»Nein?«, fragte Mabel mit großen Augen.

Margot lachte. »Ich kann es natürlich nicht mit Gewissheit sagen, es mir aber dennoch gut vorstellen.« Ihr Lächeln erstarb. Sie griff sich mit der Hand an die Frisur, berührte sie kaum, glättete sie sachte und sah zu Howard hinüber, der bei Daisy und den anderen stand. »Ich frage nur, weil er bislang kaum ein Wort mit mir gewechselt hat … Und er wirkte nicht übermäßig erfreut, mich bei meiner Ankunft zu sehen«, fügte sie immer leiser hinzu.

»Doch, das war er, da bin ich mir sicher. Sie kamen nur … wie Sie bereits sagten, gänzlich überraschend.«

Die Schauspielerin streckte ihre Hand aus und ergriff Mabels. »Sie sind zu liebenswürdig … Und es ist wunderbar, Sie wiederzusehen, meine liebe Mabel. Wie lange ist es wohl her?«

»Sechs Jahre«, erwiderte Mabel vielleicht ein wenig zu schnell, wie sie dachte.

Margot schnappte nach Luft. »Sechs Jahre … Himmel, es kommt mir vor, als wären es sechs Monate gewesen. Und wissen Sie, dass Sie sich gar nicht verändert haben? In keiner Hinsicht. Sie müssen mir Ihr Geheimnis verraten, Mabel.«

Eine Reihe von Gründen fiel Mabel ein. Sie hätte es auf die *frische Landluft* oder *Elizabeth Arden* schieben oder sagen können, dass sie *seit sechs Jahren von keinem Mann berührt* worden war.

Stattdessen sagte sie: »Wir sind alle älter geworden, Margot. Das bleibt leider nicht aus.«

Margot zuckte mit den Wimpern. »Ist das nicht deprimierend? Nur bei den Männern ist es anders.«

Mabel schüttelte den Kopf. »Auch sie werden älter.«

»Aber nicht so wie wir, Liebes. Für sie ist es viel einfacher.«

Mabel spürte, dass Howard sie beobachtete, und als Margot fortfuhr und Mabel ihre umfassenden Schönheitsbehandlungen erläuterte und anbot, ihr eine Creme zu zeigen, die sie kürzlich zu einem schwindelerregenden Preis bei Harrods erworben hatte, bewahrte sich Mabel standhaft ihr Lächeln und sorgte dafür, dass es so aussah, als hinge sie bei jeder Silbe an Margots Lippen.

Das gesamte Abendessen hinweg beobachtete Daisy verstohlen Margot und ihren Vater. Mabel hatte Margot den Platz zu Howards Rechten zugewiesen und Daisy den Platz zu seiner Linken. Somit war Daisy gezwungen, sich mit ihm, mit ihnen beiden, zu unterhalten, zu plaudern oder zumindest ihre fortwährenden Fragen zu beantworten: Wie gehe es ihrem Kopf? (Howard.) »Gut.« Freue sie sich auf Weihnachten? (Margot, als wäre sie noch ein Kind.) »Nicht besonders.«

Sie wollte gar nicht unhöflich sein, aber sie spürte Wut und Missbehagen. Und es war ihr peinlich und unangenehm, wenn Nancy oder einer der Bediensteten erschien. Was mussten sie denken? Und dennoch wirkte ihre Mutter, die neben Reggie am anderen Tischende saß, zufrieden, beinahe glücklich.

»Ich muss sagen, ich hege große Bewunderung für Ihre Schneekugel, Daisy«, sagte Margot. »Woher stammt sie?«

Daisy hätte am liebsten gerufen: *Von Ihrem Liebhaber, dem Mann, der zwischen uns sitzt – und meinetwegen können Sie ihn haben.* Aber stattdessen sagte sie: »Ja, sie ist sehr schön, nicht wahr? Sie war ein Geschenk meines Vaters.«

Howard lächelte, und Daisy bemerkte, dass sie ihn zum ersten Mal seit einer ganzen Weile wieder lächeln sah.

»Früher glaubte Daisy, sie besäße magische Kräfte«, bemerkte Howard und sah dabei Daisy an, nicht Margot. »Sie glaubte, wenn man ihr zu Weihnachten seine Wünsche anvertraute, würden sie Wirklichkeit werden.«

»Wie zauberhaft … Und hat es gestimmt? Haben sich Wünsche erfüllt?«, fragte Margot, hob ihr Weinglas und blinzelte Daisy erwartungsvoll an.

»Nein. Nicht einer wurde erfüllt«, erwiderte Daisy und sah, wie das Lächeln ihres Vaters erstarb. »Aber das ist mir erst kürzlich aufgefallen.«

»Oh weh«, sagte Margot mit enttäuschter Stimme. »Aber man darf nie aufgeben … Vielleicht sollten Sie sich dieses Jahr zu Weihnachten erneut etwas wünschen … Das sollten wir alle. Wir *alle* sollten ihr zu Weihnachten unsere Wünsche anvertrauen, einen Wunsch für das Jahr 1927, und diese dann aufschreiben und in einer Kiste verschließen«, fügte sie euphorisch hinzu. »Dann können wir nächstes Jahr um dieselbe Zeit sehen, wessen Wünsche in Erfüllung gegangen sind ... Wäre das nicht aufregend?«

Daisy schüttelte den Kopf. »Es tut mir leid, aber ich glaube nicht mehr daran«, sagte sie. Dann schob sie ihren Stuhl zurück und entschuldigte sich.

Sie hatte das Gefühl, in einem Albtraum gefangen zu sein, in einem schlechten Theaterstück, in dem jede gesprochene Zeile verstörend und falsch klang, dachte Daisy, als sie allein durch den Salon streifte. Aber im Augenblick war alles verstörend, von den vollgestellten Flächen in diesem Raum bis hin zu dem Gefühl der Kleidung auf ihrer Haut. Und als die anderen Frauen für Kaffee und Petit Fours den Raum betraten, wusste sie nicht, ob sie noch viel mehr ertragen konnte. Deshalb lächelte Daisy erleichtert, als Ben Gifford in der Tür erschien und Mabel um Erlaubnis bat, ein Wort mit Daisy wechseln zu dürfen.

»Danke für die Rettung«, flüsterte sie und schloss die Tür hinter sich.

»Rettung?«

»Es ist gerade alles höchst schwierig – mit Margot und allem.«

Er sah sie verständnislos an. Aber als er sagte: »Können wir uns irgendwo allein unterhalten?«, fragte sich Daisy, ob er Bescheid wusste, ob er die ganze Wahrheit kannte und weitere Schreckensmeldungen enthüllen wollte.

Benedict Gifford war erst kürzlich zum Generaldirektor von *Forbes and Sons* befördert worden. Er hatte im Krieg gedient. Anders als seine beiden älteren Brüder, sein Onkel und sein Cousin hatte er die beiden Jahre im Schützengraben überlebt, nur um nach seiner Rückkehr seine verwitwete Mutter an die Spanische Grippe zu verlieren. Kurz danach hatte er begonnen, für Howard zu arbeiten.

Während des albtraumhaften Generalstreiks vor ein paar Monaten war Howard auf Bens Anraten in Arbeitskleidung mit Daisy an der Werft erschienen und hatte einen Kran bedient. Ben hatte sich in Howards Augen bewährt, dachte Daisy, als ihr Vater sich bei den Verhandlungen mit den Gewerkschaften auf ihn hatte verlassen können.

Ben hatte Eden Hall schon mehrfach mit einem Besuch beehrt und hatte im Sommer mehr als eine Woche hier verbracht, nachdem er sich eine Nahrungsmittelvergiftung zugezogen hatte – wobei Mabel dies für unmöglich erklärt und darauf beharrt hatte, er müsse sie schon aus London mitgebracht haben. Als es ihm besser ging, hatten Daisy und er Spaziergänge in der Umgebung unternommen, und sie hatte ihm aus der Zeitung vorgelesen. Nachdem sie ihm vom plötzlichen Tod des Schauspielers Rudolph Valentino vorgelesen hatte, war sie vor ihm in Tränen ausgebrochen. Sie hatten gemeinsam im japanischen Garten auf der Bank neben dem Teich gesessen, und er hatte den Arm um sie gelegt und gesagt: »Ich bin Ihr Valentino.« Und Daisy war traurig gewesen, als er gefahren war, *ihr* Valentino.

Nach seiner Rückkehr nach London hatte sie einen langen Brief von ihm erhalten, in dem er sie beglückwünscht hatte zu ihrer »ungewöhnlichen Freundlichkeit in einer Welt, der es zunehmend daran mangelt«. Er hatte »die gelegentliche Einsamkeit des Junggesellendaseins« erwähnt und dass es ein Privileg sei, in eine Familie wie der ihren willkommen zu sein, und sei es nur für ein paar kurze Tage. Alles hatte sehr formell geklungen, und er hatte mit seinem vollen

Namen unterzeichnet. Sie hatte nicht geantwortet, aber an ihn gedacht. Er war ein wenig altmodisch und sehr anständig; er war ihrem Vater nicht unähnlich, wie sie fand.

»Worum geht es denn?«, fragte Daisy und schloss die Tür von Mabels Boudoir.

»Bitte sehen Sie nicht so besorgt drein ... Ich möchte einfach mit Ihnen reden, das ist alles.«

Daisy setzte sich auf den Stuhl an Mabels Sekretär. Ben stand neben ihr vor dem Feuer und besah sich die Ansammlung von Karten und gerahmten Fotografien auf dem Kaminsims.

»Aber Sie wollten mit mir *alleine* sprechen.«

»Ja«, sagte er und wandte sich ihr zu. »Ja, das wollte ich. Aber zuerst möchte ich Sie etwas fragen. Ich muss wissen, ob ... es jemanden gibt in Ihrem Leben ... einen jungen Mann?«

Daisy schüttelte den Kopf.

»Gut. Ich war etwas besorgt, was unseren guten Mr. Vincent betrifft.«

»Valentine? ... Weshalb?«

»Er hat Sie die ganze Zeit angesehen ... Aber das ist gar nicht der Punkt. Der Punkt ist, dass ich ihm nicht vertraue und ihn nicht besonders schätze. Ich muss Sie warnen, sich von ihm nicht zu sehr ... verzaubern zu lassen. Ich habe schon viele seiner Art kennengelernt.« Er machte eine Pause und lächelte. »Kerle, die vorgeben, Künstler zu sein und in gebrauchter Kleidung und seidenen Damenschals herumlaufen ... und sich bemühen, zugleich arm *und* kultiviert zu wirken. Ich fürchte, unser Mr. Vincent ist nur ein weiterer Stümper aus Chelsea.«

»Sie klingen verdrossen.«

Ben schüttelte den Kopf. »Nicht verdrossen, bloß aufrichtig.«

»Ich kenne ihn nicht wirklich; ich habe kaum ein Wort mit ihm gewechselt. Und ich bezweifle sehr, dass ich ihn nach diesem Weihnachtsfest noch einmal wiedersehen werde.«

Ben wandte sich von ihr ab und ließ den Blick erneut über die Reihe gerahmter Fotografien schweifen. »Und was ist mit dem jungen Mann, der hier wohnt – der Ihren Vater manchmal herumfährt?«, fragte er.

»Stephen. Was soll mit ihm sein?«

»Sie haben mir beim letzten Mal erzählt, dass Sie sich nahestehen.«

»Das stimmt – oder zumindest hat es gestimmt. Aber es hat sich verändert … Mittlerweile ist es anders.«

Sie sah, dass er nickte. »Es tut mir leid. Sie müssen sich wundern, weshalb ich Ihnen solche Fragen stelle … Wissen Sie, im letzten Sommer hat Ihr Vater mich angesprochen und kürzlich erneut, bevor ich hierherkam. Er hat mir gesagt – hat mich gewarnt –, Sie seien zu jung für aufrichtige Zuneigung.«

»Ich bin fast *neunzehn*«, sagte sie.

»Ich weiß, ich weiß … Und, nun ja, ich will Ihnen reinen Wein einschenken, ich muss Ihnen gestehen, dass ich tatsächlich aufrichtige Zuneigung empfinde und hoffte, es würde Ihnen ähnlich ergehen«, fügte er hinzu und sah sie an.

Daisy lächelte.

»Welch eine Erleichterung«, sagte er. »Ich weiß, es mag ein wenig plötzlich und unerwartet kommen, aber ich habe seit meinem letzten Besuch sehr viel an Sie denken müssen. Mir ist durchaus bewusst, dass Sie noch immer sehr jung sind und ich etliche Jahre älter bin und Geduld haben und auf Sie warten müsste … um Ihre Gefühle und die Natur der Liebe und so weiter besser verstehen zu können.«

»Liebe?«

»Ja, denn sie fällt uns nicht leicht, Männern wie mir zumindest nicht. Aber ich glaube, ich habe mich möglicherweise in Sie verliebt.«

Das war nicht ganz die Liebesbekundung, die Daisy sich so oft ausgemalt hatte. Sie hätte sich weniger Bedenken und mehr Leidenschaft gewünscht – mehr so, wie sich ihr Rudolph Valentino offenbart hatte, als er in ihrem Zimmer erschienen war und erklärt hatte, ihr Fehlen in seinem Leben habe zu seinem Sterben beigetragen. Andererseits erschien es Daisy zutiefst romantisch, am Heiligen Abend bei schwachem Lichtschein in Mabels Boudoir zu stehen und zu wissen, dass die Welt draußen weiß und schneebedeckt war und sie im Haus abgeschnitten waren von der Außenwelt.

»Natürlich muss ich zuerst mit Ihrem Vater sprechen«, sagte Ben nun und drehte sich zu ihr um.

»Ach wirklich, weshalb denn?«

Er lächelte. »Weil ich, liebe Daisy … Sie gern heiraten möchte.«

War das ein Heiratsantrag? Er war nicht vor ihr in die Knie gegangen und hatte sie auch nicht *gefragt*. Und in diesem Augenblick fiel ihr nichts ein, was sie hätte erwidern können. Ihr Kopf war leer. Ben sah sie an. Als er sich zu ihr hinabbeugen wollte, sagte sie: »Nein!«, und erhob sich. »Nein, bitte sprechen Sie nicht mit meinem Vater – nicht jetzt, noch nicht. Es bereitet ihm gerade vieles Gedanken … und zudem ist Weihnachten, und ich bin erst achtzehn, und ich denke, es wäre besser, Sie würden noch warten. Es ist derzeit etwas hektisch hier«, fügte sie hinzu und versuchte zu lachen.

»Ja, es ist recht viel Trubel …« Ben richtete sich auf. Er lächelte nicht mehr.

»Ich fühle mich sehr geschmeichelt … geehrt«, sagte Daisy. »Nur der Zeitpunkt …«

Er nahm ihre Hand und hob sie an seinen Mund. »Das ist in Ordnung. Ich bin bereit zu warten.« Dann drückte er seine Lippen auf ihre Haut.

10

Howard seufzte und blieb am Fenster stehen. »Das sieht ihr ganz und gar nicht ähnlich … Es ist völlig ungewöhnlich und höchst unerquicklich«, sagte er. Seine Lederschuhe quietschten, als er sich umdrehte und in seinem Tweedanzug und mit einer kalten Zigarre zwischen den Fingern durch den Raum zu laufen begann.

Es war Heiligabend und Mabel verschwunden.

»Ach, um Himmels willen, ist es wirklich so schlimm, wenn der Lunch ein oder zwei Minuten später beginnt?«, sagte Iris und schnipste gegen die Seiten eines Journals. »Ein solcher Wirbel um nichts wird nur in Little *Engerland* gemacht«, spöttelte sie mit ihrer Bezeichnung für *Little Switzerland*, ihrer kleinen Enklave in Surrey.

Howard machte an der Tür kehrt und lief zurück ans Fenster.

»Ich finde, Iris hat recht«, sagte Margot (die nun für alle *Margot* war) und fügte in besänftigendem Tonfall hinzu: »Manchmal brauchen wir Frauen ein wenig Zeit für uns.«

Iris sah zu Daisy hinüber und rollte mit den Augen.

»Vielleicht sind sie Schlittenfahren«, sagte Daisy. »Reggie ist recht agil, musst du wissen … Er ist noch ein wenig jünger als du.«

Es war das erste Mal seit dem Zigarrenereignis, dass Daisy ohne jeden Ärger in der Stimme mit ihrem Vater sprach. Sie hatte den Verband abgelegt; die Wunde am Haaransatz heilte bereits und war verschorft. Der Schatten unter ihrem rechten Auge – von dem sie gestern Abend noch gedacht hatte, er werde sich blau verfärben – war ebenfalls verblasst.

Sie sah, wie ihr Vater seine Taschenuhr hervorholte. Es war beinahe halb zwei.

»Mir reicht's. Ich werde mich nun selbst auf die Suche begeben«, sagte er und drehte sich entschlossen um. Die ungerauchte Zigarre warf er im Vorübergehen ins Feuer. »Lächerlich«, brummte er, als er das Zimmer verließ.

Margot stand eilig auf. »Ich werde ihn begleiten«, flüsterte sie und kräuselte entschuldigend die Nase.

Vielleicht war ihre Mutter davongelaufen, so wie Agatha Christie, dachte Daisy. Vielleicht hatte sie unter dem Namen Mrs. Margot Vincent bereits ein Zimmer in einem hydropathischen Hotel bezogen …

Daisy ließ sich zurück in ihren Sessel fallen. Sie sah zu Iris hinüber. »Hoffentlich ist Mummy nicht weggelaufen … wie Mrs. Christie.«

Iris lachte. »Sie ist gegen zwölf mit Reggie in seinem Wagen davongefahren. Er hatte diese Kettendinger – für den Schnee, weißt du?«

»Du wusstest Bescheid! Du wusstest es und hast nichts gesagt.«

»Das stimmt, ich wusste Bescheid. Sie hat gesagt, sie wären nur eine Stunde oder so fort … Vaters verdammtes Beharren auf den Essenszeiten ist lächerlich.«

Sie schwiegen einen Moment, dann fragte Daisy: »Iris, hasst du ihn?«

Iris befeuchtete einen Finger, blätterte eine Seite ihres Journals um. »Hassen würde ich nicht sagen … eher nicht mögen.«

»Und Margot?«

»Weshalb sollte ich sie hassen? Sie ist die neueste Eroberung, Liebes. Heute en vogue, morgen vergessen … eines Tages wieder zurück.«

»Mummy sagt, sie kennen sich schon seit Jahren, und Daddy und sie seien früher ein Paar gewesen …«

»Ja, zu ihr kehrt er vermutlich immer wieder zurück. Eine Art Lückenfüller.«

»Lückenfüller?«

»Wenn es gerade keine andere gibt, die Frau zwischen den anderen.«

»Hat er denn noch andere?«

Iris zuckte die Schultern. »Man sollte es vermuten.«

»Verstehe … Weiß Lily Bescheid?«

»Ich habe nicht die leiseste Ahnung«, sagte Iris, legte das Heft beiseite und gähnte. »Wobei …« Sie hielt inne. »Ich würde denken, dass sie es weiß … Aber du kennst sie ja; sie redet nicht über viel anderes als darüber, welche ihrer Freundinnen wieder im *Tatler* erschienen sind oder was sie in der *Daily Mail* gelesen hat. Und welche Rolle spielt es schon für sie? Sie hat ihr eigenes Haus und ihr eigenes Leben.«

»Und was ist mit Mummy? Glaubst du, sie weiß Bescheid?«

Iris klopfte das Ende ihrer Zigarette gegen die Emailhülle und schob sie in den Zigarettenhalter. »Sie muss es wissen. Du hast gesagt, sie hat sie eingeladen.«

Daisy nickte. »So hat sie es mir erzählt. Ich glaube, sie hat sie einfach eingeladen, weil Margot und Daddy alte Freunde sind und sie dachte, es wäre nett für ihn.«

»*Daisy*«, sagte Iris kopfschüttelnd und zog dabei ihren Namen in die Länge. Sie bediente ihr Feuerzeug und zündete die Zigarette an. »Aber vermutlich stellst du dir so die Ehe vor«, sagte sie mit dem Mund voller Qualm. »Und die Männer. Du musst noch viel lernen, Liebes.«

»Aber es sind nicht alle gleich. Es sind nicht alle wie Daddy.«

Iris schnaubte und stand auf. »Wirklich? Ausgerechnet du musst es natürlich wissen.«

»Du bist zynisch, Iris … und männerfeindlich.«

»Und das aus gutem Grunde. Sieh dir nur deinen Vater an.« Sie blickte zu Daisy hinüber. »Welch leuchtendes Beispiel.«

»Er ist auch *dein* Vater. Und außerdem ist er nicht *alle* Männer.«

»Nein, das ist er nicht – Gott sei Dank.« Sie lief ans Fenster hinüber. Auf dem Fenstersims draußen lag eine dicke Schneeschicht. Sie sagte: »Ich glaube, du musst hier weg …« Sie drehte sich zu Daisy um. »Du solltest in die Stadt ziehen und bei mir wohnen … bei mir in der Stadt. Wir können es uns richtig gut gehen lassen! Ich würde dich mit zu Marcel nehmen, damit er dir die Haare schneidet; wir kaufen dir ein paar zauberhafte neue Kleidungsstücke, schminken dich und machen dich zu einer wunderschönen Frau. Und wir könnten tanzen gehen – jeden Abend tanzen gehen. Gott, ich liebe tanzen!« Sie begann, ein Lied zu summen und den Shimmy zu tanzen, wie es typisch für sie war. »Oder du könntest heiraten«, sagte sie, »das wäre dann dein Billett nach draußen. Nicht, dass es ein Billett in die Freiheit wäre, Gott bewahre … aber du könntest dich vermutlich einfach scheiden lassen, wenn es oder er oder was auch immer dir nicht mehr gefällt.«

»Iris!«

»Was denn?«

»Man heiratet doch nicht, um sich *scheiden* zu lassen!«

Danach mochte Daisy Iris nichts mehr von Bens Liebesbekundung am vergangenen Abend erzählen – obwohl sie es ihr normalerweise anvertraut, es Iris vor allen anderen erzählt hätte. Aber nichts war mehr normal. Und nun Bens Antrag zu erwähnen – nach allem, was Iris ihr erzählt hatte, und dem, was sie gerade gesagt hatte – erschien ihr unpassend und zudem der falsche Zeitpunkt zu sein. Und so dachte sie auch über den Heiratsantrag: Es kam zur falschen Zeit. Das war der Grund, weshalb sie Ben zu warten gebeten hatte. *Warte, bis alles etwas ruhiger wird*, hatte sie gedacht; *warte, bis wieder Normalität einkehrt.*

Aber Iris zufolge war die Normalität eine Lüge. Und wenn alles eine Lüge und ihre Welt auf Lügen gebaut gewesen war, woran sollte sie dann erkennen, was wahr und real war – oder was sie fühlte? Was würde passieren, wenn sie nicht Ja sagte? Möglicherweise machte ihr nie wieder jemand einen Heiratsantrag. Vielleicht war es der einzige. Kürzlich hatte sie einen Roman gelesen, in dem eine Frau in ihrer Jugend einen Heiratsantrag abgelehnt, nie einen weiteren erhalten und zu spät gemerkt hatte, dass der Mann, der um ihre Hand angehalten hatte, *der Richtige* gewesen war.

Sie sah zu Iris hinüber, die noch immer summte und tanzte. Iris' Bewegungen und die Melodie wirkten beruhigend. Iris wirkte immer beruhigend.

Daisy lief zu ihr und stellte sich neben ihre Schwester ans Fenster. Draußen schlidderte und wankte Howard durch den Schnee, wirkte traurig und verloren. Sie konnten ihn rufen hören: »Mabel! Mabel!«

»Glaubst du, er hat noch mehr Kinder?«

»Das ist gut möglich«, sagte Iris.

»Ich habe dir ja erzählt, was Nancy über ein weiteres Kind gesagt hat.«

»Und, glaubst du es dann nicht auch?«

Daisy nickte.

Iris seufzte. »Jemand muss Mrs. Jessop bitten, das Mittagessen zu verschieben«, sagte sie. »Und mir wäre lieber, wenn nicht ich es sein müsste.«

Mrs. Jessop hatte Hilda gebeten, ein Auge auf alles zu haben, sodass sie in den Vorratsraum gehen und sich einen Augenblick setzen konnte. Sie bewahrte genau für diesen Zweck einen Hocker darin auf und wusste genau, dass Nancy ihn ebenfalls benutzte. Sie hing ein wenig ihren Tagträumen über die Zeit nach ihrer Pensionierung nach, dachte an das Haus am Meer, irgendwo in der Nähe von Brighton … Ein neuer Bungalow vielleicht, mit Teppichboden und einem modernen Badezimmer. Sie hatte es bereits genau vor Augen: die getrimmten Ligusterhecken und das weiß gestrichene Tor, das Erkerfenster, das nach Süden hinausging und von dem aus man einen weiten Meerblick hatte.

Sie besäße ein dreiteiliges Kostüm, in dunkelgrünem Samt wie die gnädige Frau, ein schönes Essgeschirr – von *Wedgwood* oder *Crown Derby*, dachte sie – und ein gutes Bett mit einer ordentlichen Rosshaarmatratze und einem Betthaupt. Und im Vorderzimmer, dem mit dem großen Erker, gäbe es marineblaue Vorhänge mit Seidensaum und Fransen und einen türkischen Teppich auf dem Boden und das Regal ihrer Mutter mit all den Porzellandamen von *Royal Doulton*. Es wäre schön, sie alle um sich zu haben, sie angemessen zur

Schau stellen zu können, dachte sie. Im Cottage hatte sie nur einige wenige, und das waren nicht einmal ihre Lieblinge. Die blieben schön in Seidenpapier gewickelt in ihren Schachteln. Nur manchmal holte sie die Figuren hervor und sah sie verträumt an, vor allem Annabella mit ihrem großen Hut und dem wallenden rosafarbenen Kleid und dem Korb mit Blumen. Sie stellte sich gern vor, sie wäre Annabella mit ihrem Blumenkorb und hielte ihren Hut, während sie über die windumtoste Wiese auf ihn zulief … Michael.

Die Einzige, der sie ihre Damen je gezeigt hatte, war Nancy – denn Nancy mochte solche Dinge und wusste sie zu schätzen. Nancy war so überrascht gewesen, wie Mrs. Jessop vermutet hatte, und sagte, sie müssten ein Vermögen wert sein, und Mrs. Jessop wusste, dass dem so war. Nancy hatte gesagt, dies seien die schönsten Figuren, die sie je gesehen habe. Und nachdem sie Nancy alle siebzehn gezeigt und sie gefragt hatte, welche ihr besonders gefiele, war Mrs. Jessop nicht überrascht gewesen, dass Nancy ohne langes Nachdenken gesagt hatte: »Also, ich würde sagen, Annabella.«

Arme Nancy, dachte Mrs. Jessop nun. Es war nicht leicht für sie gewesen, als sie John, ihre Zukunft, verloren hatte. Aber Nancy hatte die Lage gemeistert, kam zurecht; wie sie alle. Sie hatten keine Wahl gehabt. Glücklicherweise hatte sie selbst Mann und Sohn. Sie hatte eine Familie.

Mrs. Jessop gab nichts auf den Klatsch, vor allem nicht, wenn es um Mr. Forbes ging. Es waren immer schon Gerüchte in ihre Küche getragen worden, was bei jemandem seines Formats – erfolgreich und gut aussehend, einflussreich – nicht weiter überraschte. Und *natürlich* warfen sich ihm die Frauen an die Brust … und was konnte man von ihm erwarten? Er blieb ein Mann: aus Fleisch und Blut. Und

Schauspielerinnen? Die waren für so etwas schließlich bekannt.

Nancy, die Mrs. Vincent aus nächster Nähe gesehen, mit ihr gesprochen, ihre Kleidung ausgepackt und fortgeräumt hatte – »Sehr viel große Seidenunterwäsche«, wie sie Mrs. Jessop am Abend zuvor anvertraut hatte –, glaubte, die Schauspielerin sei gar nicht Mr. Forbes' Typ. Sie hatte Mrs. Jessop erzählt, die Frau sei groß, *zu* groß, und so gänzlich anders als Mrs. Forbes.

»Dann glaubst du also, es steckt nichts dahinter?«, hatte Mrs. Jessop Nancy im Flüsterton gefragt.

»Ich will nicht sagen, dass ... Ich meine, es muss etwas dahinterstecken, nicht wahr? Kein Rauch ohne Feuer. Aber ich kann es nicht begreifen, nein, das kann ich nicht. Und wer sie wohl eingeladen hat? Das würde ich zu gern einmal wissen.«

»Das muss er gewesen sein. Mrs. Forbes hätte doch nicht ...«

»Aber Mr. Forbes wird kaum seine Geliebte zu Weihnachten einladen, oder?«

Mrs. Jessop hatte den Kopf geschüttelt. Nichts klang einleuchtend. Auf der anderen Seite blieb die Ehe – jede Ehe, ihre eigene eingeschlossen – immer auch ein Mysterium. Und sie wusste, dass weder sie noch Nancy bei aller Lektüre auf dem Gebiet der Romantik Expertinnen waren.

»Vielleicht ist das die Kunst«, sagte sie, ohne genau zu wissen, was sie damit meinte.

Nancy starrte sie mit weit aufgerissenen Augen an. »*Wessen* Kunst?«

»Der Ehe.«

Mrs. Jessop schloss einen Augenblick die Augen. Sie hatte

schon vor langer Zeit gelernt, wie vergänglich irdische Beziehungen waren, aber gelegentlich ergriff sie die Erkenntnis über ihr Leben mit neuem Schmerz. An ihrem nächsten Geburtstag würde sie dreiundfünfzig Jahre alt und würde noch immer gern, dachte sie, etwas von sich selbst mit jemandem teilen. Würde gern noch einmal gehalten und geliebt.

»Ich wusste, ich würde dich hier finden«, sagte Nancy, als sie die Vorratskammer öffnete. »Nein, keine Eile. Mrs. Forbes wurde offenbar aufgehalten … allerdings weiß niemand, *wo* eigentlich«, fügte Nancy hinzu.

Eine knappe Meile von Eden Hall entfernt, in einem Auto neben einer Friedhofseinfahrt – Schnee fiel auf die Windschutzscheibe, der Motor lief, damit es warm blieb –, reichte Reggie Ellison Mabel eine kleine eingewickelte Schachtel.

»Ein sehr kleines Zeichen meiner …«, sagte er, ohne den Satz zu beenden.

Mabel öffnete das Papier langsam, hob den Deckel, sah zu ihm auf und lächelte. »Meine Güte, sie sind wunderschön, Reggie. Vielen Dank.«

Der einzige Mann, der Mabel je Schmuck geschenkt hatte, war ihr Mann gewesen. Sie war sich zwar nicht ganz sicher, welche Bedeutung dieses Geschenk hatte, aber sie wusste, dass sie es annehmen musste, und zwar liebenswürdig.

Einige Minuten zuvor hatte Mabel den Kranz auf das schneebedeckte Grab gelegt und im Gedenken und Gebet davorgestanden. Sie hatte nicht geweint.

Reggie hatte sie überredet herzukommen, hatte gesagt, sie müsse es tun, und ihr angeboten, sie zu fahren. Es war nicht einfach gewesen. Zum ersten Mal seit über sechs Jahren war sie hier.

»Ich wünschte, ich wäre damals für dich da gewesen«, sagte Reggie.

Mabel schüttelte den Kopf. »Ich kann mich nur noch dunkel an diese Zeit erinnern«, sagte sie. »Ich habe mich so verloren gefühlt … Wie konnte ich um einen Sohn trauern, den ich nur Wochen gekannt und geliebt hatte, wo doch so viele um Söhne trauerten, die sie jahrelang, jahrzehntelang gekannt und geliebt hatten? Ich konnte es nicht … und tat es nicht. Howard war in London … und ich hatte die Mädchen, für die ich sorgen musste … Ich habe natürlich im Stillen geweint und viel geschlafen«, sagte sie, wandte sich zu ihm um und versuchte zu lächeln. »Ich glaube, ich habe ein ganzes Jahr geschlafen … Ja, das war ein seltsames Vegetieren im Halbdunkel, und wären die Mädchen nicht gewesen … ich glaube, ich wäre davongelaufen.«

Mabel hatte noch mit niemandem über jene Zeit gesprochen, weder mit Howard noch mit jemand anderem. Ihre Hände zitterten, während sie sprach und am Seidenpapier zupfte, mit dem ihr Geschenk verpackt war. Und als Reggie seine Hand auf die ihre legte und sie mit Tränen in den Augen ansah, schien ihr, als verstehe er sie auf eine Art, wie Howard sie nicht verstand, nie verstanden hatte und vielleicht nie verstehen würde.

»Willst du noch immer davonlaufen?«, fragte Reggie.

Mabel nickte. »Manchmal.«

»Dann solltest du es vielleicht tun … Vielleicht solltest du davonlaufen, eine kleine Weile zumindest. Ich glaube, das täte dir sehr wohl.«

11

Der Lunch am Heiligen Abend war in Daisys Augen eine seltsame Angelegenheit. Howard schwieg beinahe die gesamte Zeit und sah mit traurigen Augen über die lange Tafel zu seiner Frau. Beinahe wie einer der Spaniels, dachte Daisy. Mabel dagegen wirkte lebendiger, fröhlicher und ungewöhnlich temperamentvoll. Alles schien sie zu amüsieren. Selbst als Ben die Sauciere umstieß und das weiße Leinentischtuch in klebrige braune Flüssigkeit tränkte, lächelte sie nur und zuckte die Schultern.

Margot sagte wenig. Sie saß – wunderschön, wie Daisy fand – neben Howard und schob ihr Essen nicht mit gerunzelter Stirn, wohl aber mit ein wenig gespitztem, verkniffenem Mund auf dem Teller herum. Reggie, der rechts neben Mabel saß, führte das Regiment, so jedenfalls erschien es Daisy. Er war derjenige, der die Glocke läutete und »das Sinken der königlichen Soßenfregatte« meldete, derjenige, der den Wein einschenkte – ihrer Mutter zuerst –, derjenige, der Nancy bat, den Kaffee im Salon zu servieren. Aber schließlich war er auch *Major*, rief Daisy sich ins Gedächtnis, und es gewohnt, Dinge einzufädeln und durchzuführen, für Nachschub und Standorte zu sorgen.

Als Reggie aufstand, sich die Hände rieb und plötzlich

sagte: »So! … Wer als Letzter im Salon ist, hat verloren!« –, und außer Howard, Margot und Noonie alle aufsprangen, durch den Raum liefen, sich durch die Tür drängelten und schubsten, quer durchs Foyer galoppierten und sich zankten, wer den Raum als Letzter betreten hatte –, musste Daisy wieder einmal denken, wie viel Freude Reggie verbreitete und wie unähnlich er ihrem Vater war. Sie sah, wie ihre Mutter atemlos in einen Sessel sank und sorglos lachte, sah Reggies zärtlichen Blick. Und in diesem Augenblick verspürte Daisy eine große Dankbarkeit für ihn. Er hatte Mabel zum Lachen gebracht. In der ganzen grotesken, unseligen Lage hatte er ihre Mutter zum Lachen gebracht. Es bestand Hoffnung.

Auf Scharaden – in denen Dosia glänzte – folgte der Tee, dann die übliche stille Zeit vor der Ankleideglocke, in der alle gähnten und ächzten, Gespräche nur noch halbherzig und sprunghaft waren und zu nichts führten.

Noonie saß schlafend mit der *Radio Times* auf dem Schoß neben dem Rundfunkapparat und stimmte mit Dosia und den drei schlummernden Hunden in einen weichen, kehligen Chorus ein. Mabel war mit Faden und Schere und ihrer Stickerei am Werk und sah gelegentlich lächelnd auf – zu irgendwem oder zu Reggie. Howard versteckte sich hinter einer Zeitung, raschelte, als er sich räusperte und weiterblätterte – und einen verstohlenen Blick durch den Raum zu Mabel oder Reggie warf. Margot blätterte die Seiten des *Country-Life*-Journals durch und sah gelegentlich zu Howard, und Ben saß allein in der anderen Zimmerecke und legte Patiencen auf dem mit Filz bezogenen Kartentisch.

Die jungen Leute – wie Mabel ihre Kinder und deren Freunde nannte – saßen verstreut in verschiedenen Sesseln und Haltungen und Posen: Lily und Miles flüsterten und kicherten eng aneinandergeschmiegt über ihrem Hochzeitsalbum; Iris – der Howard jegliche Art von Musik untersagt hatte – saß ausnahmsweise einmal still und in ihren Roman vertieft, und Valentine Vincent, der ebenfalls ein Buch in der Hand hielt, beobachtete Daisy, die mit einer Haarsträhne spielte und in die Schneekugel starrte.

Wie immer würden sie um sieben Uhr Weihnachtslieder unter dem Baum singen. Das war langjährige Tradition auf Eden Hall, und vom gesamten Haushalt – Personal und alle Besucher eingeschlossen – wurde erwartet, pünktlich und mit voller Stimme zu erscheinen.

Früher, vor dem Krieg, war das Foyer überfüllt gewesen, dicht gedrängt und rappelvoll mit gestärkten, schwarz-weißen Uniformen, Straußenfedern, Diamanten und Perlen. Die Heiligabendtradition hatte zwar überlebt, und Mabel lud ihre Nachbarn weiterhin ein – und auch ihre Dienstboten, diejenigen, die noch übrig waren –, aber es war nicht mehr das Gleiche.

Die Leute schienen ihre Begeisterung für Weihnachten, fürs Feiern verloren zu haben, dachte Mabel. Jedes Jahr kamen weniger. Waren ihre Gäste früher mit einem Heer an Bediensteten hereingeströmt, musste man heute schon froh sein, wenn sie von einem einzelnen Dienstmädchen in Uniform begleitet wurden. Letztes Jahr war Patricia Knights Haushälterin doch tatsächlich in Hausmantel und Strickjacke erschienen – und hatte ihre Wollmütze die gesamte Zeit nicht abgelegt. Und Dosia war auch nicht viel besser gewesen: Sie hatte im Foyer denselben zerknitterten Tweedrock und Pulli getragen wie schon den ganzen Tag über, dazu ihre gewöhnlichen Schnürschuhe (die, wie sich Mabel erinnerte, auf Schritt und Tritt eine Spur trockenen Lehms hinterlassen hatten) und zerzaustes Haar, das in alle Richtungen stand. Aber es sei wichtig, hatte Howard gesagt – und Mabel stimmte ihm darin zu –, diese Traditionen und Bräuche aufrechtzuerhalten, sich angemessen zu kleiden und ein gutes Beispiel zu sein. Und so sangen sie auch weiterhin ihre Weihnachtslieder und servierten anschließend Pasteten und Sherry, bevor Howard ein paar Takte sagte und die Familie sich in eine Reihe stellte, um ihrer verkleinerten Schar an Dienstboten und Gästen die Hände zu schütteln und »Frohe Weihnachten« zu wünschen.

Heute Abend würde Reggie nach High Pines fahren, um sich für das Dinner anzukleiden und anschließend mit den Singhs wieder nach Eden Hall zurückkehren. Er war bemüht, sie in alles einzubeziehen, damit sie sich England und die englische Kultur zu eigen machten. Als Reggie sich erhob und verkündete, er werde in etwa einer Stunde zurück sein, erinnerte Mabel ihn: »Bring dir Kleidung für eine Übernachtung mit. Es wäre töricht – und auch gefährlich –, bei diesem Wetter hin- und herzufahren. Du verbringst den morgigen Tag doch ohnehin hier, deshalb, bitte – bring dir alles für die Nacht mit, und Nancy soll dir ein Bett herrichten … Die Singhs sind natürlich ebenfalls herzlich dazu eingeladen, wenn sie wünschen.«

Reggie lächelte, aber bevor er etwas sagen konnte, legte Howard seine Zeitung nieder und erhob sich mit den Worten: »Wirklich, Liebling, ich bin sicher, Reggie würde viel lieber in seinem eigenen Bett schlafen. Es ist wahrhaftig keine weite Reise für ihn, er muss ja nicht nach London zurück«, fügte er lachend hinzu und ließ den Blick durch den Raum schweifen.

Mabel ignorierte ihren Mann. »Ernsthaft, Reg, wenn du

gern über Nacht bleiben möchtest, bist du herzlich willkommen – mehr als willkommen. Und das bedeutet nur, dass du gleich für morgen hierbleibst.«

»Ja! Bitte bleib, Reggie«, rief Iris durch den Raum.

»Das ist sehr freundlich … aber es wäre mir äußerst unangenehm, dir Umstände zu bereiten, Mabel.«

Howard reagierte rasch: »Aber nicht doch, mein Lieber. Du weißt, du bist hier immer willkommen, aber ich verstehe dich gut – man wacht doch immer lieber im eigenen Bett auf, nicht wahr?«

Mabel sah Howard nicht an. Sie lächelte Reggie zu und sagte leise: »Es würde wirklich keine Umstände machen, Platz ist mehr als genug … und ich wäre sehr viel glücklicher, dich hier zu wissen und wenn wir zu Weihnachten alle ordnungsgemäß beisammen wären.«

Ein Augenblick verstrich – ein langer Augenblick –, in dem niemand etwas sagte und, vom Schnarchen einmal abgesehen, alles stiller wurde. Howard starrte Mabel an, die wiederum Reggie ansah, der schließlich seufzte: »Also, wenn du ganz sicher bist, Mabel … Vielen Dank, das wäre großartig, in der Tat, großartig.«

Und dabei blieb es. Reggie würde die kurze Strecke nach Hause fahren, sich zum Dinner umziehen und zurückkehren – ob mit oder ohne die Singhs, in jedem Fall aber *mit* Kleidung für eine Übernachtung. *Die jungen Leute* verließen einer nach dem anderen den Raum, und Margot entschuldigte sich mit den Worten: »Ach du Schreck, ist es wirklich schon so spät?«, und sagte, sie müsse sich ebenfalls für das Dinner frisch machen und ankleiden. Howard blieb wie angewurzelt stehen. Mabel nestelte an ihrer Stickerei, schnitt mit ihrer Schere Fäden ab.

»Es ist ja sehr liebenswürdig von dir, den Herrn Major einzuladen, aber denkst du nicht, es reicht?«

»Es reicht?«, wiederholte Mabel, ohne aufzusehen.

»Wir haben bereits ein volles Haus. Und … ich bin unschlüssig, was ihn betrifft, äußerst unschlüssig.«

Mabel lächelte. »Du klingst schon wie Daisy.«

»Tatsächlich? Ich dachte, sie mag ihn.«

Mabel sah auf. »Oh ja, das tut sie auch. Sie mag ihn sehr.«

»Sieh mal, Mabel …«, hob Howard gerade an, als die Ankleideglocke ertönte.

»Nun denn«, sagte er einen Augenblick später. »Dann sollte ich wohl lieber hinaufgehen und mich ankleiden.«

»Ja, tu das«, sagte Mabel, schnitt erneut, schnipp-schnapp, und hätte beinahe den Atem angehalten.

Als die Tür ins Schloss fiel, legte sie ihre Schere nieder und blickte auf. Die plötzliche Erkenntnis, dass sich etwas umgekehrt hatte, dass nicht mehr sie Howard beobachtete, sondern er sie, dass sie ihn in der Hand hatte und ihm nicht nur das Weihnachtsfest ruinieren konnte, sondern sein Leben, ließ sie nach Luft ringen. Plötzlich verspürte sie einen scharfen Stich. Als sie hinabsah, erkannte sie, dass sie sich den Daumen an der Nadel gestochen hatte.

Daisy lag neben Iris auf ihrem Bett und teilte sich mit ihr eine Zigarette. Sie konnte sich nicht entscheiden, welches Kleid sie anziehen sollte: das marineblaue aus Seide mit cremefarbenem Spitzenkragen oder das neue grüne aus Samt – ein Weihnachtsgeschenk ihrer Mutter … das sie sich eigentlich für morgen aufheben wollte.

»Das hängt ganz davon ab«, sagte Iris, »wem du schöne Augen machen willst.«

Daisy kicherte und stieß ihrer Schwester den Ellbogen in die Seite. »Untersteh dich!«

»Ernsthaft, du kannst unter dreien auswählen. Für einen musst du dich entscheiden.«

»Unter dreien?«

Iris reichte Daisy die Zigarette, setzte sich auf und drehte sich ihrer jüngeren Schwester zu. »Der Name Dodo passt eigentlich viel besser zu dir als Daisy.«

»Ach ja?«

»Ja, denn genau das bist du: ein vollkommener Dodo!«

Daisy lächelte. »Also ... welche drei?«

Iris hob die Hand: »Mr. Gifford«, sagte sie und streckte den Zeigefinger aus. »Stee-phen ...«, sagte sie gedehnt und hob den Mittelfinger. Daisy schloss die Augen. »Und schließlich ... schließlich der äußerst appetitliche Valentine Vincent«, sagte Iris und hob einen weiteren Finger.

Daisy versuchte, einen Rauchring in die Luft zu hauchen. »Sind wir mal ehrlich, Stephen zählt nicht wirklich, oder?«, fragte sie und sah Iris kurz an.

Iris zuckte mit den Schultern. »Das liegt ganz an dir ...«

Stephen. Er war einer der wenigen Menschen – abgesehen von Iris (und bis vor Kurzem ihrem Vater) –, mit dem sie offen und über beinahe alles reden konnte. In gewisser Weise liebte sie ihn, dachte sie, aber es war nicht *diese* Liebe. »Selbst wenn ich unbändig in ihn verliebt wäre«, fasste sie ihre Gedanken in Worte, »könnte daraus doch nie etwas werden.«

»Ach, Süße, sei doch nicht so altmodisch. Die Zeiten haben sich geändert – und sie werden sich weiter ändern.« Iris schwieg und nahm Daisy die Zigarette aus der Hand. »Sieh dir Susan Knight an. Sie hat sich um Konventionen oder Stände oder wie immer du es nennen willst nicht geschert. Sie hat aus *Liebe* geheiratet.«

»Aber Susans Eltern haben sich deshalb von ihr abgewandt. Sie haben erst vor Kurzem überhaupt wieder angefangen, miteinander zu reden – nach drei Jahren!«

»Na und? Sie reden wieder miteinander, sie sind darüber hinweg, und Susan, diese kluge Frau, ist verheiratet mit dem Mann, den sie heiraten *wollte,* und nicht mit dem erbärmlichen, schnauzbärtigen Rechtsanwalt vom *Stadtrand*, mit dem ihre Eltern sie verbandeln wollten. Erinnerst du dich noch an ihn? Gott, er war entsetzlich! Vielleicht hätte sie ein aufwändigeres Leben führen können, aber sie ist glücklich – und *frei*. Und beides gehört zusammen: Man kann nicht glücklich werden, wenn man nicht frei ist, und man ist nicht frei, wenn man nicht wirklich glücklich ist – was bedeutet, dass man sich zuerst und zuvorderst treu bleiben muss.« Sie schwieg erneut. »Wenn ich jemanden kennenlernen und mich in ihn verlieben würde – egal, wer er wäre oder was andere sagen würden –, würde ich mich ihm hingeben – und mit ihm zusammen sein, egal, was dafür nötig ist.«

»Ich dachte, du glaubst nicht an die Ehe.«

Iris lachte. »Ich habe auch nicht gesagt, dass ich ihn *heiraten* würde!«

»Du meinst, du würdest mit ihm in Sünde zusammenleben?«

»Ich meine, ich würde in *Liebe* mit ihm zusammenleben. Ich würde einen feuchten Kehricht auf die Konventionen geben! Wer will schon konventionell sein?« Sie schauderte. »Die meisten unserer sogenannten Konventionen wurden ohnehin von Männern erfunden – Männern wie Howard –, um ihre Macht zu sichern.«

In diesem Augenblick blies Daisy, nachdem sie inzwischen eine Weile geübt hatte, einen perfekten Ring aus Rauch in die Luft. »Sieh dir den an – ich hab's geschafft!«

Iris lächelte und fuhr fort: »Nein, ich glaube, um frei zu sein, wirklich frei, muss man die Konventionen hinter sich lassen. Ich habe keinerlei Verlangen, gefangen als Mrs. Irgendwer zu leben, und da ich nicht beabsichtige, Kinder zu bekommen, sehe ich für mich wenig Sinn in der Ehe.«

Daisy sagte nichts. Sie war verwirrt. Iris schien an Liebe zu glauben – jedoch an eine bestimmte Form von Liebe, eine, die keinerlei Verpflichtungen beinhaltete. Aber wenn sie nicht heiraten wollte, sich keine eigene Familie wünschte, was für ein Leben wollte sie dann führen? Selbst mit einer Wohnung in London, mit ihrem Laden und all der Kleidung und den Vergnügungen – bedeutete die Ehelosigkeit *wirklich* Freiheit? Und was würde geschehen, was wollte sie tun, wenn sie zu alt war, um zu tanzen oder um Kleider zu verkaufen? Wollte sie in ihren Hosen herumsitzen und bis zum Ende ihres Lebens Romane lesen? Als alte Dame trug man keine Hosen; dann würde sie wieder Kleider tragen *müssen*. Und was ihre Liebhaber anging, denn Daisy vermutete, dass ihre Schwester das mit »sich hingeben« gemeint hatte, schien ihr das ein wenig leichtfertig … und billig. Sicher war sie doch mehr wert als das?

Daisy hätte Iris gern nach den intimen Angelegenheiten gefragt, wie sie damit umging, wie sie es bewerkstelligte, keine Kinder – keinen Säugling – zu bekommen, wenn sie einen Liebhaber hatte. Offenbar hatte Iris das alles noch nicht richtig bedacht, und es beschäftigte Daisy, denn in Sünde zu leben war das eine, ein uneheliches Kind wiederum etwas ganz anderes. Sie stellte sich vor, wie eine rundliche Iris die

Straße hinab nach *Birch Grove* schlurfte, der nahe gelegenen Klinik für alleinstehende Mütter, in einer Hand ihren kleinen Koffer, in der anderen ihre Zigarettenspitze und türkischen Tabak.

»Von Beischlaf außerhalb der Ehe halte ich nichts«, sagte Daisy und starrte geradeaus zum Fenster. »Das ist den Kindern gegenüber nicht anständig.«

Iris drehte sich zu ihr um. »Wovon redest du denn *jetzt?*«

Daisy sah ihre Schwester mit weit geöffneten Augen an. »Die *Kinder*, Iris, die kleinen Säuglinge ... die Kinder, die unehelich geboren und ins Heim gesteckt werden ... Lach nicht! Es ist falsch, Kinder zu zeugen, wenn man nicht verheiratet ist und ihnen kein anständiges Zuhause bieten kann.«

Iris hatte nicht gelacht, aber sie hatte sich die Hand auf den Mund gelegt, um ihr Grinsen zu verbergen. »Ach, Süße«, sagte sie, noch immer feixend, weil sie es nicht unterdrücken konnte, und nahm Daisys Hand. »Ich vergesse es immer wieder, ich vergesse immer wieder, dass du von so vielem noch keine Ahnung hast.«

Daisy stand von ihrem Bett auf. Iris konnte manchmal wirklich herablassend sein. Sie trat ans Fenster, öffnete es und warf die Zigarette hinaus. Draußen war es dunkel, aber die großen Lampen entlang der Einfahrt und auf der vorderen Terrasse brannten schon, waren bereit für die Gäste und beleuchteten den ohnehin schon ungewöhnlich hellen, verschneiten Garten nur noch mehr. Auf dem Schnee hatte sich eine Eisschicht gebildet, die ihn bei dieser Beleuchtung wie Diamanten funkeln ließ. Heiligabend. Alles sah verzaubert aus, dachte Daisy und hörte nur mit halbem Ohr auf Iris' Worte, die gerade äußerte, sie würden eine kleine Unterredung führen müssen, wenn sie zu ihr nach London zog.

»Ja?«, sagte Daisy abwesend. »Und worüber?«

»Über ein Ding namens Pessar, Süße. Du musst davon wissen.«

»Pess … was?«, fragte Daisy.

»Empfängnisverhütung. Wie man es vermeidet, schwanger zu werden … Es gibt da diese großartige Frau, Dr. Stopes, die Sprechstunden einrichtet für Frauen wie dich – wie uns«, berichtigte sie sich schnell, »wie man all das vermeidet.«

»Ach ja«, sagte Daisy, »ich glaube, ich habe in *Modern Woman* von ihr gelesen.«

»Weiß Mummy, dass du diese Zeitschrift liest? Ich bin nicht sicher, ob sie darüber glücklich wäre.«

Daisy drehte sich zu ihrer Schwester um. »Mummy kauft sie mir.«

»Schreck, lass nach!«, sagte Iris. »Hier hat sich in der Tat einiges verändert. Bliebe noch Valentine Vincent«, fuhr Iris nach einem Moment fort. »Was hältst du von ihm? Ich glaube, aus ihm kann noch was werden.«

Daisy setzte sich auf den Stuhl an ihrem Pult. »Ich bin nicht sicher«, sagte sie.

»Weshalb? Er ist doch ein ziemlicher Leckerbissen …«

»Erstens hat er einen albernen Namen, und zweitens ist er der Sohn von Daddys Flittchen.«

»Sie ist kein Flittchen«, entgegnete Iris rasch.

»Doch, das ist sie. Sie hat ein Verhältnis mit einem verheirateten Mann … Sie ist ein Flittchen.«

Iris stieg vom Bett. Sie trug ihre dunkelgraue weite Hose – bei deren Anblick ihre Mutter nach Luft gerungen hatte – und dazu ein grünes Seidenhemd und eine gestreifte Krawatte. In ihrem dunklen Haar, das ihr ein *schrecklich teurer* Friseur namens Marcel bei *Harrods* geschnitten und aufgedreht hatte, trug sie ein Tuch, dazu hellrosa Lippenstift mit passendem Nagellack. Daisy fand, sie sah fabelhaft aus: modern und aufmüpfig, ganz nach London.

Lily behauptete, Iris kleide sich nur deshalb so, um Howard zu verärgern, der Frauen in Hosen verabscheute – und vielleicht stimmte es auch, denn als Iris an diesem Morgen in Hosen, Hemd *und* Krawatte zum Frühstück erschienen war, hatte Howard nur schmallippig, in einer Art still schäumender Wut auf die Krawatte gestarrt. Die Krawatte, dachte Daisy, ging ihm einen Schritt zu weit und war ein wundervoll mutiger Schritt für Iris, die für Gelassenheit keine Zeit hatte. Sie verachtete Trägheit, liebte in allem die Leidenschaft und hatte Daisy einmal erzählt, sie beabsichtige, ein ausgefülltes und hemmungsloses Leben zu führen. Gefahren und manchmal auch andere Menschen schienen sie nicht zu kümmern.

»Dein Problem ist«, sagte Iris nun, »dass du immer alles gern hübsch und geordnet hättest: die Guten und die Bösen, schwarz und weiß … Aber so läuft es einfach nicht, Liebes. Es gibt Grauzonen. Manches verstehst du einfach noch nicht.«

»Zum Beispiel?«

»Zum Beispiel die Ehe.«

»Was meinst du damit?«

»Du glaubst wahrscheinlich immer noch, dass verheiratete Menschen sich lieben.«

»Tun sie das denn nicht?«

Iris schüttelte den Kopf. »Die meisten tun nur so.«

»Aber sie müssen sich doch mögen. Sonst hätten sie doch gar nicht erst geheiratet.«

»Nein, nicht unbedingt.«

»Zumindest werden sie sich gegenseitig bewundern und respektieren …«

Iris lachte. »Das glaube ich nicht.«

»Was ist mit der Ehe unserer Eltern?«

»Hm, die könnte am Ende sein. Vielleicht kommt es zur Scheidung.«

Scheidung. Das Universum schwankte erneut. Daisy sah ihre Zukunft vor sich: Wie sie in kurzem Kleid und Lippenstift Teller voll Suppe an eine Schlange von Frauen mittleren Alters austeilte, darunter ihre Mutter; sie sah Howard unrasiert auf der Straße betteln; sie sah Eden Hall, mit einem schiefen, von Spinnweben bedeckten »Zu verkaufen«-Schild unten an der Einfahrt. Eine Scheidung? Das hatte nur eins zu bedeuten: Ruin. Nichts blieb, wie es war.

Iris redete immer weiter, sagte, eine Scheidung sei nicht mehr mit demselben Stigma behaftet wie früher, sei allgemein akzeptierter und komme in Amerika sogar beinahe in Mode, wie sie gehört habe.

Daisy riss sich zusammen. Scheidung. Daran hatte sie noch nie gedacht. Die einzige Geschiedene, die sie kannte – von der sie gehört hatte –, war die Frau, die kürzlich in ein Cottage in der Nähe der Straßenkreuzung gezogen war. Sie hatte nicht einmal einen Namen, man nannte sie einfach *die Geschiedene*. Wie eine Jahrmarkt-Attraktion, wie *die Fette Dame* in dem Zelt auf der Promenade in Southsea oder *der Mann mit den zwölf Zehen* war sie ein Novum: faszinierend und bemitleidenswert zugleich.

»Nun sieh mich nicht so entgeistert an«, sagte Iris. »Das war bloß eine flapsige Bemerkung. Aber es ist immer gut, vorbereitet zu sein.«

»Nichts ist gewiss«, sagte Daisy mit zittriger Stimme.

»Natürlich nicht. Es liegt in Mabels Hand und hängt davon ab, was sie will.«

»Was sie will?«

»Ja, ob sie hierbleiben will – und weiterleben wie bisher. Als wir klein waren, war das noch etwas anderes, aber mittlerweile sind wir erwachsen, und du ziehst auch bald aus; das ist ihr bewusst. Dann ist sie hier alleine. Vermutlich macht sie sich darüber ihre Gedanken und plant ihre Zukunft.«

»Was glaubst du … Was glaubst du, wird sie tun?«

»Ich weiß es nicht. Ich weiß es wirklich nicht. Aber du musst die Augen aufmachen. Es ist an der Zeit für dich, erwachsen zu werden und zu wissen und zu akzeptieren, dass … na ja, dass nichts vollkommen ist. Nichts ist schwarz oder weiß, alles ist grau … mehrdeutig«, fügte sie hinzu und lächelte Daisy liebevoll an.

Ja, es war an der Zeit, erwachsen zu werden und Entscheidungen zu treffen, dachte Daisy; sich ein Leben aufzubauen, neue Menschen kennenzulernen … Aber plötzlich erschien ihr alles so unerreichbar anstrengend. Iris sah sie an und griff nach Daisys Hand. »Nun sieh nicht so sorgenvoll drein, Süße. Das hinterlässt Falten. Versuche, nicht ganz so ablehnend zu sein. Und verurteile Frauen nicht, nur weil sie von Männern benutzt werden. Wir alle sind auf die eine oder andere Weise von ihnen abhängig; wir alle sind Flittchen, wenn es um unser Glück mit Männern geht. Und Margot …«, fügte sie, leiser, mit abgewandtem Blick hinzu, »… sie ist kein Flittchen, wir kennen sie gar nicht, kennen ihre Vorlieben nicht, wissen nicht, warum sie und Howard miteinander …«

»… ficken?«, unterbrach Daisy.

Iris rang nach Luft und lachte dann. »Du bist unanständig«, sagte sie. Sie ließ Daisys Hand los und lief zur Tür. »Wir sollten besser gehen.«

»Die Glocke hat doch noch gar nicht geläutet, oder?«

»Doch, schon vor Ewigkeiten.«

»Aber was ist mit Ben? Über ihn hast du noch nichts gesagt … Schätzt du ihn?«

»Als *Kameraden* schon, als deinen zukünftigen Ehemann …«, Iris zuckte mit den Schultern, »… nicht sehr. Aber es hängt alles davon ab, was du willst, Dodo. Da siehst du es wieder: *Grau*, alles ist grau.«

»Ich will mich verlieben.«

»Ha, das lässt sich nicht einfach so erzwingen«, sagte sie mit einem Fingerschnippen. »Und wenn doch, garantiere ich dir eine Katastrophe.«

»Aber er ist ein anständiger Kerl, oder? … Ben, meine ich.«

»Nimm das blaue«, sagte Iris und verließ das Zimmer.

Mabel hatte sich für das silbergraue Kleid aus Kreppseide und für Perlen entschieden. Nicht für das Halsband mit den Perlen und Diamanten von *Cartier*, das Howard ihr zum zwanzigsten Hochzeitstag geschenkt hatte, sondern die schwarzen Tahiti-Perlen, die sie heute von Reggie bekommen hatte.

Nun stand sie vor dem langen Spiegel in ihrem Ankleidezimmer, zusammen mit Nancy, die einst ihr Kammermädchen gewesen und nun ihre Haushälterin war. Sie blickte sich an und gestattete sich, ihr Spiegelbild anzulächeln. Sie berührte die Perlenkette, die Nancy im Nacken verschlossen und dann mit viel Aufhebens an ihrem Dekolletee drapiert hatte.

»Sie sind wunderschön, nicht wahr?«, sagte Mabel und

spürte die vollkommene Unvollkommenheit der Perlen an ihren Fingerspitzen.

»Oh ja. Und ich muss sagen, Ma'am, ich habe Sie nie hübscher gesehen.«

Nancy wollte nur freundlich sein, dachte Mabel, denn gewiss war sie vor Jahren hübscher gewesen. Und einen Augenblick wünschte sie sich, dass Reg sie *damals* schon gekannt hätte, zur Zeit ihrer jugendlichen Schönheit, damit er sie noch so in Erinnerung hätte. Stattdessen gehörten Howard all diese Erinnerungen und waren bei ihm bloß vergeudet. Und doch freute es sie und ließ sie sich wohler in ihrer Haut fühlen, dass Reg sie in so hohen Ehren hielt, dass er ihr zuhörte, eindeutig ihre Meinung schätzte und sie ansah mit einer solchen … Was war es nur?, fragte sie sich. Eine Art Intensität, bei der sie das Gefühl hatte, sie stünde nackt vor ihm, vollkommen entblößt; als könne er hinter ihre Stirn blicken und ihre Gedanken lesen.

Sie hatte dieses Gefühl völlig vergessen, erlernte es nun neu und stellte dabei fest, dass sie es schon einmal erlebt hatte, vor vielen Jahren. Je näher sie und Reg sich kamen, desto verletzlicher fühlte sie sich in seiner Gegenwart, und es war die Intensität seiner Aufmerksamkeit, sein entschiedener, fester Blick – unbeirrt von den Ablenkungen durch Ehemann oder Familie –, der sie anzog und der zunehmend hypnotisch wirkte. Sie fragte sich, ob die anderen es ebenfalls wahrnahmen. Nicht, ob Reg zwingend auch die anderen gefangennahm oder nehmen konnte, sondern ob sie seine Ausstrahlung auf *Mabel* bemerkten.

Erst heute war es ihr wieder so ergangen. Sie konnte sich nicht erinnern, wann sie sich zum letzten Mal in der Gegenwart eines anderen so befreit gefühlt hatte. Jede Stille in ihren

Gesprächen war nur eine köstliche Pause gewesen, um darin zu schwelgen. Auf dem Weg zum Friedhof hatten sie über Daisy gesprochen, vor allem über ihr Benehmen in letzter Zeit. Reg sagte, sie werde einfach erwachsen und sei schlicht im Stadium der – wie hatte er es genannt … Entzauberung? Desillusionierung? Etwas in der Art. »Sie beobachtet uns, versucht uns und alles andere zu durchschauen«, sagte er. Und dann hatte er gesagt, Daisy sei *ihr* am ähnlichsten, und er hege keinerlei Zweifel, dass sie »ihren Weg macht«.

Später im Haus, beim Lunch und auch danach, hatte Mabel die Erregung einer neuen Nähe zwischen ihnen gespürt, und jedes Mal, wenn sich ihre Blicke trafen, hatte sie Herzklopfen verspürt. Die Vorstellung, ihn heute Abend wiederzusehen, in wenigen Minuten schon, versetzte ihrem Herzen einen kleinen Sprung.

»Ihr Armreif, Ma'am?«, unterbrach Nancy ihre Gedanken. Sie reichte ihr die Diamanten, die Howard ihr vor zwei Jahren zum vierzigsten Geburtstag geschenkt hatte.

Mabel blickte auf den Diamantenarmreif und dann auf die schillernde Auswahl, die in der geöffneten Schmuckschatulle funkelte. Howard war immer sehr großzügig gewesen. Jedes Jahr, seit vielen Jahren schon, hatte er ihr teure Juwelen geschenkt, obwohl doch alles, was sie sich von ihm gewünscht hätte, ein wenig seiner Zeit, die Bekundung seiner Liebe und Zuneigung gewesen wäre. Seitdem sie und ihre Ehe in die Jahre kamen, hatte er ihr Zeichen geschenkt, teure Zeichen, die Howard gern an ihr sah, damit er sie bewundern und stolz auf sie sein konnte – auf *seine* Geschenke. Und sie hatte kapituliert. Hatte seine Diamanten, seine Perlen, seine Rubine und Saphire getragen, dankbar, wenn er sie bewundert hatte.

»Nein, danke. Heute Abend reicht diese Kette«, sagte sie und berührte noch einmal die schwarzen Perlen. Und sie sah, wie Nancy den Armreif behutsam in das Fach bettete und die Schatulle schloss.

Nancy war von Beginn an bei ihr auf Eden Hall gewesen. Sie hatte alles miterlebt: jede Neuigkeit und jede Feier, jeden einzelnen Verlust und Sieg. Sie war es gewesen, die ihr an einem windumtosten, stürmischen Abend vom blutüberströmten Badezimmerboden aufgeholfen hatte, sie liebevoll gebadet, ihr die Tränen abgewischt, sie abgetrocknet und ihr mit den Worten ins Bett geholfen hatte: »Sie werden wieder schwanger werden, Ma'am. Sie werden wieder schwanger werden.« Sie war es gewesen, die Howards persönliche Habseligkeiten aus ihrem Schlafzimmer in sein Ankleidezimmer gebracht und ihm die Nachricht des Arztes beigebracht hatte, dass Mabel keine weiteren Kinder bekommen könne.

Aus all diesen und weiteren Gründen hatte Mabel großes Vertrauen zu Nancy, und in diesem Augenblick hätte sie sich ihr gerne anvertraut und ihr von ihrem Vorhaben erzählt, aber zum Personal bestanden Grenzen, die man nie übertrat. Und so lief sie hinüber zur Schmuckschatulle, öffnete sie, überlegte nur einen kurzen Moment und sagte, indem sie ihr die Hand entgegenstreckte: »Ein Weihnachtsgeschenk und ein Dankeschön, Nancy … für alles.«

Mabel wusste, dass die Rubine so viel wert waren, dass Nancy sich ein Haus kaufen konnte, ein kleines Haus vielleicht, aber eins, das ihr gehörte.

12

Es roch unangenehm im Foyer. Neben dem Weihnachtsbaum hatte einer der Hunde seine Notdurft verrichtet, und Howard, der ohnehin schon wegen der Lichter verärgert war – zwei waren kaputtgegangen – und nicht auf Blundy warten konnte, beugte sich soeben vor und machte sich in Frack und weißer Krawatte mit Kehrschaufel und Besen vor dem Kamin im Salon ans Werk.

Daisy hielt ihre Hand über die Nase. Sie hatte Iris' Rat missachtet und trug ihr neues dunkelgrünes Samtkleid. Das Kleid passte halbwegs, aber unter dem Saum lugte ihr roter Unterrock hervor, und ihr Knoten saß – obwohl sie mit Bürsten und Haarnadeln hantiert hatte – locker und schief, und sie spürte, dass er sich langsam auflöste und weiter an ihrem Nacken hinabrutschte, wann immer sie den Kopf bewegte. Als sie den Blick durchs Foyer schweifen ließ – bemüht, den Kopf nicht zu drehen –, sah sie, *schon wieder*, Margot mit Lily und Miles, Reggie neben den Singhs, die beide den Blick schüchtern gesenkt hielten, die Knights und einige weitere Nachbarn. Als sie Valentine Vincent sah, trafen sich ihre Blicke, und Daisy nahm schnell ihre Hand von der Nase und lächelte zurück. Er sah verstörend gut aus, dachte sie, blickte zwischen ihm und Ben hin und her und musste feststellen, dass Benedict Gifford äußerlich nie mithalten konnte.

Nancy, Mr. und Mrs. Jessop und die anderen strömten flüsternd aus dem Flur herein, den Blick auf den berühmten Gast gerichtet, dahinter folgte Howard, der aus dem Garten zurückkehrte und beharrlich lächelte. Plötzlich kehrte Stille ein, und alle Blicke wandten sich um, als Mabel die Treppe hinunterschritt. Reggie stellte sein Glas ab, ging rasch zu ihr und nahm Mabels Arm. Liederzettel wurden herumgereicht, und alle stellten sich in einen Halbkreis um den Baum, wo Howard sich erneut an den elektrischen Lichtern zu schaffen machte, sie an- und ausschaltete und wieder an und wieder aus und dabei zu Blundy hinübersah, ob nun *alle* leuchteten. Es dauerte seine Zeit, und die Anwesenden begannen sich zu räuspern und von einem Bein aufs andere zu treten, zuletzt wies Noonie darauf hin, dass die Gäste der Lieder und nicht einer Lichtschau wegen gekommen seien.

Als schließlich eine weitere Birne zerbarst und daraufhin auch alle anderen erloschen, wurden die Lieder angestimmt und gesungen. Der Bariton des alten Jessop leitete die Schar bei *Away in a Manger*. Dann folgten *Silent Night*, *Hark! The Herald Angels Sing*, *The Holly and the Ivy* und *O Little Town of Bethlehem*. Erst während der vorletzten Strophe des letzten Liedes – *Ding Dong Merrily on High* – bemerkte Daisy, wie Stephen sich mit beinahe geschlossenen Augen in der Nähe des unbeleuchteten Baumes hin- und herwiegte. Er schien zu kreisen: In einem fort schwang er herum, ohne seine Füße zu bewegen, und sang dabei unaufhörlich mit. Daisy sah zu Mrs. Jessop hinüber, die wie ihr Mann ganz im Augenblick versunken schien, fern von allem als nur der Wonne dieser Strophe.

Als die Lieder verklangen, reichten Mabel, Iris und Lily im Foyer Gläser mit Champagner und Sherry und winzige Pasteten auf Silbertabletts herum. Daisy hätte ebenfalls zu Diensten stehen sollen. Das war zu Heiligabend Sitte auf Eden Hall: Die Familie – genauer, Mabel und die Mädchen – bediente ihre Angestellten und Gäste. Aber als alles im Gange war und Howard auf die Treppe stieg, mehrfach mit einem Löffel gegen sein Glas schlug und zu reden begann, war Daisy zu Stephen Jessop hinübergegangen.

Sie zupfte ihn am Ärmel: »Stephen …«, zischte sie. Er schien im Stehen zu schlafen. Sie zog erneut an seinem Arm, und er öffnete die Augen.

»Amen!«, sagte er – so laut, dass Howard seine Ansprache unterbrach und zu ihm hinüberblickte, genau wie alle anderen.

Als Howard sich räusperte und mit den Worten fortfuhr: »Und so möchte ich allen, die hier auf Eden Hall arbeiten, meinen tiefsten Dank aussprechen …«, zog Daisy Stephen in den Korridor.

»Bist du krank?«, fragte sie und sah ihn blinzeln – erst einmal, dann ein zweites und drittes Mal. »Mein Gott, du bist ja betrunken … nicht wahr? Oh, Stephen, was sollen wir jetzt mit dir machen …? So kannst du jedenfalls nicht wieder hineingehen.« Sie sah den Korridor hinunter. Ihr blieb nur, ihn in die Kutscherwohnung zu begleiten. Und so nahm sie ihn bei der Hand und führte ihn zunächst in die Küche und dann weiter.

Mabel hielt ein Tablett mit Pasteten in der Hand, lächelte und nickte, als Howard ihr seinen Dank aussprach. Aber er schien gar nicht enden zu wollen.

»Im nächsten Jahr feiern meine Frau und ich unseren fünfundzwanzigsten Hochzeitstag …« Howard hielt lange genug inne, damit der kleine Beifall abebben konnte. »Eine Silberne Hochzeit ist – da sind wir uns sicher alle einig – ein großartiger Anlass zum Feiern und ein Anlass, um dankbar zu sein und vielleicht auch zurückzublicken …« Er hielt erneut inne, und Mabel wünschte, er möge endlich zum Schluss kommen. »Nach fünfundzwanzig Jahren …«, fuhr er fort, »… nach einem Vierteljahrhundert und drei wunderbaren Töchtern möchte ich meine Frau bitten, sich zu mir zu gesellen …«

Howard winkte Mabel zu, und Mabel reichte Nancy das Tablett. Lächelnd, nervös, bahnte sie sich einen Weg durch die Menge und fragte sich, was nun wohl kommen mochte.

Als sie zu ihm hinaufstieg, nahm Howard ihre Hand, küsste ihre Finger, sah sie an und fuhr fort: »Heute Abend möchte ich die Gelegenheit nutzen und meiner lieben Frau danken«, sagte er in treu ergebenem Ton, »dass sie nicht nur mir und unseren geliebten Kindern ein außergewöhnlich glückliches Heim bereitet, sondern Eden Hall auch zu einem wundervollen Ort für uns alle macht.«

Ein paar Bravo!-Rufe waren zu vernehmen.

Dann sagte Howard: »Meine Damen und Herren, bitte heben Sie mit mir Ihre Gläser auf meine Frau, auf Mrs. Forbes.«

»Auf Mrs. Forbes!«, riefen alle mit erhobenen Gläsern.

Daisy öffnete die Tür, fuhr mit der Hand über den rauen Putz und bediente einen Schalter. Eine nackte Glühbirne warf einen trüben Schein auf die steile Treppe. Im kleinen

Eingangsbereich roch es muffig und feucht und nach Desinfektionsmittel. Sie nahm Stephens Hand, zog ihn hinein und schloss mit dem Fuß die Tür hinter ihm.

»Daisy«, sagte er gegen die Wand gelehnt, den Blick auf sie gerichtet, »es geht mir gut. Ich weiß, was ich tue.«

»Das glaube ich nicht.«

»Ich weiß es aber.«

Er streckte die Hand aus und zog sie zu sich heran. In ihm – in seinem Gesicht, in seinen Augen, in seinem ganzen Auftreten – lag eine neue Entschlossenheit, die sie zugleich faszinierte und erschreckte und die ihr Herz schneller schlagen ließ. Und als er seinen Finger an ihr Gesicht hob, ihre Gesichtszüge nachzeichnete, jeder Kontur folgte – über ihre Brauen und ihre Augen, die Nase hinab zu ihren Lippen, über ihr Kinn, ihren Nacken, seine Berührung, so zart wie das Schlagen von Schmetterlingsflügeln, so warm wie die Abendsonne im Sommer –, spürte sie, wie sie fiel, wie sie erneut in die Tiefe und Dunkelheit, in einen unergründlichen, sich kräuselnden Strudel hinabfiel.

Dann nahm er ihre Hand und führte sie langsam die Stufen hinauf.

Des Weihnachtssingens wegen hatte an diesem Abend die Dinnerglocke nicht geläutet. Und als Mr. Blundell um exakt acht Uhr dreißig den kleinen Gong im Foyer schlug, wo die Familie und ihre Gäste mit ihren Gläsern in der Hand um den Baum herumstanden, bemerkte Mabel, dass Daisy nicht da war, und bat Lily, sie aus ihrem Zimmer zu holen.

»Bitten Sie doch Mrs. Jessop höflich, noch fünf Minuten zu warten«, sagte Mabel zu Blundell. Es war Heiligabend. Sie hatten keine Eile.

»Sie ist nicht in ihrem Zimmer«, sagte Lily kurz darauf, als sie die Treppe hinunterkam.

»Sie schnappt bestimmt nur ein wenig frische Luft … Ich bin sicher, sie taucht jede Minute wieder auf«, sagte Iris.

»Frische *Luft?* Es ist eiskalt da draußen«, erwiderte Mabel.

Während Iris und Howard in den anderen Zimmern nachsahen, wandte sich Lily an Mabel: »O weh, was, wenn sie wieder einen ihrer Anfälle hat? Wir kennen sie doch – und diesmal hat sie sich *noch* merkwürdiger benommen als sonst … Womöglich leidet sie unter Amnesie – nach ihrem Sturz. Ich habe gelesen, sie kann manchmal auch verspätet auftreten … Vielleicht irrt sie da draußen umher, durch den Schnee.«

»*Immer* geschieht so etwas zu Weihnachten, finden Sie nicht auch?«, sagte Noonie und drehte sich zu Margots gerüschtem Spitzendekolletee um. »Leute verschwinden … Morde … Selbstmorde …«

»Mutter!«

Iris erschien im Foyer. »Hier unten ist sie nicht.«

»Nun gut, wenn sie das Weihnachtsessen verpassen möchte, ist das ihre eigene Schuld«, sagte Mabel und winkte die Gäste ins Speisezimmer. Gerade als sich die Gruppe in Bewegung setzte, erschien Howard auf der Treppe.

»Sie ist nicht im Haus«, sagte er ernst. »Ich werde sie suchen.«

Jedermann blieb stehen und sah zu, wie Howard eilig durch das Foyer zur Eingangshalle lief und nach seinem Mantel griff. Plötzlich schien es einen vagen Hinweis zu geben, dass in ihrer Mitte etwas Unheilvolleres vor sich ging.

»Ich hoffe, sie wurde nicht entführt«, murmelte Noonie.

Dann rief Reggie Howard nach: »Ich komme mit dir, alter Freund.«

Innerhalb weniger Sekunden traten die anderen Männer hervor, als wäre dies die Einberufung zu einem erneuten Krieg, und als Reggie sie hierhin und dorthin dirigierte, war er ganz in seinem Element.

Mabel lächelte Margot zu. »Immer gibt es ein Drama um Daisy«, sagte sie und verdrehte die Augen. Dann holte sie tief Luft, machte kehrt und lief in die Küche, um Mrs. Jessop darüber in Kenntnis zu setzen, dass das Dinner verschoben werden musste.

Oben an der Treppe ließ Stephen Daisys Hand los und trat zur Seite, um sie vorzulassen.

Das Zimmer war sparsam eingerichtet und nur von einer einzelnen Lampe beleuchtet. Die Farbe an den Wänden schlug Blasen und blätterte vom Putz. Daisy wusste nicht, was sie tun oder sagen sollte. Sie hatte sich noch nie an einem solchen Ort, nie in einer solchen Lage befunden, weder mit ihm noch mit irgendjemand anderem. Sie drehte sich zu ihm um. Er stand neben einem Bücherregal, den Kopf leicht geneigt, sah sie an, biss sich auf die Lippen. Ein neues Gefühl durchströmte sie, und sie trat einen Schritt zurück, weg von ihm.

»Ich muss mit dir reden«, sagte er und wies auf einen Sessel neben dem Kamin, der nicht brannte.

Sie setzte sich in den alten Lehnstuhl, an den sie sich vage aus früheren Zeiten erinnerte. »Geht es um Mrs. Vincent?«, fragte sie und sah sich im Zimmer um. »Denn dann möchte ich es nicht hören.«

»Nein, es geht nicht um Mrs. Vincent«, erwiderte Stephen.

Er kam zu ihr hinüber, setzte sich im Schneidersitz auf den Teppich zu ihren Füßen und blickte zu ihr auf.

Sie sah, wie sein Blick an ihrem Körper hinabglitt, zu ihren Füßen, spürte erneut seine Berührung, wie er ihr Schienbein entlangfuhr, ihren Knöchel, den die Wärme seiner Hand umgab.

»Es geht nicht um Mrs. Vincent …«, sagte sie.

Er hob den Blick zu ihr. »Nein, es geht um dich … um dich und mich.«

»Um dich und mich«, wiederholte sie.

Er lächelte. Sie spürte, dass sein Griff um ihren Knöchel stärker wurde.

»Ich liebe dich, Daisy. Ich liebe dich, so lange ich mich erinnern kann, und ich weiß, dass ich dich bis an mein Lebensende lieben werde.«

Zuerst glaubte Daisy zu träumen und kniff sich in den Handrücken, erst einmal, dann ein zweites und drittes Mal … Sie träumte nicht. Und sie war dankbar, dass sie saß, denn sie zitterte, bebte, schauderte – und das nicht, weil ihr kalt war. Sie hätte gern gesagt: »Ich liebe dich … ich liebe dich auch.« Aber die Worte wollten ihr nicht über die Lippen kommen.

»Und ich will, dass du mitkommst … nach Neuseeland«, sagte Stephen nun, und ihr wurde bewusst, dass er schon eine Weile gesprochen hatte. »Ich weiß, das liegt am anderen Ende der Welt«, fuhr er fort, »aber stell dir nur vor, wir beide – und alle Möglichkeiten stehen uns offen …«

Daisy musterte ihn: das dichte zerzauste Haar und die dunklen Augen, die Konturen seiner wunderschönen Lippen und seines langen Kiefers. Sie liebte ihn, aber wie – auf welche Weise –, da war sie sich noch immer nicht sicher. Auf keinen Fall aber würde sie mit ihm nach Neuseeland gehen. Wie könnte sie? Ihr Vater würde verrückt werden. Buchstäblich. Es würde ihn umbringen. Sie stellte sich vor, wie sie hoch oben an Deck eines Schiffes stand und durch ein Meer von Fähnchen am Kai ihren Eltern und Iris zuwinkte: wie ihre Mutter schluchzte, Iris ihr Küsse zuwarf und Howard seine Faust schwenkte. Dann nahm sie sich selbst aus der Gleichung heraus und stellte Stephen auf das Deck. Er winkte ihr zu, das Schiffshorn dröhnte, und der Dampfer fuhr langsam davon …

Und als das Schweigen länger wurde, sie nur dasaßen und sich ansahen, erstarb sein Lächeln. Er neigte den Kopf, holte tief Luft, wandte dann den Blick ab und schloss die Augen.

»Ich musste es dir sagen«, erklärte er. »Und ich fürchte, dafür musste ich mir etwas Mut antrinken.«

13

»Aber ist es dir denn nicht aufgefallen?«, insistierte Mabel. »Hast du nicht nachgedacht?«

»Nein. Es tut mir leid. Ich habe jegliches Zeitgefühl verloren.«

»Wirklich, Daisy, wie *kannst* du nur die Zeit vergessen – und bei dieser bitteren Kälte im Garten stehen – beinahe eine Stunde lang …« Mabel griff nach Daisys Hand. »Aber deine Hände sind ja warm.«

»Also, ich war nicht die *ganze* Zeit draußen. Ich bin herumspaziert und immer wieder hereingekommen«, fuhr Daisy fort und war sich Iris' und Lilys prüfenden Blickes nur zu bewusst. »Mir war einfach übel« – sie zuckte mit den Schultern – »und ich dachte, es ist am besten, wenn ich euch nicht im Weg bin.«

»Als Nächstes bekommst du noch eine Lungenentzündung, mein Mädchen«, sagte Noonie mit ungewöhnlich ernstem Blick. »Ich hoffe, du trägst ein Leibchen.«

Mabel sah auf die Bronzeuhr auf dem Kaminsims. Sie griff sich an den Kopf. Beinahe neun Uhr! Sie hatten nie zuvor so spät gegessen, erst recht nicht an Heiligabend. Und nun fehlten *alle* Männer. Das war vollkommen Howards Schuld, dachte sie. Eine Überreaktion auf Daisys Abwesenheit, zweifelsohne von schlechtem Gewissen ausgelöst, sinnierte sie und lief erneut in die Küche.

Es war kurz nach halb zehn, als endlich alle – oder beinahe alle, denn Miles war nicht erschienen – zusammengetrommelt und von Mabel mit ungewöhnlich schriller Stimme in den Speisesaal dirigiert worden waren. Das Essen, so viel wusste sie, war buchstäblich zerfallen, und Mrs. Jessop, die an Heiligabend üblicherweise erschien, um den Dank der Familie entgegenzunehmen, weigerte sich, das Speisezimmer zu betreten.

Und wer kann es ihr verdenken?, dachte Mabel. Die Hors d'œuvres waren so schal wie Howards Gesichtsausdruck, das Roastbeef war trocken und kalt, und der Yorkshire Pudding – mit dem sich Mrs. Jessop so gern rühmte – schmeckte wie alter Gips, jedenfalls drückte Noonie sich so aus und war auf ihre Weise vergnügt.

Eine weitere Folge des verschobenen Abendessens war, dass alle mittlerweile viel zu viel Champagner getrunken hatten. Blundy war immer wieder mit einer Flasche und Leinentuch darum durch den Salon gegangen, um die Gläser der Damen zu füllen, als beteiligten sie sich an einem Trinkwettbewerb der Olympischen Spiele, dachte Mabel nun, ein wenig benebelt. Sie hatte versucht, seine Aufmerksamkeit zu erlangen und ihm ein Zeichen zu geben: *Nichts mehr, bitte. Danke!* Es waren nicht *die jungen Leute*, um die Mabel sich Sorgen machte; es war ihre Mutter, der es, redseliger denn je, Mühe machte, durch Türen zu laufen: Es stellte ein wahres Problem dar, wenn man es seitlich versuchte, wie Mabel bemerkte.

Inzwischen hielt ihre Mutter jede Äußerung für brillant und hatte *immer noch* ein Glas in der Hand. Mabel versuchte nun, Howards Blick zu erhaschen, versuchte, ihm ein Zeichen zu geben, und nickte in Noonies Richtung. Aber Howard starrte sie nur ausdruckslos an. Und Daisy, die Schuldige und der Grund für den Verzug, wirkte ungewöhnlich betreten und nachdenklich. Mabel hörte, wie Iris sagte: »Ich würde zu gern wissen, was du denkst«, und sah, dass Daisy ihr zulächelte und den Kopf schüttelte.

Als Howard und Dosia später Noonie die Treppe hinaufbegleiteten, erschien Miles endlich im Foyer.

»Nun ja ... ich wusste, dass Daisy wieder hier ist«, stammelte er unter Lilys prüfendem Blick verlegen, »denn ich habe Stephen Jessop getroffen ... und dann sind wir irgendwie im *Coach and Horses* gelandet.«

»*Stephen?«*, fragte Daisy.

»Ja, Stephen«, sagte Miles und nickte für Mabels Geschmack einmal zu oft. »Und da der Bursche nun nach Neuseeland geht ...«

»Wer geht nach Neuseeland?«, fragte Howard, der gerade die Treppe hinunterkam.

»Nach Neuseeland?«, wiederholte Mabel.

»Wer geht nach Neuseeland?«, fragte Howard erneut.

»Ich wollte immer schon nach Neuseeland«, sagte Dosia.

Aber Miles flüsterte nun Lily etwas zu, die mit verschränkten Armen und abgewandtem Blick dastand.

»Richtig, also gut, ich denke, Miles sollte etwas zu essen bekommen«, sagte Mabel. »Ich vermute, du hattest noch kein Abendessen, Miles?«

Er schüttelte den Kopf. »Es tut mir alles furchtbar leid, Mabel.«

Howard lief kopfschüttelnd zum Salon und brummte, ihm sage niemand mehr etwas. Mabel nahm ihren Schwiegersohn mit in die Küche und rief sich erschöpft in Erinnerung, dass die Sorge um das leibliche Wohl eine der wichtigsten Aufgaben einer Mutter – und selbst einer Schwiegermutter – war.

Im Salon legte Iris eine Platte von Paul Whiteman auf das Grammofon, und sie und Margot Vincent wirkten wie neue beste Freundinnen, dachte Daisy, als sie sich setzte. Die beiden Frauen saßen zusammen unter dem Erkerfenster, lächelten sich zu, schwangen ihre Köpfe und Hände in einer privaten seligen Schwärmerei für Irving Berlins *What'll I Do* hin und her. Lily war oben in ihrem Zimmer verschwunden und schmollte wegen Miles, und Dosia war hinaufgegangen, um mit ihr zu reden.

Nach so vielen Unterbrechungen und nachdem es so viel Mühe gekostet hatte, alle zusammenzubringen, bestand Mabel darauf, dass die Männer ihren Portwein mit in den Salon nahmen. Mit ihren Gläsern und Zigarren saßen sie als verqualmtes Rudel am anderen Ende des Salons um den Kartentisch herum. Daisy saß ihnen mit dem Rücken zugewandt da, so wie die Musik wehte der Zigarrenrauch über sie hinweg, und sie dachte an Stephens Worte, die hin und wieder – wenn die Musik abebbte und ruhiger wurde – von Politik unterbrochen wurden.

»Selbstverwaltung!«, grölte ihr Vater. »Mr. Baldwin sollte Winston beherzigen«, fügte er volltönend hinzu, weil er im lauten Knistern von Mr. Whitemans Orchester keine Pause erwartet hatte.

»Ich fürchte, dein Empire hat seinen Zenit überschritten, alter Junge«, sagte Reggie, und Daisy hörte ein Lächeln aus seiner Stimme heraus. »Man kann den Fortschritt nicht aufhalten – und sollte es auch nicht …«

Als Dosia zurückkehrte, setzte sie sich neben Daisy auf das Sofa. »Ist alles in Ordnung bei dir?«, fragte sie und tätschelte Daisys Hand.

Daisy lächelte und nickte. Von allen Personen im Raum hätte sie sich Dosia ausgesucht, um ihr von der Begegnung mit Stephen zu erzählen und sie um Rat zu fragen. Aber hier und jetzt war es unmöglich, und sie hätte gegen den Lärm anbrüllen müssen, was sie ganz sicher nicht beabsichtigte.

Die Musik setzte wieder ein, und dazwischen, vermischt mit Liebe und Neuseeland, rief Howard: »Verblüffend … mutwillige Zerstörung … Kommunismus … unser aller Ende.« Jemand lachte. Reggie, dachte Daisy. Und sie hörte Ben sagen, man prophezeie das Ende des Empires schon, so lange er denken könne, aber er sehe nicht, dass es zu seinen Lebzeiten noch geschehen könne, und Reggie gebrauchte den Begriff *gewiss* und sagte, es werde geschehen, egal, ob es ihnen gefalle oder nicht. Dann begannen Iris und Margot zu singen: »Blue days, all of them gone, nothing but blue skies from now on …«

Am anderen Ende des Hauses stellte eine schmallippige Mrs. Jessop einen *Crown-Derby*-Teller geräuschvoll auf den Kiefernholztisch.

»Nur ein paar Scheiben, bitte«, sagte Mabel zurückhaltend.

Es wirkte auf Mabel, als wirbele das große Messer in Mrs. Jessops Hand aufs Geratewohl durch die Luft in Richtung des kalten Fleisches. Furchteinflößend. Miles saß mit glasigem Blick am Tisch.

»Das alles tut uns entsetzlich leid, Mrs. Jessop«, sagte Mabel. »Ich weiß, dass es furchtbar spät ist, um … Und nach dem Dinner war …«

Mrs. Jessop hielt inne und drehte sich zur Uhr an der Wand um, das Messer in der Hand. Sie sagte nichts, stand einige Sekunden mit fest auf die Uhr geheftetem Blick da, drehte sich schließlich wieder um und begann, das Fleisch zu schneiden.

»Nun, wenn alles wieder halbwegs in geordneten Bahnen verläuft …«, sagte Mabel und verließ, ohne den Satz zu beenden oder auf eine Antwort zu warten, die Küche.

Sie lief durch den Korridor zurück und setzte sich im Halbdunkel auf die Bank neben dem unbeleuchteten Baum. Sie konnte Margot singen hören: »Blue days, all of them gone, nothing but blue skies from now on …« Trauer übermannte Mabel. Sie spürte, wie ihr Kopf zu zittern begann, sich eine Träne löste und ihr über die Wange lief.

Eine Weile später hörte Daisy, wie die Männer aus dem Billardzimmer kamen und Ben ihren Vater fragte, ob die Frauen sich alle zurückgezogen hätten. Howard sagte: »Ja, natürlich« – so barsch, als wäre eine solche Frage eine Zumutung. Nun war es ungewöhnlich still im Haus, der Raum außer ihnen beiden leer, und sie verlor sich, gefangen in einer Art Trance, einer Benommenheit, in Stephens Worten.

Stephen Jessop liebte sie. Er liebte sie. Das Universum hatte ihr erst etwas genommen – ihr romantisches, idealisiertes Bild von ihrem Vater – und ihr dann etwas zurückgegeben. Völlig unerwartet hatte sie eine Schwelle überschritten, dachte sie und fragte sich einen Augenblick nach den Gründen: Sie hatte ihre Kindheit zurückgelassen und betrat eine neue Ebene, für die eine andere Art des Verstehens nötig war. Eine, in der aus der Asche der Enttäuschung neue Hoffnung, Freiheit, neue Ausblicke und die Möglichkeit, unabhängig zu leben, erstanden. Mit Stephen davonzulaufen, mit ihm ans andere Ende der Welt zu gehen war sicher Stoff für einen Liebesroman. Aber es war auch die Wirklichkeit. Es war möglich. Und bis heute Abend hatte sie das nicht einmal gewusst. Denn Stephens Liebe war anders als die ihrer Mutter, ihres Vaters und ihrer Schwestern, und sie unterschied sich auch von der verhaltenen Zuneigung, die Ben Gifford *Liebe* genannt hatte.

Diese Liebe kannte weder Grenzen noch Schranken; diese Liebe schmiedete Pläne und ging voran, überquerte Meere und reiste in der Zeit zurück. Diese Liebe erinnerte sich. Diese Liebe – zu innig, um Zuneigung genannt zu werden – war so glühend wie die Glut vor ihren Augen und so unergründlich wie die Schatten in diesem spärlich erleuchteten Raum.

Als Valentine schließlich das Wort ergriff, klang seine Stimme weich und samtig, sie war lauter als ein Flüstern, aber doch nicht volltönend. Er sagte: »Ich finde, das ist die schönste Zeit des Tages.« Es war keine Frage, forderte keine Antwort. Und so saßen sie noch eine Weile länger schweigend da, bis er aufstand, zu ihr hinüberkam und ihr eine Zigarette anbot. Er setzte sich wieder, näher diesmal, und sagte mit nach oben gerichtetem Blick: »Ich verübele dir nicht, dass du meine Mutter und mich ablehnst.«

Sie spürte in sich einen neuen Großmut, fühlte sich eingehüllt von Liebe. »Ich lehne dich nicht ab – und auch deine Mutter nicht«, sagte sie.

»Aber ich würde es dir nicht verübeln, wenn es so wäre.«

»Die … Lage ist heikel, aber sie gehört vermutlich einfach zum Leben dazu. Du und ich, wir sind unschuldig, wir sind nicht beteiligt an …« Ihr fielen im Augenblick nicht die richtigen Worte ein, und sie ließ ihren Satz unvollendet im Raum stehen.

»Wenn ich es richtig verstehe, bist du quasi mit Benedict Gifford verlobt«, sagte er nach einer Pause.

Daisy lächelte erneut. »Nein, wir sind nicht quasi verlobt … oder *überhaupt* verlobt.«

Im Foyer waren Schritte zu hören, und Blundy erschien in der Tür. »Ah, ich bitte um Verzeihung. Ich war im Glauben, es hätten sich bereits alle zur Nachtruhe begeben, Miss.«

»Noch nicht ganz, Mr. Blundell«, erwiderte Daisy.

Der Butler nickte und schloss die Tür.

»Du bist anders als andere Mädchen deiner Klasse.«

»Ich bin nicht sicher, was du mit *meiner Klasse* meinst. Mein Vater ist Kaufmann – wie bereits sein Vater vor ihm. Wir gehören nicht zur Aristokratie. Wir sind Fabrikanten für Farben und Lacke, Kaufleute, denen Erfolg beschieden war; das ist alles. Und in England gibt es unzählige Kaufleute und Marktbudenbetreiber, nicht wahr?«

Val sah sie nicht an, aber er lächelte. Und gerade davon, dass er sie *nicht* ansah, und von seinem Lächeln war sie fasziniert.

»Was ist mit dir? Ich weiß noch gar nichts über dich … abgesehen davon, dass du schreibst … und dass deine Mutter Theater spielt und die Geliebte meines Vaters ist.«

Sie sah, wie er zusammenzuckte und die Augen schloss. »Es tut mir leid«, sagte sie, stand auf und lief hinüber zu dem Tisch, auf dem ihre Schneekugel neben der großen Glasglocke mit den präparierten Vögeln stand.

»Ich habe sie mir vorhin angesehen … Ich finde sie sehr schön«, sagte er.

»Die Vögel?«

»Nein, die Schneekugel.«

»Früher gefiel sie mir auch. Ich habe geglaubt, sie besäße Magie.«

»Jetzt nicht mehr?«, fragte er und kam näher.

»Nein, jetzt nicht mehr … Ich vertraue ihr nicht mehr.«

Sie hob sie hoch und schüttelte sie vorsichtig. Während sie zusah, wie die winzigen Schneeflocken auf das winzige Haus von Eden Hall rieselten, spürte sie seitlich an ihrem Gesicht seinen Atem, als er fragte: »Und warum vertraust du ihr nicht mehr?«

»Weil sie nur eine Illusion ist.«

Als sie die Schneekugel zurück auf den Tisch stellte, spürte sie, wie etwas ihre Wange streifte, und drehte sich um. Er wich nicht zurück, sagte nichts. Er lächelte nicht und sie ebenfalls nicht. Ihr Herz schlug nicht schneller, die Erde wankte nicht. Und als er seinen Mund auf ihren legte, schloss sie die Augen und stellte sich vor, er wäre Stephen.

Der Gastwirt läutete erneut die Glocke: »Letzte Runde, *biddeschöön!*«

Stephen hob den Kopf und sah sich im Schankraum um. Ein paar Gäste waren noch da: das Paar, das in dem kleinen Raum am Feuer saß und Händchen hielt, und andere an der Bar. Er lächelte den bärtigen Alten neben sich an, dann sah er wieder zu dem Mädchen, das vor ihm auf dem Holztresen die Ellbogen aufgestützt hatte: eine verschwommene rotblonde Erscheinung, nichts als Augen und rote Lippen.

»Ich bin bald fertig«, sagte sie. »Geh nirgendwohin.«

Sie stand auf, fuhr sich mit den Händen über die Taille, über ihre Hüften. »Bei mir zu Hause gibt es jede Menge

Schlehenschnaps und Tabak«, sagte sie im Fortgehen und zwinkerte ihm zu.

Er versuchte zu lächeln. Er hatte ihren Namen schon wieder vergessen.

»Es tut mir leid … das hatte ich gar nicht beabsichtigt«, sagte Val und trat einen Schritt zurück. »Verzeih mir.«

Sie durchquerten das Foyer und blieben in peinlichem Schweigen vor der Treppe stehen. Er verneigte sich kurz. »Gute Nacht, Daisy«, sagte er und wartete, bis sie als Erste hinaufging.

Aber an Schlaf war für sie nicht zu denken. Sie fühlte sich genauso wie bei ihrem letzten Besuch in London, als sie den widerlich teerartigen Kaffee getrunken und sich gemeinsam mit ihrer Mutter mit Iris getroffen hatte: Ihr Herz pochte heftig, ihre Gedanken kreisten in alle Richtungen.

Daisy lief Runden durch ihr Zimmer. Sie war geküsst worden. Endlich war sie geküsst worden, aber nicht von dem, von dem sie es sich wünschte. Der, von dem sie geküsst werden wollte, hatte erklärt, sie zu lieben, aber gezögert, sie zu küssen. Der, den sie nicht küssen wollte, hatte erklärt, sie vielleicht zu lieben und sie heiraten zu wollen. Und der, den sie geküsst *hatte*, hielt es nun für einen Fehler.

Während Daisy ihre Kreise lief, kehrten ihre Gedanken immer wieder zu einem Menschen zurück: zu seinem Gesicht, zu seiner Traurigkeit, als sie sich an die Uhrzeit erinnert hatte und aufgesprungen war. Sie hatte nie gesagt: *Ich liebe dich … ich liebe dich auch.*

Sie hielt inne, schloss die Augen: Sie hatte ihm nichts zurückgegeben. Sie hatte lediglich gesagt: »Es tut mir leid, ich muss gehen.« Das war alles.

Sie sah auf die Uhr neben ihrem Bett und griff nach ihrem Mantel.

»Ich heiße Tabitha«, sagte sie erneut.

Sie hatte sich bei Stephen untergehakt, und er spürte nur das Gewicht ihres Armes.

»Guck mal, die Sterne«, sagte sie, als sie abrupt auf der schneebedeckten Straße stehen blieb und den Lichtstrahl der Taschenlampe senkte. »Heute Abend schneit's nicht mehr.«

Stephen war sich nicht mehr sicher, wo genau sie sich befanden oder wohin sie unterwegs waren, und in diesem Augenblick war es ihm auch egal.

»Du hast mir schon immer gefallen«, begann Tabitha erneut, als sie ihren Weg behutsam fortsetzten. »Ich mag nämlich die Ruhigen ... Stille Wasser sind tief, sagt meine Mutter ... So heißt auch ein Film, wusstest du das? ... Ist im Krieg angelaufen, glaub ich ... Manche von den alten Filmen sind richtig gut ... Ich liebe das Kino ... Im *Regal* laufen gute Filme ... Die ganzen neuen ... mit Laurel und Hardy, Charlie Chaplin und diesem anderen lustigen Kerl, der ständig hinfällt«, sagte sie mit einem Kichern beim bloßen Gedanken an den namenlosen Mann. »Wir könnten doch mal hingehen, wir zwei ... zur Samstagsmatinee ... Ich liebe die Samstagsmatinee ... Mrs. Peabody spielt dazu Klavier, sie ist großartig ...«

Wie ein Wasserfall, dachte Stephen. Tabitha gehörte ganz sicher *nicht* zu den Ruhigen, und dennoch wirkte der stetige Fluss ihrer Worte seltsam tröstlich auf ihn.

»Was meinst du? Sollen wir?«

»Ja ... warum nicht«, sagte er.

Als sie fester nach seinem Arm griff, fragte er sich kurz,

wozu er eingewilligt hatte, aber es war ohnehin unwichtig: Bald würde er fort sein. Wahrscheinlich sah er das Mädchen nie wieder. Er spürte leichte Gewissensbisse. Er sagte: »Aber ich kann nichts versprechen, im Augenblick nicht.«

»Gut«, sagte sie, »ich hatte auch kein Versprechen erwartet, Stephen Jessop … zumindest noch nicht.«

Als Nächstes spürte Stephen nur, dass er auf dem Rücken lag und die kichernde Tabitha halb über ihm. Und er lachte ebenfalls, lachte hinauf in den Nachthimmel und über seine hoffnungslose Lage, denn in diesem Augenblick war sie zum Lachen, alles an ihr. Dass er Daisy Forbes gebeten hatte, darüber nachzudenken, ob sie mit ihm nach Neuseeland auswandern wolle, dass er erklärt hatte, sie zu lieben, dass er gedacht – sich ausgemalt – hatte, sie werde zustimmen: Es war so komisch, dass Stephen eine Weile kaum zu Atem kam. Als er schließlich aufhörte zu lachen, hörte er Tabitha seinen Namen in einem anderen Tonfall sagen. Dann nahm sie seine Hand und schob sie sich in den Mantel, in ihre Bluse und auf ihre Brust.

Die Brust war weich und warm, und eine Million Sterne funkelten über ihnen. »Daisy«, flüsterte er.

Die Tür war nicht verschlossen, das Licht im Eingang brannte noch, und Daisy lief eilig die Stufen hinauf.

»Stephen …«

Sie lief durch die Wohnstube, klopfte und öffnete eine weitere Tür. Ein schmiedeeisernes Bett mit einem Knäuel aus Laken, zwei dünnen Kopfkissen und einem Paar hingeworfener langer Unterhosen nahm den größten Teil des Zimmers ein. Eine kleine Kommode lehnte schief dagegen und stieß gegen das niedrige Fenster. Es gab keinen Kleiderschrank, auch gar keinen Platz für einen Kleiderschrank oder etwas anderes, aber an der Wand über dem Bett hing eine – leicht eingerissene, an den Ecken ausgefranste und vom Falten zerknickte – Weltkarte, auf der ein Drittel rosa schraffiert war.

Sie lief hinüber zur Kommode. Einige Pennys, eine Packung Zigarettenpapier und eine Flugschrift mit dem Titel *Entdecken Sie Neuseeland* lagen darauf. Sie nahm die Flugschrift und warf einen Blick auf das farbige Bild auf der Vorderseite: Ein Mann und eine Frau liefen Arm in Arm auf grüne Berge zu. Dann entdeckte sie das Blatt Papier mit ihrem Namen: »Liebe Daisy …«

Die Handschrift war schief und schlecht lesbar. Der Brief trug das Datum von vor zwei Tagen. Jenem Schicksalstag, als sie von der Untreue ihres Vaters erfahren hatte.

Liebe Daisy,
ich liebe Dich schon so lange, dass ich mich an den Anfang gar nicht mehr erinnere. Und ich vermute sehr, dass ich Dich besser kenne als die meisten und ich Dich mehr liebe als jeder andere – denn ich liebe Dich GANZ, alles an dir. Wie Du redest und meinen Namen sagst, wie Du Deinen vollkommenen Mund an einer Seite anhebst, wenn du lächelst, und dann nach unten blickst. Ich liebe Dein Grübchen, den winzigen Leberfleck auf Deiner Wange unter Deinem linken Auge, diese dünnen Härchen, die sich an Deiner Stirn kräuseln, und die eine Strähne, die Du immer herausziehst und um Deinen Finger wickelst. Und Deine Finger, jeden einzelnen, und beide Daumen, und wie Du mit einer Seite Deines Mundes Deine Haare wegbläst, bevor Du sprichst, und wie Du läufst – die Schultern manchmal

bis an die Ohren hochgezogen und tief in Gedanken versunken. Und wie Du Dinge beobachtest, selbst ein getrocknetes Blatt kannst Du untersuchen, als wäre es eins der Sieben Weltwunder. Ich liebe es, wenn Du zu mir kommst und mich etwas fragst und dann wiederkommst und noch einmal nachfragst. Ich liebe es, dass Du mit Dir selbst redest, und ich liebe die verrückte alte Kleidung, die Du trägst, den alten Pelzmantel, in dem Du herumläufst, und Deine ganzen Hüte und Deine nackten Füße im Sommer, Deine nackten Füße, wenn Du im Sommer mit ihnen durchs Gras läufst … Und Deine Figur, Deine Geräusche, Deine Farben …

Ihre Hände zitterten, ihre Augen brannten. Sie legte den Brief zurück, das Flugblatt darüber. Dann drehte sie sich um, rannte durchs Zimmer und die schmale Treppe hinab.

14

Was für ein herrlicher Morgen, dachte Daisy, während sich alle draußen versammelten. Die Temperaturen waren über Nacht gestiegen, und weißer Dunst hing über dem Hügel, unterbrochen von dünnen gelben Strahlen der blassen Sonne. Die Luft war erfüllt vom Gesäusel des schmelzenden Schnees, dem Tropf-Tropf von Zweigen und Eiszapfen.

»Miles kann *laufen*«, verkündete Lily, als sie mit finsterer Miene und ihrem Mann im Gefolge aus dem Haus trat.

»Ich laufe in diesen Schuhen ganz sicher nicht«, sagte Iris, die nach den beiden herauskam, ausnahmsweise im Kleid und mit einem toten Fuchs über der Schulter.

»Ich leiste Miles Gesellschaft«, bot Daisy rasch an.

»Ich laufe auch lieber«, sagte Valentine.

Daisy lächelte. Sie und Valentine hatten sich beim Frühstück höflich »Guten Morgen« und »Frohe Weihnachten« gesagt, mehr nicht.

»Ich bin in Ungnade gefallen«, sagte Miles, als die drei die Einfahrt hinunterliefen. »Ich werde sie den ganzen verdammten Tag wie rohe Eier behandeln müssen … und nach rohen Eiern fühlt sich auch mein verfluchter Kopf an.«

Valentine lachte. »Vergiss die Eier, du brauchst ein frisches Bier gegen den Kater.«

Daisy hakte sich bei ihrem Schwager unter. »Wie ging es Stephen – als du ihn gestern Abend gesehen hast?«, fragte sie.

»Selber Zustand wie bei mir … oder noch schlimmer.«

»Wirkte er … verärgert, unglücklich?«

Miles schüttelte den Kopf. »Er war still. Aber das ist er immer, oder?«, fragte er und wandte sich ihr zu.

»Und was hat er über seine Neuseelandreise gesagt?«, fragte sie.

»Ich kann mich an nichts erinnern … nur, dass er dort seine Zukunft sieht. Er glaubt offenbar, dass es ihm dort besser ergeht als hier.«

Aber als sie durch das Tor auf die nasse Straße traten, fügte Miles hinzu: »Ach ja, alles hat mit irgendeinem Mädchen zu tun.«

»Hat es das nicht immer?«, sagte Valentine.

Die drei hatten die Kirche beinahe schon erreicht, als Reggies Auto an ihnen vorbeifuhr. Mabel saß auf dem Beifahrersitz, Noonie, Dosia und Lily hinten. Dicht dahinter folgte Howards Wagen mit Stephen am Steuer und Howard daneben. Margot, Iris und Ben saßen auf der Rückbank.

»Armer Gifford«, sagte Miles kopfschüttelnd, als das Auto um die Ecke bog. »Es muss verdammt schrecklich sein, dauernd zu hören, was man zu tun hat … völlig von Howard abhängig zu sein.«

»Das sind wir doch alle in gewissem Maß«, sagte Daisy. »Oder hast du schon vergessen, dass er dein Haus bezahlt hat?«

Die Kirche war von einer größeren Zahl an Pelzstolen und Homburgern und Filzhüten bevölkert als sonst, man sah mehr fromme Gesichter. Die Familie Forbes und ihre

Gäste füllten zwei Reihen, die vorne für sie reserviert waren. Daisy sang einige Weihnachtslieder mit oder bewegte zumindest ihre Lippen und sagte an den entscheidenden Stellen *Amen*, aber sie war dennoch nicht ganz bei der Sache. So war es schon immer gewesen. Wenn sie zur Kirche ging, begann sie über sich nachzudenken. Einige ihrer besten und lebhaftesten Tagträume hatte sie unter dem feuchten, fleckigen Putz der hohen Kuppel erlebt.

Sie war sich der Person bewusst, die höchstwahrscheinlich hinten in der Kirche saß, und hatte sich umgedreht, ihren Blick über das Meer aus Hüten und Federn schweifen lassen, um ihn zu finden. Aber sie hatte ihn nicht gesehen. Mit dem Blick nach vorn Richtung Altar rief sie sich noch einmal die krumme Handschrift vor Augen und wünschte, sich an jedes Wort, den genauen Wortlaut, erinnern zu können. Sie stellte sich Stephen vor, wie er an seinem Tisch saß und die Worte schrieb … Aber war er zu dem Zeitpunkt schon betrunken gewesen? Die Schrift war *sehr* schief gewesen … Der Zweifel wisperte ihr ins Ohr, ersetzte das Wort *Liebe* durch *Lust*. Sie wusste, dass es gern gemeinsam mit dem Wort *betrunken* auftrat. Sie schloss die Augen: Sie musste sich alles gut überlegen, musste alles aufschreiben und weiter darüber nachdenken.

Den Großteil des Gottesdienstes studierte Daisy Valentine Vincent in der Reihe vor ihr. Ihr fiel seine Art auf, kerzengerade sitzenzubleiben, wenn alle anderen zum Gebet niederknieten, und dass er als Einziger nicht aufstand, um die Heilige Kommunion zu empfangen; wie er den Kopf neigte und sich sein dunkles Haar vom Kragen seines Kamelhaarmantels hob und die blasse Haut seines Nackens entblößte; die Art, wie er der Messe folgte, sorgfältig die dünnen Seiten umblätterte, und gelegentlich hörte sie seine Stimme, wenn er in den Gesang einstimmte … Der einzige Mann, der sie je geküsst hatte.

Aber warum hatte Stephen sie nicht geküsst? Er war im Begriff gewesen, es zu tun, dachte sie; als sie in seinem winzigen Eingang gestanden und er sie an sich gezogen hatte – wollte er sie da nicht küssen? Aber es hatte schon viele Augenblicke gegeben, in denen sie nur ein Flüstern davon entfernt gewesen waren. Und sie erinnerte sich an jeden einzelnen von ihnen bis zu jenem, als er nach dem Wespenstich das Gift aus ihrem Handgelenk gesogen hatte: Sie hatten im Gewächshaus gestanden, sein Blick fest auf ihre verweinten Augen gerichtet, sein Mund auf ihre Haut gedrückt. Als sie ihm ein paar Tage später erzählte, sie sei erneut gestochen worden – diesmal am anderen Handgelenk –, untersuchte er ihren Arm, fuhr und kreiste mit den Fingern über ihre Haut, sah zu ihr auf und lächelte. Da sei kein Stich, sagte er.

Das war das Problem an Stephen, dachte Daisy und sah wieder zur fleckigen Decke hinauf: Er war einfach zu aufrichtig, *zu* gut.

In ihrer Bank hinten in der Kirche sah Mrs. Jessop hinab und fuhr sich mit dem Handschuh über den neuen marineblauen Mantel. »Reine Wolle mit Kaschmir«, hatte sie heute Morgen zu Nancy gesagt, als sie durch die Küche gewirbelt waren. Es war ihr Weihnachtsgeschenk an sich selbst. Sie hatte ihn sich bei *Elphicks*, dem Warenhaus in Farnham, von ihrem Ersparten und ihrem gesamten Weihnachtsgeld von Mr. und Mrs. Forbes gekauft.

Ihr Mann hatte gelächelt und auf seine typische Art »sehr hübsch« gesagt. Aber sie wusste, dass sie sich selbst etwas geschenkt hatte, das mehr als hübsch war. Sie hatte sich etwas geschenkt, das ihr vor Jahren versprochen worden war, als sie vor einem Ladenfenster in der Oxford Street gestanden hatte, damals, mit Michael.

»Ich schenke dir in diesem Winter einen neuen Mantel«, sagte er. »Welcher gefällt dir?«

Sie war sich nicht sicher. Alle waren so teuer.

»Was ist mit dem marineblauen?«, sagte er und zeigte darauf. »›Reine Wolle mit Kaschmir‹ steht daran.«

Sie lachte und sagte, so etwas könne er ihr kaufen, wenn sie verheiratet wären, genug gespart hätten, um das Cottage anzuzahlen, und sich eingelebt hätten.

Er zog sie an sich und küsste sie am helllichten Tag – auf dieser sonnigen, belebten Straße.

»Du bekommst ihn«, hatte er gesagt und ihr zugelächelt. »Du bekommst reine Wolle mit Kaschmir. Ich lasse nicht zu, dass meine Frau zitternd und frierend durch den nächsten Winter geht.«

Reine Wolle mit Kaschmir, dachte Mrs. Jessop, hob den Blick und lächelte hinauf zur braunen, fleckigen Decke.

Mabel hatte im Kirchenportal auf Howard gewartet, war an seinem Arm den Gang hinuntergeschritten, beide hatten gelächelt und Bekannten und Nachbarn zugenickt. Nun saß Howard dicht neben ihr. Die Reihe war gut gefüllt, aber jedes Mal, wenn sie zur Seite rutschte, um ihm etwas Platz zu verschaffen, rückte er nach.

Bei der Predigt des Priesters dachte Mabel an den Ausflug am Tag zuvor. Sie dachte an ihren Sohn, der vor dem Kirchenfriedhof unter dem Schnee und der gefrorenen Erde lag, und schloss die Augen: *Liebe Engel, haltet meinen Jungen warm, hüllt ihn ein in eure Liebe, in euer herrliches Licht, und behütet ihn für mich … auf immer und ewig. Amen.*

Würde er noch leben, musste Mabel denken, sähe mein Leben anders aus. Und einen Moment lang versuchte sie sich einen zehnjährigen Theo vorzustellen, dunkelhaarig wie sein Vater, noch immer in kurzen Hosen, mit schlaksigen Beinen und Zahnlücken. Sie hätte niemals zugelassen, dass Howard ihn woanders zur Schule schickte; sie hätte ihn bei sich behalten, er säße nun neben ihr, sie hielte seine Hand, lächelte über ihn, wenn er während des Gottesdienstes hin und her rutschte und flüsterte. Ein Junge, dachte sie, immer noch ein Junge.

Als Howard seine Hand auf Mabels legte, die in ihrem Schoß ruhte, wäre sie beinahe aufgesprungen. Aber sie wartete eine Minute, bevor sie sie zurückzog. Weshalb wusste er davon? Wie konnte er davon wissen oder sie verstehen?

Mabel starrte auf den grauen Glockenhut aus Samt in der Reihe vor ihr. Sie hörte den Priester etwas über die Unantastbarkeit der Ehe sagen und hörte Howard seufzen. Sie beobachtete Staubflocken, die in einem hellen Lichtstrahl tanzten, und vor ihr breiteten sich die kommenden Jahre wie ein langer Teppich aus; sie sah sich allein auf Eden Hall, grauhaarig über eine Stickerei gebeugt, wie sie mit runzligen Händen zitternd an den Fäden nestelte, und wie Howard und sie Woche für Woche, Jahr für Jahr in diese Kirche gingen, während Theo unbeachtet, vergessen, unerwähnt weiterschlief.

»Nein.«

Howard lehnte sich zu ihr hinüber. »Hmm?«

Sie schüttelte den Kopf, hielt den Blick auf das große Blumengesteck am Fuße der Kanzel gerichtet. Konnte sie es?

Konnte sie Eden Hall wirklich verlassen? Sie musste an ihre Mutter denken und an Daisy. Wobei Daisy ihr weniger Sorgen machte: Sie konnte nach London ziehen und bei Iris wohnen. Ein Bild von Daisy, wie sie aus irgendeinem Nachtlokal taumelte, blitzte vor Mabels innerem Auge auf. Es fröstelte sie, und sie schloss für einen Augenblick die Augen. *Aber wenn ich es jetzt nicht wage, werde ich es nie mehr tun,* dachte sie. *Ich muss es wagen. Es ist ja nicht so, als würde ich um eine Scheidung bitten …*

Und als könnte er ihre Gedanken erraten, rief der Priester das Wort *Scheidung,* und Mabel zuckte erneut zusammen.

Nicht einmal eine Stunde später waren alle wieder im Haus und standen mit einem Glas Sherry im sonnendurchfluteten Salon, als Stephen und der Priester Howard durch den Haupteingang halfen. Margot folgte ihnen in ihrem grauen Samtmantel und der Silberfuchsstola mit Howards Handschuhen, seinem Hut und Gehstock in der Hand. Er war vor dem Tor des Kirchhofs neben dem Kriegerdenkmal ausgerutscht.

»Verfluchter Ärger!«, sagte Howard humpelnd und kopfschüttelnd und schnitt Grimassen. »Verfluchter Ärger.«

Mabel dirigierte die Männer in den Salon, wo sie ihm auf das große Sofa halfen. »Soll ich Dr. Milton kommen lassen?«, fragte sie.

Howard schüttelte den Kopf. »Nein, nicht nötig. Ich lege das Bein eine Weile hoch … Ich denke, in einer Stunde oder so wird es schon wieder besser gehen«, sagte er und sah sie eindringlich an.

Während alle herumstanden und ihren Trost durch Erklärungen anboten – »So etwas geschieht so schnell«, »Das hätte jedem von uns passieren können« –, erschien Nancy mit einem Eimer voller Schnee und Eis, und Mabel geleitete den Priester, der nun ebenfalls ein Glas Sherry in der Hand hielt, und die anderen Gäste ins Foyer, schloss die Tür und sagte: »Ich denke, wir sollten Howard ein wenig Ruhe gönnen.« Sie war in mehrfacher Hinsicht noch viktorianisch geprägt und hegte keinerlei Bedürfnis, in ihrem Salon vor dem Lunch nackte Füße zu sehen – vor allem nicht Howards nackte Füße.

»Wie ist es denn passiert?«, fragte sie Margot.

»Ich bin nicht ganz sicher … aber ich vermute, es lag an seinem schwachen Fußgelenk.«

»Ach ja«, sagte Mabel, »sein schwaches Fußgelenk. Darauf sollte man achtgeben.«

15

Mrs. Forbes war in der Küche gewesen. Es gebe keine andere Möglichkeit. Das Weihnachtsessen müsse verschoben werden, hatte sie gesagt, damit Mr. Forbes' Fußgelenk behandelt werden und die Schwellung abklingen konnte. »Ich weiß, ich weiß«, hatte sie gesagt, als Mrs. Jessop ein Holzlöffel aus der Hand und auf den Arbeitstisch gefallen war und sie ihre Arme in die Luft gerissen hatte.

»Das ist höchst unglücklich, und ich kann mich gar nicht genug bei Ihnen entschuldigen, Mrs. Jessop, aber so etwas kommt vor. Und ich bestehe darauf, dass Sie alle sich zuerst zu Tisch begeben. Die Familie kann warten.«

Es erschien Mrs. Jessop nicht richtig: Kein einziges Mal in all den Jahren hatten die Bediensteten ihr Weihnachtsessen vor der Familie eingenommen. Aber wie sie gegenüber Nancy bemerkte: Wer war sie schon, sich geringschätzig zu äußern? Als Mrs. Jessop schließlich ihre Schürze aufband und abnahm, wedelte sie damit vor ihrem erhitzten und geröteten Gesicht und setzte sich dann neben Nancy. Mr. Blundell sprach das Dankgebet: »Für alles, was wir nun empfangen, möge uns der Herr wahrhaftig dankbar machen. Amen.« Dann erhob er sein Glas: »Auf die Köchin«, sagte er. »Auf Mrs. Jessop.«

»Nun denn, langt reichlich zu – und uns allen fröhliche Weihnachten«, sagte sie mit bemühtem Lächeln.

Sie waren zu acht am Tisch, ihr Gast eingeschlossen, Mr. Blundells Freund Mr. Brown – der Butler von Beacon House, dessen Familie über Weihnachten an einen Ort namens *Sankt Morrits* gefahren war. Er war eine krude Mischung: ein verschwitzter kleiner Mann mit verdrossener Miene, der etwas von einem Aufschneider hatte, dachte Mrs. Jessop, was jemandem in seiner Position nicht gut zu Gesicht stand – selbst wenn seine Familie in den Alpen war. Er schien über nichts als diesen Ort reden zu wollen, an den ihn die Familie einmal mitgenommen hatte, und die ganze Zeit über stellte er sich vor, was die Familie wohl gerade unternahm, und tat es kund. Jedes Mal, wenn er schwieg und Mrs. Jessop ihn – weil er sich schon so lange in der Küche herumgetrieben und sie beobachtet hatte – fragte, ob alles in Ordnung sei, zuckte er nur mit den Schultern. Nicht ein einziges Mal hatte er seine Hilfe angeboten, selbst als Hilda – die Augen noch weiter aufgerissen als sonst – den Krug mit Brotsoße auf den Steinfußboden fallen ließ. Es sei nicht ihre Schuld, sagte Hilda; sie sei abgelenkt worden. Und das war durchaus richtig.

»Glue-vine?«, hatte Hilda ungläubig gefragt, als sie auf Händen und Knien die verschüttete Soße aufwischte.

»Ja, den trinkt man dort«, sagte Mr. Brown.

In Mrs. Jessops Ohren klang er nicht sonderlich verlockend.

Dann hatte der Mann erklärt, wie prachtvoll die *Schalees* seien, »wenn man sie nachts an den Berghängen leuchten sieht«. Mrs. Jessop vermutete, es handele sich um bestimmte nachtaktive Tierarten mit Augen wie die von Katzen oder

Füchsen: ein wilder *Schalee* vielleicht? Und Hilda musste dasselbe denken.

»Dann kann man sie tagsüber nicht sehen?«, fragte Hilda.

Mr. Brown hatte gelacht. »Wieso? Natürlich kann man sie sehen«, hatte er gesagt. »Viele sind riesig, so groß wie Häuser.«

Der Mann war eindeutig ein Fantast, dachte Mrs. Jessop, entweder das, oder er nahm zweifelhafte Medikamente. Dann fragte sie sich etwas mitfühlender, ob Mr. Brown gar Kriegsveteran war wie ihr Mann.

Sie hatten den Tisch, den langen aus der Küche, in den Speisesaal der Bediensteten gebracht – wo er gestanden hatte, als sie noch mehr an der Zahl gewesen waren und ihre Mahlzeiten nicht in der Küche, sondern hier eingenommen hatten. Nancy und Hilda hatten den Saal mit Luftschlangen und Lametta und kleinen Stechpalmenzweigen geschmückt. Und alle sahen so adrett aus in ihrer Privatkleidung, dachte Mrs. Jessop: adrett wie geschälte Karotten! Und der Tisch mit dem feinen Leinentischtuch sah sehr hübsch aus. Ja, wirklich hübsch, dachte sie seufzend und griff schließlich zu Messer und Gabel.

Mrs. Jessop mochte Weihnachten. Sie war gern in einem großen Haus und kochte. Heute war für jede Köchin der schönste Tag des Jahres, und sie kochte lieber hier als in ihrer eigenen engen Küche. Und Seine Lordschaft war immer großzügig zu Weihnachten, sorgte immer dafür, dass sie in ihrem Päckchen ein paar zusätzliche Schillinge fanden – ebenso wie den Wein, an dem sie gerade nippten; dann nickte sie ihrem Mann über den Tisch zu.

Armer alter Jessop, dachte sie, während sie ihn beobachtete. Aber er genoss das Essen. Und genau wie sie schätzte er gelegentlich einen schönen Wein. Er erfreute sich mittlerweile an den einfachen Dingen, und das nun schon seit vielen Jahren.

Er war gerade zum Obergärtner ernannt worden, als sie nach Eden Hall gekommen war. Im Jahr darauf hatten sie geheiratet. Er war älter, als sie sich ihren Ehemann vorgestellt hatte, und stiller und besaß weniger Leidenschaft – sehr viel weniger Leidenschaft. Aber inzwischen kannte sie alle Kehrseiten der Leidenschaft und freute sich über seine Freundlichkeit, Ehrlichkeit und Zuverlässigkeit. Und zudem war sie damals selbst kein junges Küken mehr gewesen.

Im Jahr nach ihrer Hochzeit war Stephen gekommen und ein paar Jahre später der Krieg. Sie hatte nicht geahnt, niemand hatte geahnt, dass er der Anfang vom Ende war und so lange dauerte und dass anschließend jeder, der zurückkehrte, jeder, der verschont geblieben war, so … ganz anders war.

Drei Jahre im Schützengraben hatten ihren Mann erledigt. Und sie hatte eine Weile gebraucht, um es zu erkennen, zu verstehen. Denn er hatte nie darüber gesprochen – über nichts. Und schon früh, als er gerade zurückgekehrt war und Albträume hatte und Schweißausbrüche – die ihn noch immer gelegentlich plagten – und das Zittern und die Zuckungen und Kopfschmerzen … nun ja, das alles reichte, um ihr klarzumachen, dass das, worüber er nicht sprach, weiterlebte, bei ihm und bei ihnen. In ihrer Vorstellung, in ihrer Erinnerung war der Krieg ein dichter, dunkler Nebel, der sich über sie gelegt und sie eingehüllt hatte, sodass sie alle gefangen waren. Als sie schließlich wieder herauskamen, war nichts mehr wie zuvor. Es gab *vor* dem Krieg und *nach* dem Krieg. So war das.

Der Isaac Jessop, der in den Krieg gezogen war, war nie zurückgekehrt. Aber manchmal, wenn er lächelte oder sie mit seinen wasserblauen Augen ansah – Augen, die vom Senfgas, vom Feuer und vom Anblick der Hölle für immer getrübt waren –, erhaschte sie einen flüchtigen Anblick, der sie an früher erinnerte. Aber es gab auch immer noch jene stillen Momente, in denen sie sich wünschte, ihr Mann wäre mehr wie einer der Helden in den *Wahren Romanzen*, die Nancy ihr zu lesen gab, die ihren Frauen sagten, wie die Dinge lagen und wohin die Reise ging (üblicherweise nach London, in einer noblen Kutsche). Sie las sie gerne mit einer Tasse Kakao im Bett, wenn ihr Mann neben ihr schlief, und tauschte sich dann beim zweiten Frühstück mit Nancy darüber aus: ob der Held richtig gehandelt hatte, als er seiner jungen Schutzbefohlenen die Wahrheit über ihre verschollene Mutter oder ihren verschollenen Vater oder ihr verlorenes oder vorhandenes Erbe vorenthielt und ob sie wohl bis an ihr Lebensende glücklich und zufrieden waren. Sie spann die Geschichte gern weiter, überlegte, wie es nach dem Ende wohl weitergegangen war oder hätte weitergehen können. Sie malte sich immer viele Kinder und ein langes, seliges, glückliches Leben aus, aber Nancy prophezeite häufig Schwierigkeiten: den bösen Bruder oder Vetter, der aus der Karibik oder aus einer der Kolonien zurückkehrte – oder der im Krieg gefallen, aber in Wirklichkeit gar nicht gestorben war – und in England Ansprüche anmeldete auf *Irgendetwas* oder *Andere Türme* oder wie der Ort auch immer hieß.

Mrs. Jessop wünschte, ihr Mann besäße ein wenig Fantasie und äußere zudem seine Meinung, denn es wurde einsam mit der Zeit, wenn man nur selbst eine Meinung hatte. Aber das alles hatte er offenbar *drüben* zurückgelassen. Alle Gespräche darüber, was sie unternehmen, wohin sie reisen, was sie mit ihrem Leben anfangen könnten, hatten 1914 abrupt geendet. Sie waren noch immer nicht in Brighton gewesen, und derweil bezweifelte sie, ob sie je hinfahren würden.

Aber so ist es nun einmal, dachte sie und beobachtete ihn mit seinem gelben Papphütchen und im Dreiteiler, mit der Kette der alten Taschenuhr seines Vaters, die über seiner Weste hing.

In Wahrheit hatten sie gerade ein paar bewegte Tage erlebt, mit Weihnachten und den vielen verspäteten Mahlzeiten und dann auch noch *dieses Frauenzimmer* beim Weihnachtsliedersingen gestern Abend und erneut heute früh in der Kirche. Und der Gedanke an die arme gnädige Frau und an all das, was sie erdulden musste, *dieses Frauenzimmer* und all ihre Prahlerei im Hause der gnädigen Frau und wie sie tolldreist zu Weihnachten an ihrem Tisch saß und sich an ihrem Truthahn und ihrer Gans und ihren Knallbonbons bediente. Das war nicht richtig, schlichtweg nicht richtig. Und sie fühlte sich schuldig. Sie fühlte sich wie eine Verräterin, als hätte sie dem Feind unwissentlich gedient oder, schlimmer noch, dachte sie schaudernd, als wäre sie eine *Deutsche*.

All diese Gedanken – an *dieses Frauenzimmer*, die Deutschen und den Krieg – hatten Mrs. Jessop den Appetit verdorben. Die Lust am Mahl war ihr vergangen. Sie schob den Rosenkohl an den Rand, legte Messer und Gabel nieder. Und dann fragte sie sich mit einem Blick über den Tisch, ob es den anderen ebenso erging. Zu Mrs. Reeds Zeiten wäre das nie vorgekommen, dachte sie, nichts von alledem. *Sie* hätte etwas unternommen. Und sie hätte in *ihrer* Küche weder Übellaunigkeit noch Wichtigtuerei zugelassen.

Sie war schon fast zwei Jahre auf Eden Hall angestellt gewesen, als Mrs. Reed, die frühere Köchin, von der alle wussten, dass sie in Wirklichkeit *Miss* Reed war, in den Ruhestand ging und in eine Mietwohnung zog, die sich zwischen *Birch Grove*, der Klinik für alleinstehende Mütter, und der Teestube *Golden Hind* befand. Diese drei Gebäude lagen gleich neben der Bushaltestelle, was sehr praktisch für Mrs. Reed war, aber auch für die Frauen mit ihren gewölbten Mänteln und kleinen Koffern, die Mrs. Jessop häufig an ihren freien Tagen von ihrem üblichen Tisch aus am Fenster des *Golden Hind* beobachtet hatte. Monate später hatte sie manchmal die eine oder andere Frau erneut gesehen und wiedererkannt, stromlinienförmiger diesmal, aber immer noch mit ihrem kleinen Koffer. Und beim Anblick der Frauen an der Haltestelle hatte sie über ihre Tragödie nachgedacht: in die Ferne reisen zu müssen, auf die Geburt zu warten, dann das Baby wegzugeben und in den Bus nach Hause zu steigen.

Als sie eines Tages ein Mädchen erblickte, an das sie sich noch lebhaft aus der Zeit vorher erinnerte, weil sie noch so jung wirkte, war Mrs. Jessop äußerst bestürzt, musste eine Träne fortwischen und dagegen ankämpfen aufzustehen und über die nasse Straße zu eilen, um … Sie war sich nicht sicher, wozu, vielleicht um das Mädchen zu trösten. Und es kam noch schlimmer, denn das Mädchen schien sie direkt anzusehen. Mrs. Jessop hob über der Vase mit Plastiknelken ihre Hand, versuchte zu lächeln; dann kam der Bus, und während er dastand und Ruß in den Nieselregen pustete, hoffte Mrs. Jessop mit inständiger Leidenschaft, das Mädchen möge noch da sein, wenn er wieder abfuhr – dann würde sie zu ihr nach draußen gehen und ihr irgendetwas anbieten, das sie beide in diesem Augenblick noch nicht ahnen konnten. Aber der Bus fuhr fort und das Mädchen mit ihm. Und Mrs. Jessop musste noch immer an sie denken, genau wie an Michael.

»Es sieht dir gar nicht ähnlich, keinen Appetit zu haben«, sagte sie mit einem Blick auf das blasse Gesicht ihres Sohnes. Er war immer ein liebevoller Sohn gewesen, pflichtschuldig, freundlich und stets nachsichtig mit ihrem Ehemann, und sie hoffte von ganzem Herzen, dass seine gegenwärtige Unruhe ihn nicht zu weit von ihr forttrieb.

Stephen fühlte sich elend. Er konnte sich nicht erinnern, wann er ins Bett gegangen war, aber sein Wecker hatte verdammt viel zu früh geklingelt, so viel stand fest. Es war ein Kampf gewesen aufzustehen und den Wagen pünktlich vorzufahren. Und kaum war er aus der Kirche zurück gewesen und hatte sich wieder aufs Ohr gelegt, hatte Nancy an der Tür geklopft und gesagt, er müsse wieder hinunterkommen, Mr. Forbes sei gestürzt. Nun dröhnte sein Schädel, und Erinnerungen an Tabitha Farley, die Kellnerin aus dem *Coach and Horses*, durchzuckten ihn. Er konnte sich zwar nur in Bruchstücken daran erinnern, was in der vergangenen Nacht geschehen war, aber er hatte dennoch eine recht gute Ahnung davon – und davon, wo seine vermisste Jacke war.

»Nun iss schon auf! In Neuseeland bekommst du so etwas nicht«, sagte Hilda.

»In Neuseeland?«, fragte Nancy. »Das liegt in Australien, oder? Willst du auswandern, Stephen?«

»Ist nur ein schöner Traum, Nancy.«

»Ich wäre dankbar, wenn sich deine Träume etwas näher der Heimat abspielen könnten. Was ist denn falsch mit dieser Gegend?«, fragte seine Mutter.

»In Australien feiert man kein Weihnachten«, sagte Hilda mit vollem Mund.

»Nein? Hast du das gehört, Stephen? In Australien feiert man nicht einmal Weihnachten«, wiederholte seine Mutter.

»Oh doch«, sagte Mr. Brown. »Nur fällt es in der südlichen Hemisphäre in den Sommer.«

»In den Sommer? Also, das klingt schlichtweg verkehrt«, sagte Nancy. »Weihnachten muss man im Dezember feiern ... schließlich ist es der Geburtstag unseres Herrn, und den kann man doch nicht einfach mir nichts, dir nichts verschieben, wie es einem gefällt.«

»Aber Sie müssen wissen«, hob Mr. Brown an, legte Messer und Gabel nieder und rückte sein Papphütchen zurecht, das immer wieder von seinem kahler werdenden Kopf auf die knochige Nase rutschte, »dass der Sommer dort unten in den Dezember fällt.« Und als die Verwirrung dadurch umso größer wurde, ließ Stephen den Kopf auf die aufgestützten Arme sinken und schloss die Augen. Er hatte weder das Bedürfnis noch die Kraft, sich an dieser Debatte zu beteiligen.

Neuseeland. Würde er jemals dorthinreisen? Nicht, wenn er immer wieder ins *Coach and Horses* ging. Nicht, wenn Tabitha Farley immer ihre Arbeit beendete, wenn er da war, und ihn bat, sie nach Hause zu begleiten und sie seine Hand vorne in ihre Bluse schob. Nicht, wenn all das vor sich ging. Und Daisy ... Daisy Forbes?

»Ellbogen vom Tisch, Stephen!«

Er öffnete die Augen, richtete sich auf und versuchte, Hilda anzulächeln. Er fühlte sich schwermütiger als je zuvor und war, so viel war ihm klar, ein Idiot – ein kolossaler Idiot –, dass er je auch nur eine einzige benebelte Sekunde geglaubt hatte, jemand wie Daisy könnte jemals in einer Million Jahren mit jemandem wie ihm auswandern: mit einem Dienstboten, einem Trinker und noch dazu von der Sorte, die ihren Hosenlatz nicht geschlossen halten konnte.

16

Es gab Truthahn oder Gans, Bratkartoffeln, eine riesige Auswahl an Gemüsesorten und Beilagen und Soßen, auf die ein Pudding mit blau flackernder Flamme folgte, den Mrs. Jessop hereintrug – die in ihrem marineblauen Jerseykleid und dem roten Papphütchen vollkommen anders wirkte als sonst. Mabel servierte den Plumpudding, reichte die Schälchen über den Tisch, und wenig später rief Daisy aus: »Ich hab ihn! Hier ist er!« Sie nahm den Sixpence aus dem durchtränkten Einerlei in ihrer Schüssel und hielt ihn hoch, damit alle ihn sehen konnten. Ein höfliches Schweigen breitete sich aus.

»Möchtest du dir etwas wünschen – oder glaubst du noch immer nicht daran?«, fragte Margot lächelnd.

Aber als Daisy die Augen schloss, hörte sie, wie Margot Mabel zuflüsterte: »Ich habe mir immer eine Tochter gewünscht … und nun bekomme ich eine. Valentine ist verlobt, und seine Braut, Aurelia, ist das hübscheste, liebenswürdigste Geschöpf, das die Welt *jemals* gesehen hat.«

Daisy öffnete die Augen.

»Wie wunderbar«, sagte Mabel. Sie neigte den Kopf, um Valentine anzusehen. »Die besten Glückwünsche, mein Lieber.«

Val lächelte. Er blickte von Daisy zu seiner Mutter, dann wieder zu Daisy.

»Sie haben noch keinen Hochzeitstermin festgelegt, denn sie haben ihre Verlobung noch nicht öffentlich bekanntgegeben, aber wir liebäugeln mit Spätsommer, September vielleicht«, fuhr Margot fort. »Ich finde, das ist der beste Monat für eine Hochzeit.«

»Ich bevorzuge den Juni. Wir haben im Juni geheiratet«, sagte Lily und warf dem zerknirschten Miles ein Lächeln zu.

»Mabel und Howard haben im September geheiratet«, sagte Iris und sah Margot über den Tisch an. »Sie feiern im kommenden Jahr fünfundzwanzig Jahre Eheglück.«

Margot lächelte. »Ja, ich weiß. Ich war dabei ... Es fühlt sich an, als wäre es erst gestern gewesen.«

»Ach was, wird denn groß gefeiert?«, fragte Dosia an ihren Bruder gewandt.

Howard warf Mabel ein Lächeln zu. »Ich denke schon ...«

Mabel sagte nichts.

»Bis dahin«, fuhr Howard fort, »denke ich, ein Toast wäre angebracht ...« Aber als er aufstehen wollte, verzog er das Gesicht vor offenkundigem Schmerz und sank rasch zurück auf den Stuhl. »Bitte verzeiht, dass ich mich nicht erhebe ... aber ein Toast bleibt trotzdem ein Toast. Auf Valentine und Aurelia.«

»Auf Valentine und Aurelia!«

Valentine rang sich ein Lächeln ab, bedankte sich leise, griff nach seinem Löffel und starrte in den Pudding. Und während Mabel und Margot fortfuhren, Hochzeiten zu erörtern, sagte Daisy: »Aurelia ist ein sehr hübscher Name.«

Valentine sah Daisy nicht an. Er kräuselte leicht die Stirn, neigte den Kopf, sagte aber nichts.

Dann erklärte Margot, die Daisys Bemerkung gehört hatte: »Ja, nicht wahr? Und er passt so *ausgezeichnet* zu ihr. Manche Menschen sind für einen bestimmten Namen geboren, und sie wurde als Aurelia geboren. Er bedeutet *golden* ... und genau das ist sie«, fügte sie mit großen Augen und einem Strahlen hinzu. »Sie ist ein wahrhaft goldenes Mädchen!«

»Das ist sie gewiss«, pflichtete Howard ihr bei.

»Du hast sie also bereits kennengelernt?«, fragte Iris.

Howard stammelte: »Nun ... also, ja, ich glaube schon ... ich denke, ich habe vielleicht ...«

»Du würdest dich doch gewiss daran erinnern, wenn du Valentines *goldenes Mädchen* kennengelernt hättest«, sagte Iris. »Jeder würde sich schließlich an die Begegnung mit einer Aurelia erinnern.«

Howard starrte Mabel an.

»Doch, ich glaube, du hast sie einmal getroffen«, sagte Margot. »Damals, als ich Judith Bliss im *Criterion* gespielt habe. *Hay Fever* ist solch ein ungemein humorvolles Lustspiel ... Hast du es schon gesehen, Mabel? Oh, das musst du unbedingt – es ist eins meiner Lieblingsstücke, aber der wunderbare Noel ist auch der von mir am höchsten geschätzte Bühnendichter und ein solch *liebenswerter* Mann.«

In diesem Augenblick schob Valentine seinen Stuhl zurück und sagte an Mabel gewandt, dass er, wenn sie erlaube, ein wenig frische Luft gebrauchen könne.

»Natürlich, mein Lieber«, sagte Mabel.

Als sich kurz darauf alle vom Tisch erhoben, sah Daisy ihn durch das Fenster des Speisezimmers, wie er sich mit hochgeschlagenem Kragen und gesenktem Kopf über die schneebedeckten Wiesen vom Haus entfernte und beim

Rauchen die Hand an den Mund hob und wieder sinken ließ. Plötzlich, in diesem Moment, kam ihr der Gedanke, dass er ganz und gar nicht glücklich wirkte, und sie schloss, dass er Gewissensbisse hatte – wegen gestern Abend, als er sie geküsst hatte, obwohl er bereits einer anderen versprochen war. Sie überlegte beinahe, ihm nachzulaufen, aber was hätte sie sagen sollen? Mit *verlobten* Männern kannte sie sich nicht aus – wenn man es genau nahm, kannte sie sich gar nicht mit Männern aus. Auf sie wirkten alle recht zerstreut und gepeinigt.

Er hatte keinerlei Bedeutung, dachte sie, während sie dem Kamelhaarmantel nachblickte, als er im Wald verschwand. *Mein erster Kuss hatte keinerlei Bedeutung, für uns beide nicht.*

Nach dem Lunch saßen alle im Foyer, atmeten den Duft von Eukalyptus und Kiefernholz und feuchtem Hundefell ein, während Howard nach unten griff, Geschenkanhänger vorlas und verzierte Päckchen weiterreichte. Es waren die üblichen Badesalze und Seifen, Handschuhe und Taschentücher, Kalender und Bücher und neuen leinen- oder ledergebundenen Tagebücher mit dem Schriftzug *1927*. Daisy hatte bereits einen Blick riskiert und herumgestöbert. Hatte jedes Geschenk mit dem Hinweis »Für Daisy« befühlt. Sie wusste, dass sie darunter war, wusste, dass sie kommen würde, aber Howard bewahrte sie bis zuletzt auf.

»Für unsere liebe Dodo, frohe Weihnachten von Mummy und Daddy«, sagte er, ohne auf den Geschenkanhänger zu sehen, und brachte Daisy die große, eingepackte Kiste. Er stellte sie Daisy zu Füßen und küsste ihre Stirn: »Frohe Weihnachten, Liebling.«

Es war eine *Remington*-Schreibmaschine, genau die, die

sie sich gewünscht hatte, in einem grau melierten Lederkoffer und mit großen runden Tasten, die kein Finger verfehlen konnte. Sie wandte sich ihrer Mutter zu: »Danke … vielen, vielen Dank.«

»Du musst deinem Vater danken. Ich hatte keinerlei Anteil daran.«

Daisy sah ihren Vater an, der nur ein Stück weiter stehen geblieben war, sie ansah und lächelte. »Danke, Howard«, sagte sie. Er würde nie wieder *Daddy* sein können.

»Ja, ich weiß, was du meinst …«, sagte Stephen und nahm sich eine Zigarette aus der angebotenen Schachtel. »Ehrlich gesagt, bin ich gerade in einer ganz ähnlichen Lage.«

Sie saßen in den Sesseln, die zu beiden Seiten des Kamins im Wohnzimmer in Stephens Wohnung standen. Sie waren sich draußen im Hof begegnet, wo Stephen gerade weiteres Holz geschlagen hatte, um seinem Vater die Arbeit abzunehmen, und Valentine war … nun ja, umhergestreift, dachte Stephen.

Sie waren sich schon häufig begegnet, und es war schön, dachte Stephen nun, dass er die Gastfreundschaft einmal ein wenig erwidern konnte, denn Val hatte ihn immer anständig behandelt. Jedes Mal, wenn er draußen im Wagen gesessen, Zeitung gelesen und auf seinen Dienstherrn gewartet hatte, war Val in der Tür erschienen, hatte ihn hereingebeten und ihm in der Küche im Untergeschoss eine Tasse Tee angeboten. Netter Kerl, hatte er gedacht. Natürlich hatten sie nicht viel gemein – abgesehen von ihrem gegenseitigen Misstrauen Benedict Gifford gegenüber, der Stephen immer herablassend begegnet war. Aber im Laufe des vergangenen Jahres hatten Val und er sich angefreundet und sich über dies und das unterhalten: das Wetter, das Hochwasser, den Streik, Kricket. Über Mädchen, über Frauen hatten sie nie viel geredet. Stephen hatte Daisy wohl erwähnt, aber wie oft, das konnte er nicht mehr sagen. Doch nun, da Val etwas über seine persönlichen Angelegenheiten erzählt hatte, empfand Stephen es nicht mehr als verkehrt, sondern vielleicht sogar als mitfühlend, wenn er sein eigenes Dilemma schilderte.

»Mir geht es ähnlich«, sagte Stephen. »Verliebt in die eine, vermutlich – höchstwahrscheinlich – in die Falsche, aber unterwegs mit einer anderen, die es ein wenig zu eilig hat.«

»Aber du bist nicht verlobt, oder?«, fragte Val.

»Nein, Gott sei's gedankt, das nicht. Nicht mit ihr jedenfalls, derjenigen, die es eilig hat … Aber ich wünschte, ich wäre es mit der anderen.«

Keiner von ihnen nannte Namen. Das hielt das Gespräch – für sie beide – auf einer vollkommen ehrlichen und vertraulichen Ebene. Val hatte nur erklärt, er sei mit einem Mädchen verlobt – das seine Mutter mochte und ihm vorgestellt hatte und das er zu lieben glaubte –, habe sich aber kürzlich in ein anderes verliebt. Und zwar völlig aus heiterem Himmel, gänzlich unerwartet. Aber es habe ihn so aus der Bahn geworfen, dass er alles infrage stelle.

»Und ich habe mit einem Mal begriffen, wie wenig ich über sie weiß – über meine Verlobte. Wie wenig wir beide voneinander wissen. Wir kennen uns nämlich noch nicht sehr lange.«

Stephen erklärte, bei ihm lägen die Dinge anders: Er sei verliebt in jemanden, den er schon jahrelang kenne. Als Val darauf entgegnete: »Wo liegt denn dann die Schwierigkeit?«, wusste Stephen nicht recht, was er antworten sollte, wie er die Sache erklären konnte. Dann sagte er: »Schicht … Hintergrund, solche Dinge.«

Val starrte ihn an, runzelte einen Augenblick die Stirn. »Es geht nicht um Daisy … um Daisy Forbes, oder? Denn ich weiß, dass du sie magst. Ich erinnere mich, dass du häufig von ihr gesprochen und mir von ihr erzählt hast …«

Stephen zog heftig an seiner Zigarette. Er überlegte, wollte einen Moment lang klar Schiff machen, Val die Wahrheit erzählen, aber dann entschied er, es sei vermutlich am besten, Vals Beispiel zu folgen und Namen zu vermeiden. »Nein, nicht um Daisy«, gab er zurück.

»Und … wie ist sie so?«, sagte Val, beugte sich vor und drückte seine Zigarette aus. »Hübsch?«, fragte er und blickte hoch.

Stephen nickte mit verschlossenen Lippen. Er hätte sie gern, nur zu gern beschrieben, denn nachdem er sie nun seit beinahe zehn Jahren beobachtete, wusste er, dass er es konnte, und zwar ausnehmend gut. Er wusste, er könnte sie so außergewöhnlich detailliert beschreiben, dass er ihre Identität preisgeben würde. *Daisy* … allein der Name ließ sein Herz schneller schlagen.

»Und die andere, Miss Schnellspur?«

Stephen lachte. Er sah einen Augenblick weg, erinnerte sich an die vergangene Nacht. »Ein Trauerspiel«, sagte er.

»Weshalb?«

Stephen schüttelte den Kopf. »Sie schafft es immer, mich … wenn ich schon etwas angeheitert bin, dazu zu bewegen … na ja, sie nach Hause zu bringen und so weiter.«

»Und so weiter?«

»Ja, *und so weiter*.«

»Und weiß die andere davon – diejenige, die du liebst?«

Stephen schauderte. »Nein, Gott sei Dank weiß sie nichts davon. Aber es muss aufhören – es muss«, sagte er und schenkte ihnen von dem Malt Whisky nach, den er von Howard bekommen hatte. »Ich will es ja nicht einmal … aber wenn ich was intus habe, wenn sie … na ja, mich bittet, sie nach Hause zu begleiten, und dann …« Er sah zu Val auf, der nickte.

»Schwierig, wenn's einem auf dem Tablett serviert wird, hm?«

Sie saßen eine Weile schweigend da, den Blick auf das kleine Feuer gerichtet. Dann lehnte sich Stephen zurück und fragte: »Und was ist mit dir und der kleinen Miss, die es dir angetan hat? Wie ist sie so?«

Val sah Stephen mit seltsamem Lächeln an.

»Na?«, sagte Stephen und grinste zurück.

Val nahm einen Schluck Whisky. »Weißt du was, ich erzähle es dir … aber es bleibt unter uns, ja?«

Stephen nickte. »Natürlich.«

»Es ist Daisy.«

Stephen nahm die nächsten Worte kaum wahr, aber als Valentine sagte: »Und dann habe ich sie geküsst«, rutschte Stephen das Glas aus der Hand und fiel zu Boden.

17

Es war ein schöner Tag mit klarem Himmel und leichtem Wind, und Stephen war früh aufgestanden. Weil es nichts Besseres für ihn zu tun gab – oder eher, weil es nichts gab, was ihn sonst abgelenkt hätte –, beschloss er, den Rolls-Royce zu waschen. Aber selbst bei der Arbeit überschwemmte eine Reihe von Bildern seine Gedanken. Und besonders eins trug ihn fort zu einem Sommerabend vor gut drei Jahren.

Er war im Gewächshaus, zusammen mit seinem Vater, der Geranien für Mrs. Forbes eintopfte, sah seinen zitternden Händen zu, wie sie die Pflanzen vorsichtig umhegten, lauschte, wie sein Vater gelegentlich eine fast vergessene Melodie summte, die ihm in den Sinn gekommen war. Stephen liebte diese Momente, wenn sie beide allein waren, warm und geborgen zusammen arbeiteten, beinahe in Stille; sein Vater sah von Zeit zu Zeit auf und lächelte vor reiner, ungetrübter Freude über den Anblick einer winzigen Knospe oder einer frisch geöffneten Blüte. Einfache Dinge.

Während sein Vater an diesem Abend draußen weiteren Kompost holte, erschien Daisy in der Tür. Und dieses Bild, wie sie in der Tür des Gewächshauses stand, war ihm seither ins Gedächtnis eingebrannt. Sie trug ein hellblaues Baumwollkleid und einen breitkrempigen Strohhut, und das noch immer helle und goldene Westlicht schien durch den dünnen Stoff ihres Kleides und ließ die Umrisse ihrer Beine erkennen. Sie stand eine Weile dort, nestelte an der blätternden Farbe und erwähnte, dass es ungerecht sei.

»Alle sind gegen mich«, sagte sie und schrie plötzlich auf.

Er war schnell zu ihr gesprungen, hatte den Stachel gesehen und keine Sekunde darüber nachgedacht, was zu tun war: Er hatte einfach ihre Hand an seinen Mund gehoben. Ein paar Tage später hatte er die Garagentore gestrichen und sie war – ganz ruhig – zu ihm gekommen und hatte erklärt, sie glaube, erneut gestochen worden zu sein, diesmal am anderen Handgelenk. Aber es war kein Stich zu sehen, keinen, den er finden konnte. Er hätte so tun können, als ob, hätte ihre Hand wieder an seinen Mund heben können, und er hätte es auch gern getan. Aber es war ihm nicht richtig vorgekommen. Und er konnte nicht lügen: nicht ihr gegenüber. Sie war – immer schon – mehr wert als das.

Später hatte er sich gefragt, ob sie mit ihm gespielt hatte, ob sie die ganze Zeit gewusst hatte, dass sie nicht gestochen worden war. Das allein – sich den Schachzug vor Augen zu führen, der ihren Wunsch und ihre Absicht zeigte – hatte ihn schon beseelt, ihn verzückt und in endlose Freude versetzt; doch schließlich ermahnte er sich, nicht zu viel zu erhoffen. Aber sie hatte ihn immer wieder aufgesucht – um ihn nach dem Namen von etwas zu fragen oder um ihn zu bitten, ein bestimmtes Blatt oder eine Pflanze oder ein Nest zu finden, das sie skizzieren oder malen wollte. Und während es ihm so sehr gefiel, wenn sie zu ihm kam, wenn er ihr helfen konnte und die Zeiten genoss, sie schon immer genossen hatte, in denen sie zusammen und allein waren, fragte er sich, ob seine – ungetrübte und flammende – Liebe zu ihr für sie so offensichtlich war wie für ihn.

Aus Abwehr, um sie auf eine Art zu dämpfen und zu schmälern und zu verschleiern, hatte er sich eine Weile abweisender verhalten. War bewusst kurz angebunden gewesen und hatte jeden Blickkontakt vermieden, denn das war das Schlimmste: wenn sie ihn angesehen hatte – direkt angesehen – und er ihren Blick erwidert hatte. Dann wusste er, dass er verloren hatte und ihr alles klar sein musste. Aber er hatte diese unbeteiligte Art nicht sehr lange durchgehalten, einfach deshalb, weil es ihm äußerst schwerfiel, sich ihr gegenüber so abweisend zu verhalten. Sie *nicht* anzusehen gehörte zum Schwierigsten, was er je getan hatte, und es führte nur dazu, dass er sie stattdessen anstarrte, wenn er glaubte, sie würde nicht hinsehen, und dabei lief er Gefahr, ertappt zu werden, was vermutlich noch schlimmer und peinlicher war.

Früher, als sie noch jünger waren, hatte zwischen ihnen eine natürliche und unbefangene Kameradschaft bestanden, ohne dass ihnen ihr unterschiedlicher gesellschaftlicher Stand, was man tun oder lassen sollte, wie sie zu sein hatten oder was sie sagen konnten oder nicht, bewusst gewesen wäre. Sie waren Freunde gewesen, in allem gleich, abgesehen von ihrem Alter und Geschlecht und manchmal – weil er älter war – ihrem Wissensschatz. Aber als die Jahre vergingen und sie älter wurden, wandelte es sich – zumindest von seiner Seite. Daisy, das Mädchen, wurde zu Daisy, der Frau, und Stephen konnte nichts tun, um die Liebe aufzuhalten, die er von Anfang an verspürt hatte, als er sich gewünscht hatte, sie wäre *seine* Schwester. Die geschwisterliche Liebe hatte sich zu etwas vollkommen anderem entwickelt, und als Stephen ihre Initialen in den Stamm der großen Buche neben dem Tor zum Wald geritzt hatte, hatte er bereits von einer gemeinsamen Zukunft geträumt.

Als Stephen aufblickte und sah, wie sie über den Hof auf ihn zulief, legte er das Putzleder zur Seite und fuhr sich eilig durchs Haar. Er hatte von ihr geträumt, war mit dem Gedanken an sie aufgewacht, war mit der Hoffnung auf sie hinausgegangen. Der heutige Tag unterschied sich in nichts von allen anderen.

»Ich kann mir vorstellen, dass du gestern ein wenig Kopfschmerzen hattest«, sagte Daisy lächelnd.

»Nur ein wenig.«

»Ich wollte …«

»Ich habe gehört, dass du und Valentine euch angefreundet habt«, sagte er schnell und unterbrach sie. Am liebsten hätte er sich sofort selbst gekniffen. Er hatte sich geschworen, es nicht zu erwähnen, überhaupt nichts zu sagen. Die halbe Nacht hatte er damit zugebracht, sich einzureden, dass Vals Kuss gestohlen und nicht geschenkt war, und hatte dann im Morgengrauen mit der qualvollen Vorstellung wach gelegen, wie sie zusammen waren. Wie lange hatten sie sich geküsst? Hatte Daisy den Kuss genossen? Liebte sie ihn?

»Was meinst du damit?«, fragte Daisy.

Er konnte sich nicht mehr zurückhalten. »Er hat es mir erzählt, Daisy«, sagte er lauter und pathetischer als beabsichtigt und klang dabei wie ein eifersüchtiger Liebhaber – selbst in seinen eigenen Ohren. »Valentine hat mir erzählt, was zwischen euch vorgefallen ist«, fügte er ruhiger hinzu.

»Ach, das«, sagte Daisy und wandte sich von ihm ab. »Das hatte nichts zu bedeuten. Außerdem ist er verlobt.«

»Das macht die Sache nur noch schlimmer.«

»Das stimmt. Es war ein Fehler ... ein großer Fehler. In Wahrheit wollte ich ihn auch gar nicht küssen.«

»Warum hast du es dann getan?«, fragte er, weil er sich nicht zügeln konnte.

»Ich weiß es nicht ... Bist du eifersüchtig?«

»Nein, aber ich habe mir Sorgen gemacht. Schließlich hast du diesen Mann gerade erst kennengelernt«, ergänzte er und versuchte sich an einem Lachen.

»Du hast dir Sorgen gemacht? Du hast dich doch am selben Abend auch nicht gerade vorbildlich verhalten. Du warst betrunken, Stephen.«

»Ja, und ich entschuldige mich dafür. Ich weiß, dass ich mich selbst zum Narren gemacht habe ... Ich bin nicht sonderlich stolz darauf.«

Sie trug ihr Haar offen, es klemmte hinter ihren Ohren und hing bis unter ihre Ellbogen hinunter. Sie trug ihren langen Pelzmantel und eine dunkelgrüne wollene Baskenmütze, die sie sich so tief ins Gesicht gezogen hatte, dass sie beinahe ihre Augen bedeckte, die hinter einer Sonnenbrille versteckt waren – die Iris gehörte, wie er vermutete. Sie stieß den Fuß lässig in den Kies, die Hände hielt sie tief in den Taschen vergraben. Dann sah sie auf, trat auf ihn zu und blies eine Haarsträhne von ihrem Mund.

»Ach ja? Weshalb glaubst du, dass du einen Narren aus dir gemacht hast?«, fragte sie.

Sie lächelte wieder, und er konnte sich nicht helfen und musste ebenfalls lächeln. Auf der einen Seite neben ihrem Mund – der Seite, die sich nach oben bog, weil sie schon immer diese schiefe Art zu grinsen hatte – lag ein Grübchen; ein winziges sichelförmiges Grübchen, das schon so lange da war, wie er ihr Lächeln kannte. Als sie sich – noch immer lächelnd – zur Seite drehte, nahm sie die Sonnenbrille ab, hob den Kopf und blinzelte in die Sonne. Er musterte ihr Profil mit der ihm allzu vertrauten Sehnsucht: die Konturen ihres Kinns, die blasse Haut ihres Nackens. Wie musste es wohl sein, sie zu umarmen, sie zu umarmen und zu küssen, dachte er.

Sie drehte sich zu ihm um, trat näher an ihn heran. »Nun …?«

Er trug seine Arbeitskleidung, hatte sich weder gekämmt noch rasiert und sah grauenhaft aus, wie er sehr wohl wusste. Er sagte: »*Nun* …«, und sah sie ebenfalls an. »Ich hoffe, ich bin dir nicht zu nahegetreten oder so.«

»Stephen, unter allen Männern, die ich kenne – auch wenn das, zugegeben, nicht allzu viele sind –, ist es am unwahrscheinlichsten …« Sie hielt inne. »Du bist derjenige, zu dem ich das größte Vertrauen habe.«

Er hätte am liebsten gesagt: *O Daisy Forbes, ich liebe dich, verdammt noch mal, ich liebe dich so sehr.* Aber stattdessen standen sie da und lächelten sich so lange an, dass es sich für ihn wie eine glückselige Ewigkeit anfühlte. Schließlich sagte er: »Das macht mich glücklich. Und ich hoffe, es wird nie anders sein.«

Sie sah weg, verlegen, dachte er, und begann erneut, mit der Fußspitze gegen den Boden zu treten. »Als du an dem Abend darüber sprachst«, sagte sie zögerlich, »nach Neuseeland zu gehen …«, sie drehte sich um und sah ihn mit einer neuen Schüchternheit von der Seite an, »erinnerst du dich noch, was du da gesagt hast?«

Er nickte.

»Hast du es ernst gemeint?«

»Ich habe doch schon gesagt, dass ich mich wohl ein wenig zum Narren gemacht habe.«

Sie schüttelte den Kopf. »Nein. Sag das nicht. Ich weiß, dass du … nervös warst, und das ist auch verständlich, aber du musst mir die Wahrheit sagen … Ich muss wissen, ob du es ernst gemeint hast.«

»Jedes einzelne Wort und noch mehr.«

Sie starrte ihn an und nickte. Dann sagte sie mit veränderter, ernsthafter Miene: »Ich muss dir auch etwas sagen. Die Sache ist die, Stephen«, und er schloss für einen Moment die Augen, entzückt, den Klang seines Namens aus ihrem Mund zu hören, »ich bin hierhergekommen, um dir zu sagen, dass … nun ja, also …« Sie machte eine Pause. Und er wartete. Aber beim Warten, während er dastand und auf Worte wartete, nach denen er hungerte, regte sich etwas in seinem äußersten Gesichtsfeld, und als es Konturen annahm und deutlicher und dunkler wurde, bemerkte er, dass es, was immer es war, mit einiger Geschwindigkeit von der hinteren Einfahrt auf sie zukam. *Sieh nicht hin … Beende deinen Satz … Sag es mir.*

»Stephen!«

Daisy drehte sich als Erste um; er folgte einfach ihrem Blick. Aber der Klang seines Namens aus dem Mund einer anderen Person zerstörte die Intimität, warf Daisy aus der Bahn und stieß sein Herz wie einen kleinen Kieselstein von der Klippe. Es war vorbei. Der Satz konnte nie zurückgeholt werden. Er wusste es im selben Augenblick, als er den Kopf drehte und Tabitha Farley mit etwas im Arm erkannte, das sehr nach seiner Anzugjacke aussah.

»Die hast du in der Nacht vergessen«, sagte Tabitha, lief rasch auf Stephen zu und musterte Daisy mit verkniffenem Lächeln und einem knappen »Morgen«.

»Daisy Forbes – Tabitha Farley; Tabitha Farley – Daisy Forbes«, stellte er sie verhalten einander vor und schloss die Augen. Ausgerechnet jetzt musste Tabitha Farley auftauchen. Diese verfluchte Frau, die in ihrem ganzen Leben noch nie einen Fuß auf den Grund und Boden von Eden Hall gesetzt hatte …

»Ach ja«, sagte er, gab sich einen Ruck und öffnete die Augen. »Ich habe mich schon gefragt, wo ich sie gelassen habe.« Er schielte zu Daisy hinüber, die ihn erwartungsvoll und mit hochgezogenen Augenbrauen musterte. »Ich wollte schon zum Pub hinübergehen, um nachzufragen, ob sie dort ist.«

Aber kaum hatte er die Worte ausgesprochen, verwünschte er sich dafür, denn Tabitha hob an: »Nein, du Dummerchen, du hast sie nicht im Pub liegenlassen, sondern bei mir! Und ich weiß beim besten Willen nicht, wie du bei der eisigen Kälte mitten in der Nacht ohne die Jacke nach Hause gelaufen bist. Ich habe mir gesagt, ich muss sie ihm zurückbringen, aber na ja, am ersten Feiertag, gestern, habe ich mir gesagt, da bringe ich sie ihm wohl besser nicht, er hat wahrscheinlich viel zu tun und braucht sie sowieso nicht, weil er drinnen im Haus ist, schließlich bleibt jeder an Weihnachten im Haus … Aber ich wusste, du würdest sie vermissen, und ich wollte, dass du sie zurückbekommst, und hier ist sie also«, schloss sie außer Atem und reichte ihm das zerknitterte Kleidungsstück. Dann stellte sie sich neben ihn, hakte sich bei ihm unter und starrte Daisy an, die murmelte, was für ein schöner Morgen es doch sei, und sich dann umdrehte und fortging.

Er blickte ihr nach, blickte ihr nach, als spaziere sie für immer aus seinem Leben, und Tabitha musste etwas bemerkt haben, denn sie sagte: »Oh, habe ich euch unterbrochen? Es hat fast den Anschein.«

Und er hätte am liebsten gesagt: *Ja, das hast du, du hast den Traum meines Lebens unterbrochen!*

Mabel stand am Fenster und sah hinauf in den blassen Himmel. Reg war schon fort, er war nach dem Frühstück nach Dorking aufgebrochen, wo er den zweiten Weihnachtstag mit der Schwester seiner verstorbenen Frau und ihrer Familie verbringen wollte. Er hätte natürlich schon am Abend zuvor nach Hause fahren können, aber sie hatte ihn überredet, eine weitere Nacht zu bleiben. »Weshalb?«, hatte sie gesagt. »Weshalb willst du schon nach Hause, wenn es noch gar nicht sein muss? Du kannst doch gleich von hier aus zu Irene fahren.«

Sie warf einen Blick auf den Umschlag, der auf ihrem Sekretär lag und schlicht an »Mabel« adressiert war. Es war im Grunde töricht, was sie bei einer Notiz empfand, noch dazu einer simplen Dankeskarte, aber sie stammte von ihm, und allein der Anblick ihres Namens in seiner Handschrift rief bei ihr Glücksgefühle hervor.

Ihr Abschied war kurz ausgefallen. Er hatte gesagt: »Es war wunderbar. Vielen Dank.« Das war alles. Als er ihre Hand genommen und sie dann an seinen Mund geführt hatte, musste sie lächeln: Sein Schnurrbart kitzelte sie immer. Dann hatte er ihr die Karte überreicht. Nun stand sie bei geschlossener Tür am Fenster ihres Boudoirs und stellte sich vor, wie er dort ankam, in Dorking.

Sie war froh, dass er noch nicht nach High Pines zurückkehrte. Sie hatte nie etwas dazu gesagt, hatte nie eine Bemerkung zu diesem Haus fallengelassen, aber auf sie wirkte es wie ein Mausoleum; es war immer kalt und leer: zu groß für eine einzelne Person. Sie hasste es, ihn sich dort allein vorzustellen. Und wenn sie ehrlich war, hatte sie für seine indischen Möbelstücke und Kunstwerke nur wenig übrig. Sie passten einfach nicht in ein Haus in Surrey, dachte sie und wurde abgelenkt. War das Daisy – die da in diesem albernen alten Mantel über den Rasen lief? Sie schüttelte den Kopf, verließ den Fensterplatz und setzte sich an ihren Sekretär.

Jessop musste gegen Mittag den Wagen herfahren, wenn die Vincents den Zug um zwölf Uhr fünfunddreißig nehmen wollten … wenn denn um zwölf Uhr fünfunddreißig überhaupt einer fuhr, denn niemand kannte den Fahrplan. Und wenn kein Zug fuhr, nun, dann würde Jessop die beiden eben nach London bringen müssen.

Es hatte sie überrascht, dass sie einen Tag früher aufbrechen wollten. Nicht, dass sie etwas dagegen hatte. Sie würde, musste sie denken, sogar etwas erleichtert sein, sie abreisen zu sehen. Margot hatte erklärt, Val sei der Grund, er habe beschlossen, er müsse zurück zu seiner Arbeit, was Mabel etwas merkwürdig erschien, schließlich arbeitete er nicht *wirklich*, im eigentlichen Sinne; er schrieb eben, und das hätte er ebenso gut auch hier tun können. Und wie Howard angemerkt hatte, als er vorhin da gewesen war, um mit ihr die Zugverbindung zu besprechen, war es nicht so, dass ihm ein Abgabetermin bevorstand oder ein Verleger wartete.

»Vielleicht liegt es gar nicht an ihm«, hatte Mabel bemerkt. »Vielleicht möchte Margot abreisen …«

Howard hatte gelacht und gesagt: »Wer immer von beiden der Grund ist, ich schere mich einen Teufel darum, um ehrlich zu sein.« Aber Ehrlichkeit war, wie sie sehr wohl wusste, nicht Howards Stärke, und sie hörte ein wenig Ärger oder sogar Zorn aus seiner Stimme. Sie fragte sich, ob es zwischen ihrem Mann und Margot ein Zerwürfnis gegeben hatte, denn auch Reg hatte angemerkt, dass in den letzten beiden Tagen eine gewisse Kälte zwischen ihrem Mann und seiner *lieben Bekannten* geherrscht habe.

Howard hatte Mabel nie zur Rede gestellt, hatte nie gefragt, weshalb sie Margot eingeladen hatte. Er wusste es. Mabel lächelte. Sie hatte schon lange aufgehört, Margot Vincent zu hassen. Sie musste sogar überrascht feststellen, dass sie die Frau, die ihren Mann schon so viele Jahre kannte und seine Vertraute war, sympathisch fand. Ohne ein Geständnis von Howard würde sie nie genau erfahren, wann seine Affäre mit Margot begonnen hatte, aber einer Sache war sie sich sicher: Sie war vorbei; ihre Beziehung war rein platonisch.

Einer der Gründe, Margot über Weihnachten einzuladen, war, dass sie die Frau gern wiedersehen und im Umgang mit Howard beobachten wollte. Sie hatte mit eigenen Augen gesehen, dass da nichts zwischen ihnen war, dass Margot zwar ihrerseits Howard liebte – oder brauchte –, dass er aber seinerseits …

Mabel richtete sich in ihrem Sessel auf. Konnte das sein? War es möglich, dass Howard *sie* liebte? Der Gedanke ließ sie laut auflachen, und sie schüttelte den Kopf. Der Zeitpunkt war in der Tat interessant. Aber es spielte keine Rolle mehr, nichts spielte eine Rolle mehr, denn sie hatte ihre Entscheidung bereits getroffen. Der Gedanke, Eden Hall zu verlassen, war zwar noch immer beängstigend – was würde Howard sagen? Wie würden sie ohne sie zurechtkommen? –, aber mittlerweile sehnte sie sich danach zu fliehen, dem *allen* zu entfliehen.

Sie betrachtete ihre gesamten handschriftlichen Notizen, die verstreut auf ihrem Sekretär lagen. Dann nahm sie jedes einzelne Stück Papier zur Hand, zerriss es in der Mitte und warf die Schnipsel in den Papierkorb neben sich.

Die schneebedeckten Rasenflächen waren von, wie es Daisy schien, Tausenden Fußspuren unterbrochen – Spuren von Vögeln, Füchsen, Katzen, Hunden, Rotwild und Menschen, die kreuz und quer im Zickzack verliefen und in alle Richtungen führten. Im unaufhörlichen Tropfen von jedem Busch und Baum setzte sich das Tauwetter fort und hatte den Puderschnee unter ihren Füßen in einen wässrigen Schneematsch verwandelt. Morgen oder übermorgen würde alles verschwunden sein, dachte sie und spürte das Ende. Sie hob ihre Hand über die Augen, um zu dem prächtigen Mammutbaum vor dem blassen Winterhimmel hinaufzublinzeln.

Sie lief hinüber zur Einfahrt, versuchte, den Weg zum japanischen Garten zu finden und ihm zu folgen, setzte ihre Füße vorsichtig hintereinander, ertastete mit ihren Gummistiefeln die Stufen. Hier waren nur wenige Spuren. Die weißen Eiskristalle, die sie erst vor vier Tagen mit ihrem Vater vom Erkerfenster aus fallen gesehen hatte, waren noch beinahe unberührt. Aber die Eisdecke auf dem Teich war schon zu einem kleinen Kreis zusammengeschmolzen, und auf der alten Bank, die von ihrem Zimmerfenster aus ein oder zwei Tage lang wie ein prunkvolles weißes Sofa gewirkt hatte, lag nur noch eine dünne Eisschicht. Sie fuhr mit ihrem Handschuh über die Lehne, wischte den Schnee weg, um das silbrige, mit Flechten bedeckte Holz freizulegen, und setzte sich – indem sie die Hände noch tiefer in die zerrissenen Taschen ihres alten Mantels schob.

Der große Bambusstrauch war von der Mitte her unter dem Gewicht des Schnees zusammengebrochen, und alles wirkte blass und silbrig und grün. Sie beobachtete ein Rotkehlchen, das zum Teichufer hinabflog, mit seinem Schnabel in das frostige Wasser pickte und den winzigen Kopf mit zackigen Bewegungen senkte und drehte.

Tabitha? Das war doch wohl eher ein Katzenname. Aber sie war es nicht wert, sich über sie den Kopf zu zerbrechen – eine reine Verschwendung ihrer Zeit und Kraft. Genau wie Stephen. Er war nicht anders als ihr Vater, das hatte er soeben unter Beweis gestellt. Und Valentine Vincent war ebenfalls nicht besser, dachte sie, und zudem äußerst unhöflich – nach dem Kuss hatte er kaum ein Wort mit ihr gewechselt. Eine neue Welle der Empörung stieg in ihr auf. Sie strich das zusammengeschobene Fell ihres Mantels glatt. »Ich hätte ihm eine verpassen sollen«, flüsterte sie. Immerhin *er* würde in Kürze abreisen … er und seine Mutter. Auf Nimmerwiedersehen den beiden.

Benedict Gifford war der einzige Aufrechte unter ihnen. Schließlich hatte er seine Absichten kundgetan, sich wie ein Gentleman verhalten und sie nie übervorteilt *noch* seine Spielchen mit ihren Gefühlen getrieben. Er hatte keine Zeilen verfasst, die eindeutig Lügen waren, er war nicht verlobt und ließ auch nicht seine Kleidung in den Wohnungen anderer Frauen herumliegen. Er war, in einem Wort zusammengefasst: anständig.

»Hochanständig«, sagte sie. Und das Rotkehlchen flog davon.

Stephen Jessop dagegen … Nein. Sie wollte gar nicht erst an ihn denken. Würde keinerlei Gedanken an ihn zulassen. Aber dass er schon wieder hingegangen war ins *Coach and*

Horses, und dann ... irgendwie in der Wohnung dieses Mädchens gelandet war, wo Gott weiß was passiert war, ihm aber mindestens so behaglich und warm zumute gewesen war, um sich seiner Kleidung zu entledigen, und das, nachdem er ihr gesagt hatte, nachdem er *ihr* nur wenige Stunden zuvor – »nur wenige Stunden zuvor!« – gesagt hatte, dass er sie liebe, sie immer geliebt habe und dass er sie mitnehmen wolle nach ...

»Neuseeland!«

Ein Lügner. Das war er, noch so ein verdammter Lügner. Aber warum hatte er all das gesagt – und was hatte er geglaubt, würde sie tun? Sich ihm an den Hals werfen? Gott sei Dank war Tabitha Wer-auch-immer-sie-war aufgetaucht. Und Gott sei Dank hatte Daisy nicht ausgesprochen, was sie hatte sagen wollen. Sie schnaubte und schüttelte den Kopf.

Und der Brief, dachte sie und hob den Blick erneut gen Himmel. *Ich muss ihn vergessen.* Denn Tabitha hatte ihr durch diesen zwei Sekunden währenden Anblick, als sie sich bei ihm untergehakt und Daisy angestarrt hatte, alles mitgeteilt, was sie wissen musste: Stephen und Tabitha waren zusammen.

»Ach, Daisy, was bist du doch für ein törichter kleiner Esel ...«

Die Träne, die sich hinter ihrer Sonnenbrille löste und über ihre Wange kullerte, überraschte sie erst, dann beschloss sie, sich entschieden zu haben zu weinen, als Teil der großen Läuterung, die sie nur stärker machen und ihr einen Neuanfang erleichtern würde. Und dorthin musste sie nun blicken und weiterdenken: zu neuen Horizonten und Menschen, vielen Menschen, die es kennenzulernen galt, dachte sie, wischte sich weitere Tränen aus dem Gesicht und versuchte zu lächeln.

Sie konnte in der Ferne das vertraute Rumpeln eines Automotors hören und wusste, dass es Stephen sein musste, der den Wagen warmlaufen ließ, um die Vincents zum Bahnhof zu fahren. »Wahrscheinlich heiratet er sie, geht mit ihr nach Neuseeland, und ich sehe oder spreche ihn nie wieder«, flüsterte sie.

Iris hatte recht: Sie musste von hier weg. Sie war, das erkannte sie nun, gelangweilt vom Stillstand ihres Lebens, von den fortwährenden Enttäuschungen und von der ständigen Erwartung, mehr zu erleben als nichts. Sie fühlte sich uninspiriert von allem und jedem um sie herum, denn mittlerweile hatte sie zu lange nur zugesehen und der Dinge geharrt. Sollte das etwa schon alles gewesen sein?, dachte sie und sah sich um. Sollte *das hier* ihr Leben sein? In diesem Augenblick spürte sie ein Sehnen danach, dass alles anders wurde; ein Sehnen, das so stark war, so übermächtig, so alles verzehrend, dass es sie nicht länger kümmerte, wen sie verletzen könnte.

Entschlossen stand sie auf, um zum Haus zurückzukehren. Sie nahm den Weg durch die zerklüfteten Rhododendren, über die geheimen Pfade durchs Gebüsch auf der Nordseite und dann über den Hof. Der Wagen war fort, die Garagentüren waren verschlossen, der Platz verlassen. Sie sah hinauf zu den verstaubten Fenstern in Stephens Wohnung und fragte sich, ob Tabitha dort war, in der Wohnung, und darauf wartete, dass er vom Bahnhof zurückkehrte, und ob sein »Liebe Daisy«-Brief an sie noch immer neben seinem Bett lag. Als sie die Hintertür öffnete und die Gummistiefel abstreifte, kam ihr ein weiterer Gedanke: Vielleicht hatte Stephen auch an

Tabitha geschrieben. Vielleicht schrieb er häufiger an Frauen; vielleicht war das seine Art der Verführung. Sie lief durch den engen Gang, zog den schweren Mantel aus und nahm die Mütze ab, schüttelte ihr Haar aus. Der Stachel der Eifersucht wich der wiedererwachenden Entrüstung. Sie blieb an einem runden Fenster stehen und sah einen Augenblick in den Garten. Ja, egal, ob mit oder ohne die Erlaubnis ihres Vaters – sie würde nach London ziehen und bei Iris wohnen.

Und sie sah sich in weiten Hosen auf einem Samtteppich unter einem Glasdach; sie sah sich mit zinnoberroten Lippen, passend lackierten Fingernägeln und einer langen Zigarettenspitze angeregt mit Leuten unterhalten, bei denen ihre Meinung etwas galt. Sie würde sich neu erfinden. Zweifellos ihre Haare schneiden. Sich in jedem Fall für Cocktails und Tanz begeistern. Die Leute würden verzückt sein von ihrer Lebendigkeit, sie einen Wirbelwind nennen, eine Inspiration … Sie würde zu jedem *Darling* sagen, wahllos Kusshändchen werfen und über Dinge lachen, die nicht amüsant waren. Sie würde sich Liebhaber nehmen, vermutlich mehr als einmal heiraten … *und* in Scheidungsverfahren würde ihr Name auftauchen. Und eines Tages schließlich würde sie schockierende Memoiren schreiben, in denen sie aus ihrem Leben und von den Männern plauderte, die sie gekannt und *nicht* geliebt hatte.

Aber vorher musste sie noch ein paar Dinge erledigen.

Nancy und Hilda saßen beim zweiten Frühstück, beugten sich über eine Illustrierte auf dem Tisch – die sie rasch zuschlugen und umdrehten, als Daisy in die Küche kam.

»Ist Mrs. Jessop hier?«, fragte Daisy und verdrehte die Augen nach oben und zur Seite – so, wie Iris es manchmal tat, um bereits ihre neue Rolle einzunehmen.

»Sie ist mit Mr. Jessop in den Küchengarten gegangen, aber sie kommt sicher bald zurück«, sagte Nancy. »Kann ich Ihnen vielleicht weiterhelfen?«

»Nein, leider nicht«, erwiderte sie. »Ich habe gerade Tabitha getroffen ...«

»Tabitha Farley?«, fragte Nancy.

Daisy sah sie an. »Ich weiß es nicht, ich weiß nicht, *welche* Tabitha.«

»Sie wüssten es, wenn sie es war«, sagte Hilda und wischte sich Plätzchenkrümel vom Mund.

»Sie ist eine Bekannte von Stephen«, sagte Daisy nach kurzem Zögern.

»Von ihm, richtig, und von vielen ...«

»Sie arbeitet im *Coach and Horses*«, unterbrach sie Nancy und stand auf. »Er kennt sie von dort«, fügte sie hinzu und sammelte Teller und Tassen ein.

Daisy nickte. »Ach, dann sind die beiden ... ein Paar?«

Hilda kicherte, und Nancy warf ihr einen strengen Blick zu.

»Ich weiß es nicht ... vielleicht«, sagte Nancy, »aber ich glaube nicht, dass es etwas Ernstes ist ... eher eine Tändelei.«

Daisy lächelte und nickte erneut. »Ach so, eine Tändelei nur, natürlich«, sagte sie und lachte. Wieder etwas, wonach sie normalerweise Iris fragte: was genau zu einer *Tändelei* gehörte, was sie umfasste. Aber welche Rolle spielte das? Wenn Stephen mit Tabitha herumtändeln wollte, war ihr das egal. Sie sah zur Wanduhr hinauf. Es galt, keine Zeit zu verlieren: Sie musste ihre Mutter finden.

Mabel saß, wie üblich, in ihrem Boudoir. Aber an diesem Vormittag schien sie gerade Ordnung zu schaffen: Sie zerriss Papiere, riss Seiten aus Schreibheften und warf sie in den übervollen Korb neben sich. Daisy blieb eine Weile vor der Tür stehen, sah zu, lauschte dem Summen ihrer Mutter; dann holte sie tief Luft und trat ins Zimmer. »Ich habe beschlossen, nach London zu ziehen und bei Iris zu wohnen«, sagte sie.

Mabel sagte nichts. Sie sah auf, lächelte und nickte.

»Ich gehe fort. Ich werde mir eine Stelle suchen, unabhängig werden …«

Mabel sagte noch immer nichts und fuhr fort, Papiere durchzureißen.

»Ich gehe von hier *fort*«, verkündete Daisy mit etwas mehr Nachdruck. »Ich verlasse Eden Hall.«

»Ja, das habe ich gehört«, sagte Mabel ruhig, leise, ganz anders, als Daisy erwartet hätte.

»Und du hast nichts dazu zu sagen?«

Mabel hielt inne. Sie erhob sich von ihrem Sekretär und stellte sich an die Verandatür. »Ich glaube nicht, dass es dazu viel zu sagen gibt. In meinen Ohren klingt es so, als hättest du dich bereits entschieden.«

»Ja, das habe ich … Mir fällt hier die Decke auf den Kopf. Ich kann nicht mehr atmen. Ich habe hier nichts und niemanden – abgesehen von dir«, fügte sie eilig hinzu. »Und ich kann immer nur warten … warten, dass etwas geschieht, dass sich etwas verändert«, fuhr sie fort und lief näher zu ihrer Mutter.

»Aber ich brauche deine Unterstützung … Du musst es Howard sagen.«

Die beiden Frauen standen nebeneinander und blickten über die vereisten Gärten.

»Dann brauchen wir unsere gegenseitige Unterstützung«, sagte Mabel. »Denn ich gehe ebenfalls fort.«

Mabel stellte sich neben Howard an den Hauseingang. Sie küsste Margot auf die – mit Puder, Rouge und *Lily of the Valley* überzogene – Wange, sah ihr nach, wie sie ins Auto stieg und Jessop die Decke über ihren Schoß breitete. Und als das Fahrzeug langsam davonfuhr und Margot in ihren Handschuhen winkte, spürte Mabel, wie ihr Mann seinen Arm um ihre Hüfte schob.

»Nun fahren sie wieder dahin«, sagte er, als der Wagen hupte und hinter dem hohen Gebüsch verschwand.

Er wandte sich Mabel zu, aber bevor er weiterreden konnte, sagte sie: »Wir müssen reden, Howard. Ich muss dir etwas sagen.«

Kurz darauf schloss Mabel die Tür ihres Boudoirs und wies ihren Mann an, Platz zu nehmen.

Er setzte sich.

»Ich habe beschlossen, von hier fortzugehen«, sagte sie und machte eine Pause. »Ich habe nun fünfundzwanzig Jahre lang hier gelebt und … denke, ich brauche eine Veränderung.«

Howard verzog das Gesicht. Er griff sich an die Brust, und einen Augenblick fürchtete Mabel, er leide erneut unter Sodbrennen. Aber sie würde sich nicht aus der Ruhe bringen lassen. Jetzt nicht.

»Ich werde mit deiner Schwester eine Reise auf das Festland unternehmen«, fuhr sie fort. »Nächste Woche breche ich auf … zunächst nach London zu Dosia, wo wir unsere Reiseroute festlegen und das Nötigste besorgen werden; dann fahren wir los.« Sie sah, wie ihr Mann die Augen schloss.

»Howard?«

Er sah sie an, blinzelte ein paar Mal.

»Geht es dir gut?«, fragte sie.

»Ich weiß es nicht. Hast du gerade gesagt, dass du fortgehen willst?«

Mabel legte den Kopf zur Seite. »Tu nicht so, als hättest du mich nicht gehört ... Ja, ich gehe fort. Ich gehe von hier weg, ich verlasse dich ... zumindest für eine Weile.«

»Wann hast du die Entscheidung getroffen?«

»Kürzlich erst.«

»Aber ich wollte mit dir reden. Ich muss dir sagen ...«

»Nein«, unterbrach sie ihn. »Ich möchte nicht reden, nicht jetzt. Wir können reden, wenn ich zurückkomme.«

»Und wann wird das sein?«, fragte er.

»Das weiß ich noch nicht genau ... gegen Frühjahrsende vielleicht oder zum Sommeranfang.«

Howard beugte sich vor und barg den Kopf in den Händen.

»Sommer ...«

Mabel setzte sich. »Dosia sagt, wir brauchen mindestens vier oder fünf Monate, wenn wir die Sache richtig angehen wollen ... uns alles angucken wollen. Sie sagt, allein für Italien brauchen wir mehr als einen Monat.«

»Das ist sehr kostspielig.«

»Ich bezahle die gesamte Reise aus meiner eigenen Tasche, mit dem Geld, das mir mein Vater hinterlassen hat. Ich habe alles durchgerechnet.«

»Und was ist mit Reggie?«, fragte er und blickte zu ihr hinüber. »Reist er mit?«

Mabel wandte den Blick ab und zuckte mit den Schultern. »Vielleicht stößt er irgendwann zu uns ... Er überlegt, ob er Ende Mai an die Riviera kommt.«

Howard senkte erneut den Kopf. »Und Daisy?«, fragte er. »Sie ist doch noch viel zu jung, um alleine hierzubleiben.«

»Das ist bereits geklärt. Sie zieht nach London zu Iris.«

»Ich verstehe. Und was ist mit dem Haus – und deiner Mutter, was geschieht mit Noonie?«

»Ich habe mit ihr gesprochen. Sie steht dahinter. Sie besteht darauf, dass sie zurechtkommen wird – und außerdem wirst *du* hier sein.«

Er sah zu ihr auf: »*Ich* werde hier sein?«

»Ja. Ich fürchte, dir wird nichts anderes übrig bleiben. Du musst nach meiner Mutter sehen und dich um das Haus kümmern ... genau wie ich in den vergangenen fünfundzwanzig Jahren.«

Sie stand auf der kleinen Holzbrücke, auf halbem Wege ins Tal, das jedermann *Devil's Punchbowl* nannte. Daisy überlegte einen Moment, ob sie die Kugel in den angeschwollenen, reißenden Fluss werfen sollte, sodass die Strömung sie vielleicht den Berg hinuntertrug. Aber es bestand die Möglichkeit, dass die Kugel einfach sank und hier liegen blieb, und dann würde sie sehr wahrscheinlich zurückkehren und sie wieder herausfischen.

Ihr war klar, dass es sich um einen symbolischen Akt handelte. Aber nach alldem, was in den vergangenen Tagen geschehen war, nachdem sie die Wahrheit über ihren Vater und über Stephen erfahren hatte, schien die Geste ihr angemessen: nicht nur ein Akt, der ihre und Mabels Befreiung feierte, sondern der auch jedem kommenden Weihnachtsfest die Bürde nahm und jedes vergangene vergessen ließ.

In der Ferne hörte sie eine Hupe. Sie verließ die Brücke und kletterte die verschneite Böschung hoch, die Kugel fest in der Hand.

Sie trat vor an den Kamm, der auf der anderen Seite steil

bergab fiel. Der Himmel war bedeckt und schwer. Nichts regte sich. Die klamme Reglosigkeit hing wie ein anstehender Wolkenbruch über ihr, lauernd. Weit unter ihr sah es so aus, als würde ihr eine Ansammlung von Kiefern zuwinken, die so klein wirkten wie die in der Kugel in ihrer Hand, und eine neue, beunruhigende Kraft breitete sich in ihr aus. Sie hob ihre Hand und streckte sie weit nach hinten aus.

Sie warf sie hoch, beobachtete ihre Flugbahn, wie sie im perfekten Bogen durch die Luft wirbelte und dann zu Boden fiel und im Schnee verschwand.

Sie war fort. Das Leben hatte sich verändert. Es war an der Zeit für etwas Neues.

18

In den nächsten Tagen legte sich eine seltsame Ruhe über Eden Hall. Doch hinter der Atmosphäre aus Resignation, aus stummer Akzeptanz lag der nervöse Trubel der Abreise.

Draußen wuschen immer wieder Regenschauer den grauer werdenden Schnee davon und hinterließen dreckige Hügel neben vergessenen Wegen. Drinnen endete das Weihnachtsfest, als die Koffer von den Dachböden geholt wurden. Mabel begann eine neue Liste mit der Überschrift »Einpacken«; sie holte geblümte und gestreifte Kleider hervor, die von der Sonne verblichen waren, und hielt sie sich vor dem Spiegel an. Sie kramte in alten Hutschachteln, probierte Strohhüte auf, werkelte an den verbeulten Krempen und Bändern und Seidenblumen. Sie war seit ihrer Hochzeitsreise nicht mehr im Ausland gewesen. Damals hatten sie und Howard ein paar Tage erst in Paris und dann an der französischen Riviera verbracht, wo – dessen war sich Mabel einigermaßen sicher – Iris gezeugt worden war.

Und während Mabel Taschen packte – nicht um sie mitzunehmen, sondern für den Wohltätigkeitsbasar, wie sie beschloss –, löste Daisy ihr Zimmer auf; Ben Gifford fuhr mit Lily und Miles nach London zurück und Dosia nach

West Sussex, wo sie über Neujahr Freunde besuchen wollte. Iris lief durchs Haus, führte etliche geflüsterte, einsilbige Telefonate und übte im ansonsten leeren Salon ihre Tanzschritte. Und Howard verbrachte die meiste Zeit in seinem Arbeitszimmer.

Daisy ging Stephen Jessop drei Tage lang aus dem Weg. Als sie am Abend, nachdem die Vincents abgereist waren, in die Küche ging und ihn auf einer Leiter stehen sah, wo er eine Glühbirne wechselte und seine Mutter milde tadelte, sie ruiniere ihr Augenlicht, wenn sie bei diesem Dämmerlicht arbeite, machte sie rasch kehrt und verließ den Raum. Als Hilda am Tag darauf ins Frühstückszimmer kam, wo Daisy alleine saß und las, und sagte: »Entschuldigung, Stephen möchte wissen, ob er ein Wort mit Ihnen wechseln darf«, bat sie Hilda, ihm auszurichten, sie sei »zu beschäftigt«. Und als er ihr am selben Tag später etwas zurief, während sie mit Iris von einem Spaziergang zurückkehrte – und Iris sich umdrehte und ihm zuwinkte –, zeigte sie ihm demonstrativ die kalte Schulter und marschierte durch die Eingangstür hinein.

»Habt ihr euch gestritten, du und Stephen?«, fragte Iris, als sie ihre Mäntel aufhängten.

»Nein, eigentlich nicht. Ich möchte momentan nur nicht mit ihm reden.«

»Aber du musst dich doch von ihm verabschieden … Er wird sonst schrecklich verärgert sein.«

Am Abend vor Silvester trugen Howard und Mr. Blundell Daisys Koffer die Stufen hinunter, durchs Foyer und hinaus in den Wagen. Howard war gerührt gewesen von Daisys Bitte, dass statt Stephen er die Frauen zum Bahnhof fuhr, und hatte es ihr mit feuchten Augen gesagt.

»Ich sehe euch beide in ein paar Tagen wieder«, sagte Mabel und küsste erst Daisy, dann Iris.

»Aber wann werde *ich* dich wiedersehen?«, fragte Noonie Daisy.

»Keine Sorge, ich komme bald zurück … Ich komme dich besuchen.«

Erst als der Wagen nicht mehr in Sichtweite und Noonie zurück ins Haus gegangen war, sah Mabel Stephen an der Hofeinfahrt stehen.

»Sie sind fort«, sagte er und kam näher.

»Ja, nach London … Daisy wird dort bei Iris wohnen. Aber das hat sie dir sicher erzählt … Ich hoffe, sie hat sich verabschiedet?«

Er schüttelte den Kopf.

»Ach, Stephen, ich bitte um Verzeihung … Wie gedankenlos von ihr.«

»Ich muss mit Ihnen reden, Mrs. Forbes.«

Mabel hätte eigentlich gern weitergepackt und hatte Noonie versprochen, Stephen nach Howards Rückkehr vom Bahnhof zu bitten, sie nach Farnham zu fahren, wo es bei *Elphicks* Rabatte gab und sie anschließend im neu eröffneten Eissalon ein *Knickerbocker Glory* essen wollten. Eine Ablenkung, die ihre Mutter aufheitern würde, dachte Mabel. Aber etwas in Stephens Stimme ließ sie ahnen, dass das Vergnügen für ihre Mutter ausfallen könnte, und als sie mit ihm ins Haus ging, in Howards Arbeitszimmer, betete sie innerlich, er möge nicht kündigen.

»Ich verstehe«, sagte sie, nachdem sie ihn angehört hatte, denn sie verstand ihn tatsächlich. Weshalb hätte er hierbleiben sollen? Es gab nur wenige Aufgaben für ihn, und wenn sie selbst bald fort und Howard hier alleine wäre, würden es noch weniger werden. »Es kommt nur so plötzlich und noch dazu mit sofortiger Abreise … Das ist ein wenig ungewöhnlich, Stephen.«

»Ich erwarte nicht, dass Sie mir mehr geben als den Lohn, der noch aussteht, Mrs. Forbes. Und natürlich – wenn nichts dagegenspricht – ein Empfehlungsschreiben.«

Mabel sah ihn an. Er war erwachsen geworden und sah dennoch heute nicht anders aus als der schüchterne kleine Junge, der eines Sommernachmittags hier angekommen war, als sie mit Daisy im Arm im Garten saß.

»Weiß deine Mutter Bescheid?«, fragte Mabel.

»Nein, noch nicht. Aber ich werde gleich zu ihr gehen und es ihr erklären.«

Mabel nickte. »Dies ist dein Zuhause, Stephen. Das darfst du nie vergessen.«

Mabels Schreiben war länger als üblich, und sie verwendete all die richtigen Worte und Formulierungen: *ehrlich … fleißig … zuverlässig … vertrauenswürdig … ohne zu zögern* und schließlich *äußerst traurig, ihn gehen lassen zu müssen.* Sie faltete den Brief und schob ihn in einen Umschlag.

Dann nahm sie Howards Scheckbuch und einen Füller zur Hand. Sie überlegte einen Augenblick, schrieb dann einen Scheck und reichte ihn Stephen zusammen mit dem Empfehlungsschreiben.

»Aber das ist zu viel … viel zu viel. Sie schulden mir nur …«

»Nein«, fiel Mabel ihm ins Wort. »Ich möchte, dass du es annimmst. Bitte, kein Widerspruch.«

Ihm schien unbehaglich zumute, seufzend rutschte er auf seinem Stuhl hin und her.

»Wann gehst du fort?«, fragte Mabel.

»Bald, sobald ich meine Tasche gepackt habe.«

»Aber Howard … Mr. Forbes wird sich von dir verabschieden, dir seinen Dank aussprechen wollen …«

»Ich weiß, und es tut mir leid, aber ich möchte nicht, dass er mich überredet zu bleiben. Ich wäre dankbar – äußerst dankbar –, wenn Sie ihm meine Grüße und meinen Dank übermitteln könnten.«

Mabel nickte wieder. »Und wohin wirst du gehen?«, fragte sie.

»Das weiß ich noch nicht. Aber ich werde mich melden.«

Als Mabel sich erhob, stand Stephen eilig auf und streckte ihr die Hand entgegen. Mabel blickte kurz darauf, dann lief sie um den Tisch herum. Und während sie ihn umarmte, dachte sie an ihren eigenen Sohn, Theo. Sie dachte an alle Jungen, die losgezogen und nie wieder nach Hause gekommen waren. Und sie erinnerte sich an den kleinen Jungen, der einst auf dem Boden in Daisys Zimmer geschlafen und Albträume gehabt hatte.

Es waren die ersten Kriegsmonate gewesen, der allererste Winter, nachdem die Rohre im Cottage der Jessops gefroren und dann geplatzt waren und das ganze Haus überflutet hatten. Das Haus war voller Kinder gewesen, weitere neun Waisen aus London und – wieder einmal – hauptsächlich Jungen. Aber Daisy hatte gebeten, ob Stephen in ihrem Zimmer schlafen dürfe, und Stephen war anders, er war freundlich. Als sie das Schluchzen gehört hatte, war Mabel ins Zimmer gegangen und hatte Stephen zusammengekauert in einer Ecke gefunden, zitternd und weinend. Sie hatte ihn mit hinunter in die Küche genommen, ihm heiße Schokolade gemacht und ihn ins Frühstückszimmer gebracht, wo noch ein

Feuer gebrannt hatte und es gemütlich und warm gewesen war. Er hatte ihr erzählt, er mache sich Sorgen um seinen Vater und habe von ihm geträumt. »Ich will nicht, dass er verletzt wird ... Ich will nicht, dass er getötet wird«, hatte er gesagt und sie mit riesigen, ernsten Augen angesehen. Sie hatten nebeneinander auf dem kleinen Sofa gesessen, und sie hatte den Arm um ihn gelegt, ihn näher an sich herangezogen und ihr Bestes getan, um ihn irgendwie zu trösten. Als sie ihn schließlich wieder nach oben in das improvisierte Bett gebracht und zugedeckt hatte, hatte er ihre Hand ergriffen und geküsst.

»Fort?«, sagte Howard eine Stunde später. »Ich kann nicht fassen, dass du ihn hast ziehen lassen – einfach so.«

»Was hätte ich denn tun sollen?«, fragte Mabel. »Seine Entscheidung stand fest, er war wild entschlossen.«

Howard seufzte kopfschüttelnd. »Ich hätte ihn gern noch gesehen, mit ihm gesprochen ... Er ist beinahe sein ganzes Leben lang hier gewesen«, fügte er hinzu und sah zu Mabel hinüber.

»Ja. Was zweifellos der Grund ist, weshalb er von hier fortwollte. Er ist ein kluger junger Mann ... und du und ich, wir wissen beide, dass er hier nur verkümmern würde. Hier findet er nicht das, was er braucht.«

»Ich erinnere mich noch an die Nacht, in der er geboren wurde«, sagte Howard händeringend. »Ich weiß noch, wie ich ihn im Arm hielt und mich gefragt habe ... was das Leben für ihn bereithalten würde.«

Die Liebe, die Mabel in diesem Augenblick für ihren Mann empfand, war plötzlich, unerwartet und vielschichtig. Sie sagte: »Ich weiß, wie viel er dir bedeutet, aber du musst ihn loslassen.«

»Muss ich euch *alle* loslassen?«

Mabel nickte. »Ja … aber wenn du uns liebst, kommen wir zurück.«

Mrs. Jessop war in die Vorratskammer gegangen, um allein zu sein mit ihren Tränen um Stephen und um noch einmal den Brief zu lesen, den er ihr überreicht hatte. Sie hatte nicht erwartet, dort auf Nancy zu treffen, die die Konserven und Schachteln und das Dosenfleisch ordnete, als gäbe es kein Morgen mehr – und auch ihr rannen die Tränen über die Wangen.

»Ist etwas mit John?«, fragte Mrs. Jessop, schloss die Tür, schluckte ihre eigenen Tränen herunter und legte die Arme um Nancys schmale Schultern. Sie wusste, dass Nancy sich oft hierher flüchtete, um an ihn zu denken.

»Alle gehen fort … alle. Und das ist nur die verdammte Schuld von diesem Frauenzimmer«, sagte Nancy und pfefferte den Fleischextrakt neben die Dose Kakaopulver.

Mrs. Jessop steckte den gefalteten Brief in ihre Tasche und schnäuzte sich die Nase. Sie war es nicht gewohnt, Nancy fluchen zu hören, und hatte »dieses Frauenzimmer« schon längst wieder vergessen. Für Stephens Abreise konnte man Mrs. Vincent jedenfalls nicht die Schuld geben. »Na, na«, sagte sie. »Es kommen doch alle wieder.«

»Und was ist mit uns – was machen wir?«

»Weiter wie bisher?«, schlug Mrs. Jessop vor.

»Wie zu Kriegszeiten?«, sagte Nancy und sah nun verärgert aus. »So fühlt es sich doch an, oder? Alle gehen fort … und wir bleiben zurück, wie immer … und womit?«, fragte sie und schwenkte den Blechteller mit Schweinefüßen, die Mrs. Jessop vor allem für Mr. Forbes gekocht hatte.

Mrs. Jessop setzte sich auf den Hocker. Sie sagte: »Was haben wir denn für eine Wahl? Was haben wir denn sonst für eine Wahl?« Und damit lehnte sie die Stirn gegen das kühle Schieferregal und begann zu weinen.

»Es tut mir leid«, sagte Nancy, stellte den Teller ab und packte die ältere Frau an den Schultern. »Ich habe gar nicht an Stephen gedacht … Und du hast recht, alle werden schon bald zurückkehren, genau wie er auch. Du bist schließlich seine Mutter, du bist ihm wie eine leibliche Mutter, und so liebt er dich auch … Ja, das tut er, genauso liebt er dich.«

Mrs. Jessop entzog sich ihrem Griff. Sie starrte Nancy mit feuchten Augen an. »Glaubst du das? Glaubst du das wirklich?«

»Ich weiß es. Er hat es mir unzählige Male gesagt …«

Mrs. Jessop griff in ihre Tasche.

»Was ist das?«, fragte Nancy und nahm ihr das gefaltete Papier aus der Hand. Mrs. Jessop nickte aufmunternd. Nancy faltete es auseinander und las: »Geliebte Mutter, bitte mache dir keine Sorgen um mich, sondern versuche zu verstehen, dass ich meinen eigenen Weg finden muss. Es ist nicht meine Absicht, dich zu verlassen, sondern vielmehr möchte ich etwas für mich selbst tun – und hoffentlich, eines Tages, erleben, dass du stolz bist auf den Jungen, den du aufgenommen und geliebt und um den du dich in all den Jahren gekümmert hast. Bitte erkläre du es auch Vater. Ich liebe euch beide und werde euch bald eine Nachricht von mir zukommen lassen. Euer Stephen.«

Nancy lächelte Mrs. Jessop zu. »Ach, das ist in Ordnung, nicht wahr? Und da hast du es, er liebt dich.«

»Ja, aber ich weiß nicht, wo er ist, Nancy … Er hat es mir nicht erzählt. Hat nur gesagt, er meldet sich, wenn er alles geregelt hat … Wenn er alles *geregelt* hat? Was soll das heißen? Ich kann nur hoffen und beten, dass es nicht das verflixte Neuseeland bedeutet … Was soll ich tun …? Was soll ich bloß tun, wenn er dort landet?«

»Du könntest ihm folgen, könntest auch hingehen«, sagte Nancy. »Vielleicht hat er das gemeint … Vielleicht hat er gemeint, er lässt dich nachkommen, wenn er alles geregelt hat.«

»Aber was wird dann aus dem alten Jessop?«

Nancy zuckte die Schultern. »Ehemänner scheinen heutzutage in Reiseplänen keine große Rolle mehr zu spielen.«

Mrs. Jessop schüttelte den Kopf. »Ich könnte ihn nie verlassen. Ich müsste ihn mitnehmen.«

Erst nach einer Weile traten die beiden Frauen aus der kleinen Kammer. Da hatten sie sämtliche Vorratsregale neu sortiert und die Einrichtung und Zimmeraufteilung in Mrs. Jessops Bungalow in Neuseeland bereits geplant.

»Hast du *A Love Like No Other* zu Ende gelesen?«, fragte Nancy, als sie zurück in die Küche gingen.

»Ja, gestern Abend. Und ich wollte dich dazu noch fragen …« Und während Mrs. Jessop weitersprach, legten die beiden Frauen ihre Schürzen an, nahmen ihre Messer zur Hand und begannen, die Kartoffeln zu schälen, die neben dem Spülstein lagen.

Stephen stand mit dem Koffer zu seinen Füßen am Bahngleis. Das Empfehlungsschreiben von Mrs. Forbes und ihren Scheck – der sehr großzügig ausfiel und den Stephen seinen Ersparnissen zufügen wollte – verwahrte er sicher in der Innentasche seiner Jacke.

Als er vorhin an der Kreuzung gestanden und auf den Bus

gewartet hatte, der ihn zum Bahnhof bringen sollte, hatte Stephen gesehen, wie der Wagen mit Mr. Forbes am Steuer zurück zum Haus fuhr. Er hatte sich vom Straßenrand entfernt und hinter einem Baum versteckt. Er wollte nicht gesehen werden, wollte nicht, dass der Wagen anhielt und Mr. Forbes ausstieg und mit ihm sprach und ihn zu überreden versuchte, doch zu bleiben. Vielleicht war es falsch, dachte er, sich nicht zu verabschieden und der Person, die ihn sein ganzes Leben lang bedienstet, eine wichtige Rolle bei seiner Adoption gespielt und ihn an diesen Ort gebracht hatte, seinen Dank nicht auszusprechen. Aber er hatte allen Respekt verloren für den Mann, der ihn in seinen Betrug hineingezogen und Daisy so viel Kummer bereitet hatte; den Mann, der in Stephens Augen alles besaß und darauf pfiff.

Dies war der Beginn eines neuen Lebens, eines Lebens fernab von Eden Hall, fernab von der Frau, die den Großteil seines Lebens seine Mutter gewesen war, fernab von dem kriegsversehrten Mann, den er geliebt und Vater genannt hatte, und fernab von allem, was ihn an Daisy erinnerte. Seine einundzwanzig Lebensjahre maßen sich an diesen drei Menschen, dachte er; und vielleicht noch an seiner Tante Nellie, die er allerdings in letzter Zeit nicht häufig gesehen hatte.

Seine Mutter – wann immer Stephen an sie dachte, musste er unwillkürlich lächeln – war verständlicherweise empört gewesen, aber sie hatte gewusst, dass sie bevorstand, seine Abreise. Und er würde nicht hierher zurückkehren, beschloss er an Ort und Stelle, bevor er ihr nicht ein prächtiges, kostspieliges und vielleicht ein wenig dekadentes Geschenk gekauft hatte, überlegte er, lächelte noch ein wenig mehr und hob die Augenbrauen. Wie hätte er sie nicht lieben können? Sie war und würde für immer seine *Mutter* sein. Und sein Vater … Immer wenn Stephen über seinen Vater nachdachte, ergriff ihn Trauer. Die Trauer über den Schmerz, den er nie würde auslöschen können, über die Worte, die sein Vater nie würde sagen können, und über die Gräuel, die diese empfindsame Seele hatte mit ansehen müssen. Und dennoch war der verwundete, schweigsame alte Jessop, der keinerlei Vorurteile und Meinungen besaß, ein besserer Vater gewesen als viele andere.

Und Daisy?

Daisy … Stephen hob den Blick zum milchig weißen Himmel. Welche andere Möglichkeit hätte es schon gegeben?, dachte er, beruhigte sich selbst, festigte seinen Entschluss. Sollte er hierbleiben, nutzlos, wie er war, und die Tage bis zu ihrem nächsten Besuch zählen? Aus der Ferne zusehen, wie sie sich mit einem anderen verlobte und ihn heiratete? Sollte er sie und ihren neuen Ehemann etwa von der Kirche nach Hause fahren? Es bestand keine andere Möglichkeit.

Eine zweite Daisy würde es nie geben, aber er hoffte, eine neue Liebe zu finden. Und als der Zug langsam in den Bahnhof einrollte, bückte er sich und griff nach seinem Koffer.

TEIL 2

Sommer 1927

19

Keine schiefe Handschrift schrieb an eine Miss Daisy Forbes. Es kam kein Brief aus Neuseeland. Dafür Postkarten aus Paris, aus Lyon, aus Koblenz, aus der Schweiz und Italien und dann, im Mai, eine aus dem Lake District, wo Ben Gifford seinen Wanderurlaub verbrachte. »Ich freue mich auf unser Wiedersehen am vierundzwanzigsten Juni«, schloss er.

Daisy versteckte die Karte. Ben Gifford – und, genauer, sein noch nicht beantworteter Heiratsantrag – gehörten nicht zu den Dingen, die sie mit Iris besprechen wollte. Sie würde ihre eigene Entscheidung treffen, sie würde auf eigenen Füßen stehen, wie ihre Mutter ihr geraten hatte, bevor sie zum Festland aufgebrochen war.

Sie erinnerte sich, wie Ben sie in der Woche vor seinem Urlaub zum Tanztee ins *Savoy* eingeladen hatte. Sie legten ein paar altmodische Walzer aufs Parkett und wagten dann einen Tango. Alles war Welten von den Tänzen in jenen Lokalen entfernt, die Daisy mit Iris besucht hatte.

»Vor zwei Jahren hat George Gershwin genau hier, in diesem Saal, die britische Premiere von *Rhapsody in Blue* aufgeführt«, sagte Ben und gab, während sie Platz nahmen, dem Kellner ein Zeichen.

»Sind Sie auch da – hier – gewesen?«

»Ja, als Gast Ihres Vaters.«

Es war das erste Mal, dass sie sich seit Weihnachten wiedersahen. Bei seiner Abreise aus Eden Hall hatte er zu Daisy gesagt, er lasse ihr Zeit, sich in London einzugewöhnen und über ihre *gemeinsame* Zukunft nachzudenken. Als sie ihren Tee tranken, fragte er Daisy, wie sie ihre Zeit verbracht habe. Habe sie Galerien oder Ausstellungen besucht oder das Theater? Daisy lächelte, während sie andere Paare beobachtete, die still über die Tanzfläche schwebten. Sie schüttelte den Kopf. »Ich hatte zu viel zu tun.«

»Nicht mit Iris, wie ich hoffe ... Ich möchte nicht respektlos Ihrer Schwester gegenüber erscheinen«, sagte er und strich sich mit den Fingern über beide Seiten seines neuen Schnäuzers, »aber ich fürchte, ich kann weder ihren Lebenswandel noch ihre Freunde gutheißen. Ich kenne diese Kreise«, fuhr er, ohne zu lächeln, fort und sah Daisy an. »Ich habe in der Zeitung davon gelesen. Ich fürchte, es geht nur um Alkohol und Drogen und Nackttänzerinnen, soweit ich das überblicke ... Waren Sie ... waren Sie mit ihr auf *Belustigungen* dieser Art?«

»Nein«, beeilte sich Daisy zu sagen. »Nichts dergleichen. Aber ich war ein- oder zweimal mit ihr zum Tanzen aus.«

»In Nachtlokalen?«

»Ja.«

»Aha«, sagte er und seufzte. Er schlug die Beine übereinander und stellte sie wieder zurück, dann drehte er seinen Stuhl und rückte ihn näher an den Tisch, der mit einem gestärkten Leinentischtuch und funkelndem Silber gedeckt war. »Mir wäre lieber, Sie gingen nicht in Nachtlokale, Daisy«, sagte er und betrachtete angestrengt die Etagere, die mit Scones, winzigen Kuchen und Sandwiches beladen war.

»Das tue ich auch nicht … nicht mehr. Ich habe es aufgegeben.«

»Gut. Ich möchte nicht, dass Sie sich durch Ihre Schwester verderben lassen. Und was diese Vergnügungen betrifft … Ich kann Ihnen verraten, dass obendrein die Polizei weiß, was dort vor sich geht; sie kennt die Anschriften, die Namen sämtlicher Beteiligten … Sie hat eine Liste, und ich hege keinerlei Zweifel, dass es in Kürze weitere Festnahmen geben wird«, sagte er und schob sich ein Stück Kuchen in den Mund.

Dann hielt er einen mindestens zwanzigminütigen Monolog darüber, was er alles *gehört* habe. Dass die Polizei einige der mondänsten Adressen Londons durchsucht und halb bekleidete, betrunkene, mit Drogen betäubte, tanzende Menschen vorgefunden habe, mitunter in den würdelosesten Situationen. Er erwähnte zudem Namen, darunter auch den von Valentine Vincent. Diese Veranstaltungen, sagte er, begännen gegen Mitternacht und dauerten bis vier oder fünf Uhr morgens.

Daisy erzählte ihm nicht, dass es häufig sogar sechs oder sieben Uhr war, manchmal noch später. Genau, wie sie ihm nicht von Iris' neuem Tattoo erzählte – dem kleinen Schmetterling, der nun ihren Knöchel zierte. Und sie zog es vor, ihm Iris' kokainhaltiges Wein-Tonikum zu verschweigen, ihr kleines Stärkungsmittel, das sie in ihrer Wohnung aufbewahrte. Aber sie erzählte ihm sehr wohl, dass Iris Feierlichkeiten *dieser Art* nicht mehr besuchte, denn so hatte Iris es ihr erklärt. Sie hatte Daisy erzählt, es liefen dort zu viele zwielichtige Gestalten herum und alte Männer und Flittchen und Leute, die im Krieg zu Geld gekommen seien.

Bens Beschreibung der Ausschweifungen traf allerdings

nicht ganz das, was Daisy gesehen hatte. Sie hatte miterlebt, wie Leute jegliche Vorsicht außer Acht ließen und sich vergnügten, und es gab schlüpfrige Varietéstücke und auf jeden Fall Alkohol und Tanz und vielleicht sogar Drogen – gut verborgen in dunklen Ecken, wie sie vermutete.

»Ich habe nur Ihr Bestes im Sinn«, sagte Ben.

»Immerhin möchte ich Sie heiraten«, fügte er flüsternd hinzu.

Daisy lächelte. Es stimmte: Er hatte nur ihr Wohlbefinden im Sinn, das wusste sie. Aber als er sagte: »Ich glaube, wir sollten ein Datum festsetzen«, begann Daisys Hand zu zittern, und sie stellte ihre Teetasse ab.

»Keine Sorge, ich meine nicht für die Hochzeit«, fügte er hinzu und lachte gekünstelt. »Aber ich denke, wir sollten einen Zeitpunkt festsetzen, an dem Sie mir eine Antwort geben. Man kann von einem Mann nicht verlangen, auf ewig zu warten.«

»Aber Sie haben doch gesagt, Sie würden gern warten.«

»Das habe ich auch. Wie gesagt, ich bin durchaus gewillt, eine längere Verlobungszeit in Kauf zu nehmen, halte aber eine baldige Antwort nur für angemessen.« Er griff in seine Innentasche. »Ich habe da an den vierundzwanzigsten Juni gedacht«, sagte er, holte einen kleinen Kalender hervor und blätterte einige Seiten um. »Das sind auf den Tag genau sechs Monate, nachdem ich Sie gefragt habe … Ah, ja, ein Freitag, ich werde also Zeit haben«, fügte er hinzu, zog an der Seite des Kalenders einen Stift heraus und notierte etwas. »Ich denke, sechs Monate sollten lang genug sein für ein schlichtes Ja oder Nein, finden Sie nicht auch?«, fragte er, ohne den Blick zu heben.

Es wirkte alles recht geschäftlich, dachte Daisy, aber so

war Ben eben: praktisch, pragmatisch, älter und vielleicht klüger. Und im Vergleich zu den meisten anderen, die sie kennengelernt hatte, war er zudem beruhigend vernünftig und zuverlässig, denn Daisys Leben in London hatte einen schwindelerregenden Anfang genommen. Das Jahr hatte mit der zügellosen Ausgelassenheit wüster Gelage begonnen, und die Stadt war ihr anfangs beängstigend rasant erschienen, was nicht am Verkehr lag oder am Lärm, sondern an der wilden Energie von Leuten, die versessen darauf waren, sich zu verlustieren, die entschlossen waren, gesehen *und* gehört zu werden. Und auch deshalb rasant, weil die Zeit nur so verflogen war. Die Tage hatten keinen Rhythmus, die Nächte trieben dahin, und es gab keine Glocken, die zu den Mahlzeiten läuteten. In London warf man alle Vorschriften über Bord oder vielleicht auch aufs Parkett und tanzte darauf herum, denn Tanzen war *das* Gebot der Stunde. Tanzen, bis man umfiel oder bis die Kapelle ihr Spiel beendete und die Sonne erwachte.

Iris hatte keine Zeit verloren, ihre kleine Schwester in ihre Welt aus Cocktails und Tanz und Nachtlokalen einzuführen. Sie hatte Daisy ihre vielen nachtaktiven Freunde vorgestellt, unter anderem Luigi, der über dem *Embassy* wohnte, und Kate, der das *Silver Slipper* gehörte, und *Darling Johnnie* im *Kit-Kat Club*. Für Iris zählten diese Leute zur erweiterten Familie. Wirte, Türsteher, Kellner und Gäste, Iris kannte sie alle, und alle kannten sie. Aber Iris' unersättlicher Hunger auf das Nachtleben hatte bei Daisy seinen Tribut gefordert.

Es war am letzten Januartag gewesen, dass Daisy und Iris ihre Mutter und Dosia am Bahnhof von Waterloo verabschiedeten und Mabel angemerkt hatte, Daisy sehe »reichlich blass« aus. Daisy hatte gelacht und gesagt: »Das kommt davon, wenn man probiert, mit Iris Schritt zu halten.«

Mabel hatte Daisy zur Seite genommen. »Probiere es erst gar nicht … Eifere nicht deiner Schwester nach«, hatte sie geflüstert und Daisys Hand gehalten. »Stehe auf eigenen Füßen. Du wolltest doch unabhängig sein … Das ist die Gelegenheit. Ich möchte nicht, dass du scheiterst, nur weil du glaubst, sein zu müssen wie Iris. Triff deine eigenen Entscheidungen – entscheide selbst, was richtig und was falsch und was das Beste für *dich* ist.«

Vielleicht war es ein vorhersehbarer mütterlicher Ratschlag gewesen, aber Daisy wusste, dass diese Abschiedsworte Mabels Geschenk an sie waren, und als ihre Mutter sie umarmte, konnte sie die Tränen nicht zurückhalten – ebenso wenig wie ihre Angst. Die Angst, sie könnte ihre Mutter nie wiedersehen; die Angst, die sich mit der plötzlichen Erkenntnis einstellte, dass ihre Mutter zum allerersten Mal in ihrem Leben nicht für sie da sein würde; die Angst, die jene vage Ahnung mit sich brachte, was es hieß, alleine in der Welt zu sein.

Als Mabel in den Zug gestiegen war, hatte sie Daisy über die Schulter hinweg angesehen. »Und nicht vergessen – denk daran, was ich dir gesagt habe.«

Daisy und Iris hatten dem Zug nachgesehen, als er in der Ferne verschwunden war. Dosia hatte den Arm aus dem Fenster gestreckt und mit einem großen Taschentuch gewunken. Iris hatte zwei Zigaretten angesteckt und eine davon Daisy gereicht. »Gott sei Dank, das wäre geschafft«, hatte sie gesagt. »Ich kann Abschiede überhaupt nicht ausstehen.« Erst da hatte Daisy die beiden winzigen schwarzen Rinnsale auf Iris' rougebedeckten Wangen bemerkt.

Als es März geworden war, hatte Daisy aufgehört, Iris' Tanzbeinen nachzueifern, und ihre eigenen entdeckt: das Paar zuverlässiger Beine, die sie zu ihrer Stelle in einer Buchhandlung und zurück trugen. Iris war entsetzt gewesen. »In einer *Buchhandlung!* Aber weshalb denn – wenn du doch genauso gut bei mir arbeiten könntest?«, hatte sie gefragt.

»Weil ich gerne unabhängig sein möchte … – was ich nicht wäre, wenn ich für dich arbeiten würde.«

Als Daisy weiter aus dem Brief von Mr. Laverty, dem Inhaber der Buchhandlung, vorgelesen hatte – »neun bis fünf Uhr … Ach ja, mit einer Stunde Mittagspause, und Mittwoch und Samstag nachmittags frei … und zwei Pfund und sechs Schillinge die Woche …« –, hatte Iris sich auf das kleine Sofa im Wohnzimmer ihrer Wohnung gelegt und eine Ohnmacht vorgetäuscht.

»Sprich nicht weiter. Bitte, hör auf vorzulesen«, hatte sie mit der Hand an der Stirn gesagt. »Es klingt, als wärest du fest entschlossen, eine tragische Heldin zu werden.«

Iris' Kleidergeschäft lief sehr gut, und sie hatte erst kürzlich ein größeres Ladenlokal in Knightsbridge bezogen, um größere Feierlichkeiten abhalten und mehr Gäste einladen zu können. Iris behauptete, Mode gehöre wie Kunst und Musik und Tanz zur neuen Freiheit, wie sie es formulierte. Mode, sagte sie, sei nicht nur Ausdruck der Persönlichkeit einer Frau, sondern auch Spiegelbild der sich wandelnden modernen Welt.

»Sie darf nie stehen bleiben; sie gleicht einem Tanz«, hatte sie Daisy erklärt.

Iris hatte ursprünglich beabsichtigt, ihr Geschäft solle nur neuen Modeschöpfern und Kreationen den Weg bereiten und sich nicht von Rollenklischees begrenzen lassen. In ihrem Geschäft würden, so hatte sie verkündet, als es noch nicht mehr als eine Idee gewesen war, nicht einfach nur schöne Kleider dargeboten werden, sondern auch dreiteilige Nadelstreifenanzüge für Damen, Herrenhemden mit Kragen in leuchtenden Farben und lebhafte Seiden- und Strickwaren, Schmuck mit Strass und falschen Edelsteinen, Filzhüte mit großen Diamantbroschen, Zylinderhüte – aus Samt und Seidenbrokat.

Iris hatte sich sehr von Madame Chanel inspirieren lassen, deren Bekanntschaft sie während einer Party gemacht, die sie kürzlich erneut getroffen hatte und deren Kreationen sie nun zusammen mit denen einer neuen italienischen Modeschöpferin namens Elsa Schiaparelli ausstellte. Das Geschäft – oder vielmehr die Boutique, wie Iris nun zu sagen pflegte – hieß schlicht *Iris*. Es herrschte geselliger Trubel, geöffnet war nur zu bestimmten Zeiten und an bestimmten Tagen, niemals vor Mittag oder am Anfang der Woche, und jeder trank hier einen Tee oder – noch häufiger – ein Glas Champagner. Iris gab beinahe jede Woche und nur für geladene Gäste einen Empfang mit Jazz und Cocktails, die von ihren hübschesten, in modernste Couture gekleideten Freundinnen serviert wurden.

Zu Beginn der letzten Saison hatte sie ihre erste *Laufsteg*-Party gegeben. Fotografien der Veranstaltung – Iris mit Zylinderhut und Dutzenden von Perlenketten um den Hals – waren im *Tatler* und in *London Life* erschienen, und kürzlich hatte sie das Titelbild des *The London Magazine* geziert.

Aber Daisy hätte nicht mit Iris tauschen wollen. Im vergangenen halben Jahr war ihr klar geworden, wie verschieden sie waren. Während Iris nach Scharen von Menschen um sich hungerte, nach Lärm und Gelächter – und sie zu brauchen schien –, sehnte Daisy sich nur nach einem Menschen, mit dem sie ihr Leben verbringen konnte.

20

Mabel und Dosia verlebten mehr als drei Wochen in Rom. Sie waren mit dem Zug aus Florenz angereist, wo sie ebenfalls fast einen ganzen Monat verbracht hatten, nachdem sie zwei Wochen in Venedig gewesen waren. In Italien müsse man sich treiben lassen, hatte Dosia gesagt, und dem hatten sie entsprochen. Und dieses Land, diese Städte – Venedig, Florenz und nun Rom – waren fürwahr der Höhepunkt ihrer Reise.

Die Sonne stand wieder einmal hoch am Himmel, als die beiden Frauen aus dem Hotel *D'Inghilterra* schlenderten. Sie bogen in die schattige Via Condotti ein und liefen an den mittlerweile vertrauten Geschäften und am *Caffè Greco* vorbei, wo sie ihr Frühstück eingenommen hatten. Als sie auf die sonnige Piazza Di Spagna traten, öffnete Mabel ihren Sonnenschirm, und Dosia setzte ihren neuen Strohhut auf, an dem dunkelrote Seidenkirschen drapiert waren.

Wie gewöhnlich drängten sich Urlauber, Reiseführer und Straßenhändler auf der Piazza, und als die Frauen sich ihren Weg durch Lärm und Gedränge zur Spanischen Treppe bahnten, zupften Kinder, die Veilchensträuße verkauften, an ihren Kleidern. Die beiden Frauen stiegen langsam die Stufen hinauf, bummelten eine Weile herum und beobachteten unten das Treiben, liefen schließlich weiter, vorbei am Palast der Medici, über brüchigen Straßenbelag in die Gärten auf dem Pincio.

In ihrer ersten Woche hatten sie das Kolosseum, das Forum Romanum, die Caracalla-Thermen, den Circus Maximus und den Vatikan besichtigt. In der zweiten hatten sie zahllose Kirchen und Basiliken besucht, bis sie von Ruinen und Altertümern erschöpft und mit Blasen an den Füßen beschlossen hatten, dem Nichtstun zu frönen. Aber jeden Morgen – und mitunter auch am Abend – pflegten sie hierherzukommen und die Aussicht über die Stadt zu genießen.

Als sie Seite an Seite unter einem Baum auf einer Bank saßen, griff Mabel in ihre Tasche und zog einen Brief hervor. »Ich habe ganz vergessen, dir zu erzählen, dass ich gestern diese Nachricht bekommen habe«, sagte sie lächelnd. »Sie stammt von Reggie.«

»Ah, der Major ... Wie geht es ihm?«

»Sehr gut«, sagte Mabel und faltete das Papier auseinander. »Er schreibt, das Wetter in England sei äußerst unbehaglich gewesen, an Ostern sehr nass und im Frühjahr sehr kalt ... Er schreibt zudem, Howard sei die ganze Zeit seit meiner Abreise in Eden Hall geblieben.«

»Na, das ist doch ein vielversprechendes Zeichen«, meinte Dosia. »Wobei es mich nicht überrascht. Wie ich dir bereits sagte, schon vor unserer Abreise, bin ich sicher, dass es mit dieser Frau aus und vorbei ist.« Sie spöttelte kopfschüttelnd: »Männer. Wie kleine Jungen. Man muss ihnen erst das Spielzeug wegnehmen, damit sie sich benehmen.«

»Ich hoffe, du willst damit nicht sagen, ich sei ein *Spielzeug?*«

Dosia stieß ihr leicht in die Seite und lachte. »So in der Art, meine Liebe, so in der Art.«

»Wie dem auch sei, Reggie gesellt sich tatsächlich in Monte Carlo zu uns …« Mabel hielt kurz inne und sah Dosia an.

»Ich habe nichts dagegen. Wann wird er dort ankommen?«

»Ende nächster Woche, einen Tag vor uns.«

»Und, freust du dich, ihn wiederzusehen?«, fragte Dosia und sah ihre Schwägerin von der Seite an.

»Ja … ja, ich denke schon.«

»Besonders euphorisch klingt das nicht.«

Mabel faltete den Brief zusammen und schob ihn zurück in ihre Tasche. »Ich weiß es nicht«, sagte sie. »Ich weiß nicht, wie ich über ihn denken soll, was ich überhaupt denken soll …«

»Du musst gar nicht denken. Das ist doch der Sinn dieser Reise; es geht darum, dass du einmal an nichts denken musst«, erklärte Dosia und seufzte anschließend. »Himmel«, sagte sie und streckte ihre gebräunten Beine aus, »ich werde all das hier vermissen, uns beide … unser Abenteuer … Roma«, fügte sie hinzu und deutete auf die Aussicht vor ihren Augen.

»Ja, so geht es mir auch.«

»Und was ist mit Giancarlo?«, fragte Dosia und spielte damit auf den Italiener an, den sie in der ersten Woche kennengelernt hatten und der sie einige Male zum Abendessen ausgeführt hatte. »Wirst du ihn vermissen?«

Mabel lachte. »Er ist zehn Jahre jünger als ich!«

»Na und? Er ist hungrig, äußerst hungrig. Wenn du es Howard wirklich heimzahlen wolltest«, sagte Dosia, richtete sich auf und ordnete ihr Kleid, das eigentlich zu kurz war, wie Mabel fand, »wäre er ein reizvollerer Kandidat als der gute, alte Major. Es mit ihm zu tun stünde dir weitaus besser zu Gesicht.«

»Dosia! Ich möchte es Howard nicht heimzahlen – wie du es nennst – und … und … ich weiß nicht, was du damit meinst, es *mit ihm zu tun*. Nein!« Mabel begann zu lachen und hob die Hände, als sie rasch hinzufügte: »Erzähl es mir nicht! Ich will nichts davon hören.«

»Vielleicht erzähle ich es ihm«, sagte Dosia nach einem Augenblick.

»*Wem* willst du *was* erzählen?«

»Vielleicht erzähle ich Howard von dir und Giancarlo.«

»Aber es gibt doch gar nichts zu erzählen.«

»Das muss er ja nicht erfahren, oder?«

Mabel lächelte. Sie hatte Dosia nicht alles erzählt, schon gar nicht, was letzte Nacht passiert war.

Mitternacht war schon vorbei gewesen, als Dosia hinauf in ihr Zimmer gegangen war und Mabel und Giancarlo allein auf der von Kerzen beleuchteten Terrasse zurückgelassen hatte. Giancarlo hatte sich erneut amourös gezeigt, hatte Mabels Hand ergriffen und voller Leidenschaft geküsst – beinahe, als wäre sie ein Gesicht mit Lippen – und dabei *Mia bella May-bella* geflüstert. Und dank des Weins und der Hitze, des Klangs seiner Stimme – der Art, wie er ihren Namen aussprach – und des Blickes aus seinen dunklen Augen, hatte Mabel sich wie ein neugeborenes Lamm gefühlt. Und sie hatte ihn gewähren lassen, hatte zugelassen, dass er ihren Handrücken, ihre Handfläche küsste, ihren Finger zwischen seine Lippen nahm, mit seiner Zunge über ihre Fingerkuppe glitt, sodass sie geschaudert und gespürt hatte, wie alles entrückte und mit der schwülen Nacht verschmolz.

Anders als bislang hatte sie nicht gesagt: »Giancarlo, ich

bin eine verheiratete Frau.« Anders als bislang hatte sie ihre Hand nicht zurückgezogen.

»Ach, große Güte«, sagte Dosia nun und schnellte hoch. »Wir sind ja zum Lunch mit Dolly Cartwright verabredet!«

Mrs. Cartwright – oder Dolly, wie die beiden sie mittlerweile nannten – war Witwe und reiste mit einer angestellten Gesellschafterin, einer eigentümlichen und unglaublich schüchternen jungen Frau, die sie nur als Miss Hurst kannten. Dolly wohnte schon seit über einem Monat im *D'Inghilterra*, als Mabel und Dosia eintrafen. Sie sprach – offenbar fließend – zahlreiche Sprachen und hatte es sich zur Aufgabe gemacht, jeden im Hotel kennenzulernen: Angestellte, Reisende sowie Restaurantgäste. Sie kannte zudem etliche adlige Italiener und Engländer, die in der Stadt lebten, und hatte Mabel und Dosia Giancarlo vorgestellt und zu verschiedenen musikalischen Abendgesellschaften und Cocktailpartys in Palazzi mitgenommen.

Als Dosia und Mabel verschwitzt und außer Atem die Piazza Navona erreichten, saß Dolly unter einem großen Sonnenschirm auf ihrem üblichen Platz in ihrem Stammlokal und hatte eine Karaffe Wein vor sich stehen.

»Ohne Miss Hurst heute?«, fragte Dosia und zog ihren Stuhl über die unebenen Gehwegplatten.

»Sie ist zum Vatikan gefahren – schon wieder. Sie denkt zweifellos darüber nach zu konvertieren«, fügte Dolly flüsternd hinzu. »Es muss die Beichte sein, die die Leute anlockt. Jawohl, die Erlösung«, sagte sie lallend.

Dosia sah kurz zu Mabel hinüber. Dolly hatte eindeutig schon ein Gläschen getrunken.

»Was habt ihr zwei Hübschen denn getrieben?«, fragte Dolly und schenkte erst sich selbst und dann ihnen ein.

»Nicht viel«, sagte Mabel. »Wir haben in den Gärten auf dem Pincio gesessen.«

»Ach ja«, seufzte Dolly, »ich vergöttere diesen Ort. Besonders zum Sonnenuntergang, wenn ganz Rom sich rosa verfärbt und die Stare durch die Lüfte schießen ... Als Clifford und ich zum ersten Mal hier waren – auf unserer Hochzeitsreise –, sind wir fast jeden Abend dort oben gewesen. Damals war Rom noch völlig anders ... Das war natürlich erst kurz nach dem *Risorgimento*«, fügte sie mit rollendem R hinzu.

Dolly plauderte über die damalige Zeit und ihre Reise, hielt dabei ihre winzigen blauen Augen fest auf den Springbrunnen vor sich gerichtet und war erfüllt von Liebe und der Sehnsucht nach der Vergangenheit. Sie und ihr verstorbener Ehemann waren über fünfzig Jahre lang verheiratet gewesen und hätten nie länger als ein paar Nächte getrennt voneinander verbracht, erzählte sie. »Ich hätte niemals zu diesen Frauen gehören können, die ihre Männer in London zurücklassen und aufs Land ziehen. Das hätte ich nicht gekonnt. Und es wäre auch das Ende unserer Ehe gewesen«, erklärte sie mit einem angedeuteten Lachen. »Aber in der Heimat scheint das jetzt so üblich zu sein, nicht wahr? Der Mann schuftet und rackert, während die Frau Tennis spielt und Bridgepartys veranstaltet. Kein Wunder, dass es immer mehr Scheidungen gibt.«

»Aber das ist keine Entschuldigung für Untreue«, sagte Dosia und schielte zu Mabel hinüber.

Dolly trank einen Schluck Wein. »Nein, aber eine Entschuldigung für Einsamkeit, die wiederum zu Untreue *führen* kann. Für die Leute scheint die Ehe heute etwas zum Wegwerfen zu sein, etwas, das man entsorgen kann, wenn es anstrengend oder schwierig wird ... Dabei ist die Ehe doch ein lebenslanges Versprechen: ›Bis der Tod uns scheidet.‹ Und sie erfordert manchmal Opfer, Kompromisse und *Anstrengung*«, sagte sie mit zunehmendem Eifer. »Und wie bei allem, das Mühe oder Anstrengung erfordert, sind die Zufriedenheit, die Erfüllung und das Gefühl, etwas erreicht zu haben, am Ende viel größer und die Liebe stärker. Oh ja, ich habe Clifford am Ende seines Lebens tiefer und stärker geliebt als zu Beginn, als wir uns kennenlernten und uns ineinander verliebten. Die Liebe gleicht fürwahr dem Wein«, sagte sie und hob erneut ihr Glas. »Sie reift mit dem Alter.«

Später, als Dosia Dolly zurück ins Hotel brachte und Mabel allein am Pantheon saß und hinauf in den festländischen Himmel blickte, dachte sie über Dolly Cartwrights Worte nach und erinnerte sich, dass Howard anfangs protestiert hatte. Denn *sie* hatte damals darauf bestanden, aufs Land zu ziehen. Sie hatte beschlossen, getrennt von ihrem Mann auf Eden Hall zu wohnen – und sich dann, einsam und verbittert von seiner Abwesenheit, verlassen gefühlt.

Howard war mit dem Alleinsein noch nie gut zurechtgekommen; er sehnte sich nach anderen und genoss weibliche Gesellschaft, und Mabel war das den größeren Teil ihrer gemeinsamen fünfundzwanzig Jahre durchaus bewusst gewesen. Weibliche Aufmerksamkeit half ihm zu entspannen. Er hatte Frauen schon immer seinen Geschlechtsgenossen vorgezogen, weil sie seiner Ansicht nach unkomplizierter, humorvoller und schneller bereit waren, anderen zu vergeben. Er war nicht so sehr ein Frauenheld, sondern mochte Frauen schlichtweg lieber. Aber Mabel wusste ebenfalls, dass er Verstand, Witz und Intelligenz bei Frauen zwar bewunderte, es ihm aber durchaus gefiel, wenn sie ein wenig verletzbar waren, wenn sie hübsche Kleider und schöne Namen trugen und sich nach einem Mann sehnten, der sie versorgte. Er war, schlicht gesagt, altmodisch und etwas verloren in einer Welt, in der Jungfrauen nicht mehr auf ihren Retter warteten.

Dolly hatte recht, dachte Mabel, als sie durch die engen Gassen zurückschlenderte: Für Männer wurde es schwieriger in dieser Welt, für Männer wie Howard zumindest, die von Anfang an ermutigt worden waren, ihre Stimme zu erheben, eine Meinung zu haben, die als Führer, Beschützer und Versorger erzogen worden waren; für Männer, die davon ausgingen, dass jede Frau versorgt werden wollte; Männer, für die es keine Frage war, ob das allein genügte.

Mabel blieb stehen. In der warmen Luft hing der Duft von Zitronen und Basilikum, von Kardamom und Lorbeer, Pferden und Schweiß und manchmal der üble Gestank aus den altertümlichen Kloaken. Genau wie das Leben, dachte sie: ein Cocktail aus vollendeter Schönheit und barbarischer Wirklichkeit. Als sie weiterlief und aus dem Schatten in die helle Sonne auf der Piazza Colonna trat, hörte sie eine Frauenstimme, und knisternd drang *O Mio Babbino Caro* aus dem offenen Fenster einer Trattoria. Und auf den Stufen, die hinauf zu einem Kirchenportal führten, stand Miss Hurst und aß ein Eis, neben ihr ein dunkelhäutiger Italiener. Schmunzelnd wandte Mabel sich ab und lief weiter. Dolly Cartwright mochte in vielen Dingen richtigliegen, dachte sie, aber ihre Miss Hurst musste sie erst noch durchschauen.

Während sie immer wieder stehen blieb, um in die vertrauten Schaufenster zu blicken und Andenken anzusehen, die sie nicht kaufen wollte, musste sie an Howard denken. Heute Nachmittag hatte sie die Abwesenheit ihres Mannes –

stärker als je zuvor – empfunden, und zugleich lag für sie in dieser Abwesenheit auch seine Gegenwart. Es war seltsam, aber je länger sie von ihm getrennt war, desto näher fühlte sie sich ihm. Jetzt wünschte sie, er wäre hier, wünschte, er wartete am Hotel auf sie und sie könnten zum Pincio spazieren, sich hinsetzen und den Sonnenuntergang über der Ewigen Stadt bewundern. Zu gern hätte sie diese Stadt gemeinsam mit ihm erlebt, wünschte, er könnte sie ebenfalls sehen.

Als Mabel schließlich ins Hotel zurückkam, standen überall in ihrem Zimmer rote Rosen, Dutzende, im ganzen Raum verteilt – in Tassen und Gläsern und Vasen. Sie suchte nach einer Karte, hätte so gern *seinen* Namen, eine Notiz, eine Nachricht gelesen. Dann öffnete sich die Tür, und Dosia kam herein. »Nun sieh dir das an«, sagte sie mit aufgerissenen Augen und ließ den Blick über Mabels duftendes Zimmer schweifen. Und dann reichte sie Mabel die kleine Karte, die mit »Giancarlo« unterzeichnet war.

21

Drei Tage vor ihrem Treffen mit Ben traf Daisy ihre Entscheidung. Sie konnte ihn nicht heiraten, sie liebte ihn nicht. Und sie war sich immer noch nicht sicher, ob er sie liebte. Es musste an seinem Alter liegen, sagte sie sich auf ihrem Rückweg von der Arbeit. Er hatte schlichtweg beschlossen, es sei an der Zeit, zu heiraten und sich eine Frau zu suchen, und weil sie freundlich zu ihm gewesen war und weil sie im vergangenen Sommer eine Art Freundschaft begonnen hatten, war seine Wahl auf sie gefallen. Als Daisy die Stufen erreichte, die zu ihrer Haustür führten, fühlte sie sich erleichtert, und Ben würde es hoffentlich ähnlich ergehen.

Die Wohnung in der Sydney Street erstreckte sich über die unteren beiden Stockwerke des Hauses und beherbergte drei Schlafzimmer, eine kleine Abstellkammer, die Iris das Archiv nannte und als Kleiderkammer benutzte, zudem das Wohnzimmer, das Esszimmer, die Küche und – auf halber Treppe – ein kleines Badezimmer mit elektrischem, aber laut ratterndem Warmwasserbereiter. Im Winter war es hier zugig, und die verstaubten Fenster – durch die die Welt draußen selbst am sonnigsten Tag nebelig erschien – klapperten jedes Mal, wenn ein Bus vorbeifuhr. Aber die Möbel hatte Mabel beigesteuert, und Iris hatte dekoriert, beinahe alles in leuchtend bunte Fransenschals aus Seide gehüllt, und sie bevorzugte Straußen- und Pfauenfedern gegenüber frischen Blumen in der Vase.

Daisy schloss die Haustür leise, um Mr. Beal nicht zu stören, der im Erdgeschoss wohnte und sich schon so häufig über das »verdammte Türenschlagen« beschwert hatte, dass Daisy nicht mehr mitzählte. Einmal war er an ihrer Wohnungstür erschienen. Mit hochrotem Gesicht und beinahe Schaum vor dem Mund hatte er außer sich vor Zorn mit seinem Gehstock herumgefuchtelt. Auf Daisy wirkte er so furchteinflößend wie alle Kriegsveteranen. Sie hatten jedes Recht, wütend zu sein, dachte sie, aber nicht auf sie und ganz sicher nicht auf das Türenknallen, schließlich brachte es niemanden um. Und dann war Mr. Beal wieder die Liebenswürdigkeit in Person. Am Morgen nach seiner Stock schwingenden Hasstirade hatte Daisy ihn auf dem Weg zur Arbeit auf der Treppe getroffen, weil er gerade seine Milchflaschen hereinholte, und selbst da hatte er ihr zugelächelt und ihr einen guten Morgen gewünscht, als besäße er keinerlei Erinnerung an ihre letzte Begegnung.

Als Daisy die Küche betrat, stand wie immer Mrs. Wintrip an der Spüle und schälte mit einer erloschenen Zigarette zwischen den schmalen Lippen Kartoffeln. Daisy hatte Mrs. Wintrip noch nie ohne ihr Haarnetz gesehen, unter dem sich zahllose rostige Haarklammern und kleine Lockenwickler abzeichneten. Sie fragte sich, ob die Frau das Haarnetz jemals ablegte und die Lockenwickler herausnahm, ob sie je die Klammern entfernte und ihr Haar offen ließ, einfach nur offen. Denn andernfalls hielt Daisy die ganze Mühe für Zeitverschwendung. Aber sie mochte Mrs. Wintrip und hörte sie zu gern von George erzählen, ihrem Ehemann – oder vielmehr Ex-Ehemann, denn wie zumindest Mrs. Wintrip behauptete, wohnten sie zwar noch zusammen, waren aber praktisch geschiedene Leute.

Mrs. Wintrip war eine alte Bekannte der Familie. Sie war eine Cousine von Mrs. Jessop, und Howard hatte sie vor Jahren eingestellt. Als Daisy nach London gezogen war, hatte Mabel sie erneut in Dienst genommen. Sie kam jeden Tag in die Sydney Street, um sauberzumachen, zu kochen, die Kleidung zu flicken und zu waschen. Genau wie Mrs. Jessop hatte auch Nellie Wintrip ihr gesamtes Leben in einem Haushalt gearbeitet; anders als Mrs. Jessop war sie aber nie Köchin geworden und sagte über sich auch: »Ich mache keinen Hehl daraus: Ich bin keine Köchin.« Sie konnte, wie Mabel es beschrieb, »bemerkenswert mit Wörtern umgehen« und schien ganz in ihrer Erinnerung an den jungen Howard Forbes aufzugehen.

Wie an jedem Tag, wenn Daisy zurück in die Wohnung kam, setzte Mrs. Wintrip den Wasserkessel auf und kochte ihnen beiden eine Tasse Tee. Sie verkündete, sie habe für Daisy ein wunderbares Hammelragout zum Abendessen gekocht, und erkundigte sich, ob Miss Iris zu Hause essen werde. Daisy musste gestehen, es nicht zu wissen.

»Sie ist wie ein Schmetterling, Ihre Schwester … fliegt ein und aus, hat nie Zeit zum Essen … und dann diese *Tanzerei*«, sagte Mrs. Wintrip kopfschüttelnd. »Eines Tages wird sich das rächen, das sage ich Ihnen«, fügte sie hinzu, während sie sich hinunterbeugte und die Kartoffelschalen in den Eimer unter der Spüle warf. Ihr senffarbenes Kleid hob sich hinten und entblößte die Rüschen ihrer purpurfarbenen Pumphose. Sie trug eine braune Wollstrickjacke, die an den Ellbogen mit blauem Garn gestopft war, und rosafarbene

Filzpantoffeln. Ihre dicken, dunklen Strümpfe wölbten sich um ihre geschwollenen Knöchel und verformten Füße.

»Wenn ich ihre Mutter wäre«, fuhr Mrs. Wintrip fort, »würde ich darauf bestehen, dass sie einen vollen Magen hat, bevor sie auch nur ans Tanzen denkt.« Sie drehte sich zu Daisy um. »Sie müssen wissen, dass ich im Leben nur eins bedauere – von George einmal abgesehen: keine Kinderchen zu haben. George kann da nichts für. Und ich habe mich auch nicht deshalb von ihm scheiden lassen – sondern weil er immer weiter mit diesem Flittchen Eileen Shannon aus Nummer sechsundzwanzig rummacht. Oh ja. Ich habe gesagt, George, wir sind *geschiedene* Leute. Und das war's dann. Ich habe den Schrieb besorgt – Sie wissen schon, das vorläufige Scheidungsurteil oder so was, das Bob mir verschafft hat.«

»Ihr Rechtsanwalt?«

»Mein Bruder.«

»Ihr Bruder ist Jurist?«

»Nein, Busfahrer, Liebes. Normalerweise fährt er den Hundertvierunddreißiger.«

»Aber wie konnte Bob Ihre Scheidung veranlassen?«

»Ach, er ist eben gut in so was. Der kriegt alles hin.«

»Was hat George dann getan?«

»Was hätte er schon tun sollen? Es wurde ihm zugestellt, sein Schicksal im Schlepptau. Er konnte es nicht glauben, war entsetzt, saß nur da und hat auf das Ding gestarrt. Ich habe gesagt, sie kann dich haben; du kannst gehen und bei ihr und ihrem Wellensittich in Nummer sechsundzwanzig einziehen.«

»Was hat er dazu gesagt?«

»Er hat gesagt, aber das ist doch die Unterschrift von deinem Bruder. Ich habe gesagt, ja, er ist *Zeuge,* und das da ist *ihr* Name – in der Zeile *die Ehebrecherin.* Aber dann, natürlich, als sie ihn haben konnte, wollte sie ihn nicht mehr.«

Mrs. Wintrip verstummte eine Weile und starrte in die Luft; dann seufzte sie und sagte: »Das war kurz nach Stephens Geburt.«

»Stephens Geburt?«

»Ja, er war so hübsch – und so ein braves Kind«, fügte sie ungewöhnlich wehmütig hinzu. »Die Welt war dermaßen kalt, man bekam um nichts in der Welt genug Kohle, aber in Clanricarde Gardens gab es natürlich immer jede Menge davon. Mr. Forbes sorgte dafür …«

»Clanricarde? *Stephen* war auf Clanricarde Gardens?«

»Ja, er wurde dort geboren. Eine Frühgeburt – von mir auf die Welt geholt!«, setzte sie triumphierend hinzu. Dann hielt sie sich in plötzlicher Erkenntnis den Mund zu.

»Stephen war im Haus meines Vaters«, sagte Daisy wieder und sah Mrs. Wintrip verwirrt an.

»Oh, nein, Liebes, Sie müssen sofort vergessen, dass ich das gesagt habe. Das war nicht für Ihre Ohren bestimmt.«

»Stephen wurde im Haus meines Vaters geboren, und Sie haben ihn auf die Welt gebracht …«

Mrs. Wintrip nickte. »Aber er war nicht Ihr Kind?«

Mrs. Wintrip schüttelte den Kopf. »Mehr darf ich nicht sagen … Ich hätte gar nichts sagen dürfen.«

»Sie können es mir erzählen … Ich bin mittlerweile erwachsen, Mrs. Wintrip. Ich werde niemandem ein Sterbenswörtchen verraten, das verspreche ich«, bettelte Daisy.

»Ich habe schon zu viel gesagt.«

»Aber er hat bei Ihnen gelebt«, beharrte Daisy. »Stephen hat bei Ihnen und George gelebt.«

»Nein, nicht bei George! George war bei *ihr*, bei Eileen. Und Ihr Vater hätte seine Ohren verschlossen, wenn er das volle Ausmaß des Techtelmechtels gekannt hätte. Aber weil ich verheiratet war, ehrenwert verheiratet, sollte ich Stephen aufnehmen, bis …« Sie hielt inne und schüttelte erneut den Kopf.

»Bis wann? Was wollten Sie sagen?«

Mrs. Wintrip starrte sie an, wand sich unbehaglich, gab sich zugeknöpfter als sonst. »Mehr darf ich nicht sagen, Liebes. Aber am Ende hat sich alles zum Guten gewendet … dafür hat Ihr Vater gesorgt.« Sie nahm ein Tuch und begann eifrig, die Bank zu schrubben. Dann drehte sie den Wasserhahn auf und sagte: »Ich habe übrigens Ihre Strümpfe gestopft und den Knopf an Ihrer Bluse wieder angenäht. Ich habe sie zu Ihrem braunen Serge-Rock in Ihren Schrank gehängt.«

Daisy nickte und bedankte sich murmelnd. Dann erhob sie sich und verließ die Küche. Der Flur war geschrumpft, und das Wohnzimmer sah anders aus und schwankte ein wenig, als Daisy sich hinsetzte, wieder aufstand und sich erneut setzte.

Stephen war auf Clanricarde Gardens geboren. Er war der Sohn ihres Vaters … Howards uneheliches Kind. So musste es sein. Das war die einzig sinnvolle Erklärung … Stephen war das außereheliche Kind, um das Howard sich so gut gekümmert hatte … Das Kind, über das sie Nancy und Mrs. Jessop reden gehört hatte.

»Mein Bruder«, flüsterte sie und erhob sich erneut. »Stephen«, keuchte sie.

Daisy dachte wieder daran, wie sie im Eingang der Kutscherwohnung gestanden und er sie beinahe geküsst hatte. *Gott sei Dank, Gott sei Dank, Gott sei Dank …*

Sie setzte sich wieder, beugte sich vor, legte ihren Kopf auf die Knie und versuchte zu atmen. Langsam spürte sie, wie ihr Herz ruhiger wurde, und richtete sich auf. Sie holte tief Luft und sah sich um. Sie hörte Iris' Stimme: *Gut, dass du nicht in ihn verliebt warst*; sah, wie Stephen sie anschaute, den Blick auf ihre Lippen gerichtet: *Nein!*

Sie erhob sich vom Sessel und lief Kreise über den Teppich vor dem Kamin, versuchte, sich auf sein Muster zu konzentrieren, versuchte, sich die Frauen in einem heißen Zelt vorzustellen, die ihn geknüpft hatten. Besser, sie blieb in Bewegung.

Als Mrs. Wintrip den Kopf durch die Zimmertür steckte und verkündete, sie werde dann jetzt gehen, wenn das in Ordnung sei, nickte Daisy lächelnd. Es gab nichts, das sie mit dieser Frau noch hätte besprechen wollen, heute Abend nicht mehr. Mrs. Wintrip um die Bestätigung zu bitten, dass Stephen Jessop ihr Bruder war, schien ihr ebenso lächerlich wie sinnlos. Zumal Daisy sich nicht sicher war, ob sie es ertragen hätte, die Sachlage laut ausgesprochen zu hören. Selbst in ihren geschwätzigsten Momenten war Nellie Howard zutiefst ergeben. Sie hatte Daisy zahllose Male erklärt, dass *Mr Forbes* ein guter Mann sei, wobei Respekt und Bewunderung dieser Frau in starkem Widerspruch zu Daisys getrübtem Bild von ihm standen.

Aber wer war Stephens Mutter? Und warum war Mrs. Wintrip so voller Bewunderung für Howard, wenn er doch eine arme Frau geschwängert und anschließend *ihr* das Kind zur Pflege überlassen hatte? Dann war er doch nicht anders als all die »jungen Taugenichtse«, vor denen Mrs. Wintrip sie so oft in aller Ausführlichkeit gewarnt hatte. Das ergab keinen Sinn … Es sei denn, Howard hatte Mrs. Wintrip geschmiert – und zwar gewaltig.

Die Haustür fiel ins Schloss, das Gebäude erzitterte, und ihr kam ein weiterer Gedanke: Was, wenn Mrs. Wintrip log, wenn sie behauptete, das Kind sei nicht ihr eigenes? War Stephen in Wahrheit ihr Sohn … und Howard der Vater? Ein bizarrer Gedanke, der jede Vorstellungskraft überstieg. Aber auch Nellie Wintrip war einmal jung gewesen …

Daisy versuchte angestrengt, ihre Fantasie anzukurbeln, sich Mrs. Wintrip ohne Haarnetz auszumalen, ohne die erloschene Zigarette auf ihrer schmalen Unterlippe, ohne die zerknitterten Strümpfe und geschwollenen Knöchel. Aber sie konnte ihr jüngeres Ich nicht heraufbeschwören, und der Gedanke an ihren Vater und Nellie Wintrip, zusammen, war zu viel, selbst für ihre Fantasie.

Dazu kam die alles überragende und nun übelkeiterregende Erinnerung an jenen Augenblick hinter Stephens Haustür letzte Weihnachten, in dem sie beinahe – wirklich beinahe – etwas *Illegales* getan hätten.

Daisy wusste nicht, wie spät es war oder wie lange sie bereits hier gesessen und in die Luft gestarrt hatte, als sie erneut den Widerhall der Haustür hörte, die ins Schloss fiel, gefolgt von den vertrauten Geräuschen, mit denen Iris die knarrenden Stufen heraufkam.

»Du hast die Tür knallen lassen«, sagte Daisy, sobald Iris in der Tür erschien.

»Oh Gott, daran habe ich gar nicht gedacht …«

»*Wieder* einmal.«

Iris ließ ihre Tasche und ihren Hut fallen.

»Auf dem Herd steht irgendein Ragout – vielleicht ist es noch warm.«

»*Ragout*?«, wiederholte Iris schaudernd. »Und das an einem Tag wie diesem … Aber ich habe sowieso keine Zeit zum Essen. Piggy und die anderen holen mich in einer Stunde oder so ab. Wir gehen auf ein paar Cocktails ins *Tildas* und anschließend ins *Embassy* – und wahrscheinlich danach noch ins *Grafton*. Willst du mitkommen? Das wird fabelhaft.«

Daisy sah, dass sie bei Marcel gewesen war. Es war ein Wunder, dass Iris zwischen ihren Friseurterminen, ihrer Maniküre und ihren Tanzverabredungen überhaupt arbeiten konnte, und sei es nur in einem Kleidergeschäft.

Als das Telefon klingelte, ging Iris sofort ran. Sie lachte. »Oui, c'est moi«, sagte sie und antwortete dem Anrufer mit einer Abfolge einzelner Wörter: »Göttlich … Himmlisch … Ziemlich … Absolut … Einverstanden … Elf.« Sie lachte erneut, verabschiedete sich, legte den Hörer auf und wandte sich an Daisy: »Also, was denkst du?«

»Worüber?«

»Also wirklich! Ziehst du deine armselige Buchhändlertracht mal aus und kommst mit zum Tanzen? Wenn du jeden Abend nur hier herumsitzt und tragische Romane liest, wirst du bloß runzlig, Darling.«

»Und wenn du nie etwas isst, wirst du runzlig … *Darling!*«

»Ha. Ich brauche nichts zu essen. Ernsthaft, ich habe nie Hunger.«

Iris wandte sich zum Gehen.

»Ich muss mit dir reden«, sagte Daisy rasch.

Iris blieb stehen.

»Ich habe etwas … Erschreckendes herausgefunden.«

Aber Iris fand es gar nicht so erschreckend. Und nachdem Daisy ihr Gespräch mit Mrs. Wintrip wiedergegeben hatte, nickte Iris nur und sagte: »Ich hatte mich schon gefragt … Er sieht tatsächlich wie ein junger Howard aus …«

»Mehr hast du dazu nicht zu sagen?«

Iris zuckte die Schultern. »Was gibt es denn dazu mehr zu sagen? Du hast vermutlich recht, es scheint die plausibelste Erklärung zu sein. Stephen wurde in seinem Haus geboren, und seine Bediensteten haben sich um ihn gekümmert. Ich kann mir unseren Vater nicht in der Rolle eines Wohltäters für gefallene Frauen vorstellen, du etwa?«

Daisy schüttelte den Kopf. »Nein, aber ich werde herausfinden, wo Stephen sich aufhält, und ihm schreiben«, sagte sie. »Er hat ein Recht darauf, es zu erfahren.«

»Wie bitte? Du willst ihm einen Brief schreiben und ihm mitteilen, dass er unser Bruder ist? Und dann? Willst du es Mummy erzählen? Ich habe gesagt, es *scheint* die plausibelste Erklärung zu sein, aber wir wissen es doch gar nicht sicher und werden es vielleicht auch nie erfahren – denn ich wette hundert Pfund darauf, dass Nellie Wintrip es dir nie erzählen wird, und meine Erfahrung mit Howard sagt mir, dass er ebenfalls kaum auspacken wird … Und was um alles in der Welt willst du überhaupt damit bezwecken? Das ist ein Stich ins Wespennest – für Mummy, für Stephen, für uns alle. Mein Rat, mein schwesterlicher Rat an dich wäre, die Sache zu vergessen. Das ist doch Geschichte, vorbei und vergessen.«

Daisy erwiderte nichts.

»Wirklich, Darling, lass es auf sich beruhen. Vergiss es. Ja? Versprichst du mir das? Es kommt nichts Gutes dabei heraus.«

»Ich finde, er sollte es wissen, das ist alles.«

Iris schüttelte den Kopf. »Manchmal ist es besser und gnädiger, schlafende Hunde nicht zu wecken. Und das hier ist so ein Fall, Daisy.«

Sie schwiegen einen Augenblick, dann sagte Iris: »Eines

hast du bei alledem vielleicht vergessen, nämlich, dass es da einen Sohn gab, der gestorben ist, und als er starb« – sie hielt inne und holte tief Luft – »ist vermutlich ein kleiner Teil unserer Mutter mit Theo gestorben.«

Daisy schreckte hoch. Dieser Name war wie ein Stoß, ein Hieb, als würde sie sich verbrühen.

»So winzige Fingerchen«, hatte sie lächelnd gesagt und ihre Arme eifrig ausgestreckt, als Mabel ihn ihr in den Arm gelegt hatte.

»Vorsichtig, gib gut auf sein Köpfchen acht ...«

»So, Mummy? Mache ich es so richtig?«

»Ja, Daisy, genau so.«

Er duftete nach Mummy, nach Rose und Lavendel, und seine Haut war ganz weich und zart, als sie ihn mit den Lippen berührte.

»Er ist der Grund, weshalb sie und Howard sind, wie sie sind«, sagte Iris. »Warum sie sich nicht in die Augen sehen können ... oder sich lieben können. Sie kann ihm nicht verzeihen, dass er nicht dabei gewesen ist, bei Theos Geburt und bei seinem ...« Iris zögerte. »Bei seinem Tod. Er ist der Grund, warum ich keine Kinder haben möchte«, fügte sie hinzu. »Ich würde es nicht ertragen ... jemanden so sehr zu lieben und dann zu verlieren. Das würde mich umbringen ... ja, umbringen.«

Theo. Theo Forbes. Er war zu einer Zeit gestorben, als alle ihre Kinder, ihre Söhne verloren. Aber war das auch der Zeitpunkt, als sich für Mabel, für Howard alles verändert hatte? Hatten sie ihre Liebe damals auch verloren?, fragte sich Daisy. Die Nachricht vom Tod des kleinen Theo hatte Daisy von ihrem Kindermädchen gehört, bei Wackelpudding mit Vanillesoße im Teezimmer der Kinderstube.

»Der kleine Theo ist mit den Engeln fortgeflogen ... in den Himmel«, hatte das Kindermädchen gesagt und zugleich die Stirn gerunzelt und gelächelt. »Heute Abend werden wir ein besonderes Gebet für ihn sprechen und ...«

Bevor das Kindermädchen ihren Satz hatte beenden können, war Daisy aus dem Zimmer in den Korridor und die Treppen hinuntergelaufen, bis ganz nach unten und den Flur entlang zu ihrer Mutter. Nancy hatte sie damals eingefangen, sie vor dem Schlafzimmer ihrer Mutter festgehalten und an sich gedrückt, während sie geschluchzt hatte.

»Es hat nie eine Beerdigung gegeben, oder?«, fragte Daisy nun.

Iris wandte den Blick ab. »Doch, aber sie fanden, du seist noch zu jung dafür.«

Nach ein paar Minuten sagte Iris: »Du darfst es niemandem erzählen, Daisy ... weder Stephen noch Mrs. Jessop und erst recht nicht Mummy. Verstehst du?«

Daisy nickte. »Ja.«

Iris verließ das Zimmer, verschwand im Flur und lief die Treppe hinauf, um sich umzuziehen und ihr Make-up aufzufrischen. Sie war unwahrscheinlich dünn, war dürr geworden, und je dünner sie war, desto weniger aß sie – und desto mehr ging sie aus zum Tanzen.

Als draußen ein Wagen quietschend zum Stehen kam – mit Gehupe, als wäre gerade der Krieg gewonnen –, gingen Daisys Gedanken sofort zu Mr. Beal, und sie rief die Treppe hinauf.

Iris' Kopf erschien über dem Geländer. »Oh Gott, ich bin noch gar nicht fertig ... Könntest du runtergehen und sie reinlassen? ... Und sieh dir Piggys neuen Wagen an«, rief sie hinunter. »Er hat sich gerade den himmlischsten Bugatti zugelegt.«

Als Daisy den untersten Treppenabsatz erreichte, war statt der Huperei das Dröhnen des Türklopfers zu hören. Sie riss die Tür auf, und Paul Trotter – für alle nur Piggy – grinste sie an.

»Nun sieh sich einer an, was für eine kleine Zuckerschnitte du bist.«

Daisy schloss vorsichtig die Tür und führte ihn durch den schmalen Flur, in der Hoffnung, dass Mr. Beal nicht mit einem Stock – oder einer Waffe – aus der Dunkelheit trat und sich über *die verdammte Tür* erboste.

»Du bleibst wohl heute wieder zu Hause?«, grölte Piggy, als sie die Stufen hinaufstiegen. »Du solltest lieber mitkommen … Ich könnte dir den Black Bottom beibringen … Der Tanz ist absolute Weltklasse. Iris liebt ihn.«

Er sei allein, sagte er, weil er dummerweise beschlossen habe, Iris als Erste abzuholen. »Ich hätte es besser wissen und bei *ihr* zuletzt vorbeifahren sollen.« Er trug eine kanariengelbe Weste und eine graue, weit geschnittene Hose, deren Beine so breit waren, dass man von seinen marineblauen Wildlederschuhen nur die Spitzen sah. Er sagte, anschließend würden sie Valentine und *O-reel-ya* abholen, aber es sei noch Platz im Wagen, wenn sie mitkommen wolle, fügte er hinzu, während er mit ihr im kleinen Wohnzimmer stand und sie von oben bis unten musterte.

Iris war mittlerweile eng mit Valentine befreundet. Sie hatten, wie sich herausgestellt hatte, zahlreiche gemeinsame Freunde. Und Iris und Daisy waren schon zum Dinner in der Flood Street gewesen und hatten Margot wiedergesehen – in einer ganz anderen Rolle: als Mutter und Gastgeberin in ihrer eigenen Wohnung. Und während Iris sich sehr gut mit Val verstand, hatte sich Daisy mit Aurelia, Vals Verlobter, angefreundet. Daisy mochte Val auch, aber ihre Freundschaft war nicht ganz ungetrübt, geschuldet möglicherweise diesem dummen Kuss an Weihnachten, dachte Daisy – oder aber er zog schlichtweg Iris' Gesellschaft ihrer eigenen vor. Iris war ohnehin mehr sein Typ. Zwischen ihnen stimmte offenbar, was Iris die »Chemie« nannte, weshalb Daisy sich fragte, ob zwischen ihnen noch mehr als nur Freundschaft bestand.

»Oh, ich habe ganz vergessen, mir dein neues Auto anzusehen«, sagte Daisy und lief ans Fenster. Es sah grandios aus, selbst von hier oben.

»Sie ist eine Bestie«, sagte Piggy und stellte sich, nach Sandelholz und Patchouli duftend, neben sie.

»Ja, das kann ich mir vorstellen«, log Daisy, denn weder konnte sie sich ein Auto weiblich noch als Bestie vorstellen, und bereute es auch sofort, denn Piggy begann endlos in einer Fremdsprache über Motoren und PS zu schwadronieren und wie er den Wagen auf so und so viel »Sachen« beschleunigt habe und hierhin und dorthin gefahren sei.

Als Iris in einem schwarzen, mit Pailletten bestickten schlauchförmigen Kleid und der passenden paillettenbesetzten Mütze erschien und bat: »Eure Meinung, bitte! Dieses hier – oder mein rotes Satinkleid?«, riefen Daisy und Piggy in vollkommenem Einklang: »*Dieses!*«

»Bist du ganz sicher, dass du nicht mitkommen willst?«, fragte Iris, und Daisy hörte eine neue Zärtlichkeit in ihrer Stimme mitschwingen.

»Nein, ich wollte noch etwas lesen, wozu ich bisher nicht gekommen bin.«

»Wenn du deine Meinung noch änderst, dann nimm dir einfach ein Taxi und komm nach. Du weißt ja, wo wir sind.«

»Horrido und auf in die Nacht!«, sagte Piggy. Und tatsächlich stand Daisy Minuten später am verstaubten Fenster und sah, wie *die Bestie* in die sommerliche Dämmerung brauste.

Es war ein Dämmerlicht, aus der die Farbe herausgewaschen schien. Die Vorhänge waren noch nicht zugezogen. Gegenüber, auf der anderen Straßenseite, sah man erleuchtete Karrees voller Bewegung. Wie Stummfilme, wie zufällige Geschichten, die sich alle zugleich abspielen, dachte Daisy und beobachtete die Silhouetten und dahingleitenden Figuren erst in einem, dann in einem anderen Fenster. Unten war der Laternenanzünder mit seiner Stange unterwegs, und ein Paar schlenderte lachend Arm in Arm über die Straße und hielt dann an, um sich verstohlen zu küssen.

Das Zimmer lag dunkel und still hinter ihr, ihre Gedanken wanderten träge dahin. Sie stellte sich Eden Hall vor, sah rosa-gelbe Lichtstrahlen durch das Erkerfenster auf die Samtsofas und Sessel ihrer Mutter und die glänzenden Mahagoni- und Walnusshölzer und polierten Eichendielen fallen: schillernde Flecken in unbestimmter Farbe. Sie sah ihre Mutter vor sich, den Kopf über den Stickrahmen gebeugt, und Mrs. Jessop, die Haare zum Mittelscheitel und strengem Knoten frisiert, aus dem sich über den Ohren und an der feuchten Stirn kleine Strähnchen lösten; und sie stellte sich Stephen vor, wie er im Garten stand, mit einer Gießkanne in der einen und einer Zigarette in der anderen Hand.

Aber so war es nicht. Nicht mehr. Ihre Mutter war nicht da, Stephen war fort.

Und ich will nicht, dass er mein Bruder ist …

Sie hob den Blick zu der Reihe von Hausdächern, die sich immer dunkler gegen den blassgelben Himmel abzeichneten, und griff sich an ihr frisch geschnittenes Haar. »Lass dir niemals die Haare schneiden«, hatte er gesagt. Dann sah sie flüchtig ihre Schneekugel vor sich: Zwischen lilafarbenem Heidekraut, das Glas noch heil, schimmerte sie in der späten Abendsonne. Ausrangiert, hinter sich gelassen, wie Eden Hall.

Der heutige Tag wird mir immer in Erinnerung bleiben, dachte sie und wandte sich vom Fenster ab. Sie sah auf die Uhr auf dem Kaminsims. Sie wünschte sich, woanders zu sein, statt hier über tote und neue Brüder und lügende Väter nachzudenken und darüber, dass immer neue Fragen aufkamen, je älter man wurde, und dass es nie irgendwelche Antworten zu geben schien.

Stunden später ließ sie sich, in einem von Iris' gewagtesten kurzen Kleidern und mit einem Glas Champagner in der Hand, von der Musik und der wogenden Menge aus Körpern und Energie treiben und versuchte, Stephen und alles andere zu vergessen. Und als ein Mann, den sie nie zuvor gesehen hatte, sie zu sich heranzog, ließ sie zu, dass er ihr Gesicht in seine Hände nahm und sie küsste.

22

Nach mehreren Tagen mit unbeständigem, Unheil verkündendem Wetter hatte der Himmel nun aufgeklart, und die Straßen von Chelsea glitzerten in der Sonne. Alle hatten ein Lächeln auf den Lippen: die uniformierten Kindermädchen mit ihren unförmigen Korbwagen, die Pensionäre, die auf der Bank unter den Rosskastanien saßen, der Metzger in seiner mit Sägemehl ausgestreuten Einfahrt und alle Fahrgäste im Omnibus.

Als Daisy aufstand und an der Schnur zog, sah sie Ben in seinem blassblauen Hemd mit dunkler Krawatte und seinem Filzhut im schattigen Eingang des Kaufhauses stehen, die Hände in den Taschen, seine Jacke über dem Arm. Sie hatten sich hier verabredet, weil es einfacher war – für ihn. Denn gleich nebenan war die U-Bahn-Haltestelle, und er musste nicht mit dem Bus ans andere Ende der King's Road fahren.

»Schöner Hut«, sagte Ben, als er sie erblickte, und fragte, ob sie lieber ins Restaurant im Kaufhaus oder woanders hingehen wolle.

»Ich habe nicht sehr viel Zeit«, erwiderte Daisy, »daher wird es das Beste sein, wir bleiben gleich hier.«

Der Hut war neu. Daisy hatte ihn sich erst vor wenigen

Tagen gekauft – in ebendiesem Geschäft. Bei einem Blick in den Spiegel der Hutabteilung hatte sie einen Augenblick – einen sehr flüchtigen Augenblick – lang eine äußerst hübsche Person mit herzförmigem Gesicht und großen, grau-grünen Mandelaugen vor sich gesehen. Das Mädchen im Spiegel hatte sie angesehen und mit fragendem, etwas traurigem Blick durch mausfarbene Haarsträhnen geblinzelt. Sie hatte eine eher kleine Nase, der Amorbogen ihrer Oberlippe war ausgeprägt. Sie lächelte Daisy an, hob dabei einen Mundwinkel, und ein mondförmiges Grübchen erschien auf ihrer Wange. Daisy wusste nicht genau, was sie von ihr halten sollte, aber sie gefiel ihr mit diesem Hut.

Als sie im Kaufhaus auf den Lift warteten, fragte Ben, wie es ihr gehe und ob sie heute viele Bücher verkauft habe. Als der Fahrstuhlführer die Gittertür öffnete, flüsterte er: »Es tut mir leid, wenn ich gestern Abend am Telefon etwas schroff gewesen bin.«

Er war tatsächlich schroff gewesen, aber sie hatte ebenfalls Gewissensbisse – wegen des Nachtlokals, wegen des törichten, leichtsinnigen Kusses und auch, weil sie wusste, dass die Werft in einer schwierigen Lage war. Ben zufolge hatte dort Anfang des Monats ein verheerendes Feuer gewütet. Glücklicherweise nachts, als nur ein paar Arbeiter der Nachtschicht und einige Wachmänner anwesend waren, und es konnten alle unbeschadet entkommen. Aber die gelagerten hochentzündlichen Farben und Lacke und Öle hatten das Feuer in ein Inferno verwandelt, das die Fabrik bis auf die Grundmauern verwüstet hatte. Das allein wäre schon schlimm genug gewesen, aber dann hatte Ben zudem erfahren, dass *Forbes and Sons* unterversichert war und das Geld für den Wiederaufbau der Fabrik anderweitig aufgetrieben werden musste, nämlich in Howards Privatvermögen. Gerade war das Haus in Clanricarde Gardens verkauft worden, und Ben war daher davon ausgegangen, Howard habe die Geldmittel verfügbar …

»Hat er aber nicht«, sagte Ben.

Sie hatten in einer Ecke an einem Zweiertisch Platz genommen, zwischen einer Schusterpalme und einem älteren Ehepaar, das laut von ihren Suppenlöffeln schlürfte.

»Was meinen Sie damit … ›Hat er aber nicht‹?«

Ben seufzte. Er sah in die Speisekarte, die aufgeschlagen vor ihm auf dem Tisch lag. »Er behauptet, dass Mr. Lutyens sich beim Bau von Eden Hall nicht zügeln konnte, und er sagt, der Kerl müsse gedacht habe, er wäre Krösus und …«

»Aber was hat das alles mit Eden Hall zu tun?«, unterbrach ihn Daisy. »Das Anwesen wurde vor fünfundzwanzig Jahren errichtet.«

Die Kellnerin erschien erneut, griff nach dem winzigen Bleistift hinter ihrem Ohr, leckte ihn an und notierte die Bestellung auf ihrem kleinen Block. »Und zu trinken?«, fragte sie, ohne sie anzusehen. »Zwei Tassen Tee, bitte«, sagte Ben. Die Kellnerin nahm die Speisekarten an sich und ging fort. Ben ergriff wieder das Wort.

»Mir scheint, Ihr Vater musste das Londoner Grundstück beleihen, um Eden Hall zu finanzieren. Beide Anwesen waren mit Hypotheken belastet, aber …«, sagte er, hielt inne und sah Daisy an, »er erzählt zudem von persönlichen Schulden.«

»Von persönlichen Schulden?«

Ben zuckte kopfschüttelnd die Schultern. »Ich habe keine Ahnung. Er hat nicht mehr dazu gesagt. Aber meines Erachtens hat er keinerlei Interesse mehr am Unternehmen.«

»Das kann ich mir nicht vorstellen. Es ist doch sein Erbe, ein Familienunternehmen.«

Ben schwieg.

»Dann lässt sich kein Geld für die Fabrik auftreiben?«

Ben sagte, er sei sich nicht sicher. Er habe bereits einige Arbeiter entlassen müssen; die anderen warteten oder arbeiteten so gut sie eben konnten im eilig errichteten, provisorischen Gebäude mit Maschinen und Geräten, die sie hatten retten oder leihen können. Und weil sie nicht in der Lage gewesen seien, Bestellungen auszuliefern und diese stornieren mussten, hätten sie viele langjährige Kunden verloren, die sich nun woanders beliefern ließen. Was neben dem ohnehin stetigen geschäftlichen Rückgang bedeute, dass Ben weitere Arbeiter würde entlassen müssen, wenn sie keine Finanzen erhielten, keine Geldmittel flossen – und zwar zügig.

»Aber was sagt denn mein Vater zu alldem?«

»Nicht viel. Er hat offenbar die Leidenschaft fürs Geschäft verloren – und, wie Sie wissen, hält er sich zudem nur noch selten in der Stadt auf. Das Unternehmen war sicherlich – bislang – sehr erfolgreich, vor allem zu Zeiten deines Großvaters und im und nach dem Krieg, als viele Schiffe neu gebaut werden mussten. Aber ich fürchte, das hat sich nun geändert.«

»Und meine Mutter weiß nichts …«, dachte Daisy laut.

Mabel war noch nicht zurück von ihrer Reise. Sie und Dosia waren nun schon fünf Monate unterwegs und befanden sich Iris zufolge zurzeit irgendwo an der französischen Riviera – in Gesellschaft von Reggie Ellison.

»Aber ich möchte vor allem über uns reden«, sagte Ben. »Wir hatten uns verständigt, dass Sie mir heute Ihre Antwort geben und …«

»Ja«, sagte sie rasch. »Meine Antwort lautet *Ja.*«

Er lachte. »Das klingt sehr überzeugt. Ich war schon vorbereitet auf … nun ja, Verhandlungen.«

Daisy lächelte. »Seit unserem letzten Treffen ist viel passiert … Ich glaube, ich bin erwachsen geworden.«

Er streckte seine Hand aus und ergriff ihre. »Danke. Du machst mich sehr glücklich. Ich werde nachher natürlich noch deinen Vater anrufen und ganz offiziell um deine Hand anhalten und das Datum mit ihm besprechen.«

»Das Datum?«

Er lachte erneut. »Unseren Hochzeitstag.«

»Aber ich bin von einer langen Verlobungszeit ausgegangen, und bevor wir sie nicht öffentlich bekanntgegeben haben – was erst nach Mutters Rückkehr möglich sein wird –, sind wir doch noch gar nicht offiziell verlobt, oder?« Sie sah, wie sich sein Gesichtsausdruck veränderte, und fügte rasch hinzu: »Ich meine nur, wir haben noch jede Menge Zeit, uns über das Hochzeitsdatum Gedanken zu machen. Und ich bin sicher, das ist ohnehin gerade deine kleinste Sorge«, setzte sie im Flüsterton hinzu.

»Ja und nein. Ich nahm an, du würdest dir eine große Hochzeit auf Eden Hall wünschen – wie Lily –, und die erfordert einige Planung, denke ich.«

»Um ehrlich zu sein, eine solche Hochzeit wäre das Letzte, was ich mir wünschen würde. Das wäre mir zuwider.«

»Zuwider? Aber warum denn?«

Daisy zuckte die Schultern. »Reine Geldverschwendung … vor allem in Anbetracht dessen, was du mir soeben erzählt hast. Außerdem wäre mir eine stille Hochzeit viel lieber – ohne viel Aufhebens und hohe Kosten – vielleicht hier in London, auf dem Standesamt.«

»Auf dem Standesamt? Ich glaube nicht, dass dein Vater auf diesen Vorschlag eingehen wird.«

»Er muss gar nicht darauf eingehen. Es geht schließlich nicht um *seinen* Willen. Und außerdem reden wir von einem Zeitpunkt in ein oder zwei Jahren; ich dachte, darauf hätten wir uns geeinigt.«

Eine Weile saßen sie schweigend da. Er sah sie nicht an und wirkte gekränkt, aber später, als sie vor dem Kaufhaus standen, lächelte er sie zärtlich an und sagte ihr erneut, dass sie ihn sehr glücklich gemacht habe. Dann küsste er ihre Hand, wandte sich um und lief, ohne einen Blick zurück, in Richtung Sloane Square.

Die Luft war warm, der Himmel wolkenlos, und Daisy beschloss zu laufen, statt in der Sonnenhitze an der Bushaltestelle zu warten. Frauen in Blumenkleidern und mit weißen Handschuhen standen unter verblichenen Markisen und unterhielten sich, mit großen Weidenkörben bewaffnete Köche inspizierten Obst- und Gemüsekisten, nahmen dies und jenes zur Hand, befühlten es und schnupperten daran. Der Duft vor dem Gemüsehändler war himmlisch und erinnerte Daisy an zu Hause, an das Gewächshaus im Sommer, das berauschende Aroma reifer Tomaten, den Küchengarten, der nach Himbeeren und Erdbeeren und Kräutern duftete.

Daisy bemerkte ihr Spiegelbild im Schaufenster und richtete ihren Hut. Verlobt, dachte sie, lief weiter, nickte und lächelte den Frauen zu, an denen sie vorüberging. Sie fragte sich, was ihr Vater wohl sagen würde, wenn Ben ihn anrief… Was konnte er schon sagen? Er würde seine Zustimmung geben, dachte sie, aber zweifellos auf einer langen Verlobungszeit bestehen. Sie spürte einen vagen Schmerz, den Nachhall von etwas, das sie beinahe vergessen hatte, wann immer sie an ihren Vater dachte. Sie vermisste ihn, vermisste das, was sie einst miteinander geteilt hatten.

Aber ihr Vater, Eden Hall und die Ereignisse um Weihnachten herum schienen eine Ewigkeit hinter ihr zu liegen. Sie fühlte sich schuldig bei dem Gedanken, bisher nicht wieder dort gewesen zu sein und Noonie besucht zu haben, aber Iris war gefahren: Zu Ostern hatte sie nach dem Rechten gesehen (was notwendig war, da waren sich beide einig) und berichtet, Noonie gehe es hervorragend und sie sei glücklich, wenn auch ein wenig vergesslicher als zuvor.

»Sie haben ihren eigenen Rhythmus«, hatte Iris über ihren Vater und ihre Großmutter erzählt. »Jeden Dienstag unternehmen sie gemeinsam einen Ausflug mit dem Wagen, fahren zur Küste oder wohin auch immer. Donnerstags fährt er sie nach Farnham – du weißt ja, wie sehr sie das Kaufhaus dort liebt –, und sie essen auswärts zu Mittag. Samstagnachmittags begleitet er sie zur Matinee im *Regal*. Es scheint alles großartig zu klappen … Man fragt sich, ob er nicht Noonie statt Mabel hätte heiraten sollen«, fügte Iris lachend hinzu.

Daisy hatte nach Stephen fragen wollen, ob Iris irgendetwas erfahren hatte, aber Iris wäre nicht Iris gewesen, wenn sie hätte fragen müssen. »Und niemand hat auch nur einen Pieps von Stephen gehört«, sagte sie. »Das ist so rücksichtslos von ihm«, fügte sie hinzu.

Daisy wünschte sich auf der Stelle, sie hätte Iris nie von Mrs. Wintrips Äußerungen erzählt. Und sie wünschte sich auch, sie hätte ihr nie von Ben erzählt. Aber am Ende jener langen Nacht, nachdem sie den Fremden geküsst und ihren Halt verloren hatte, war es wie ein Ankerwurf gewesen. Sie musste jemandem davon erzählen. »Ben will mich heiraten«, erklärte sie auf der Rückbank im Taxi. »Und ich glaube, ich sage Ja.«

Sie konnte sich nicht mehr genau erinnern, was Iris geantwortet hatte, aber sie hatte sich ausführlich darüber ausgelassen, dass Daisy noch zu jung sei, dass sie die Liebe noch gar nicht verstehe. Aber wie hätte sie ihrer älteren Schwester erklären können, dass sie die Liebe sehr wohl verstand? Und wie hätte sie je irgendjemandem erklären können: »Vielleicht war ich in meinen Bruder verliebt.«

Als Daisy ihren Namen hörte und aufblickte, erwartete sie beinahe, ihn, Stephen, vor sich auf dem Gehweg zu sehen.

»Oh, hallo, Val.«

Er küsste sie auf die Wange. »Du warst meilenweit entfernt«, sagte er grinsend. »Ich dachte schon, du würdest mich meiden … Viele Sorgen im Moment?«

»Nein, ich denke gerade nur an ein paar Dinge, die ich erledigen muss.«

»Kurz Zeit für eine Tasse Tee?«

»Leider nein. Ich war gerade mit Ben zum Lunch aus und muss um zwei zurück sein.«

Er schob den Ärmel zurück und sah auf sein Handgelenk. »Dann bleiben dir noch zehn Minuten, und wer merkt schon, wenn du ein oder zwei Minuten zu spät kommst? Du bist schließlich alleine dort, und ich bin ziemlich sicher, dass du den armen alten Mr. Laverty nicht so weit gebracht hast, dir nachzuspionieren.«

Sie liefen über die Straße zu einem kleinen *Tea Room* auf der anderen Seite, und als er ihr die Tür aufhielt, sagte er: »Kommst du morgen zu Iris' Soiree?«

»Nein, aber so häufig, wie sie welche veranstaltet, ist es nicht traurig, mal eine zu verpassen, oder?«

Val lachte. »Auch wieder wahr«, meinte er.

Seit Kurzem fühlte Daisy sich angesichts der »Chemie« zwischen Iris und Val unbehaglich. Und sie ärgerte sich über Iris, deren kokettes Verhalten sie häufig empörend fand. Trotzdem war es schön, dass sie nun alle befreundet waren. Manchmal vergaß sie sogar, dass Margot die Geliebte ihres Vaters gewesen war. Iris hatte ihr erzählt, dass mittlerweile nichts mehr dahinterstecken könne, denn als Mätresse müsse man entweder »dem Mann oder einem seiner Häuser zu Diensten stehen«. Und da Howard nie nach London kam und Margot und er den Kontakt nur über gelegentliche Telefonate oder Briefe pflegten, war Margot laut Iris in die Kategorie *Frühere Mätresse* abgestiegen. »Sie ist in den Ruhestand versetzt worden«, hatte Iris gesagt. Und Aurelia hatte sich ähnlich geäußert, als sie sich zum letzten Mal zu zweit zum Tee verabredet hatten und sie Daisy anvertraut hatte, sie sei überzeugt, dass Howards und Margots Beziehung platonischer Natur sei, und zwar schon seit einigen Jahren.

»Margot hat mir erzählt, das Einzige, worüber dein Vater jemals mit ihr rede, seien Mabel und ihre Ehe. Ich glaube, Margot liebt ihn, sehr sogar, aber ich glaube nicht, dass diese Liebe erwidert wird. Ich glaube, dein Vater liebt nur eine Frau … nämlich deine Mutter.«

»Wie geht es Mr. Gifford?«, fragte Val, als sie an dem Marmortisch am Fenster Platz nahmen.

»Gut«, sagte Daisy. »Alles in Ordnung.« Sie wusste, dass Ben zornig wäre, wenn sie Val irgendetwas zu irgendeinem Thema erzählen würde. Es würde ihn zweifellos bereits erzürnen, wenn er nur wüsste, dass sie hier Tee mit »diesem Vincent-Kerl« trank, wie Ben ihn nannte, nur wenige Augenblicke, nachdem sie ihm gesagt hatte, sie müsse zurück in den Laden.

»Wie geht es Aurelia?«, fragte sie.

Er seufzte. »Gut, nehme ich an …«

Sie wusste nicht, was sie antworten sollte. Sie sah ihn an: »Sie ist doch nicht krank, oder?«

»Oh nein, es geht ihr gut, glaube ich. Das Leiden liegt bei mir.«

Er wirkte vollkommen gesund.

Die Kellnerin brachte den Tee. Er legte die Arme auf den Tisch und lehnte sich zu ihr vor. Sie senkte den Blick, zur dampfenden Tasse, blies hinein, wünschte, sie wäre zurück in den Laden gegangen und säße hier nicht mit einer Tasse Tee, die zu heiß war, um sie in der kurzen Zeit, die ihr blieb, zu trinken.

»Lunch mit Mr. Gifford, hm?«, begann er erneut. »Das ist ein ziemlich weiter Weg für ihn, nur zum Lunch … Er muss ja sehr enthusiastisch sein.«

Daisy schwieg.

»Du hast doch nicht vor, dich mit ihm zu liieren, oder?«

»Wenn doch, würde ich es dir wohl kaum erzählen.«

Er runzelte die Stirn, neigte den Kopf zur Seite und musterte sie. »Tu das nicht. Lande nicht bei diesem Clown.«

»Er ist kein Clown, und zufällig mag ich ihn … mehr als das sogar«, fügte sie in dem Gefühl hinzu, es den Umständen schuldig zu sein. »Außerdem kennst du ihn gar nicht. Er ist sehr anständig … Mir könnte viel Schlimmeres passieren.«

»Viel Schlimmeres? So bewertest du deine Verehrer?«

»Warum stellst du mir all diese Fragen, Val? Entschuldigung, aber das geht dich wirklich nichts an.«

»Ich stelle dir diese Fragen, weil ... weil wir uns Sorgen machen.«

»Wir?«, wiederholte sie. »Es interessiert mich nicht, was du denkst, und von meiner Schwester erwarte ich, dass sie mir gegenüber direkt ihre Bedenken äußert und nicht mit anderen Leuten darüber tratscht.«

»Bin ich etwa *andere Leute?*«, fragte er lächelnd. »Denn zufällig weiß ich, dass Iris es nur mir gegenüber erwähnt hat. Weißt du, liebe Daisy, wir sind einfach ein wenig besorgt, was deinen Mr. Gifford und seine Motive betrifft.«

Daisy griff nach ihrer Tasche. »Es tut mir schrecklich leid, aber ich muss jetzt wirklich zurück.«

»Daisy ... Ich sage das doch nur, weil ich nicht will, dass du einen Fehler machst – einen Fehler, der die Weichen für dein ganzes Leben stellt.«

Sie starrte ihn an. »Vielleicht ist das eine Frage, die du dir selbst stellen solltest. Liebst du Aurelia? Liebst du sie *wirklich*, Val? Denn vielleicht stehst du kurz davor, einen Fehler zu begehen, der die Weichen für *dein* ganzes Leben stellt – und du hast nur noch ein paar Wochen, um dir darüber klar zu werden.«

»Das weiß ich«, sagte er stirnrunzelnd.

»Ich muss gehen ... Es tut mir leid wegen des Tees.«

»Wir sehen uns spätestens auf der Feier«, sagte er.

»Auf welcher Feier?«

»Auf der Silberhochzeit deiner Eltern?«

Die hatte sie völlig vergessen. »Ach ja, bis dann.«

Iris hatte Daisy nach ihrem letzten Besuch zu Hause erzählt, dass Howards großes Projekt, sein einziges Projekt, die Feier zur Silberhochzeit war, die er für kurz nach Mabels Rückkehr plante. Er hatte mit Iris über nichts anderes reden wollen als über Menüs und Gästelisten, hatte ihren Rat zum genauen Wortlaut der Einladung eingeholt, den er bereits etliche Male abgeändert hatte. Aber die Feier, die ihr Vater plante, wirkte auf Daisy wie eine kostspielige Heuchelei, mehr nicht.

Später, als die nahe gelegene Kirchturmuhr fünf Mal schlug und Sekunden später auch die Kuckucksuhr an der Wand, zog Daisy die Blenden herunter, nahm ihren Hut und ihre Tasche und drehte das Schild an der Tür auf GESCHLOSSEN.

Der Himmel trug nun ein blasseres Blau. Wolken mit goldenen Rändern zogen hoch oben über die alten, dicht belaubten Bäume hinweg, und die Luft war von ihrer üppigen Süße erfüllt. Aber die süße Luft passte nicht zu ihren Gedanken, und als sie in die Sydney Street einbog, ärgerte sich Daisy erneut über Valentines Worte.

Wie konnte Val andere Motive andeuten ... Wollte er damit sagen, dass Ben sie des Geldes wegen heiratete? *Fleißig und aufrichtig*: so hatte Howard ihn immer beschrieben. Und in Anbetracht von Howards finanzieller Lage – von der weder Iris noch Val eine Ahnung hatten – konnte das eindeutig nicht der Fall sein: absurd, dachte Daisy.

Und sie hatte Bens Antrag angenommen, weil ... weil sie ihn mochte. Nicht auf leidenschaftliche, alles umfassende Weise; so nicht. Sie schätzte und respektierte ihn. So, wie man den Menschen lieben sollte, mit dem man sein ganzes Leben zu verbringen gedenkt. Sie war anders als Iris: Sie *wollte* gern heiraten, eine Familie, ein Heim. Und die Verlobung – die Zugehörigkeit zu jemandem außerhalb des hedonistischen Klüngels – fühlte sich an wie der Griff nach dem Rettungsfloß. Es bedeutete, sie würde überleben, eine Zukunft haben. Nein, Ben Gifford konnte man nicht als wild oder leidenschaftlich beschreiben, aber er war ein guter Mann, so gut, wie sie kaum je wieder einen treffen würde, dachte Daisy, während sie weiterstapfte.

Mabel hatte Daisy in einem ungewöhnlich freimütigen Augenblick anvertraut, Leidenschaft sei gut und schön, aber um sich ein Leben zu zweit aufzubauen, sei etwas Beständigeres vonnöten als Leidenschaft – denn die sei sehr schnell aufgezehrt. Und in gewisser Hinsicht hatte Iris die Ansicht bestätigt, als sie sagte, sie wolle nicht heiraten, weil alle Ehen vollkommen leidenschaftslos endeten. Man musste sich nur ansehen, was aus Howard und seinen diversen Leidenschaften geworden war. Ein Mann wie ihr Vater gehörte nicht zu der Sorte Mann, die eine Frau heiraten sollte; da war es weitaus besser, jemanden zu ehelichen, der aufrichtig und zuverlässig war. Und was das Geld betraf: Ihrer Mutter blieben davon nur ein untreuer Ehemann und ein großes Haus mit japanischem Garten, in dem sie alleine saß. Daisy würde nicht denselben Fehler begehen wie ihre Mutter, dachte sie, stieg die Stufen zur Haustür hinauf und holte ihren Schlüssel heraus.

Iris saß in ihrem roten Seidenkimono in der Wohnung. Sie telefonierte und hatte bereits ein Getränk in der Hand, das nach rosa Gin aussah. Sie hauchte Daisy einen Kuss entgegen, beendete das Telefonat und teilte Daisy mit, sie habe Mrs. Wintrip früher nach Hause geschickt. »Diese Frau redet wie … Ich bin vollkommen erschöpft!«

»Aber du bist doch um diese Zeit normalerweise nie zu Hause. Geht es dir nicht gut?«, fragte Daisy.

»Ich glaube, mein Alter macht sich langsam bemerkbar.«

»Du bist vierundzwanzig, Iris«, sagte Daisy und setzte sich ihrer Schwester gegenüber.

»Ach, Darling, bitte ... erinnere mich nicht daran.«

»Wer hat angerufen?«

»Dein Vater«, erwiderte Iris, als wäre er nicht auch ihr eigener.

»Und? ... Ist Mummy schon zurück?«

»Nein, aber Stephen ... Nun ja, er ist nicht wirklich zurück, denn er war nie fort, nie in Neuseeland jedenfalls ... Offenbar ist er hier in London, und zwar schon seit«, sie hob die Hände, »wann auch immer. Er hat einen Buchvertrag«, fuhr sie fort, streckte ein nacktes Bein über ihre Sessellehne und griff in die andere Richtung nach ihren Zigaretten.

»*Stephen?* Er schreibt ein Buch?«

»Genau das habe ich auch gefragt. Offenbar schreibt er schon jahrelang über naturkundliche Themen. Beschreibt herabfallende Blätter und Jahreszeiten und Vogelgesang, schreibt Gedichte und dergleichen ... Ach ja, und er hat auch eine Stelle«, fuhr sie fort. »Er fährt reiche Urlauber im Rolls-Royce durch die Stadt und wohnt in einem Apartment über irgendeinem piekfeinen Ausstellungsraum für Autos.«

Daisy lächelte. »Ja, das klingt einleuchtend«, sagte sie. »Er konnte immer gut mit Worten umgehen, hatte schon immer einen guten Blick für Dinge und hat alles beobachtet.«

»Gut mit Worten *und* allem anderen, würde ich denken.«

»Ich frage mich, wovon sein erstes Buch handelt.«

Iris bediente ihr Feuerzeug. »Ein Reiseführer über die Highways und Nebenstraßen in den Surrey Hills!«, sagte sie in dramatischem Tonfall und lachte anschließend. »Offenbar soll er noch weitere schreiben. Nicht nur Reiseführer für

Autofahrer, sondern auch für Wanderer … Du weißt doch, wie gern manche Leute wandern. Deinem Vater zufolge hat er die Möglichkeit, noch weitere zu schreiben, und zwar nicht nur in England … Ganz sicher auch über die Schlachtfelder Frankreichs.« Sie machte eine Pause und täuschte ein Gähnen vor. »Als ob sie darüber nicht schon genug geschrieben hätten.«

»Und Howard hat dir das erzählt?«

Iris nickte.

»Aber woher weiß er das alles?«

Iris zuckte die Schultern. »Von Mrs. J. vermutlich.«

»Hast du ihm irgendetwas erzählt?«, fragte Daisy. »Hast du Howard gegenüber irgendetwas von … von Stephens Geburt erwähnt?«

»Nein!«, rief Iris.

»Ich freue mich für ihn«, sagte Daisy nach einem kurzen Moment. »Ich freue mich, dass er hier ist und etwas anderes tut.«

»*Etwas anderes?* Darling, jeder weiß, dass Schreiben nichts einbringt.«

»Ach ja? Und hast du das Val schon erzählt?«

Iris schnaubte und schüttelte den Kopf. »Ehrlich gesagt, glaube ich, für Stephen wäre Neuseeland die weitaus bessere Lösung.«

Iris war nicht aufrichtig. Vielleicht ärgerte sie sich darüber, dass jemand namens Stephen Jessop jemanden namens Valentine Vincent übertrumpft hatte. Stephen war als unerwarteter Außenseiter aus dem Nichts aufgetaucht und würde lange vor Val, der noch immer an seinem Roman *Spotlight* arbeitete, seinen Namen auf einem Buchdeckel gedruckt sehen.

»Wir sollten Val davon erzählen«, sagte Daisy mit unterdrücktem Lächeln und griff nach einer Illustrierten, die auf dem mit einem Tuch verhüllten Sofa neben ihr lag. »Immerhin könnte Stephen ihm Ratschläge geben.«

23

Aurelia wartete wie verabredet vor der Haltestelle der U-Bahn.

»Es tut mir leid, ich bin spät dran«, sagte Daisy. »Mr. Laverty vergisst immer, dass ich samstagnachmittags frei habe. Um wie viel Uhr müssen wir denn da sein?«

»Bald!«, sagte Aurelia und nahm sie am Arm. »Aber ich denke, ich kenne den Weg.«

Aurelia hatte über eine Freundin von der Wahrsagerin gehört und Daisy mit den Worten zum Mitkommen überredet: »Wir sind doch beide in derselben Lage, und das wird spannend … oder zumindest werden wir ein bisschen Spaß haben.«

Aurelia war ein paar Jahre älter als Daisy und arbeitete als Vorschullehrerin in Pimlico. Ihre beiderseitige Liebe zur Literatur – ihre Bewunderung und ihre Begeisterung für mehrere neue, aufstrebende Autorinnen – hatte sie einander nähergebracht und ihre Freundschaft vertieft. Eine Freundschaft, in der sich Daisy, die in London nur wenige Freunde hatte, wohlfühlte.

»Sie heißt Mrs. Larkin«, sagte Aurelia, die sich noch immer bei Daisy einhakte, als sie zu einem alleinstehenden Cottage am Rand von Hampstead Heath kamen. Zwei Straßen kreuzten sich vor dem kleinen Haus, auf einer dreieckigen Rasenfläche standen unter einer alten Kastanie ein Briefkasten und ein schiefer Wegweiser. »Wir kommen ein wenig zu spät, aber das macht sicher nichts. Die Dame schrieb ›gegen zwei Uhr‹.«

Ein grau verblichener Lattenzaun umgab die wuchernden Büsche, die die staubigen Fenster des Cottages von der Straße abschirmten, und das Gartentor hing offen an kaputten Angeln.

»Bereit?«, fragte Aurelia, als sie vor der Tür standen.

Daisy nickte. Aurelia klopfte.

Die Frau war winzig, kleiner als Daisy, und in ihrem lächelnden Mund fehlte ein Zahn. Sie führte die beiden in die vollgestellte Stube, in der Staubfäden von den niedrigen Deckenbalken hingen und ein Papagei hinter einem alten Ohrensessel auf einer Stange hockte. Zuerst glaubte Daisy, der Vogel wäre ausgestopft, bis er plötzlich mit schönster Baritonstimme schrie: »This is London calling … this is London calling …«

»Ruhe, Roger! Kommen Sie herein. Beachten Sie ihn nicht.«

Die Frau setzte sich in den Ohrensessel, und Daisy sah, dass ihr pechschwarzes Haar eine Perücke war, die ein wenig nach vorne verrutscht war, sodass über ihren Ohren weiße Haarbüschel herausragten. Ihre Ohrläppchen waren lang, gedehnt vom Alter und vom Gewicht ihrer schweren, baumelnden Ohrringe. Im Zimmer roch es nach abgestandenem Essen und übelriechendem Atem, und auf dem Kaminsims stand neben einer laut tickenden Uhr eine angeschlagene Silbervase mit verwelkten Chrysanthemen.

Mrs. Larkin erkundigte sich nach ihrer Fahrt und wie

lange sie gebraucht hätten, als wären sie von weit her angereist. Sie sei noch nie mit der U-Bahn gefahren, sagte sie, und würde niemals unter der Erde oder über den Wolken irgendwohin reisen.

»Und haben Sie gut hierhergefunden?«, fragte sie.

»Ja, Ihre Beschreibung war sehr gut«, sagte Aurelia. »Als wir zur Kreuzung kamen und ich das schiefe Schild sah, wusste ich Bescheid.«

Dass das Schild schief stehe, sei das Werk eines großen Sturmes einige Jahre vor dem Krieg, erzählte Mrs. Larkin und schob ihre Perücke zurück.

Im Zimmer war es unangenehm schwül, das Fenster neben Daisy fest verschlossen, etliche tote Fliegen lagen zwischen schrumpeligen Tomaten auf der Fensterbank. Hinter dem Glas konnte Daisy ein mit Disteln übersätes Feld erkennen, das einst vielleicht eine Wiese gewesen war, dachte sie, und dahinter, in der Ferne, die verhangene Silhouette von London.

»Wer möchte beginnen?«, fragte die Frau.

Aurelia bestand darauf, dass Daisy anfing. Und so tauschten Aurelia und die Frau ihre Plätze, die Frau nahm Daisys Hand und öffnete die Handfläche mit ihren runzligen Daumen.

»Hm, interessant«, begann Mrs. Larkin. »Sie sind künstlerisch begabt, klug … lieben Ihre Heimat, die Natur, sind zudem sensibel … Sie empfinden Dinge sehr intensiv.«

Daisy schielte zu Aurelia hinüber, die ihr zulächelte.

»Eine lange Lebenslinie … sehr lang …«, fuhr Mrs. Larkin fort, »… aber ich sehe Brüche – Konflikte – in der Herzlinie – und möglicherweise mehr als eine Ehe. Hier ist eine große Aufrichtigkeit erkennbar … aber auch ein wenig

Leichtsinn und vielleicht zu viel Leidenschaft«, fügte sie hinzu, sah Daisy an und zwinkerte. »Und ich sehe Sturheit, großes Beharren. Darauf müssen Sie achthaben«, sagte sie. Sie drehte Daisys Hand um, schloss die Finger, rollte sie ein und wieder auf. Sie sehe zwei Kinder, sagte sie, in jedem Fall zwei, vielleicht ein drittes.

»Sie werden aus Ihren Fehlern lernen … und Sie werden die große Liebe finden.«

Die Frau lächelte zu Daisy hinauf. Das schien alles zu sein. Aber es war nicht genug. Nicht annähernd genug.

»Fehler? Wie kann ich sie erkennen?«

Mrs. Larkin sah noch einmal auf die Handfläche in ihrem Schoß. Sie fuhr mit dem Finger über die weiche Haut auf Daisys Hand, schloss die Augen und holte tief Luft. Und mit geschlossenen Augen sagte die Frau: »Ein älterer Mann, ein Scharlatan … Sie müssen sich vor ihm in Acht nehmen; Sie müssen sich vor dem Scharlatan in Acht nehmen.« Sie öffnete die Augen. »Das ist alles.«

Nun war Aurelia an der Reihe, und Daisy und sie tauschten die Plätze.

Mrs. Larkin seufzte, als sie Aurelias Hand nahm, die Handfläche öffnete, ihren Kopf von einer Seite auf die andere legte, Aurelias Hand in diese und jene Richtung wendete. Aber in Aurelias Herzlinie seien keine Brüche, kein »Konflikt«; sie sei lang und ungebrochen, sagte Mrs. Larkin. Sie werde eine lange, glückliche Ehe führen.

»Nur die eine?«, fragte Aurelia.

»Nur die eine.«

Sie werde vier Kinder bekommen, und beim vierten gebe es kein *vielleicht* – wie bei Daisys drittem. Und es war nicht von Fehlern die Rede, aus denen man lernen musste, und nicht von einem Scharlatan. Aurelias Leben würde beständig und glücklich verlaufen im Vergleich zu ihrem eigenen, dachte Daisy beim Zuhören.

Nachdem Daisy und Aurelia die Frau bezahlt und das Cottage verlassen hatten, liefen sie zur U-Bahn zurück, um zum Tee zu *Fortnum & Mason* in die Stadt zu fahren.

»Konflikte …«, sagte Daisy erneut, als sie den Bahnhof betraten.

»Vier Kinder …«

»Fehler …«

»*Vier* Kinder.«

»Ein Scharlatan!«

Im Zug kicherten sie über ihren Ausflug, über die Perücke der Frau und ihren Papagei und fragten sich, ob er den Schilling wert gewesen war.

»Konflikte«, sagte Daisy wieder. »Ich mag dieses Wort ganz und gar nicht.«

»Aber sie hat auch von Leidenschaft gesprochen …«

»Und von Leichtsinn.«

»Und von einer großen Liebe …«

Daisy schüttelte den Kopf. »Und von mehr als einer Ehe. Ich will aber nicht mehr als eine Ehe!«

»*Vielleicht* mehr als eine Ehe«, korrigierte Aurelia sie. »Sie sagte vielleicht.«

»Das bedeutet eine Scheidung.«

»Vielleicht wirst du auch Witwe.«

»Ich will auch nicht verwitwet sein.«

»Glaubst du, Ben ist deine große Liebe? Oder jemand anders …?«

Daisy sah sie an. »Ich glaube nicht. Nein, das kann er nicht sein. Es sei denn …«

»Es sei denn?«

»Es sei denn, meine Gefühle für ihn ändern sich und werden tiefer, als sie es jetzt sind.«

»Oder deine große Liebe ist dein *zweiter* Ehemann.«

»Oh Gott, Aurelia ... Ich wünschte, wir wären nicht zu dieser Frau gegangen. Mein Leben wird aus leichtsinniger Leidenschaft und Fehlern bestehen ... Fehlern, aus denen ich lernen muss. Und deins, deins verläuft in unerschütterlicher Liebe verbunden mit Val ...«

»Ich frage mich, wer wohl der Scharlatan ist?«, fragte Aurelia.

»Ach, das ist leicht. Das ist mein Vater.«

»Hm ... Vielleicht auch nicht. Aber das ist nicht von Bedeutung. Ich empfinde dich nicht als leichtsinnig, in keinerlei Hinsicht. Iris vielleicht, aber nicht dich. *Das* hat die alte Larkin falsch gedeutet. Eigentlich glaube ich sogar, sie hat alles falsch gedeutet. Und das alles hat gar nichts zu bedeuten, Liebes ... Das war nur ein kleiner Spaß.«

»Das weißt du nicht. Vielleicht ist auch alles wahr.«

»Ich weiß es.«

Daisy drehte sich zu ihr um. »Woher? Woher willst du das wissen?«

Aurelia holte tief Luft. »Weil ich weiß, dass ich Val nicht heiraten werde«, sagte sie und lächelte.

Sie erreichten *Fortnum & Mason* in dem Moment, als Aurelia mit der Geschichte von sich und Valentine endete: wie sie sich kennengelernt hatten – in einer Bibliothek in London Mitte; wie sehr sie seine Aufmerksamkeit geschmeichelt hatte, seine Freundlichkeit, seine Manieren, und wie sie ihm aus einer Laune heraus ihr Ja gegeben hatte. Sie gestand Daisy, schon seit einiger Zeit zu wissen, dass sie ihn nicht liebe, nicht so, wie sie sollte oder könnte, und dass sie vermutete, er sei in Iris verliebt.

»Wann willst du es ihm denn sagen?«, fragte Daisy, als sie ins Teezimmer geführt wurden.

»Bald. Vielleicht, wenn ich ihn das nächste Mal sehe.«

»Aber das ist schon nächstes Wochenende – bei der Feier auf Eden Hall«, sagte Daisy, als sie Platz nahmen.

Aurelia zuckte die Schultern. »Iris wird da sein, um die Scherben einzusammeln ... Obwohl ich sehr bezweifle, dass es welche geben wird. Abgesehen von verletztem Stolz vielleicht, glaube ich, er wird erleichtert sein, mich loszuwerden.«

Daisy beugte sich vor und nahm Aurelias Hand. »Es tut mir so leid.«

»Es muss dir nicht leidtun. Freu dich für mich. Ich hätte beinahe einen großen Fehler begangen ... Dann hätte ich wirklich dein Mitleid gebraucht. Unter diesen Umständen bleibe ich gerne ledig und wohl noch eine Weile«, fügte sie mit gespieltem Schaudern hinzu, »eine alte Jungfer.«

Daisy schwieg. Der Gedanke an Iris und Valentine, von denen sie wusste, dass sie heute zusammen ausgingen, behagte ihr nicht.

Da sagte Aurelia, als hätte sie ihre Gedanken gelesen: »Es ist nicht Iris' Schuld. Es hätte auch jede andere sein können. Ich bin deiner Schwester sogar dankbar – dass sie mir das Maß von Vals Liebe zu mir und umgekehrt vor Augen geführt hat. Sie hat mir einen großen Gefallen getan. Das hat sie wirklich.«

»Ich muss dir etwas erzählen«, sagte Daisy. »Und ich habe es dir nur deshalb nicht schon früher erzählt, weil es nichts zu bedeuten hatte, rein gar nichts, und weil ich dich nicht verletzen wollte ...«

»Nämlich?«

»Letzte Weihnachten, als Valentine und seine Mutter auf Eden Hall waren und wir die Sache mit Margot und meinem Vater herausfanden …«

»Ja … Was ist es, Liebes?«

»Da hat Valentine mich geküsst.«

Aurelia lachte. »Oh, dem Himmel sei Dank. Ich dachte schon, du würdest mir jetzt etwas Furchtbares erzählen.«

»Kümmert es dich denn gar nicht?«

»Nein, aber vermutlich täte es das, wenn ich ihn lieben würde. Und um ehrlich zu sein, ich verdenke es ihm nicht«, fügte sie hinzu und legte ihre Hand auf Daisys.

Daisy war erleichtert. Nunmehr unbelastet, hatte sie das Gefühl, mit ihrem Geständnis ihre Freundschaft gestärkt zu haben. Sie sagte: »Jetzt sind wir wie Schwestern, du und ich. Und haben keine Geheimnisse.«

»Wenn wir keine Geheimnisse haben, dann erzähl mir, warum du Ben Gifford heiratest.«

Daisy dachte einen Augenblick nach. Sie hätte gerne gesagt: *Liebe und all ihre Möglichkeiten*. Sie sagte: »Noch sind wir nicht …«, verhaspelte sich beim Wort *offiziell* und musste es wiederholen, »… verlobt«, endete sie.

»Ob offiziell oder inoffiziell«, Aurelia kicherte, »du hast eingewilligt, ihn zu heiraten.« Sie reichte Daisy die Speisekarte. »Sag mir nicht, dass du ihn liebst, denn ich weiß, dass es nicht stimmt, das hast du vorhin selbst zugegeben. Was ist es dann? Ich bin neugierig … Ich weiß, dass Val und Iris glauben …«

»Oh bitte, jetzt erzähl mir nicht, was sie glauben. Können wir sie da raushalten?«

»In Ordnung. Aber verrate es mir. Mir kannst du es

erzählen … Warum hast du ja gesagt? Warum hast du eingewilligt, ihn zu heiraten, obwohl du ihn nicht liebst?«

Daisy ließ die Speisekarte sinken. »Weil …«, hob sie an und hielt inne, »… er mich gefragt hat. Jetzt sieh mich nicht so an. Ich weiß, das klingt jämmerlich … aber er ist ein anständiger Mann, und er sagt, dass er mich liebt. Und er hat mich so oft gefragt, Aurelia, dass ich irgendwann Ja sagen musste … Aber ich wünschte, ich hätte es nicht getan.«

»Es ist noch nicht zu spät … Es ist nie zu spät.«

Die Mädchen bestellten Tee, Scones und Kuchen. »Ein samstäglicher Leckerbissen«, sagte Aurelia und rieb sich die Hände. Sie kicherte erneut über Mrs. Larkins Perücke, schauderte bei der Erinnerung an den üblen Geruch in dem Cottage, und als sie Daisys Gesicht sah, riet sie ihr, alles zu vergessen, was sie gehört hatten. »Wir bestimmen selbst über unser Schicksal«, sagte sie und hob ihre Porzellantasse.

Aber Daisy fühlte sich nicht als Herrscherin ihres Schicksals, sondern spürte die Last all dessen, was sie ihrer Freundin oder allen anderen *nicht* erzählt hatte.

»Was ist los?«, fragte Aurelia. »Etwas bekümmert dich … das sehe ich doch.«

Daisy nickte. »Ja, und ich muss es dir erzählen … ich muss es irgendjemandem erzählen.«

Aurelia sah sie an. »Du machst mir Angst.«

Und so erzählte Daisy ein zweites Mal vom letzten Weihnachtsfest und ließ diesmal auch Stephens Brief und seine Liebeserklärung nicht aus. Als Aurelia die Hand vor den Mund schlug, sagte Daisy: »Warte, das war noch nicht alles.« Dann erzählte sie Aurelia sowohl, was sie von Mrs. Wintrip als auch an Weihnachten in der Küche gehört hatte.

Anschließend saßen sie beide einige Augenblicke schweigend da. Dann sagte Daisy: »Nun weißt du es. Stephen ist aller Wahrscheinlichkeit nach mein Bruder … und ich glaube, ich habe ihn vielleicht geliebt.«

»Oh, Daisy«, war alles, was Aurelia hervorbrachte.

24

Im Bahnhof war viel Betrieb gewesen, es hatte vor Reisenden und Ausflüglern gewimmelt, die mit verbilligten Fahrscheinen an die Küste wollten. Aber Daisys Abteil war leer. Als der Zug Waterloo Station verließ und sich durch die neblige, heiße Stadt in die Vororte schlängelte, lehnte sie sich in ihrem Sitz zurück, schloss die Augen und ließ sich die kühle Luft vom offenen Fenster ins Gesicht wehen.

Sie wäre erster Klasse gereist, wäre sie mit Ben gefahren, und nun hatte sie Gewissensbisse. Denn hatte sie nicht absichtlich auf dem Weg zur U-Bahn-Haltestelle in South Kensington getrödelt? In dem Wissen, sowohl den Zug als auch ihn möglicherweise zu verpassen? Aber Ben machte ihr in so vielem ein schlechtes Gewissen. Immer nur sprach er über Geld und das Geschäft und *seine* Sorgen. Erst am Tag zuvor, am Telefon, hatte er sich über die Häuserpreise ausgelassen und sich laut gefragt, woher sie bloß das Geld für die Anzahlung nehmen sollten.

Es war nicht so, dass sie ihn nicht sehen wollte, dachte Daisy. Sie wollte sich einfach nur diesen wunderschönen Tag nicht ruinieren lassen. Noch nicht. Und sie *hatte* nach ihm Ausschau gehalten, hatte sich in der Bahnhofshalle umgesehen, bevor sie zum Fahrkartenschalter gegangen war. Sie hatte befürchtet, hatte angenommen, den Zug verpasst zu haben, aber der Schaffner hatte gesagt, sie habe noch Zeit, und sie war zum Bahnsteig geeilt und in den ersten Waggon gestiegen, auf dem Zweite Klasse stand.

Sie hätte am folgenden Tag mit dem Wagen nach Eden Hall fahren können – mit Iris, Valentine und Aurelia –, aber das hätte Ben missfallen. Und er hätte sich außen vor gefühlt, denn man hatte ihm nicht angeboten mitzufahren, wobei Daisy wusste, dass er es ohnehin abgelehnt hätte. Bens Wünsche und Abneigungen verwirrten sie zunehmend, und Valentines Ratschlag in der Teestube und Aurelias Worte am vergangenen Samstag – beim Tee bei *Fortnum & Mason* – hatten ihre Zweifel nur verstärkt.

»Du musst die Sache beenden«, hatte Aurelia zu ihr gesagt, bevor sie sich verabschiedet hatten. »Du kannst ihn nicht heiraten, Daisy … Du liebst ihn nicht. Und du musst nicht heiraten. Wir schreiben das Jahr 1927, und du bist eine unabhängige, moderne Frau, die ihr eigenes Leben führt und ihre eigenen Entscheidungen trifft.«

»Ja«, hatte sie bei diesen Worten über Unabhängigkeit, bei Orange-Pekoe-Tee und Lucky-Zigaretten euphorisch gesagt, sie werde die Verbindung beenden. Also schlossen sie ein Abkommen: Sie würden beide ihre Verlobungen auf der Silbernen Hochzeit von Daisys Eltern auflösen.

»Wir sind füreinander da«, hatte Aurelia gesagt, »und wenn niemand mit uns tanzen will, dann tanzen wir beide eben zusammen.«

Aber nun zweifelte Daisy an diesem Entschluss. Der Gedanke, jemanden willentlich zu verletzen, Bens Hoffnungen und Träume zunichte zu machen – er hatte sich ja gar nichts zuschulden kommen lassen –, erschien ihr grausam und herzlos und würde sich gewiss rächen, irgendwie, zu irgendeinem Zeitpunkt. Ja, sie musste alles rückgängig machen; es war ein Fehler, wie sie wusste. Ein spontaner Entschluss nach dem, was sie über Stephen erfahren hatte. Aber dies war nicht der richtige Zeitpunkt, dachte sie, gerade an diesem Wochenende nicht. Sie würde noch ein oder zwei Wochen warten, bis es mit seiner Arbeit wieder besser lief zumindest. Das erschien ihr vernünftiger und höflicher zu sein.

Als die Umrisse menschlicher Bauwerke und die scharfen Konturen der Stadt in die Ferne rückten, lächelte Daisy beim Anblick der Felder und der weichen, wogenden Hügel in zahllosen grünen und goldenen Schattierungen. Es fühlte sich gut an, nach Hause zu fahren, und richtig, allein zu reisen. Und während sie sich auf ein Wiedersehen mit ihrer Mutter freute, erschien ihr die Vorstellung, ihrem Vater zu begegnen, eigenartig. Hinzu kam – und es ließ ihren Magen seltsame Dinge vollführen –, dass sie Stephen womöglich wiedersehen würde. Würde er da sein? War er eingeladen?

Der Bahnhof war die Hölle gewesen, und in Stephens Dritte-Klasse-Abteil war es schwül und laut. Es roch nach abgestandenem Schweiß und Urin, und obwohl er Glück gehabt und noch einen Platz gefunden hatte – direkt am Fenster –, mochte er draußen nicht den prächtigen Tag bewundern, nicht den Schleier des Sommers, und erinnert werden an die vielen Sommer zuvor. Er lehnte den Kopf an die Scheibe und schloss die Augen. Er war seit sechs Monaten nicht mehr auf Eden Hall gewesen, und bei dem Gedanken, der frisch verlobten Daisy zu begegnen, spürte er Beklommenheit.

Seine Reise weg von diesem Ort, weg von ihr, hatte letztes

Jahr zu Weihnachten begonnen, als er nach London gefahren war und sich eine Unterkunft besorgt hatte – ein kleines Zimmer in einem trostlosen Viertel im Londoner Süden. Dort hatte er schnell gemerkt, dass er diese Erdhalbkugel nicht ohne sie verlassen konnte. Mit dieser Erkenntnis und mit Ärger über sich selbst und seine Schwächen hatte er sich in seinem besten, seinem einzigen Anzug und in gestärktem weißem Hemd mit dunkler Krawatte und Hoffnung im Herzen vorgestellt. Aber die Männer in den Arbeitsvermittlungen hatten den Kopf geschüttelt, als Stephen das Wort *Büroarbeit* erwähnte, und erneut beim Begriff *Verwaltung*.

»Nein«, hatte er gesagt, er besitze kein Abschlusszeugnis – er habe überhaupt keine Zeugnisse oder Bescheinigungen.

Alle hatten von einer Stelle als Bedienstetem gesprochen.

»Vielleicht als Chauffeur?«, hatte einer vorgeschlagen. »Das läge näher an den Erfahrungen, die Sie vorzuweisen haben, Mr. Jessop ... und ich denke, es wäre besser, erfolgversprechender, wenn Sie sich an eine Vermittlungsstelle für Gesindedienste wenden würden, denken Sie nicht?«

Der Zeitpunkt sei nicht günstig, um den Tätigkeitsbereich zu wechseln, hatte man Stephen mehr als einmal gesagt, vor allem wenn man nicht ausgebildet und *ungelernt* sei wie er.

An einem Nachmittag Ende Januar war Stephen vor der U-Bahn-Haltestelle Oxford Circus stehen geblieben und hatte erneut die »Offenen Stellen« in der Zeitung durchgesehen. Er hatte den Namen sofort wiedererkannt: Mr. Forbes hatte dort seinen letzten Rolls-Royce gekauft, Stephen kannte das Geschäft und war sogar schon ein paar Mal dort gewesen. Er hatte sich unverzüglich dorthin aufgemacht.

Die Stelle sollte so schnell wie möglich besetzt werden. Das komme ihm gelegen, hatte Stephen geantwortet; er sei ungebunden und ja, er könne sofort anfangen: »Gleich Montag, wenn nötig.«

»Na schön, junger Mann, Sie haben für Howard Forbes gearbeitet, waren sein Chauffeur, und das soll mir zusammen mit Ihrem Empfehlungsschreiben von Mrs. Forbes genügen. Ich sehe Sie dann am Montag wieder hier.«

Und damit war die Sache besiegelt.

Stephens Aufgabe war es, reiche amerikanische Urlauber durch London zu kutschieren und sie die Sehenswürdigkeiten der englischen Hauptstadt bequem aus einem Rolls-Royce heraus bestaunen zu lassen. Aber es bestand die Aussicht – so hatte man ihm gesagt –, dass er für den Fall, dass er sich bewährte, nach einer Weile im neuen Ausstellungsraum arbeiten und beim Autoverkauf helfen konnte. »Auf Kommission!«, hatte der Mann verkündet. Ganz offenbar wartete hier das große Geld.

Es war keine Stelle im Büro, aber es war immerhin eine Stelle, und es bestand eine Aufstiegschance. Anfangs verdiente er zwar noch nicht viel, aber die amerikanischen Urlauber waren bekannt für ihre großzügigen Trinkgelder. Wichtiger als alles andere war, dass diese Stelle zudem eine Unterkunft bot: eine kleine Wohnung über dem Ausstellungsraum neben dem Büro. »Wir brauchen jemanden, der nachts unsere schöne, neue Ausstellungshalle im Auge behält«, hatte der Mann gesagt.

Dies war erst der Anfang, dachte Stephen. Es würde noch besser kommen. Und genau so war es gewesen.

Alles hatte sich ergeben, als er einen amerikanischen Schriftsteller, der hier lebte – und den alle nur als Mr. H.

kannten –, durch die Hauptstadt fahren sollte. Eines Abends lud er Stephen zu einem Schlummertrunk in sein Hotel ein, reichte ihm ein Exemplar seines neuen Romans und forderte Stephen mit deutlichen Worten auf, es zu lesen und ihm mitzuteilen, was er darüber denke. Das hatte Stephen getan.

Durch Mr. H. hatte Stephen einen Verleger kennengelernt, von dem er erfuhr, dass sie jemanden suchten, der eine neue Serie von Straßenreiseführern für die Britischen Inseln schrieb, und Stephen erklärte, dafür sei er der richtige Mann. Das war Anfang März gewesen. Bis Ende Mai hatte Stephen den Führer über Surrey größtenteils fertiggestellt. Er durfte einen der älteren Wagen nehmen, war jeden Sonntag nach Surrey gefahren, hatte etliche bekannte und einige weniger bekannte Landstraßen erkundet und in der Staatsbibliothek Generalstabskarten, Geschichtsbücher der Region und andere Reisehandbücher studiert.

In den letzten Monaten war Stephens Leben damit ausgefüllt gewesen, aber am vergangenen Samstag hatte er sich den Nachmittag freigenommen, um seiner Tante Nellie einen längst überfälligen Besuch abzustatten. Sie war hocherfreut gewesen, ihn zu sehen, und er hatte das obligatorische: »Ach Junge, bist du groß geworden!«, über sich ergehen lassen, als wäre er noch immer zwölf und nicht zweiundzwanzig, ebenso wie die üblichen Witzeleien und Fragen zum Thema Mädchen: Ob er eine Freundin habe? Ob er an einem Mädchen interessiert sei?

Beinahe wäre er versucht gewesen zu antworten: *Um genau zu sein, Nellie, es gibt da ein Mädchen, und du kümmerst dich darum*, aber er hatte es bleiben lassen. Er hatte gelächelt – beinahe zu verschämt – und nichts gesagt.

Während er aus dem Fenster des Zuges blickte, erinnerte

er sich, wie er gespielt beiläufig gefragt hatte, wie es denn den Forbes-Mädchen ergehe. Und als hätte sie schon jahrelang darauf gewartet, ihm alles zu erzählen, sprudelte es nur so aus Nellie heraus. Die Ältere sei ein *Filou*, sagte sie; in jedem Fall glamourös – und großzügig dazu. Sie habe ihr das Kleid geschenkt, das sie gerade trage, *und*: »diese Strümpfe!«, fügte sie mit einem Griff an ihre Knie hinzu. Aber *die Kleine* sei ihr Liebling.

Ohne nachzudenken, nickte er und sagte ihren Namen: »Daisy.«

»Ja, Daisy … die kleine Daisy«, wiederholte Nellie, »noch viel zu jung, um hier in der Stadt auf sich allein gestellt zu sein … Offen gestanden bin ich überrascht, dass ihre Mutter es zugelassen hat. Ich kann mir nicht eine Sekunde vorstellen, dass Mr. Forbes mit dieser Regelung glücklich war.«

»Nein, das glaube ich auch nicht. Aber sie ist ziemlich dickköpfig. Ich glaube nicht, dass sie ihnen die Wahl gelassen hat.«

»Die Wahl! Sie ist neunzehn Jahre alt, noch keine einundzwanzig, Stephen.«

»Sie haben sich vermutlich darauf verlassen, dass sich ihre ältere Schwester um sie kümmern wird – und du natürlich auch. Und sie ist verlobt. Wie ich hörte, will sie heiraten …«, fügte er hinzu – gespannt darauf, mehr zu erfahren.

Nellie verdrehte die Augen und rutschte nach vorn. »Verlobt … dieses schmale Persönchen? Was hat *verlobt* schon zu bedeuten? Ich weiß nur eines«, sagte sie kopfschüttelnd und mit Nachdruck, »nämlich, dass derjenige, der sich mit ihr verlobt hat, sie nicht genügend liebt. Ich bin sehr gespannt, diesen Herrn, den sie sich da angelacht hat, mit meinen eigenen Augen zu sehen, wenn ich nächste Woche nach Eden Hall fahre«, fügte sie hinzu.

Die Einladung, eine feste weiße Karte in schwarzer Schnörkelschrift, stand neben einem kleinen gerahmten Hochzeitsbild von Nellie und ihrem Mann auf dem Kaminsims. Nellie hatte Stephen die Einladung sofort gezeigt. »Jetzt sieh dir das an: ›Mr. und Mrs. Howard Forbes ersuchen hiermit höflichst Mr. und Mrs. George Wintrip um ihre Anwesenheit‹«, sagte sie und deutete auf den Namen.

»*Ihn* kann ich natürlich nicht mitnehmen«, fuhr sie fort. »Er würde mich nur blamieren. Aber ich werde dort unten ein paar Tage bei deiner Mutter verbringen. Es lohnt sich nicht, die ganze Reise nur für eine Nacht zu unternehmen … Und vielleicht könntest du mir ja alles zeigen, die schönen Gärten, die Landschaft, hm?«

»Leider nein«, sagte er. »Ich fahre zu den Feierlichkeiten, weil meine Mutter darauf besteht, aber ich werde gleich am nächsten Tag nach London zurückkehren.«

Nellie hörte aufmerksam zu, als Stephen ihr von seinen Reiseführern erzählte. Sie klatschte in die Hände. »Nein, so etwas! Ich habe keinen Zweifel – eines Tages wirst du Millionär sein!«, verkündete sie.

Stephen grinste. Nellies Vorstellung von Erfolg und Reichtum war der Tatsache geschuldet, dass sie zu lange auf Händen und Knien in den Häusern anderer Leute verbracht und jeden Abend zu ihrem faulen, mittellosen Ehemann zurückgekehrt war. Er lehnte sich in seinem Sessel zurück und streckte die Beine aus. In diesem Haus hatte sich nichts verändert, seitdem er vor ungefähr acht Jahren, kurz nach dem Krieg, zusammen mit seiner Mutter zuletzt hier zu Besuch gewesen war. »Es ist eigenartig, wieder hier zu sein«, sagte er. »Mir vorzustellen, dass ich meine ersten Jahre hier verbracht habe … bei dir.«

»Hast du denn Erinnerungen an die Zeit?«

»Natürlich«, sagte er, und das war nur halb gelogen, denn an manches, wenn auch nicht an alles, konnte er sich tatsächlich entsinnen.

»Es war eine schöne Zeit«, sagte Nellie und wandte lächelnd den Blick ab.

Stephen richtete sich auf. »Nellie«, sagte er vorsichtig, »als du mich damals bei dir aufnahmst, hast du da irgendetwas über meine Eltern erfahren?«

Nellie schob die gekreuzten Finger unter sich und schüttelte den Kopf. »Nein, mein Lieber … nur, dass sie fort waren.«

Später lief Stephen von Nellies Haus in Fulham über den heißen Asphalt zur King's Road. Seine Tante hatte ihm die Anschrift und den Namen genannt. Eine dunkelgrüne Markise, genau wie seine Tante sie beschrieben hatte, hing über dem Fenster, und von außen war nur schwer zu erkennen, wer – wenn überhaupt jemand – im Laden war. Er lehnte die Hände an die Scheibe und blickte hindurch. Dunkle Holzregale und Tische voller Bücher waren zu erkennen. Beim Eintreten läutete die Glocke über der Tür, und sein Herz klopfte, aber es erschien nur ein älterer Gentleman in einem altertümlichen Gehrock, der fragte: »Suchen Sie etwas Bestimmtes, Sir?«

Zwanzig Minuten oder länger verweilte er dort, inspizierte Regale und blickte verstohlen durch die Tür hinten im Laden, aus der vorhin der ältere Herr erschienen war. Bevor er sich schließlich zum Gehen wandte, fragte er den Mann: »Ist Miss Forbes heute da?«

»Nein, samstagnachmittags nicht«, erwiderte der alte Herr. »Kann ich ihr eine Nachricht weitergeben oder vielleicht eine Karte?«

Stephen besaß eine Karte, eine Visitenkarte, aber er hinterließ sie nicht und auch keine Nachricht. Er lief nach Süden, blieb eine Weile auf der Battersea Bridge stehen und blickte über den Fluss nach Chelsea.

Der Zug hatte angehalten. Daisy sah auf, zu den grünen Wiesen und Feldern, zu den Kühen, die an den Ackerrändern unter belaubten Zweigen standen und wiederkäuten, zur Ansammlung ziegelgedeckter Cottages und zum Kirchturm aus Schiefer in der Ferne. Diese Landschaft war ihr wohl bekannt und vertraut. Sie hob die Finger an die Scheibe, streichelte die Bäume, die cremefarbenen Kühe, sah an einem Kirchturm hoch ins Blau des Himmels hinauf.

Sie schloss ihr Buch, nahm ihren Strohhut vom Nachbarsitz und öffnete ihre Geldbörse, um nach ihrem Fahrschein und dem Sixpencestück für den Gepäckträger zu sehen. Dann zog sie ihre weißen Handschuhe an, schloss die winzigen Perlmuttknöpfe an ihren Ärmeln, und während sie darauf wartete, dass der Zug weiterfuhr, fragte sie sich erneut, ob Ben im Zug saß und wie sie ihm erklären sollte, weshalb sie ihn verpasst hatte.

Es war ein Ruck, den er nicht erwartet hatte: ein ungeplanter Halt. Gleisarbeiten, sagte jemand in seinem Abteil. Stephen drehte den Kopf, vor sich eine Welt aus sattem Grün. Er sah aber nichts als weißen Winter und sie, so wie bei ihrem letzten Treffen, als sie in ihrem Pelzmantel vor ihm gestanden und in die Erde getreten hatte. *Du bist derjenige, zu dem ich das größte Vertrauen habe*, sagt sie ruhig. Sie sieht zu ihm auf. Ihre Augen glänzen graugrün mit Tupfen aus Kupfer und Gold: wie Bäume im Spätsommer, denkt er. Sie kommt näher, lächelt und sagt seinen Namen: *Stephen ...* Er spürt das Heben und Senken seiner Brust, hört, wie er Atem holt. *Hast du es ernst gemeint?*

Jedes einzelne Wort und weit darüber hinaus, dachte er, als der Zug sich wieder in Bewegung setzte.

Daisy stand unter dem Steinbogen und hörte ihren Namen. Sie drehte sich um und sah Ben, mit rotem Gesicht und völlig verknittert. Sekunden, Bruchteile von Sekunden später fiel ihr Blick auf Stephen, der hinter Ben vom Bahnsteig kam. Mit seinem braunen Filzhut und dem dunklen Anzug war er – elegant wie die Stadtpendler und größer als die meisten von ihnen – nicht zu übersehen. Überrascht, ihn hier, einfach so, zu sehen, entging ihr Bens Protest.

Als Stephen den Blick hob und sie sah, breitete sich auf seinem Gesicht das vertraute Grinsen aus, das sie so sehr vermisst hatte. Sie vergaß Ben, vergaß alles andere, sagte seinen Namen und ging einen Schritt auf ihn zu.

Stephen nahm ihre Hand, und sie blieben einige Augenblicke stehen, sahen sich an und lächelten, weil sie nicht anders konnten.

»Nicht in Neuseeland also«, sagte sie.

»Ah, der umherreisende Chauffeur«, brummte Ben, zog sein Taschentuch hervor und wischte sich über die feuchte Stirn.

»Nein, nicht in Neuseeland«, sagte Stephen, lächelte noch immer und hielt noch immer ihre Hand.

Ben räusperte sich.

Daisy zog ihre Hand zurück. »Du erinnerst dich an Stephen?«, sagte sie, trat zurück und wandte sich Ben zu.

Ben bedachte Stephen mit einem kurzen Lächeln. »Wie war nun unsere Weiterfahrt nach Eden Hall gedacht?«, fragte er.

Daisy sah über die Wagen, die vor dem Bahnhof parkten. »Da mein Vater nicht hier zu sein scheint, müssen wir wohl ein Taxi nehmen.«

Stephen griff nach seinem kleinen Koffer und der Tüte eines bekannten Londoner Geschäfts. »Wir sehen uns dann morgen«, sagte er.

»Aber wohin willst du denn?«, fragte Daisy. »Kommst du nicht mit nach Hause?«

»Doch ... ich wollte den Bus nehmen.«

»Sei nicht albern, das ist doch nicht nötig.«

Kurz darauf saß Daisy zwischen den beiden Männern auf der Rückbank eines Taxis, das aus der Stadt herausfuhr. Sie hielt den Blick geradeaus gerichtet, während sie Stephen nach seiner Arbeit fragte. Seine Antworten waren ebenso oberflächlich und höflich wie ihre Fragen – und wie wiederum seine Fragen an sie.

Alle Taxifenster standen offen, der Wind trug den Duft der sommerlichen Hecken, der Geißblätter und des wilden Jasmins, der warmen Kiefern und des Heidekrauts herein. Als das Taxi aus der sonnengesprenkelten Straße auf die Kreuzung fuhr, drehte Stephen sich zu Daisy um: »Fletch ist gar nicht hier. Ich frage mich, wo er jetzt wohl ist.«

Daisy sah ihn ebenfalls an und lächelte. »Ja, das frage ich mich auch.«

Ohne Hut konnte sie erkennen, dass seine bleiche Winterblässe von letzten Weihnachten einer schimmernden Sonnenbräune gewichen war und dass er sich beim Rasieren geschnitten hatte. Wieder fiel ihr die Kontur seiner Oberlippe auf, die dünner war als die der Unterlippe; sah, dass seine Nase nicht gerade war – so wie Bens – und dass sein Mundwinkel zuckte, als er sie ansah, als wolle er noch etwas sagen.

»Fletch? Wer ist denn das?«, erkundigte sich Ben.

»Ach, nur jemand von früher, den wir hier immer gesehen haben«, erwiderte Daisy und richtete den Blick erneut auf die Straße.

Ben wusste so vieles nicht. Und wie könnte sie ihm jemals alles erzählen, ihm die Geschichte erklären, ihre Geschichte, die Stephen kannte, weil er dabei gewesen war? Sie schielte hinunter auf Stephens Hände – starke, männliche Hände –, die in seinem Schoß ruhten und am Filzrand seines Hutes spielten: sonnengebräunt wie sein Gesicht und sauberer als früher, dachte sie. Sein rechter Arm berührte ihren, und ihn zu spüren, seine Wärme, ließ ihre Lider schwer werden, als wäre sie betäubt, glücklich betäubt, und würde in einem Paradies ruhen, an das sie sich schwach erinnerte.

»Was ist in der *Liberty*-Tüte?«, fragte Daisy nach einem Augenblick.

»Ein Geschenk für meine Mutter … ein Seidenschal.«

Daisy sah ihn erneut an. Aber seine Augen waren geschlossen, sein Gesicht zum offenen Fenster gerichtet.

»Kommen Sie auch zur Feier, Jessop?«, fragte Ben, als sie der Auffahrt nach Eden Hall näher kamen.

»Ich fürchte schon«, gab er zurück.

Daisy lächelte.

»Und bringen Sie jemanden mit?«, fragte Ben.

Stephen sagte, ja, er werde einen Gast mitbringen. Als Daisy sich zu ihm umdrehte, erklärte er, seine Mutter habe von sich aus Tabitha Farley als seine Begleitung eingeladen. »Weil deine Mutter freundlicherweise *und Partnerin* auf meine Einladung geschrieben hatte, glaubte meine Mutter wohl, es sei zwingend erforderlich«, fügte er hinzu und sah Daisy an.

Ben lachte laut. »Zwingend erforderlich!«, wiederholte er. »Das gefällt mir … Ja, das gefällt mir sehr.«

Dann breiteten sich die Gärten in einem blaugrünen Schleier vor ihnen aus: üppige Blumenrabatten, die den getrimmten Rasen umrahmten, gestutzte Büsche und Buchsbaumhecken und das große Festzelt aus Leinentuch, in das Männer gerade Teppichrollen und Stapel goldbemalter Stühle trugen.

»Das sieht ja prächtig aus«, sagte Ben.

Ja, dachte Daisy, *das stimmt.*

Sie blieben vor der offenen Eingangstür stehen. Stephen nahm Daisys Tasche aus dem Kofferraum des Taxis und stellte sie auf die Stufe. Er lächelte ihr zu. »Wir sehen uns morgen«, sagte er erneut und verschwand durch den Bogen zum Hof und zur rückwärtigen Häuserseite.

Als sie ihn davongehen sah, überkam Daisy plötzlich das starke Bedürfnis, ihm hinterherzurufen, seinen Namen zu sagen und zu sehen, wie er sich zu ihr umdrehte und lächelte.

»Verdammt eigenartiger Kauz«, brummte Ben, als er vor ihr durch die offene Tür lief.

»Weshalb eigenartig?«, fragte Daisy und griff nach ihrer Tasche.

Ben warf ihr einen Blick über die Schulter zu. »Der Kerl hat uns nicht einmal gratuliert.«

»Gratuliert?«

»Zur Verlobung!«

»Ach so, die meinst du«, sagte sie, folgte ihm hinein und fragte sich, ob Stephen davon wusste. Aber sobald sie Mabel sah, die durchs Foyer auf sie zukam, ließ sie ihre Tasche fallen und lief ihrer Mutter in die Arme.

25

Das Essen bestand an diesem Abend aus eingelegten Garnelen, einem Käsesoufflé und Seezunge à la Véronique. Mrs. Jessop hatte ihre Kochkünste in Mabels Abwesenheit offenbar verfeinert, dachte Daisy. Aber sie waren nur zu fünft beim Dinner: Daisy, Ben, Howard, Mabel und Reggie. Alle anderen würden erst morgen ankommen, abgesehen von Iris und Val, die ihre Pläne erneut geändert hatten und möglicherweise noch später am Abend erscheinen würden, sagte Mabel. Und Noonie wurde wieder einmal ein Tablett mit Dosenpfirsich und Eiscreme aufs Zimmer gebracht. Mabel zufolge ernährte sie sich mittlerweile von nichts anderem.

Aber trotz allen Kummers um Noonie hatten Mabels Gesichtszüge jegliche Besorgnis verloren. Sie war erst seit zehn Tagen zurück und strahlte noch von den Monaten auf dem Festland, ihr Gesicht wies weniger Falten auf, und sie wirkte hübscher, jünger und erholter, als Daisy sie je erlebt hatte. Sie schmunzelte und lachte häufig, hatte angefangen zu rauchen und eine neue Lebensfreude entwickelt, eine Nachsicht allem und allen gegenüber, die gekleidet war in einen neuen Sinn für Humor.

»England ist im Vergleich zum Festland so lächerlich bieder und verklemmt – und das ohne jeden vernünftigen

Grund«, sagte sie zu Daisy. »Drüben kannst du sein, wer immer du willst, tun, was immer du willst – und niemand zuckt mit der Wimper. Du musst unbedingt einmal hinfahren, Liebling«, fügte sie hinzu. »Du musst es selbst erleben.«

Reggie bestätigte, zuvorkommend wie eh und je, jede einzelne von Mabels Beobachtungen und Äußerungen und lachte an den richtigen Stellen. Aber gelegentlich spürte Daisy auf Mabels Seite eine Spur Verdruss und fragte sich, ob die beiden auf dem Festland aneinandergeraten waren.

Und sie selbst verspürte ebenfalls Verdruss. Verdruss über Bens unterwürfiges Verhalten Howard gegenüber. Er buhlte um die Aufmerksamkeit ihres Vaters, zeigte sich desinteressiert an allem, was andere sagten, lachte gekünstelt, wann immer Howard etwas annähernd Humorvolles von sich gab, nickte, wenn ihr Vater sprach. Ben wirkte so blass im Vergleich zu Stephen, dachte sie, während sie ihn beobachtete; blass in jeglicher Hinsicht.

Aber am meisten von allen hatte sich Howard verändert. Iris hatte recht: Er war schmaler geworden. Und mit seinem Gewicht hatte er zugleich Jahre verloren. Während des Essens saß er die meiste Zeit zurückgelehnt auf seinem Stuhl und lächelte, während er Mabel beobachtete und ihr zuhörte, als wäre sie eine Vision, die vom Himmel gefallen war. Und während Daisy ihn beobachtete, wie er Mabel beobachtete, spürte sie, dass bei allem stillen Gebaren ihres Vater und der Ausgelassenheit ihrer Mutter etwas in der Luft schwebte: Blicke trafen sich, verweilten, ein Lächeln wurde erwidert, wie in einem intimen Spiel oder einem geheimen, neuen Verstehen.

»Ein halbes Schnitzel … *ein halbes Schnitzel!*«, sagte Mabel gerade kopfschüttelnd. »Sie sagte: ›Mach dir keine

Gedanken wegen des Abendessens. Wir können immer noch unterwegs anhalten und uns ein Schnitzel teilen, wenn wir Heißhunger haben …‹« Mabel wandte sich an Daisy: »Isst Iris *überhaupt* manchmal?«

»Sie hält sich an eine bestimmte Kost. Ich kann nicht mehr genau sagen, welche … aber man darf Bayerische Creme … und Rote Bete essen. Alles, was mit dem Buchstaben B anfängt, glaube ich.«

»Dann frage ich mich, wie das Schnitzel da hineinpasst«, sagte Mabel trocken, hob das Glas an ihre Lippen und lächelte – ziemlich kokett, wie Daisy fand – Howard über den langen Tisch zu.

Das Dinner dauerte an diesem Abend länger als gewöhnlich. Der Wein floss, und zwischen Mabels Schilderungen und Gelächter und Daisys Betrachtung der neuen Dynamik gingen ihre Gedanken immer wieder zu Stephen – der nur wenige Meter und Minuten von hier entfernt saß. Sein Anblick auf dem Bahnhof, das Wissen, dass sie im selben Zug gereist waren, das Gefühl, im Taxi neben ihm gesessen zu haben, dann seine Gleichgültigkeit gegenüber Ben – und vielleicht auch ihr gegenüber –, sein Hut, sein Gesicht, seine Hände … alles an ihm hatte sich fest in ihrem Gedächtnis verankert. Sie hatte ihn vermisst, mehr vermisst, als ihr klar gewesen war, und nun sehnte sie sich danach, bei ihm zu sein.

Sie fragte sich, wie und wann sie aus diesem Zimmer fliehen und ihn suchen konnte, denn sie wollte wenigstens die Unstimmigkeiten zwischen ihnen ausräumen, ihre Freundschaft bekräftigen. Egal, ob er nun ihr Bruder war oder nicht, er war immer ihr Freund gewesen, ihr allerbester Freund. Und sie sah ihn erneut aus dem Bahnhof kommen, mit seiner Hutkrempe, die Schatten auf sein Gesicht warf. Sie sah seine Hände, sein Lächeln, seine Augen …

»Du bist so still, Liebes«, unterbrach sie ihre Mutter.

Daisy zuckte die Schultern. »Nur ein bisschen müde.«

»Dann wird dir frühes Schlafengehen und eine gute Nachtruhe nicht schaden«, sagte Reggie und bedeutete Nancy mit einem Nicken, die Teller abzuräumen. »Wir müssen morgen alle in Höchstform zu den Feierlichkeiten deiner Mutter auflaufen.«

»Und meines Vaters«, erwiderte Daisy rasch. »Wir feiern ihren Hochzeitstag, Reggie.«

Daisy sah zu Howard hinüber, der ihr zulächelte, und Reggie lachte. »Natürlich. Ich wollte den alten Herrn nicht übergehen.«

Als Mabel sich schließlich erhob und sagte, wenn niemand etwas dagegen habe, werde sie sich in ihr Boudoir begeben und noch ein paar Dinge erledigen, nutzte Daisy die Gelegenheit. »Und wenn niemand etwas dagegen hat, werde ich noch ein wenig frische Luft schnappen, bevor ich mich zurückziehe – *frühzeitig*, Reggie«, fügte sie hinzu.

»Ich komme mit dir«, sagte Ben und schob seinen Stuhl zurück.

»Nein, bitte, bleib noch … gönne dir noch ein Glas Portwein. Das wäre dir doch sicher lieber«, sagte sie und schenkte ihm ihr überzeugendstes Lächeln.

»Bist du sicher?«

»Ganz sicher.«

Sie eilte durch die Küche – wo sie Mrs. Jessop ein schnelles Hallo zuwarf –, bevor sie durch den rot gefliesten Korridor lief und durch die offene Tür in den Hof schlüpfte. Sie sah zur Tür der Kutscherwohnung und lief weiter in Richtung

Küchengarten. Sie wusste, er würde dort sein. Als sie ihn sah, neben dem Frühbeet, die Gießkanne in der einen, die Zigarette in der anderen Hand, blieb sie stehen und lächelte und lief dann langsam auf ihn zu.

Er hatte Hut, Jacke und Krawatte abgelegt und die Ärmel hochgekrempelt. Sein dunkles Haar war hinten kurz geschnitten, und über seiner Stirn hing eine dichte, lange Tolle. Als sie auf ihn zuging, drehte er sich um, und der finstere Blick, den sie nur flüchtig wahrnahm, wich einem schwachen Lächeln, bei dem er den Unterarm hob, um den hängenden Schopf zurückzustreichen.

Sie stellte sich neben ihn und blieb einen Augenblick schweigend bei ihm stehen.

»Und?«, sagte er.

»Und?«, wiederholte sie.

»Erzähl es mir.«

Sie lächelte, ermutigt vom gegenseitigen Verständnis und dem wohligen Schauer, der nicht zu leugnen war. Und dann rief sie sich eilig die Tatsachen ins Gedächtnis: diese grässliche Möglichkeit – Wahrscheinlichkeit, korrigierte sie sich –, die bestand. *Aber falls er mein Bruder ist, ist meine Liebe – Zuneigung – zu ihm dann weniger wert?*, fragte sie sich. Sie sah ihn an: ein junger Howard, hatte Iris gesagt, aber Daisy konnte es nicht erkennen. Sie waren beide dunkel, aber Stephens Kiefer war länger, schmaler, und seine Nase und die Form seiner Lippen unterschieden sich deutlich.

»Was soll ich dir genau erzählen?«, fragte sie.

Die Sonne begann unterzugehen, goss geschmolzenes Gold über die Baumwipfel, reflektiert von den Fenstern des Gewächshauses. Sie strich sich über die Augenbrauen.

»Sollen wir damit anfangen … wie es dir geht, ob du

glücklich bist und wie du über deine bevorstehende Hochzeit denkst?«

»Wir sind nicht ... nicht ganz, nicht offiziell verlobt«, stammelte sie, ließ die Hand sinken und sah zu dem verdorrenden Gras hinab.

»Nicht *offiziell* verlobt? Wie denn dann?«

»Na ja, es ist schon eine Verlobung, vermutlich ... so eine Art Verlobung. Aber ich wusste nicht, dass sie sich schon herumgesprochen hat. Es sollte nämlich niemand davon erfahren ... noch nicht.«

»Du meinst, sie ist ein Geheimnis?«

»Nein, ein Geheimnis nicht«, sagte sie. »Sie ist nur noch nicht offiziell. Es wissen bislang nur wenige davon.«

»Verstehe.«

»Aber deshalb bin ich nicht hier, das wollte ich dir gar nicht sagen.«

Er stellte die Gießkanne ab und drehte sich zu ihr um. Dann streckte er die Hand aus und berührte ihr Haar. »Du hast es dir schneiden lassen«, sagte er, während er sie musterte und den Kopf neigte.

»Ein Geburtstagsgeschenk von Iris. Aber ich habe alles aufbewahrt ... in einer Tüte in London«, fügte sie hinzu.

Entgegen ihrer Fantasie – dem Bild von sich mit kurzem Haar und angemalten Lippen, das ihr manchmal vor Augen gestanden hatte – war Daisy eigensinnig geblieben und hatte sich standhaft geweigert, sich der Mode zu unterwerfen und einen Bob zu tragen. Iris war an ihr verzweifelt, hatte zu Daisy gesagt, nur noch alte Damen und kleine Mädchen trügen lange Haare. »Und was deine Augenbrauen betrifft ...«, hatte Iris kopfschüttelnd gesagt, »da müssen wir dringend etwas tun.« Daisy hatte keine Ahnung gehabt, was sie damit meinte. Ließen Leute sich heutzutage tatsächlich ihre Augenbrauen kürzen? »Sie *müssen* gezupft werden. Sie sehen aus wie Motten, Süße«, hatte Iris gesagt.

Am Ende hatte Iris gewonnen – zumindest, was die Frisur betraf –, und ein Termin bei Marcel war ihr Geburtstagsgeschenk für Daisy gewesen. »Du wirst *so* hübsch aussehen, so schick und modern, Süße«, hatte Iris auf dem Weg zu Harrods im Taxi zu ihr gesagt.

Daisys Haare waren vorher schon ein paar Mal geschnitten worden, jedes Mal von Nancy, jedes Mal in der Küche auf Eden Hall und jedes Mal nur ein paar Zentimeter. Aber als sie zwölf Jahre alt gewesen war, waren mehr als fünfzehn Zentimeter auf dem Küchenboden gelandet. Die tränenüberströmte Mrs. Jessop hatte jede herabgefallene Locke aufgesammelt und sich lautstark die Nase geschnäuzt. Später, nachdem sie sich selbst im Spiegel betrachtet hatte, musste Daisy auf ihrem Zimmer bleiben – wegen ihrer, wie Mabel sagte, »albernen Hysterie«.

Während sie bei Marcel gewesen war und gesehen hatte, wie lang ihre kostbaren Haare waren, als sie auf dem Boden des Salons lagen, hatte Daisy das Gefühl, dass es der Abschied von etwas viel Größerem war, und sie hatte auch diesmal geweint. Marcel hatte mit der Hand gewedelt, ein paar Worte auf Französisch fallen gelassen, die Daisy nicht verstand, und dann hatte jemand das Haar aufgesammelt und in eine Papiertüte gelegt. Als Iris die Rechnung beglich und Marcel mit so vielen Küssen beruhigte, dass sein Schmollmund sich schließlich zu einem Lächeln verzog, bekam Daisy die Tüte überreicht. Nun lag das abgeschnittene Haar in ihrer Kommodenschublade in der Sydney Street.

»Das ist gut«, sagte Stephen. »Vielleicht kannst du die

Tüte mit Haaren deinem Verlobten schenken – als Hochzeitsgeschenk.«

»Nun sei doch nicht so.«

»Wie denn?«

»Na … so.«

»*So?*«

Sie sah seine Augen, seinen neugierigen, abwehrenden Blick, und wünschte sich, er würde einen Witz machen oder grinsen oder lachen.

»So sieht es dann jetzt wohl aus, oder?«, setzte er wieder an. »Du und ich und das Leben … Ich mit Gießkanne und Kippe in der Hand, du mit dem Spruch, dass alles in Ordnung ist und wir Freunde bleiben. Deshalb bist du doch gekommen, um mir das zu sagen, oder? Dass wir Freunde bleiben? Und dass alles gut und prima wird, wenn du verheiratet bist?«

Sie wandte den Blick ab. Das Tageslicht schwand. Die Sonne war hinter die Buchen und Kiefern gesunken und warf dunkle Schatten über die rötlichen Mauern, neben denen die Nektarinen und Pfirsiche groß und reif an den Ästen hingen.

»Ja«, sagte sie, »deshalb bin ich hier.«

»Das brauchst du nicht. Wir bleiben immer Freunde, du und ich. Das wissen wir beide. Und egal, was passiert, ich bin immer für dich hier … oder vielleicht nicht hier, sondern da – wo auch immer *da* dann ist. Egal, du weißt, was ich meine«, setzte er hinzu und klang ein wenig verwirrt.

»Ja. Und genau dasselbe gilt auch für mich, das wollte ich dir sagen.«

Er nickte, so, als wolle er damit mehr sich selbst als ihr zustimmen. »Solange du nur glücklich bist«, sagte er.

»Und was ist mit dir? Bist du glücklich?«, fragte sie. Obwohl er gerade nicht danach aussah, war es nur höflich, danach zu fragen, dachte sie. Und sie wollte es wirklich wissen. Sie wollte, dass er glücklich war. Während sie auf seine Antwort wartete, während sich eine weitere Stille über sie legte, spürte sie, dass sie sich noch mehr wünschte, dass er glücklich war, als dass sie es selbst war.

»Ich weiß gar nicht genau, was Glück eigentlich ist«, sagte er schließlich und sah in die Ferne. »Es gibt gute Momente und schlechte Momente, mehr nicht. Und beide kommen in meinem Leben vor, wie bei jedem anderen auch.«

»Ich glaube, alles hängt mit der Liebe zusammen«, sagte Daisy gedankenlos.

»Und mit der Ehe?«, fragte er rasch und wandte sich ihr zu.

»Ja«, sagte sie, »damit auch.«

Er wandte den Blick ab und zog eine Zigarettenpackung aus der Tasche.

»Was ist mit Tabitha?«, fragte sie.

»Was soll mit ihr sein?«, gab er zurück, während er sich die Zigarette anzündete.

»Ich habe mich nur gefragt … Es schien recht ernst zu sein letztes Jahr zu Weihnachten.«

Er seufzte. »Es war nicht das, wonach es aussah.«

In diesem Augenblick wünschte sie sich, das Thema wechseln zu können; sie wünschte, sie hätte mit ihm über alles und nichts reden können, aber das ging nicht. Sie konnte nicht. Von irgendwoher, tief aus ihrem Innern, drang ein kleines, schrilles Lachen – eins, das sie nie zuvor von sich gehört hatte –, und dann hörte sie sich sagen: »Tja, es sah aber nun einmal ernst aus, und der Zeitpunkt für deine Entscheidung, die … die Nacht mit ihr zu verbringen, war ein wenig seltsam, Stephen.«

Sie konnte nicht glauben, was sie da gerade gesagt hatte, aber es war noch nicht alles, was verzweifelt aus ihr hervorsprudelte: »Und lass dir eins gesagt sein«, hob sie erneut an, »wenn du herumläufst und den Mädchen erzählst, dass du sie liebst, und sie einlädtst, mit dir in … in ferne Länder zu gehen, und dann mit der einen schläfst und der anderen Briefe schreibst und dann … dann …« Aber es wurde alles zu viel und sprudelte über und in einem merkwürdigen, gurgelnden Schrei aus ihr heraus.

Danach blieb ihr nichts anderes übrig, als hastig den Rückzug anzutreten. Sie marschierte in Richtung Haus und bog eilig in den Wald ab.

Sie blieb einen Augenblick stehen, beschämt von ihrem Ausbruch, und hielt sich an dem glatten, alten Holzbalken des Tores fest; dann zog sie es auf und lief weiter. Es war kühler hier, stiller. Die letzten Sonnenstrahlen fielen niedrig durch die Zweige, durchbrachen die Schatten mit irisierendem Licht und beleuchteten einzelne Spinnweben, die in der warmen Abendluft schwebten. Der Weg fühlte sich weich an unter ihren Füßen, war schmaler zu dieser Jahreszeit, durch die staubbedeckten Nesseln, Farne und Wildblumen, die dicht und üppig und ungestört wucherten. Die verrottenden Überreste der umgestürzten Bäume wirkten bedrohlich, ihre zerklüfteten Rinden schälten sich wie uralte Tapeten von ihnen ab, und die kleine Holzbrücke war grün bemoost.

Als Daisy auf der Brücke stand, kamen ihr frühere Abende in den Sinn, Dämmerstunden wie diese, als sie mit ihm hier gewesen war, sie einen Damm gebaut, im Wasser nach ungewöhnlichen Steinen und Fossilien gesucht, sich offen und zwanglos über Gott und die Welt unterhalten hatten. Wie einfach das Leben damals gewesen war, musste sie denken, und kletterte zum Bergkamm hinauf, von dem aus sie vor Monaten ihre Schneekugel hinabgeworfen hatte. Damals war das Tal rundherum weiß und hoch mit Schnee bedeckt gewesen, der Fluss war in einem vereisten Schwall herabgestürzt; nun bedeckte wieder lilafarbenes Heidekraut die Hänge, und das Wasser floss langsam über die Steine und Felsen. Sie sah über den Abgrund. Ob sie wohl noch da war? Oder hatte sie jemand gefunden und mitgenommen? Sie hörte einen Gewehrschuss durch das Tal hallen, und dann hörte sie ihren Namen.

»Es tut mir leid«, sagte er, als er zum Bergkamm hinaufstieg und sich neben sie stellte.

»Meine Schneekugel liegt irgendwo da unten.«

»Deine Schneekugel … Die Kugel, die dein Vater dir geschenkt hat?«

»Ich habe sie von hier aus hinuntergeworfen. Sie ist in der Nähe der Bäume dort gelandet«, sagte sie und zeigte in die Richtung.

Er fragte nicht, warum. Fragte überhaupt nicht weiter. Er sagte: »Komm, ich begleite dich zurück.«

Sie nahmen einen anderen Weg, und eine Weile liefen sie schweigend nebeneinander her. Es war so leicht, dachte sie, mit ihm zusammen zu sein und zu schweigen. Ben hätte ihr vorgeworfen, ungesellig zu sein oder zu schmollen, aber Stephen warf ihr nie etwas dieser Art vor. Heute nicht und auch sonst nie.

Oben auf dem Hügel, wo der Pfad auf die Makadamstraße traf, lag die alte Besenbinderhütte. Daisy war schon einmal – vor Jahren – mit ihm hier gewesen. Damals hatte ein alter Mann namens Jethro hier gewohnt, den Stephen auf fast hundert Jahre schätzte. Das Haus hatte noch dieselbe dreckige rötliche Farbe und dasselbe zerzauste Strohdach. Eine Frau stand mit einem großen Säugling auf der Hüfte in der offenen Tür und rauchte eine Pfeife. Sie lächelte und nickte Stephen zu, als er auf sie zuging. Daisy blieb auf dem Weg und wartete, während sie sich unterhielten. Sie hörte, wie Stephen lachte, »Nein« sagte, hörte, wie er ihren Namen nannte, und spürte, wie die Frau sie mit neuem Interesse ansah. Er streichelte beim Reden das Köpfchen des Kindes, drehte sich schließlich wieder um und gesellte sich zu Daisy auf den Weg.

»Was hat sie gesagt?«

»Sie hat gefragt, ob du meine Angebetete bist«, sagte er und sah zu Boden. »Aber ich habe ihr erzählt, wer du bist und dass du verlobt bist. Das war schon alles.«

»Jethro ist vermutlich schon vor langer Zeit verstorben.«

»Ja, vor etlichen Jahren ... Sie ist seine Urenkelin, Rosie.«

»Du kennst wirklich jeden hier ... immer schon. Was erstaunlich ist, weil ...«

»Weil ich nicht von hier bin? Nicht hier geboren wurde? Vielleicht gerade deshalb«, sagte er an sie gewandt. »Vielleicht musste ich mich mehr anstrengen ... oder vielleicht interessieren mich die Menschen mehr. Deine Familie mischt sich jedenfalls nicht unter die Einheimischen, oder?«

Daisy blieb stehen. »Doch, schon. Die meisten Freunde meiner Eltern wohnen in der Gegend.«

Er lächelte. »Aber wie viele von ihnen wurden hier geboren, arbeiten hier, leben hier schon seit Generationen? Rosies Familie lebt schon seit Hunderten von Jahren hier, nicht erst seit ein paar Jahrzehnten ... und vermutlich haben deine Eltern oder ihre Freunde keine Ahnung, wer sie ist.«

Daisy schwieg. Es stimmte schon, ihre Eltern hatten noch nie Kontakt gehabt zur einheimischen, arbeitenden Bevölkerung, zu den Familien, die von den Äckern lebten und sich seit Jahrhunderten ihr täglich Brot verdienten. Sie war mit ein paar wenigen handverlesenen Freunden aufgewachsen, mit Kindern, deren Eltern ihre Mutter kannte und als angemessenen Umgang empfand. Aber Mabel hatte auch jeden Sommer und während des Krieges die Kinder aus London bei sich beherbergt.

»Meine Eltern haben keine Vorurteile; sie sind keine Snobs, Stephen«, sagte sie.

»Nein, das sind sie nicht«, sagte er eilig und mit Nachdruck. »Und das habe ich auch nicht gemeint. Ich wollte damit nur sagen, dass … es diese Kluft gibt, alle haben ihre Gruppe, ihren Platz, und es gibt keine Überschneidungen. Und ich sitze dazwischen, jedenfalls fühle ich mich so. Ich weiß nicht, zu welcher Gruppe ich gehöre, und will auch zu keiner gehören, wenn damit die anderen ausgeschlossen sind … falls das irgendeinen Sinn ergibt.«

»Ja. Du klingst ein wenig wie Ben. Er hat kürzlich etwas ganz Ähnliches gesagt.«

»Nein, ich klinge keineswegs wie Benedict Gifford.«

Als sie den Hof erreichten, senkte er den Kopf und sagte ihr auf, wie sie fand, allzu höfliche Art Gute Nacht. Die Luft war abgekühlt, und sie hatte eine Gänsehaut auf den bloßen Armen. Fledermäuse schossen über den dunklen Innenhof. Weil sie sich noch nicht vorstellen konnte, Ben wieder zu begegnen, einzutauchen und oberflächliche Konversation zu betreiben, lief sie weiter um das Haus herum und nahm den Weg zum japanischen Garten.

Sie setzte sich auf die Bank neben dem Seerosenteich, lauschte der gesungenen Abendandacht der Vögel, bis das nachschimmernde Zwielicht sich auflöste und eine schwarze

Dämmerung sich wie der letzte Vorhang des Tages herabsenkte. Nur eine einzelne Eule war noch zu hören, und Daisys Gedanken verschwommen noch stärker und ungreifbarer als sonst.

Der Mond war nicht ganz rund, oben am Rand fehlte etwas, genau wie am Abend der Siegesfeier vor vielen Jahren. Als sie ihm damals den Mond gezeigt hatte, hatte er daraufhin gesagt, das sei wie bei den Männern, die im Krieg gewesen waren und denen nach ihrer Rückkehr nun oben etwas fehle.

»Aber der Mond wird bald wieder vollständig sein … und diese Männer vielleicht auch. Die Ärzte können ihnen helfen«, hatte sie gesagt und sich damit selbst Mut zugesprochen.

Aber Stephen hatte gesagt, Ärzte könnten nur bei körperlichen Wunden helfen und selbst da nur äußerlich. »Du kannst niemanden vergessen lassen, was er gesehen oder getan hat«, fügte er hinzu.

»Ich glaube nicht an Krieg«, hatte sie gesagt. »Ich bin Pazifistin.«

Sie war sich nicht ganz sicher, was das hieß, aber sie wusste, dass man so jemanden bezeichnete, der den Krieg ablehnte, und dass Iris sich so nannte. Aber als er sich zu ihr umwandte und sagte, es sei Verrat am Vaterland, den Kriegsdienst zu verweigern, dass nur Feiglinge so etwas täten und dass sie sich schämen solle, so etwas zu sagen – vor allem heute, an diesem Abend –, war sie in Tränen ausgebrochen. Nicht um ihrer selbst oder seiner barschen Worte wegen, sondern wegen des Mondes mit seinem fehlenden Rand und wegen all der Männer, denen oben etwas fehlte und die nie wieder heil werden würden.

Für Daisy hatte der Krieg – anfangs – lediglich bedeutet, dass einige Bedienstete sich verabschiedeten, und sie hatten ihnen mit kleinen Flaggen und glücklichem Herzen hinterhergewunken. Er brachte Entspannung in ihrem Stundenplan mit sich, ein neues Zimmer und ungewöhnliche Spielkameraden aus London. Die Mahlzeiten änderten sich, man durfte weniger Feuer anzünden. Aber gelegentlich hatte sie einen Blick auf die Zeitung erhascht, auf die langen Zahlen, die Fotografien und Bilder dieses Ortes, des Krieges. Sie war in der Kirche gewesen und hatte inständig, so inständig sie konnte, für alle *da drüben* gebetet und Stephens Analysen und Kommentare gehört und geglaubt, so wie immer.

Als Daisy aus ihrer Trance erwachte – denn so fühlte es sich an: als hätte sie sich in einem Zustand der Entrückung befunden –, waren ihre Gedanken klarer. Sie erinnerte sich, wann sie zuletzt hier gesessen hatte – damals, als sie frierend, ausgekühlt und glühend vor Eifersucht noch immer von den Wogen einer beklommenen Verzückung zitterte, noch immer zitterte wegen eines einzigen, bedeutungslosen Kusses, zitterte wegen verstohlener Liebesworte; als sie sich verzehrte nach einer fernen Freiheit, die ihrem Leben Sinn verlieh. Aber Freiheit, so hatte sie lernen müssen, war ein einsamer Ort. Ein klapperndes Fenster, durch das man weitere Fenster und andere, fremde Menschen sah. Freiheit bedeutete, unsichtbar zu sein, dachte sie jetzt.

Sie hatte jegliches Zeitgefühl verloren und wusste nicht mehr, wie lange sie hier gesessen hatte, als sie Schritte hinter sich hörte.

»Wartest du auf jemand Bestimmten?«, fragte Ben und setzte sich neben sie auf die Bank.

»Ich schnappe nur etwas frische Luft.«

»Ach ja, frische Luft. Du schnappst gern frische Luft. Ich vergaß.«

Sie hörte ihn seufzen, aber ihr fiel nichts ein, was sie hätte sagen können.

»Wenn du immer noch verschnupft bist wegen vorhin, am Bahnhof«, sagte er, »dass ich nicht auf dich gewartet habe, dann tut es mir leid. Ich habe bereits gesagt, dass es mir leidtut.«

»Ich bin nicht verschnupft, Ben. Und wahrscheinlich war es sogar besser, dass wir getrennt gefahren sind.«

Er stieß ein seltsames hohles Lachen aus, eines, das dem Abend eine unheilvolle Ahnung verlieh. »Es wird frisch hier draußen, du verkühlst dich noch. Lass uns hineingehen«, sagte er.

»Nein, ich möchte noch nicht hineingehen.«

»Ich lasse dich aber nicht alleine hier draußen sitzen.«

»Warum nicht?«, fragte sie und drehte sich zu ihm. »Was denkst du denn, was passieren könnte? Dass ich von einem Dachs gefressen werde?«

»Nun werde nicht sarkastisch, meine Liebe. Das steht einer Frau nicht gut zu Gesicht. Es ist spät, und wir sollten hineingehen und gesellig sein … Das wäre nur höflich.«

Sein *Nun werde nicht sarkastisch* ärgerte sie. *Meine Liebe* noch mehr. Sie schloss die Augen und stand auf. Als sie zur Zufahrt gingen, sich dem hellen Licht des Portals näherten, griff er nach ihrer Hand und räusperte sich. »Daisy, Liebste, würdest du mir erlauben, später in dein Zimmer zu kommen, um … dir Gute Nacht zu sagen?«

Es war eine Bitte, vor der sie sich gefürchtet hatte.

26

»Du siehst gut aus«, sagte Daisy. »Du wirkst wirklich Jahre jünger.«

»Das muss an fünf Monaten Festland liegen – und an der neuen Frisur. Aber du hast auch einen neuen Haarschnitt«, erwiderte Mabel und lächelte ihrer Tochter im Spiegel auf dem Frisiertisch zu.

Daisy griff sich ans Haar. »Ja, wie gefällt er dir?«

»Ich habe dir schon gesagt, dass ich ihn gut finde … aber ich sehe, dass er dir nicht gefällt.«

»Nein, das ist es nicht. Ich vermisse nur meine langen Haare.«

Mabel lachte. »Zu spät.«

Mabels Zimmer hatte eine ganz eigene Atmosphäre und einen eigenen Stil. Es stand voll mit großen und vorgeblich wertvollen Möbeln. Für Daisy war es eine Oase der Ruhe – behaglich, weich und warm, erfüllt von Mabels beruhigender Art. Ihre Weiblichkeit spiegelte sich in den Farben und Materialien. Die großen rosafarbenen Rosen auf den wallenden Chintz-Vorhängen, der geschmackvoll mit Musselin bespannte Frisiertisch, auf dem neben Bürste, Spiegel und Kamm alte Parfumflakons und Gläser mit silbernen Schraubdeckeln standen, das prächtige Bett mit seinen sorgsam angeordneten Polstern und mit Spitze eingefassten Kissen. Es war, immer schon, der am besten duftende aller Zufluchtsorte.

Daisy setzte sich auf den Stuhl vor Mabels Frisiertisch. Sie sah ihrer Mutter zu, wie sie ihr Haar bürstete. Die neue Frisur stammte aus Rom, das Kleid, das sie am Abend getragen hatte, aus Paris, das Tuch aus Koblenz, ihr Nachthemd aus »einem himmlischen kleinen Geschäft« in Südfrankreich, die kleine perlenbesetzte Handtasche, die auf dem Tisch neben dem Bett lag, war eine Handarbeit aus Venedig. Es komme bald noch eine Lieferung mit »Petitessen«, sagte Mabel. »Ein paar Andenken, ein paar Utensilien für den Haushalt und ein paar Geschenke für dich und die anderen.«

Mabel, die für gewöhnlich eher bescheiden und nie sonderlich ausschweifend aufgetreten war, hatte offenbar einen Großeinkauf quer durch Europa unternommen. Von Howards finanzieller Lage schien sie nichts zu wissen.

»War sie sehr kostspielig … deine Reise?«, erkundigte sich Daisy vorsichtig. Über Geld zu sprechen wurde auf Eden Hall nie gern gesehen, vor allem nicht in Bezug auf Mabel.

»Ich habe die gesamte Reise selbst bezahlt«, sagte Mabel stolz. »Von dem Geld, das mein Vater mir hinterlassen hat. Es war nicht viel, aber es hat für mein kleines Abenteuer gereicht. Und es war etwas, das ich mir selbst gönnen wollte, ohne die finanzielle Unterstützung deines Vaters.«

Das war auch besser so, dachte Daisy.

»Nun erzähl einmal«, sagte Mabel, legte ihre Bürste ab, nahm einen Tiegel Gesichtscreme zur Hand und drehte sich zu Daisy um. »Wie steht es zwischen dir und Benedict?«

»Ich bin mir nicht so sicher.«

Mabel hob die Augenbrauen. »Du bist dir nicht sicher? Du bist dir worin nicht sicher?«

Daisy griff nach einem Kamm und fuhr mit dem Fingernagel über die Zinken. »Ich bin mir wahrscheinlich in allem nicht sicher … Bin mir nicht sicher, was ihn betrifft.«

Mabel stellte ihren Cremetiegel ab und drehte sich um. »Das habe ich mir doch gedacht. Ich glaube, du musst mich auf den neuesten Stand bringen … Dein Vater hat mir erzählt, du seist glücklich, sehr glücklich sogar, hat er gesagt.«

»Ja, ich glaube, das war ich auch, anfangs, vielleicht …«

Mabel seufzte. »Ich habe dich gewarnt. In meinem Brief im März habe ich dir geschrieben, dass es mir lieber wäre, du ließest dich vor meiner Rückkehr nicht auf eine Liaison ein. Um ganz ehrlich zu sein, Daisy … hätte ich gewusst, was passieren würde, hätte ich nie deinem Umzug nach London zugestimmt. Niemals. Ich brauche dich sicherlich nicht daran zu erinnern, dass ich entscheidend daran mitgewirkt habe, deinen Vater zu überzeugen.«

»Du hast gesagt, er habe sich nicht dagegen gesträubt.«

»Bitte unterbrich mich nicht. Die Sache ist nicht nur die, dass du zu jung bist für die Ehe, sondern dass Benedict Gifford auch noch so viel älter ist als du … und ihr seid völlig verschieden. Ich kann mir beim besten Willen nicht vorstellen, was ihr beide gemeinsam habt.«

»Du warst noch jünger als ich, als du Daddy geheiratet hast – *und* er ist dreizehn Jahre älter als du.« Daisy hatte nicht die Absicht, Ben oder ihren Fehler zu verteidigen, aber diese Heuchelei konnte sie nicht unwidersprochen stehen lassen.

Ihre Mutter starrte sie an. »Wir reden hier nicht über

Daddy und mich. Wir reden über das verheerende Geschick, in das du dich während meiner Abwesenheit gebracht hast. Zudem war damals alles noch ganz anders … Es tut mir leid, Liebes, aber ich verstehe einfach nicht, was du dir dabei gedacht hast und wie dein Vater seine Einwilligung dazu geben konnte. Und ich wünschte wirklich, du hättest wenigstens bis zu meiner Rückkehr gewartet, wenn du mit mir darüber hättest reden können.«

»Er hat in die Firma investiert – die, nebenbei bemerkt, in einigen Schwierigkeiten steckt, falls du davon noch nichts gehört hast.« Daisy war sich nicht sicher, weshalb sie dies anfügte, aber sie fand, Mabel sollte davon erfahren.

Mabel lachte gekünstelt auf. »Mein Liebling, man willigt doch nicht nur in die Ehe mit einem Mann ein, weil er in das Geschäft des eigenen Vaters investiert hat«, sagte sie kopfschüttelnd. Sie drehte sich wieder zu ihrem Spiegel aus Palisander um und cremte sich mit neuem Eifer das Gesicht ein. »Ich wusste es – schon, als dein Vater mir das Telegramm schickte. In dem Augenblick, als ich die Worte las, wusste ich, dass es ein Fehler war … und ich gebe *ihm* die Schuld daran.«

»Nein, gib Daddy nicht die Schuld, bitte … Das hat alles nichts mit ihm zu tun. Es war nicht sein Fehler.«

Mabel drehte sich erneut um. »Es hat nichts mit ihm zu tun? Du hast doch gerade selbst gesagt, dass er von diesem Mann Geld angenommen und dann seine Einwilligung gegeben hat. Und nun steckst du in einer unersprießlichen Verlobung – einer, die ohne Zweifel aufgelöst werden muss. Und das wird Folgen für dich haben, meine Liebe. Kein Mädchen will häufiger als einmal verlobt sein. Es wirkt schlampig und unüberlegt.« Sie knallte den Tiegel auf den Tisch. »Ich wusste, dass ich nicht fortgehen konnte, dass alles den Bach runtergehen würde. *Dieser Mann* ist nicht in der Lage, irgendetwas ordentlich zu regeln.«

Sie war zu ihrem alten Ich zurückgekehrt, und Daisy schien es, als kämpfe sie innerlich mit ihrem Gesicht: Sie rang mit Wangen und Stirn und atmete viel zu hastig.

»Ich fand … ich fand, er sah beim Dinner besser aus – anders als vorher«, sagte Daisy.

»Ach was, er badet vermutlich noch immer in Selbstmitleid darüber, dass ich es gewagt habe, fortzugehen und ihn sechs Monate hier allein zu lassen. Das ist alles.«

Das entsprach nicht der Wahrheit, wie Mabel sehr wohl wusste, aber sie war verärgert über ihren Mann, was die Gifford-Situation betraf, wie sie diese nun bezeichnete. In Wirklichkeit war sie bei ihrer Rückkehr von Howards Aussehen und Verhalten überrascht gewesen. Sie hatte einen entschieden älteren Mann erwartet als den gut aussehenden, schlanken Herrn, der sie am Hafen in Southampton empfangen, sie sehnlichst in die Arme genommen und geküsst hatte – und zwar nicht auf die Wangen, sondern auf den Mund. Selbst jetzt noch wurde ihr, wenn sie sich den Gedanken an diesen Empfang gestattete, seltsam schwindlig zumute.

Howard hatte Mabel nach Weihnachten und dann erneut bei ihrer Abreise anvertraut, dass er gedenke, sie zurückzugewinnen. »Woher denn zurück?«, hatte sie gefragt.

»Wo immer du in den letzten sechs Jahren gewesen bist«, hatte er erwidert.

Von unterwegs hatte sie ihm lediglich von Zeit zu Zeit eine Postkarte geschickt. Sie wollte, dass er ihre Abwesenheit in vollem Ausmaß spürte, die Leere des Hauses, wenn sie nicht da war; wollte, dass er durch die Zimmer strich, jeden

Abend alleine dasaß, mit dem Schrei der Eulen in den Bäumen als einziger Gesellschaft. Sie wollte, dass er wusste, wie sich all das anfühlte. Sie wollte, dass er Zeit hatte, über die letzten fünfundzwanzig Jahre nachzudenken.

»Er war nicht oft in London«, sagte Daisy nun, »jedenfalls nicht, dass ich wüsste.«

»Ja, das hörte ich auch.«

Daisy lief auf ihre Mutter zu. »Mummy«, sagte sie und schlang ihre Arme um Mabel, »wir haben dich alle vermisst … und wir stehen alle ein wenig auf verlorenem Posten, wenn du nicht hier bist.«

Daisy hatte an diesem Abend das Zimmer ihrer Mutter aufgesucht in der Hoffnung, Ben damit aus dem Weg zu gehen. Sie hätte ihrer Mutter gern davon erzählt, hätte gern gesagt, dass dieser Mann sie gefragt hatte, ob er sie besuchen dürfe, dass die Stunde dafür näher kam und sie nicht wusste, was sie tun sollte. Als sie in Mabels Schlafzimmer saß, war ihr bewusst, dass die Minuten verstrichen, und sie stellte sich vor, dass Ben ihr bereits – nach Brillantine und billigem Rasierwasser duftend – hinter der geschlossenen Tür im stillen Korridor nachstellte. Aber Daisy schwieg, und als Mabel sagte, Daisy sehe »ein wenig übermüdet« aus, tat sie wie geheißen und ging auf ihr Zimmer.

Kurz nach Mitternacht hörte sie das Klopfen.

»Hu-hu«, sagte Ben, streckte den Kopf durch die Tür und grinste, »ich bin's nur.« Er wirkte vollkommen deplatziert und sah aus, als fühle er sich auch so.

»Himmel«, sagte er. »Nicht ganz das Zimmer, das ich erwartet hatte.«

»Was hattest du denn erwartet?«, fragte sie.

»Dass es etwas größer ist, prachtvoller.«

»Sieh mal, Ben«, begann sie, ohne genau zu wissen, was sie eigentlich sagen wollte, erhob sich aber von ihrem Stuhl am Sekretär, wo sie auf ihn gewartet hatte.

»Ich sehe«, sagte er. »Ich bin hier, ich sehe und erblicke eine wohlgekleidete Daisy ... Ist es nicht Zeit für kleine Mädchen, in ihrem Nachthemd im Bett zu liegen?«

Er trug weder Jacke noch Krawatte und hatte den Kragen von seinem Hemd abgenommen, das nun aufgeknöpft war und die blasse, sommersprossige Haut sowie drahtige rote Haare auf seiner Brust offenbarte. Er kam auf sie zu, legte die Arme um ihre Hüfte. Wie erwartet, war sein Haar feucht und glänzend; wie erwartet, roch er nach billigem Rasierwasser – das beinahe, aber nicht vollständig, den Alkoholgeruch in seinem Atem überdeckte. Seine Lippen waren blau-rot gefleckt von Bordeaux und Portwein, die er an diesem Abend getrunken hatte, und er lallte ein wenig.

»Wir sind wohl ein wenig aufgeregt? Das ist sehr verständlich ... mit einem Mann in deinem Zimmer. Bin ich der Erste? Bin ich der allererste Mann, der zu dir kommt?«, fragte er.

Daisy nickte; das war er, von Howard einmal abgesehen.

»Hier bin ich also, dein Valentino.« Er fuhr ihr mit dem Handrücken über die Wange und strich ihr Haar zurück. »Süße kleine Daisy«, flüsterte er, während er sich mit den Lippen ihrem Hals näherte. »So unschuldig ...«, murmelte er.

»Ben ... bitte, ich will nicht ...«

Dann legte er plötzlich den Mund auf ihren, seine Zunge drängte ihre Lippen auseinander, eine Hand lag auf ihrem Gesäß, die andere auf ihrer Brust.

»Hör auf!«, schrie sie, drehte den Kopf zur Seite und stieß mit den Händen gegen seine Brust. »Bitte … bitte hör auf«, sagte sie, lief ein paar Schritte von ihm weg und stolperte über ihren Stuhl.

»Was? Du hast doch zugestimmt, dass ich heute Abend zu dir komme.«

»Ja, aber nicht, um mich zu bedrängen … nicht, um mich wie ein Lüstling zu bedrängen.«

»Wie ein Lüstling? Um Gottes willen! Du trägst mehr Kleider als deine Großmutter an einem eisigen Wintertag. Was, zur Hölle, hast du denn geglaubt, weshalb ich herkommen würde? Um dir eine Geschichte vorzulesen und dir einen Gutenachtkuss zu geben?« Er wischte sich mit dem Handrücken über den Mund. »Ich weiß, dass du Jungfrau bist, und andernfalls würde ich dich auch nicht ehelichen, aber sich seinem zukünftigen Gatten gegenüber so zu benehmen … das ist ein wenig überspannt, wenn du mich fragst.«

»Das tue ich aber nicht.«

»Hm?«

»Ich frage dich nicht.«

»Ha, sehr gewitzt«, gab er zurück. Er lief zum Bett und ließ sich nieder. »Also schön, ich weiß, das ist alles neu für dich, ein Mann in deinem Zimmer ist ein bisschen seltsam und fremd … Aber ich bin es doch, Ben, und wir sind verlobt … und habe ich dich je enttäuscht? War ich je despektierlich, oder habe ich dich in Gefahr gebracht?«

Das hatte er nicht.

»Komm her«, sagte er und klopfte neben sich auf das Bett. »Komm zu mir … sei nicht töricht. Du bist kein Kind mehr.«

Das war sie nicht.

Sie lief zu ihm, stellte sich vor ihn. »Ich muss dir etwas sagen, Ben«, begann sie ruhig.

Er hob ihr Kleid hoch, fuhr mit den Händen ihre Beine hinauf, über den Saum ihrer Strümpfe und über ihre Oberschenkel. »So ist es gut«, sagte er und atmete schwer, als er ihre Beine massierte.

»Ich muss dir etwas sagen«, wiederholte sie.

Er sah zu ihr auf. »Und jetzt zieh dein Kleid aus, Liebling… und lass mich dich ansehen. Das ist alles, was ich möchte, ich möchte dich nur ansehen… meine Daisy ansehen.«

Sie entfernte sich erneut einige Schritte von ihm. »Es tut mir sehr leid, aber ich möchte nicht… und ich möchte dich auch nicht heiraten.«

Er starrte sie an, schmunzelte, dann lachte er auf. »Du möchtest mich nicht heiraten? Oh weh, du hast *wirklich* Angst. Das hatte ich nicht erwartet – ich hatte nicht gedacht…« Er hielt inne. »Magst du es nicht, berührt zu werden?«

»Nein, das ist es nicht.«

»Doch, das ist es. Das sehe ich. Und es tut mir leid, dass ich laut geworden bin, und es tut mir leid, dass ich heute am Bahnhof nicht auf dich gewartet habe, aber du solltest doch eigentlich wissen, dass die letzte Zeit schwierig war für mich. Du solltest das doch besser verstehen als jeder andere…«

»Das tue ich, ich verstehe dich, aber darum geht es hier nicht, Ben. Und es liegt auch nicht daran, dass ich mich nicht gern berühren lasse, dass ich nicht angetastet werden will… Es ist nur so, dass es sich nicht richtig anfühlt… mit dir.«

»Aha, ich verstehe, nicht mit *mir*. Jetzt begreife ich …«, sagte er nickend und lächelte noch immer schmallippig. »Es fühlt sich mit mir nicht richtig an …«, sagte er erneut. »Weißt du, was das Wort *frigide* bedeutet? Wenn nicht, dann schlage es einmal in deinem Wörterbuch da drüben nach, denn du solltest es kennen … Du bist genau wie deine Mutter, aber zumindest macht Howard für euch beide zusammen alles wieder wett, so wie er in London seine Samen ausstreut.« Er lehnte sich vor, sah sich im Zimmer um, starrte mit glühendem Blick auf den Teppich. »Von wem willst du denn dann angefasst werden? Von diesem Trottel von einem Dienstboten? Schwärmst du für ihn? Ist er dein Auserwählter, Daisy? Denn ich habe beobachtet, wie du dich heute in seiner Gegenwart verhalten hast, wie ihr euch angesehen habt, ihr, mit euren kleinen privaten Erinnerungen … Hast du ein Auge auf ihn geworfen?«

Daisy schwieg.

»Das soll ich also dulden … diese Demütigung soll ich einstecken, und alles nur, weil du einen Dienstboten anhimmelst … Das ist doch wohl ein verdammter Witz.« Er sah zu ihr auf. »Hast du sonst nichts zu sagen? Ist das alles?«

»Es hat nichts mit Stephen zu tun.«

»*Stephen* … Es hat nichts mit Stephen zu tun«, äffte er sie nach. »Und ich war schon verwundert …« Er lachte und schüttelte den Kopf. »Welch ein Zufall, dachte ich, dass er ebenfalls im selben Zug saß und du nicht wie verabredet zu mir gekommen bist. Und als du dich dann heute beim Essen aus dem Staub gemacht hast … Ich dachte, ich sehe mal lieber nach, sehe mal nach, was sie so im Schilde führt, meine kleine Daisy … Und ich habe dich gesehen, ich habe beobachtet, wie du mit ihm zurück aus dem Wald gekommen bist. Kleines romantisches Rendezvous, hm? War es schön, dich von ihm anfassen zu lassen? Ich wette schon … Ziemlich abgedroschen, wenn du mich fragst.«

Es ging schnell, in einer Sekunde war es vorüber. Aber an seine Hand und ihre brennende Wange würde sie sich ihr Leben lang erinnern.

Ihr Valentino.

27

Als Mabel Howards Studierzimmer betrat, nahm er hastig die Füße vom Lederschreibtisch und begann, mit Papieren zu rascheln.

»Ein herrlicher Tag«, sagte er und strahlte seine Frau an. »Genau, wie du es dir erhofft hast ...«

Mabel schloss die Tür. »Ich muss mit dir reden. Über die Gifford-Situation.« Sie setzte sich ihm gegenüber. »Daisy hat erzählt, dass der Mann in die Firma investiert hat.«

»Das ist richtig. Als ich ihn im letzten Jahr befördert habe, war er versessen darauf, Anteile an *Forbes and Sons* zu erwerben. Ich habe ihm gesagt, er sei berechtigt, sie zu einem sehr günstigen Preis zu beziehen.«

»Und anschließend, nachdem er Kapital investiert hat, hast du der Verlobung mit Daisy zugestimmt?«

Howard funkelte sie an. »Worauf willst du hinaus? Glaubst du tatsächlich, ich würde Geld von einem Mann – egal, von welchem Mann – annehmen als ... als eine Art Gegenleistung für Daisy? Mein Gott, Mabel, für wen hältst du mich?«

»Nein, ich glaube nicht, dass du dergleichen getan hast«, sagte sie rasch, »aber ich frage mich sehr wohl, ob der Mann dachte, er könnte Daisy kaufen ... und sich damit auch in unsere Familie einkaufen.«

Howard wandte sich mit finsterem Blick ab. »Ich gedenke, ihm sein Kapital zurückzuzahlen – und zwar mit einer guten Rendite.«

»Ich dachte, das Geschäft sei in Schwierigkeiten, vor allem seit dem Feuer.«

Howard drehte sich zu ihr um. »Das stimmt, und zwar schon seit geraumer Zeit, aber diesbezüglich war ich klug«, sagte er.

Er fuhr fort zu erzählen, dass ihm klar gewesen sei, sein Familienunternehmen könne kaum eine Zukunft haben, und dass er deshalb schon vor einer Weile beschlossen habe, schlechtem Geld kein gutes hinterherzuwerfen und kein Privatvermögen in *Forbes and Sons* zu investieren – Geld aus anderen Geldanlagen und Immobilien. Das Unternehmen habe ausgedient, erklärte er.

Er werde Ben Gifford in den kommenden Tagen davon in Kenntnis setzen und beabsichtige, alle Beschäftigten des Unternehmens per Schreiben über die Sachlage zu unterrichten und ihnen so lange Kündigungsfristen einzuräumen, wie ihm möglich sei. Aber er habe Gewissensbisse, sagte er; manche Arbeiter seien schon seit der Zeit seines Vaters da. Doch was sein Vater – und zuvor sein Großvater – nicht hatten vorhersehen, sich nie hatten vorstellen können, und was er selbst eine Weile nicht wahrhaben wollte, war der Niedergang des Empires. England mochte einmal die Weltmeere beherrscht haben, aber ohne Empire und mit der vorausgesagten Ausweitung des Flugverkehrs seien die Tage der britischen Schiffsbauindustrie gezählt.

»Aber lässt sich denn gar nichts tun, um es zu … zu retten?«, fragte Mabel.

Howard schüttelte den Kopf. »Selbst wenn ich die Fabrik

wiederaufbauen lassen würde, müssten wir zusehen, wie das Geschäft im nächsten oder übernächsten Jahr Konkurs anmelden muss.«

Mabel schloss einen Atemzug lang die Augen. »Das wusste ich nicht … Du hast es nie erwähnt.«

»Ich wusste es schon an Weihnachten. Und ich hatte vor, mit dir darüber zu reden, aber dann … Tja, ich wollte dich nicht belasten oder dir deine Reise verderben.«

»Ach, Howard … es tut mir so leid.«

»Ich fürchte, das ist der Lauf der Dinge«, sagte er, zog eine Schublade auf und nahm eine Mappe heraus.

»Ich habe unsere Finanzen neu geordnet … und einen Vermögenstrust eingerichtet. Er sorgt dafür, dass Eden Hall erhalten bleibt und dass du und die Mädchen im Falle meines Todes ein Einkommen habt und ihr weiterhin hier leben könnt.«

Aber Mabel verspürte weder den Wunsch, sich die Dokumente anzusehen, die vor ihr lagen, noch über eine Zeit nach Howard nachzudenken.

Sie seufzte und erhob sich von ihrem Stuhl. »Nicht jetzt«, sagte sie. »Lass uns ein andermal darüber sprechen, nicht heute …« Dann legte sie ihre Hände auf den Schreibtisch, beugte sich zu ihm hinunter und sagte: »Die Sache mit dem Geschäft tut mir sehr leid, Howard. Ich weiß, wie viel es dir bedeutet und wie schwer es dir gefallen sein muss, diese Entscheidung zu treffen.«

»Es geht hier nur um ein Unternehmen – nicht um meine Frau oder meine Familie … und es ist mir nicht annähernd so schwergefallen, als wenn ich eine dieser beiden verloren hätte.«

Mabel lächelte. »Du hast mir immer noch nicht erklärt,

du hast mir immer noch nicht gesagt, weshalb du Daisys Verlobung zugestimmt hast.«

Howard sah sie an. »Weil ich sie enttäuscht habe … Weil ich ihr die Gelegenheit geben wollte, ihre eigenen Entscheidungen zu treffen … und vielleicht auch ihre eigenen Fehler zu machen und daraus zu lernen. Hätte ich Nein gesagt, hätte sie mich nur umso mehr gehasst … und wäre noch entschlossener gewesen, sich zu widersetzen und der Verlobung zuzustimmen. Aber die Verbindung wird nicht von Dauer sein. Sie liebt ihn nicht.«

Mabel fühlte sich von seinem Blick gefesselt und spürte einen Augenblick, wie die Jahre von ihnen abfielen, sah den Mann, in den sie sich vor fünfundzwanzig Jahren verliebt hatte. Dann blinzelte sie, richtete sich auf und sagte: »Ich muss weiter. Bitte vergiss Dosia nicht … Sieh zu, dass du pünktlich am Bahnhof bist, um sie abzuholen.«

Mrs. Jessop und Nancy saßen zur Frühstückspause am Küchentisch, als Daisy mit dem Wunsch nach einer Tasse Tee hineinkam. Stephen sei zum Bahnhof gefahren, um seine Tante Nellie abzuholen, sagte Mrs. Jessop. »Nellie wird erschöpft sein, wenn sie hier ankommt. Sie muss in aller Herrgottsfrühe aufgestanden sein. Sie ist nicht gern spät dran«, fügte sie hinzu.

»Im Gegensatz zu manch anderem von uns«, sagte Daisy. »Ich habe verschlafen.«

»Nichts hilft besser als langes Ausschlafen, um munter zu werden«, sagte Mrs. Jessop und lächelte Daisy an, als sie den Kessel auf den Herd stellte. »London saugt alles aus einem heraus.«

Daisy setzte sich an den Tisch.

»Wie ich höre, sind Glückwünsche angebracht, Miss. Stephen hat erzählt, Sie seien verlobt«, sagte Mrs. Jessop.

»Nein, das bin ich nicht«, sagte Daisy.

»Oh, dann hat er etwas falsch verstanden … Sieht einem Mann ähnlich«, sagte Mrs. Jessop. »Manchmal fragt man sich, was in ihren Köpfen bloß vor sich geht, oder nicht? Vermutlich sind sie einfach eine andere Gattung – und das wird auch immer so bleiben«, fuhr sie fort. »Ja, es ist, wie es ist, und ändert sich nicht – egal, was man über Gleichberechtigung sagt … Vermutlich hören Sie da oben eine Menge darüber?«

»Wie bitte?«

»Über Gleichberechtigung? Das, was die Feministinnen *ihr Anliegen* nennen? Wobei es schon wieder abzuklingen scheint, was meinen Sie?«

»Oh ja«, sagte Daisy abwesend, »ja, wir sind alle dafür.«

»Wofür?«

»Für das Anliegen … die Gleichberechtigung.«

»Wirklich? Sie überraschen mich, Miss. Ich hätte Sie gar nicht für eine von denen gehalten.«

»Ich bin eigentlich auch gar nichts, aber ich finde es wichtig, dass Frauen eine Stimme haben, eine Stimme und die Gelegenheit zu wählen. Das ist schließlich ein Menschenrecht … und nur legitim.«

»Ich habe noch nie in meinem Leben gewählt und weiß auch nicht, ob ich jetzt damit anfangen will. Was ist mit dir, Nancy?«

»Ich mag Mr. Baldwin«, sagte Nancy verträumt.

Der Kessel begann zu pfeifen. Mrs. Jessop füllte heißes Wasser in die Teekanne und lief in die Speisekammer, um ein Milchkännchen aus dem Kühlschrank zu holen. »Oh ja, er ist sehr gut aussehend«, sagte sie, als sie wieder zurück in die Küche kam.

»Wer, Mrs. Jessop?«, fragte Daisy.

»Mr. Baldwin«, erwiderte Mrs. Jessop und lief mit der großen Zinnkanne hinüber an den Tisch. »Wirklich ein sehr gut aussehender Mann mit ganz freundlichen Augen und einem netten Lächeln. Aber diesen anderen, diesen Schotten, mag ich nicht. Du etwa, Nancy? Mr. Lang, der Metzger, sagt, der ist Kommunist, und die will hier doch wohl niemand. Der sollte mal getrost wieder zurück in seine Heimat gehen, wenn er zu diesem Pack gehören will«, meinte sie und nahm Platz.

Wie sehr sie das alles vermisste, dachte Daisy – das Küchengeplänkel und Mrs. Jessops einzigartige Sicht auf die Welt, in der die Politik, das Menschsein und die Zukunft der Zivilisation auf ein freundliches Lächeln und keinerlei Veränderung hinausliefen. Jahreszeiten wechselten, Jahre verstrichen, und Mrs. Jessop wünschte sich nichts weiter, als dass alles so blieb, wie es war oder wie sie es von früher kannte. An ihr würden alle Veränderungen vorübergehen, dachte Daisy, ohne zuzuhören, beobachtete aber Mrs. Jessop und nickte. Und vielleicht auch an Nancy, eine der Frauen, die ehelos geblieben waren. Eine der Frauen, die damit leben mussten, dass es nicht genügend Männer gab. Aller Chancen beraubt, ihrer Zukunft beraubt, war sie auf eine andere Familie angewiesen – Daisys Familie.

»Ist es angenehm, in London zu leben?«, fragte Mrs. Jessop naserümpfend, verschränkte die Arme und legte sie vor sich auf den Tisch.

»Es ist anders als hier, so viel ist sicher … Ich bin gerne dort, im Augenblick, aber ich weiß nicht, ob ich mein ganzes Leben in der Stadt verbringen möchte.«

»Ah, im Herzen ein Mädchen vom Lande, hm? Genau wie ich … und Nancy auch, nicht wahr, Nancy?«

»Ich mag die Küste«, sagte Nancy, ohne dass sich in ihrem Gesicht irgendeine Erwartung spiegelte.

»Brighton würde ich gerne einmal sehen«, sagte Mrs. Jessop. »Wenn ich auf der Welt irgendwohin reisen könnte, dann wollte ich nach Brighton.«

»Irgendwo auf der Welt?«, gab Daisy zurück. »Aber was ist mit … Paris, Rom, Venedig … Afrika oder gar Neuseeland?«

Mrs. Jessops Augen weiteten sich, sie lehnte sich zurück. »Erwähnen Sie bloß nicht Neuseeland. Dahin gedachte mein Stephen vor einer Weile zu reisen.«

»Letzte Weihnachten«, sagte Nancy.

»Letzte Weihnachten«, bekräftigte Mrs. Jessop mit fester verschränkten Armen und eingezogenem Kinn.

»Aber er ist nicht ausgewandert … und hat es auch nicht mehr vor, oder?«, fragte Daisy.

»Nein!«, riefen die beiden Frauen gleichzeitig, sahen sich dann an und lachten.

»Na so was, was sagt man dazu?«, prustete Mrs. Jessop, während sie sich zu Nancy umwandte, und beide lachten und lachten, immer hysterischer, bis sie kaum noch Luft bekamen und hin und her wankten und ihnen Tränen über die Wangen liefen. Daisy wusste nicht, was so lustig war an Stephen und an Neuseeland, aber sie schmunzelte, versuchte ebenfalls zu lachen und tat, als verstünde sie den Witz. Ein gutes Vorzeichen für heute, dachte sie.

»Doch«, sagte Reg erneut und zwirbelte die Enden seines Schnurrbarts auf eine Art, die sie allmählich aufregte. »Doch, du hast dich verändert, Mabel.«

Mabel schüttelte den Kopf, als wüsste sie nicht, wovon er sprach.

Sie standen gemeinsam in der Mitte des Festzeltes, das, wie Mabel zugeben musste, wirklich prachtvoll wirkte: die vergoldeten Stühle mit den breiten, runden Rückenlehnen, die gestärkten weißen Leinentischtücher, die großen Kandelaber, das Tafelarrangement und die Blumenampeln, aus denen blaue Lobelien und rosafarbene Geranien rankten, der prachtvolle Kronleuchter und das polierte Holz der Tanzfläche – sie hätte es sich nicht schöner ausmalen und erhoffen können.

Sie sagte: »Du bist uns eine große Hilfe gewesen, Reg. Ich weiß nicht, wie wir das alles ohne dich hätten schaffen können.«

»Ach, nicht der Rede wert. Das ist doch das Mindeste, was ich tun konnte, nach allem, was du für mich getan hast.«

Als sie sich umwandten und das Festzelt verließen, spürte sie seine Hand auf ihrem Rücken und rückte von ihm ab.

»Alle unsere Gebete wurden erhört, Reg. Nicht eine Wolke ist am Himmel zu sehen, und der Wetterbericht in der Zeitung ist gut. Sie kündigen eine gute Witterung und vor allem keinen Regen an.« Sie blieben auf der Terrasse stehen. Die Flügeltüren ihres Boudoirs standen offen. »Ich denke, nun gibt es nichts mehr zu tun«, sagte sie, »außer uns für die Festivitäten um sieben Uhr dreißig bereitzuhalten …«

Erneut zwirbelte er seinen Schnurrbart zwischen den Fingern, die andere Hand steckte in der Hosentasche. Er sagte: »Bist du sicher? Ich könnte auch noch hierbleiben.«

»Nein, wirklich, du hast schon mehr als genug getan, Reg. Zu viel!« Sie lachte und merkte, dass es so gezwungen klang, wie es sich anfühlte.

»Du wirkst ein wenig … nun ja, angespannt, wenn ich das so sagen darf.«

Er durfte nicht, aber sie lächelte trotzdem. »Ich würde gern ein wenig die Füße hochlegen – bis Dosia und die anderen ankommen. Und später werde ich ein langes Bad nehmen, mich frisch machen und freue mich, dich dann wiederzusehen.«

»Wenn du ganz sicher bist, Mabel … und ich sonst gar nichts mehr für dich tun kann …«

»Ganz sicher, Reg, vielen Dank.«

Es war schon beinahe grotesk, wie schwierig es geworden war, diesen Mann loszuwerden. Er besaß das Feingefühl eines Ochsen.

»Du kannst mich natürlich jederzeit anrufen, wenn dir noch etwas einfällt. Ich bin nur wenige Minuten entfernt und stehe dir ganz und gar zur Verfügung.«

Kurz darauf stand Mabel hinter dem Vorhang der Flügeltüren und beobachtete, wie Regs Wagen sich die Einfahrt hinunterschlängelte, und kehrte anschließend mit der Sitzordnung und den Tischkarten ins Festzelt zurück. In dieser Angelegenheit brauchte und wünschte sie ganz sicher nicht seine Einmischung. Er hätte nur darauf bestanden, neben ihr zu sitzen, und Howard hätte getobt. Und was seine Bemerkung betraf, sie wirke »angespannt« – war ihm nie in den Sinn gekommen, es könne an *ihm* liegen, an seiner Gegenwart? Dass er so viel Wirbel verbreitete um die Sitzordnung, die Abläufe, die Anzahl der Kellner?

In Monte Carlo war es gewesen, dachte sie, dass sie Reg durchschaut und genug von ihm hatte. Nach den vielen Monaten allein mit Dosia – in denen sie ihre Tage entspannt mit ziellosen Spaziergängen durch schattige Gässchen zugebracht hatten, sie in eine Kirche, ein Museum oder eine Galerie geschlendert waren oder mit ihren Büchern unter einem Sonnenschirm mitten im Treiben eines Cafés gesessen hatten – war Reg nicht nur der Beweis gewesen, dass drei wirklich einer zu viel sind, sondern hatte sich auch als gehöriger Quälgeist entpuppt. Besessen von Straßenkarten und Zeitplänen und nicht in der Lage, auch nur einen einzigen Augenblick zu ruhen, hatte er jeden Morgen schon beim Frühstück gefragt, was heute anstehe, während Dosia und sie sich nur danach sehnten – und daran gewöhnt hatten –, den Tag ohne viel Vorbereitung und Planung auf sich zukommen zu lassen; Müßiggang, pflegte Dosia zu sagen.

Aber Reg kannte keinen *Müßiggang*. Den hatte seine Zeit beim Militär ihm ausgetrieben, falls er ihn überhaupt je gekannt hatte. Stattdessen steckte in ihm eine nervöse Energie, die dafür sorgte, dass er sich Gedanken machte, zappelte und herumrutschte und unaufhörlich mit den Fingern trommelte oder den Füßen wippte, wenn sie einmal *Leerlauf* hatten, wie er die Zeiten nannte, die Mabel und Dosia am meisten genossen. Das hätte Mabel vielleicht noch ertragen können, nicht aber seine Besserwisserei, wie sie sich eingestehen musste: Seine Meinung zu allem und jedem hätte ihre und Dosias Ansichten und Wünsche beinahe abkömmlich gemacht, hätte Dosia sich ihm nicht widersetzt.

Das Zerwürfnis, ein recht unziemlicher Streit zwischen ihm und Dosia auf den Stufen vor dem Hôtel de Paris eines frühen Abends, hatte als milder Disput über irgendein Restaurant begonnen, war dann aber derartig entgleist, dass Dosia ihn als »herrschsüchtigen Tyrannen« bezeichnet hatte. Reg hatte sie eine »überspannte Feministin ohne Ahnung von der Wirklichkeit« genannt. Dosia hatte ihm daraufhin geantwortet, lieber sei sie eine überspannte Feministin ohne Ahnung von der Wirklichkeit als ein herrischer Quälgeist. Die eigentliche Spitze aber war gewesen, dachte Mabel, dass Dosia hinzugefügt hatte: »Sie haben wirklich kein Gespür für Frauen, Herr Major, oder?« Reg hatte sich rasch und mit ungewohnt rotem Gesicht umgedreht und war zurück ins Hotel gelaufen, woraufhin Mabel und Dosia ihr Dinner zu zweit eingenommen hatten.

Danach hatten sie Reg nur noch selten gesehen. Wenige Tage später war er nach Hause abgereist, und die Frauen konnten ihre letzten beiden Wochen ohne Major genießen.

Gott sei Dank für Dosia, dachte Mabel nun und stellte das Kärtchen für »Major Reginald Ellison« neben das für »Mrs. Margot Vincent«.

Daisy ging Ben aus dem Weg. Sie hatte schon von ihrem Schlafzimmerfenster aus gesehen, wie er umhergeschlichen war und vermutlich nach ihr Ausschau gehalten hatte. Sie saß ganz oben auf der Treppe in einem warmen Schimmer Sonnenlicht und fragte sich, wie sie einen ganzen Tag in seiner Anwesenheit ertragen und die Feier am Abend überstehen sollte. Als sie hörte, wie die Tür der Eingangshalle zum Foyer geöffnet wurde, zuckte sie zusammen und richtete sich auf. Dann hörte sie Dosias Stimme: »Halloo-hoo!«, und kurz darauf die ihres Vaters: »Oh, du bist aber früh dran!«

Daisy lehnte sich zurück, spähte durch die Geländerstäbe, beobachtete, lauschte und genoss.

»Du hättest doch erst in einer halben Stunde ankommen sollen.«

»Nein, Howard, meine Ankunftszeit war immer zwölf

Uhr sechsundzwanzig. Ich habe Mabel per Telegramm darüber in Kenntnis gesetzt.«

Howard schlug sich mit der Handfläche vor die Stirn. »Verflucht und verdammt, sie hat es mir sogar mitgeteilt«, sagte er mit ausgebreiteten Armen und küsste seine Schwester auf beide Wangen.

»Keine Sorge, ich werde dich nicht verraten, wenn du nicht allzu unangenehm wirst oder mich aufstachelst. Wir tun einfach so, als hättest du mich abgeholt und als hätte ich kein Taxi bezahlen müssen, damit mich ein bizarrer Irrer voller Todessehnsucht hierherkutschiert.«

»Ach, Darling, das tut mir sehr leid. Hier, lass mich deine Tasche tragen. Ich habe leider keinerlei Ahnung, wo die anderen sich aufhalten ... Wie das immer so ist.«

»Ich muss sagen, Howard, du siehst richtig schneidig aus heute ... und wie ich weiß, sieht deine Frau nach unserem kleinen Ausflug aufs Festland auch zum Anbeißen aus.«

Howard stellte die Tasche unten an die Treppe und drückte auf den Klingelknopf an der Wand. »Ja, in der Tat, zum Anbeißen«, sagte er.

»Hat sie dir von dem amerikanischen Ölmagnaten in Paris erzählt, der sie heiraten wollte? Oder von Giancarlo – ihrem jungen Grafen in Rom? Er hat ihr zwölf Dutzend rote Rosen ins Hotel geschickt! *Zwölf Dutzend*, Howard. Das Zimmer sah aus wie eine Fotografie – ach, nein, welch hübsches unbeabsichtigtes Wortspiel.« Sie lachte. »Graf – Fotografie?«

Howard lächelte und nickte.

»Es gab gar nicht genügend Vasen ... Ich musste sie abschneiden und in Teetassen und Gläsern im Zimmer aufstellen. Es sah aus wie in einem Blumengeschäft, aber, ach, es hat himmlisch geduftet. Wir haben wirklich eine herrliche Zeit miteinander verbracht. Ich habe alle meine Fotografien mitgebracht …« Sie begann in ihrer großen alten Lederhandtasche zu kramen. Mabel mochte sich verändert haben, dachte Daisy, aber Tante Dosia ganz sicher nicht. »Ach«, sagte Dosia mit einem Blick auf ihren Bruder, »sie müssen in der anderen Tasche sein. Soll ich sie jetzt gleich herausholen?«

»Lass sie uns später ansehen, ja? Du wirkst, als sei dir warm, Liebes, und kannst sicher eine Erfrischung gebrauchen«, meinte er. »Ich glaube, Nancy hat uns unter dem Sonnenschirm auf der Terrasse Limonade bereitgestellt.«

»Das klingt himmlisch! Lass mich nur meine Sonnenbrille finden«, sagte Dosia und wühlte erneut in ihrer Tasche. »Ich habe sie mir in Rom gekauft … Warte ab, bis du sie siehst … Es ist meine allererste Sonnenbrille, musst du wissen …«

Wie an jedem Tag, egal, in welchem Land, egal, zu welcher Jahreszeit, trug Dosia ihre übliche Tracht aus Tweedrock, dünnem Wollpullover, Perlenkette und Lederschnürschuhen. Aber als sie schließlich ihre Sonnenbrille hervorholte und sie aufsetzte, um sie ihrem Bruder zu zeigen, musste Daisy die Hand auf den Mund legen.

»Wie findest du sie?«

»Du siehst aus wie die Doppelgängerin von Mary Pickford«, sagte er mit todernster Miene.

»*Wirklich?*«

»Absolut … tausend Dollar!« Er versuchte, einen amerikanischen Akzent zu imitieren.

Dosia kicherte. »Ach, Howard … ich sehe ganz sicher nicht aus wie *sie*.«

»Aber wenn ich es dir doch sage«, beharrte er, weiterhin als gespielter Amerikaner und mit einem schnellen Tanzschritt, der, wie Daisy vermutete, wohl seine Interpretation von modernem Jazztanz sein sollte.

Daisy kicherte erneut. Und als sie so hinabblickte und die beiden beobachtete, war sie gerührt von der Warmherzigkeit ihres Vaters und der Lebensfreude, die sie so sehr vermisst hatte. Auf sie wirkte es fürsorglich, schlicht, liebevoll, wie Howard den älteren Bruder für seine jüngere Schwester mittleren Alters gab und wie er versuchte, sie zum Lachen zu bringen: Dosia, ein kleines Mädchen in den zu großen Kleidern der Mutter und mit alberner Sonnenbrille, und Howard, ein großer Junge, der auf Socken herumwirbelte und seine Stimme verstellte.

»Dosey!«, schrie Mabel, die gerade das Foyer betrat. Sie küsste Dosia und wandte sich dann an Howard: »Ich habe gerade ein Bahnhofstaxi in der Einfahrt gesehen, aber ich weiß nicht, wer das sein könnte …«

»Niemand, bloß ein Versehen. Falsche Adresse.«

»Genau, falsche Adresse«, bekräftigte Dosia und nahm augenzwinkernd ihre Sonnenbrille ab.

»Nun gut, immerhin bist du sicher angekommen«, sagte Mabel. »Dein Bruder ist in letzter Zeit ein wenig zerstreut und durcheinander, und ich hatte offen gestanden schon befürchtet, er würde vergessen, dich abzuholen.«

Howard und Dosia lachten beide.

»Reg hat sich natürlich auch angeboten … aber ich weiß ja, was du von ihm hältst«, fügte Mabel hinzu.

»Herr im Himmel, ich hatte den Herrn Major schon gänzlich vergessen. Ist der leidige Kerl etwa hier?«, fragte Dosia.

»Nein, im Augenblick nicht«, sagte Mabel. Dann fügte sie mit tiefem Seufzer hinzu: »Aber er kommt heute Abend.«

»Dann sorge doch bitte dafür, dass mein Platz sich nicht auch nur in seiner Nähe befindet«, bat Dosia. Sie wandte sich an Howard: »Ich kann den Mann einfach nicht leiden. Ich bin sicher, Mabel hat dir von unserem grässlichen Streit in Monte Carlo erzählt.«

Howard hob bereits grinsend die Augenbrauen: »Nein, hat sie nicht. Aber lass uns im Garten ein Glas Limonade trinken, und dann kannst *du* mir ja ausführlich davon berichten.«

Und als Howard und Dosia Arm in Arm den Korridor hinunterliefen, sah Mabel zu Daisy hinauf: »Was um alles in der Welt hast du denn da oben verloren?«, fragte sie.

»Ich lasse einfach alles auf mich wirken. Mein Zuhause ...«

Mabel lächelte und warf ihr einen Luftkuss zu. Dann verschwand auch sie im Korridor, der zur Terrassentür führte.

Daisy blieb noch eine Weile sitzen und lauschte den Stimmen und dem Gelächter ihrer Eltern und Tante. Als sie Bens polierte schwarze Schuhe auf dem Teppich neben sich sah, stand sie sofort auf.

»Bitte laufe nicht davon«, sagte er und hielt sie am Arm fest. »Ich möchte mich bei dir entschuldigen ... für gestern Abend. Es tut mir leid. Es lag wohl am Wein und am Portwein ... Das ist natürlich keine Entschuldigung, ganz und gar nicht, aber ich kann dir versprechen, dass es nie wieder vorkommen wird. Niemals.«

Daisy schwieg. Sie mochte weder, dass er dort stand, noch mochte sie ihn ansehen.

»Bitte sprich mit mir«, bat er.

»Es ist vorbei, Ben. Lass uns nur versuchen, den Abend zu überstehen. Und wer weiß, vielleicht können wir eines Tages wieder Freunde werden.«

Mehr hatte sie ihm nicht anzubieten.

28

Mabel lächelte, und als Howard – ausnahmsweise einmal nach ihr – im Salon erschien, wandte sie den Blick ab. Er kämpfte mit seinen Manschetten. Sein Anblick war noch immer ungewohnt, und dieser Abend, die Überraschung, ihn zu sehen, ließ ihr Herz schneller schlagen.

Mit seiner großen, schlanken Statur und den grauen Schläfen war er nach wie vor ein gut aussehender Mann, und in weißer Krawatte und Frack sah er eleganter aus als je zuvor. Aber da war noch etwas, etwas war anders an ihm. Oder an ihr?, fragte sie sich, an ihrer Wahrnehmung? Hatte sie sich verändert – oder hatten sie sich beide verändert? Eins stand fest, dachte Mabel: Ihre Liebe war mit der Entfernung gewachsen.

Sie hatte ihn geliebt, gehasst und jedes Gefühl dazwischen durchlebt: von Bewunderung bis Abscheu, von heftiger Enttäuschung bis vorsichtiger Wertschätzung – nie aber Gleichgültigkeit, dachte sie, das nie. Und nun hatte ein neues Verständnis von sich und ihrer Ehe, nun hatte eine auf dem Festland begonnene Entwicklung Mabel von etwas erlöst, das anfangs keinen Namen gehabt hatte. Ein Gefühl, das sie so viele Jahre mit sich herumgetragen hatte, das sie geschluckt, unterdrückt, in ihrer Brust eingesperrt und schließlich in die milde italienische Luft ausgeatmet hatte. Und erst als sie es annehmen, als sie es loslassen konnte, war ihr klar geworden, dass es einen Namen trug: *Zorn*. Ein lange verleugneter und schwelender Zorn, der in schale Verbitterung umgeschlagen war.

Ihre Flucht, ihre Reise über den Kontinent hatte Mabel vom Abgrund fortgezogen und ihr Vergebung und die Erinnerung an eine ursprünglichere Form der Liebe ermöglicht. Nun, da Howard neben ihr stand – nach fünfundzwanzig Jahren immer noch neben ihr –, spürte Mabel eine Welle des Glücks durch ihre Adern fließen. Gut möglich, dass sie nie wieder alleine fortging, dachte sie, sondern ihren Ehemann mitnahm.

»Sollen wir?«, sagte sie und bot Howard ihren Arm an.

Ein Gemurmel aus Gesprächen hing über dem Garten, über Frauen in hellen, durchscheinenden Kleidern und mit diamantenbesetzten Stirnbändern und Federn, über Männern mit Klappenkrägen und weißen Fliegen und anderen in Uniform, an denen die Orden in der frühen Abendsonne glitzerten.

Die älteren Gäste, die Herren vom Militär mit steifem Bein und Gehstock, rotem Gesicht und trüben Augen, und die Damen, die vergangenen, geruhsameren Tagen huldigten, blieben auf der Kiesterrasse und ließen den Jüngeren den Vortritt auf dem Rasen. Mit Champagnergläsern in der Hand versuchten sie, sich daran zu erinnern, wer wer war – »Ist sie eine von den Forbes-Mädchen?« –, wann sie sich zum letzten Mal gesehen hatten – »Das war auf der Siegesfeier bei den Knights, ganz sicher!« –, und tauschten sich aus, wer verstorben war: »Im letzten Winter, und zwar sehr plötzlich, glaube ich.« Und gelegentlich verfielen sie beim Anblick derer mit faltenfreien Gesichtern und ungekrümmten Wirbelsäulen, die in Grüppchen auf dem Rasen standen, auch ins Schweigen und dachten wehmütig an jene Zeiten zurück, als sie selbst noch eine gute Figur abgegeben hatten.

Als der Gong ertönte, blieben die jungen Männer und Frauen stehen, und die älteren bahnten sich ihren Weg über den roten Teppich, der über den gestreiften Rasen ausgebreitet war und ins Zelt führte. Hier, wo die Musik vom Leinen der Zeltwände umhüllt war, wurde sie schlagartig lauter, und die älteren Männer brüllten mit einer Hand am Ohr: »Was hast du gesagt?« Die Herren warteten, bis die Damen Platz genommen hatten, und die Damen warteten, bis Mabel erschien, und alle lächelten und nickten einander mit aufgeregtem Wohlwollen zu.

Die große rote Blume war nicht zu übersehen. Daisy folgte ihr, als sie durch das Zelt wippte, und blieb dann an Iris' Tisch stehen. Den dunklen Anzug, der direkt in Daisys Blickfeld lag, sah sie nur von hinten. Von vorn war er Iris zugewandt, die umwerfend aussah in ihrem Chanelkleid aus cremefarbenen Chiffonstreifen. Sie war bei Marcel gewesen und hatte ihren Bob pechschwarz färben und mit Glätteisen und langem Pony in Form bringen lassen, sodass ihr Haar wie ein Vorhang um ihr Gesicht mit den großen grünen Augen und roten Lippen hing – die sie nun kräuselte, um Daisy einen Kuss entgegenzuhauchen. Dann sagte Valentine, der neben Iris saß, etwas und zog damit ihre Aufmerksamkeit auf sich.

Sie alle – Daisy und ihre Familie – waren bunt verstreut,

sodass an beinahe jedem Tisch ein Mitglied der Familie Forbes saß. Nur Mabel und Howard saßen gemeinsam an einem Tisch – nebeneinander, wie Daisy bemerkte. Und nun sah sie Reg und Margot: Reg beugte sich zu Margot hinüber. Ein Arm hing über ihrer Stuhllehne, der andere war ausgestreckt, und Reg gestikulierte und machte irgendeine Bemerkung. Ben war, wie sie feststellte, in einiger Entfernung von der Familie platziert worden, fast am Zeltrand, an einem Tisch mit einigen älteren Gästen und Herren in Uniform. Lily und Miles saßen genau in der Mitte des Festzeltes – direkt unter dem Kronleuchter. Und Dosia konnte sie in einiger Entfernung bereits diskutieren hören: »Gerechte Bezahlung … gerechte Bezahlung! Es muss um gerechte Bezahlung gehen.«

Daisy lächelte Aurelia zu, die ihr gegenübersaß, zwischen zwei Freunden von Howard. Sie hatte mit Aurelia draußen auf dem Rasen gestanden, als Stephen mit seinen Eltern und der geblümten Tabitha am Arm erschienen war. Sie hatte Aurelia Mr. und Mrs. Jessop und Stephen vorgestellt und dann gestammelt: »Und das ist Stephens … Freundin, Tabitha.«

Mit der großen roten Blume auf dem Kopf und dem dazu passenden roten Kleid erinnerte Tabitha Farley ihn an eine der preisgekrönten Begonien seines Vaters. Wobei Stephen der Gerechtigkeit halber eingestehen musste, dass auch einige andere Frauen, unter anderem seine Mutter und Tante Nellie, ähnliche Hüte trugen. Sie sahen aus, als gingen sie zur Kirche oder auf eine Hochzeit, dachte Stephen, ohne sich genauer in der Damenmode auszukennen oder zu wissen, was man zu solchen Anlässen trug. Man sah viele verschiedene Stile und Altersgruppen und eine überraschende Zahl von Herren in Uniform. Für ihn war die Sache einfach gewesen: Er besaß nur diesen einen Anzug.

Er ließ den Blick erneut durch das Zelt schweifen. Er sah seine Mutter, seinen Vater und Tante Nellie mit den Singhs und anderen Nachbarn und Mrs. Forbes' Mutter am selben Tisch sitzen; sah Nancy und Mr. Blundell weiter hinten bei Howards Cousins und einigen Gästen, die er nicht kannte; sah Benedict Gifford … umgeben von grauen Häuptern und Uniformen und den Major und Mrs. Vincent ins Gespräch vertieft. Aber wo war sie? Wo war Daisy?

Er spürte eine Hand auf seinem Oberschenkel und blickte zur Seite. Tabitha lächelte und zwinkerte ihm zu.

»Wir werden den Tanz eröffnen müssen«, sagte Iris und zündete sich eine weitere Zigarette an. »Und wir dürfen es nicht zu lange aufschieben, *unser* Tisch nicht. Wir müssen ihnen zeigen, wie es geht … Du siehst aus, als würdest du tanzen, Tabitha. Habe ich recht?«

»Oh, ja! Ich liebe eine Runde auf dem Parkett. Nicht, dass es in dieser Gegend viel Gelegenheit dazu gäbe.« Sie lachte. »Aber die Tänze in der Jubilee Hall sind nicht übel, nicht wahr, Stephen?«

»Aha. Stephen«, unterbrach Iris sie und lehnte sich über den Tisch vor, »kennst du den Black Bottom? Keine Sorge, Valentine und ich zeigen ihn dir … Wir zeigen ihn euch beiden, und dir auch, Hilda. Wir bringen alle zum Tanzen, bevor der Abend vorbei ist.«

»Ich kann es kaum erwarten«, sagte Tabitha und drückte Stephens Oberschenkel.

Es würde eine lange Nacht werden, dachte Stephen mit Blick auf Tabitha, die ein weiteres Glas Champagner leerte.

Nach dem Dinner, während die Dessertschalen abgeräumt und Portweinflaschen auf die Tische gestellt wurden, stimmte das Orchester Irving Berlins *Always* an. Howard stand auf und führte Mabel auf die Tanzfläche. Eine kleine Welle aus Applaus lief durch das lang gestreckte Festzelt. Die Gäste drehten sich um. Noch stand niemand sonst zum Tanzen auf, alle Augen waren auf Mr. und Mrs. Forbes gerichtet, die sich im langsamen Walzer über das kerzenbeleuchtete Parkett wiegten.

Howard und Mabel Forbes stellten für viele der Anwesenden den Inbegriff einer guten Ehe dar, und dieser Abend – schon dieser Tanz – schien das nur zu bestätigen. Howard in Frack und weißer Fliege, Mabel in einem glänzenden Kleid in zartem Silber: ein hübsches Paar, darin war man sich einig. Als die Musik verklang, brandete erneut Applaus auf; Howard machte eine Verbeugung und gab Mabel einen Handkuss. Dann setzte das Orchester wieder ein, und Howard gab seinen Gästen strahlend das Zeichen, sich zu ihm und Mabel auf die Tanzfläche zu gesellen. Iris und Valentine waren die Ersten, dann kamen der Major und Margot, zudem fanden sich ein paar unerwartete Paare ein: Aurelia und Mr. Blundell, Dosia und der alte Jessop, Nancy und Mr. Brown und Mrs. Wintrip und Mrs. Jessop. Als der zweite Tanz zu Ende ging, war die Tanzfläche gefüllt, und Lily und Miles hatten sich dem wogenden Pulk ebenfalls angeschlossen.

Die Einzige aus der Familie Forbes, die nicht tanzte, war Daisy. Sie blieb an ihrem Tisch sitzen, umgeben von einigen von Howards Altersgenossen, die sich in Erinnerungen an den Krieg, an Schützengräben, gefallene Freunde und verlorene Gliedmaßen ergingen. Ben hatte sich eilig den Weg zu ihr gebahnt und sie zum Tanz aufgefordert. Sie hatte abgelehnt. Die alten Herren neben ihr boten sich ebenfalls an. Jedem von ihnen antwortete sie: »Vielen Dank, vielleicht später …«

Daisy verspürte weder ein Verlangen, mit Ben Gifford zu tanzen, noch sich überhaupt in seiner Nähe aufzuhalten, weder jetzt noch später. Zudem war sie abgelenkt gewesen, weil sie gebannt das Geschehen ein paar Tische weiter verfolgt hatte: Tabitha hatte versucht, Stephen zum Aufstehen zu bewegen. Daisy hatte gesehen, wie er den Kopf schüttelte, ihr aufgeholfen hatte, als sie nach vorn zum Tisch gestolpert war, wie sie ihre Arme um seinen Hals geschlungen hatte und sich auf seinen Schoß hatte setzen wollen. Etwa zu diesem Zeitpunkt hatte Ben ihre Beobachtung unterbrochen. Kurz nachdem sie seine Aufforderung zum Tanz abgelehnt hatte, war er erneut in ihrem Blickfeld erschienen – an ebendiesem Tisch. Daisy sah, dass er einige Worte mit Stephen wechselte, sah, wie sich Tabitha schwankend erhob. Dann führte Ben sie durch die umherstehenden Stühle auf die Tanzfläche. Daisy beobachtete, wie die rote Blume hin- und herwippte und durch die schwüle Luft wehte, als würde sie ein Eigenleben führen, sah sie auftauchen und wieder in der Menge verschwinden.

Der dunkle Anzug blieb sitzen; sie sah das unregelmäßige Aufglühen einer Zigarette, als wäre es der Lichtstrahl eines Leuchtturms in der Ferne, der sie hineinlotste.

»Welche Art von Musik mögen Sie denn gern, meine Liebe?«, fragte einer der älteren Herren.

»Ach, alle möglichen Stile eigentlich …«

»Und gehen Sie häufig tanzen in London?«

»Oh ja, manchmal. Aber ich bin nicht sonderlich gut

darin … nicht so gut wie Iris«, sagte sie und wandte sich wieder der Tanzfläche zu.

»Ja, wie es scheint, ist sie ein rechter Wirbelwind.«

»Das ist sie.«

»Ihre Mutter und Ihr Vater sehen sehr glücklich aus …«

»Da haben Sie recht.«

»Und was ist mit Ihnen? Haben Sie sich schon einen jungen Mann geangelt?«, fragte der Mann und rückte näher.

Daisy schüttelte den Kopf. »Nein. Nein, noch nicht.«

»Hm, aber Sie haben sicher eine Menge Verehrer, so ein hübsches Ding wie Sie, hm? Sie sind doch sicher kein Mauerblümchen!«

Schließlich sagte sie: »Bitte entschuldigen Sie mich.«

Endlich sah er sie. Als Stephen sich umdrehte, stand sie gerade auf. Er beobachtete, wie sie sich durch die umherstehenden Tische und Stühle schlängelte und das Zelt verließ.

Draußen war die Dämmerung hereingebrochen, erste Sterne erschienen am Himmel. Der Mond lugte scheu hinter einem hohen Schornstein hervor, und auf der Terrasse brannten bunte Laternen auf den Tischen, an denen Leute in Rattanstühlen saßen und rauchten. Kellner und Kellnerinnen schwärmten über den immer grauer werdenden Teppich vom Haus zum Zelt, trugen Tabletts und Flaschen und Gläser vorbei an den Männern, die in Grüppchen zusammenstanden, sich auf Gehstöcke stützten, murmelten und an ihren Zigarren pafften.

Er fand sie. Mit dem Rücken gegen die Zeltwand stand sie im Schatten, beinahe unsichtbar in dem fließenden Weiß. Sie schüttelte den Kopf und bedeutete ihm mit einer Handbewegung, sie allein zu lassen. Als er ihr Handgelenk ergriff, fiel ihm eine große Träne auf die Hand.

»Was ist los?«, fragte er. »Weshalb stehst du so ganz allein und bekümmert hier draußen?«

Sie schüttelte erneut den Kopf und schwieg. Er ließ ihr Handgelenk los, stellte sich neben sie, ebenfalls mit dem Rücken an die Zeltwand gelehnt, und wollte verzweifelt dieselben Sterne sehen wie sie.

Die Luft war warm, erfüllt von Rose und Lavendel und Jasmin. Das Tempo der Musik im Zelt veränderte sich. »Das wird Iris mit ihrem Black Bottom sein«, sagte er und zog ein Päckchen Zigaretten aus der Tasche. »Du kannst es mir erzählen, wenn du möchtest«, fügte er hinzu. »Das weißt du doch, inzwischen müsstest du es eigentlich wissen.«

»Hast du ein Taschentuch?«, fragte sie.

Er griff in die Brusttasche seines Jacketts und reichte ihr eins. Sie tupfte ihre Wangen trocken und gab es ihm zurück. »Ich möchte nicht darüber reden«, sagte sie. »Und ich möchte nicht traurig sein ... heute Abend nicht.«

Er zündete eine Zigarette an, reichte sie ihr und zündete sich eine weitere an.

»Aber ich werde dir etwas anderes erzählen«, sagte sie und drehte sich, mit einer Schulter an der festen Zeltwand, zu ihm, die Zigarette in der Hand.

Er konnte es in diesem Augenblick nicht ertragen, sie anzusehen, in ihre tränenerfüllten Augen zu blicken, ohne sie umarmen zu können und festzuhalten.

»Ich habe die Verlobung aufgelöst ... Aber das ist nicht der Grund, weshalb ich traurig bin«, fügte sie rasch hinzu.

»Die *inoffizielle* Verlobung«, sagte er schmunzelnd und sah schließlich doch zu ihr auf.

»Ja, meine inoffizielle Verlobung … die nie dafür bestimmt war, offiziell zu werden.« Sie schloss ein paar Augenblicke die Augen. »Ach, Stephen, was bin ich bloß für ein Esel gewesen … Immerhin ist es jetzt vorbei.«

»Darf ich fragen, weshalb?«

Sie zuckte die Schultern: »Ich bin einfach zur Vernunft gekommen. Mir ist klar geworden, dass ich ihn, erstens, nicht liebe, zweitens, ihn nie lieben könnte, und drittens …«

»Drittens?«

Sie zögerte einen Augenblick. »Und ich ihn, drittens, nicht einmal mag«, sagte sie mit erneuter Bestürzung und sah Stephen an.

Stephen schüttelte den Kopf und lachte dann. Er sah hinauf in den Himmel und schloss die Augen: *Danke, lieber Gott.*

»Nur Gott weiß, wo sie stecken!«, schimpfte Howard.

Die Musik war viel zu laut. Mabel zog kopfschüttelnd eine Grimasse. Er beugte sich hinab, hielt ihr eine Hand ans Ohr: »Kein Lebenszeichen, von beiden nicht.«

Immer waren es dieselben zwei, dachte Mabel nur leicht verärgert: ihre Mutter und Daisy. Vielleicht lag es in den Genen, dieser Hang zum Umherstreunen. Howard setzte sich. Er rückte mit dem Stuhl näher an Mabel heran. »Ich wollte doch gern mit ihr tanzen«, sagte er unhörbar.

»Mit *Noonie?*«

»Nein! Mit *Daisy!*«

Howard und Mabel hatten zu den ersten Liedern zusammen getanzt und sich dann mit anderen Partnern auf der Tanzfläche abgewechselt. Mabel sah zur Tanzfläche hinüber: Iris hüpfte herum und wackelte mit ihrem Hinterteil auf höchst undamenhafte Weise … Und außerdem war da wieder dieses Mädchen, das mit der riesigen Blume über der Stirn – und sie wackelte nicht mit ihrem Hinterteil, sondern *auf* ihrem Hinterteil. Mabel sah Howard an, der mit den Augen rollte und lachte.

»Wer ist das?«, formte Mabel unhörbar mit den Lippen.

Howard schüttelte den Kopf: *Keine Ahnung*.

Mabel beobachtete, wie Gifford das arme Wesen hochzog und auf die Füße stellte. Sie sah, wie die beiden ein paar Worte wechselten und dann durch eine Öffnung hinten im Zelt verschwanden. Sie fragte sich, ob Howard es mitbekommen hatte. Sie sah, dass dem so war, und wandte sich erneut der Tanzfläche zu, auf der Suche nach Reggie und Margot …

Sie waren tatsächlich dort und bemühten sich, es den Jungen gleichzutun: Margot ahmte sämtliche Bewegungen von Iris nach und streckte ihr Hinterteil aus; Reg schüttelte wie ein Verrückter seine Gliedmaßen. Alles wirkte höchst unschicklich, und obwohl sie wusste, dass es Howard nicht entgangen war, wünschte sie, er hätte es nicht gesehen und wäre nicht Zeuge geworden, wie Reg sich derart zum Affen machte, noch dazu gemeinsam mit Margot.

Als die Musik verklang, beugte sich Howard zu ihr hinüber. »Ich habe etwas für dich … Ich möchte es dir gern geben, aber nicht hier.«

»Oh, aber Howard, ich habe doch gesagt … bitte keinen Schmuck mehr, keine Geschenke.«

Er erhob sich lächelnd, nahm ihre Hand und führte sie aus dem Festzelt hinaus.

Musik wehte über den Garten. Eine Laterne aus buntem Glas flackerte auf dem Tisch, an dem sie saßen. Noonie hatte vor dem Zelt gerade ein wenig frische Luft geschnappt, als sie die beiden sah. Einen Stuhl suche sie, ein kühles Plätzchen, hatte sie gesagt. »Es ist viel zu stickig da drin und furchtbar laut.« Stephen hatte die Terrasse vorgeschlagen und war dann ins Zelt gegangen, um den Frauen ein Glas Champagner zu holen. Kaum war er außer Sichtweite gewesen, hatte sich Noonie an Daisy gewandt und gefragt: »Ist er der Glückliche? Glaubst du, er ist es?«

»Wer – *Stephen?*«

»Ja. Zu ihm flüchtest du dich doch immer, oder?«

Daisy lachte. Nicht so sehr der Gedanke, aber die Bemerkung ihrer Großmutter klang befremdlich und war ihr unangenehm. Sie wusste erst nicht, wie sie darauf reagieren sollte. »Stephen ist eben wie ein Bruder für mich, wie ein älterer Bruder, mehr nicht«, sagte sie.

Aber Noonie fuhr fort – und zwar recht geschwind: »In Liebesangelegenheiten muss man immer dem Herzen folgen, nicht dem Kopf. Das Gehirn ist nützlich für bestimmte Entscheidungen, aber nicht, wenn es um die Liebe geht – dafür wird es gar nicht gebraucht. Und dein Herz, mein liebes Kind«, sagte sie und heftete ihren Blick auf Daisy, »ist kraftvoll und aufrichtig, immer schon. Aber natürlich bist du noch jung, und in deinem Alter ist das Leben das reinste Gemenge. Ich erinnere mich noch sehr gut daran. Man macht so leicht einen Fehler. Man weiß es oft schlichtweg nicht besser und läuft davon … in dem Glauben, alles bliebe gleich und wäre noch erreichbar, wenn man das Durcheinander entwirrt hat.«

Das einzige Durcheinander, das Daisy hier erkennen konnte, war das, was Noonie da redete. Gerade sagte sie: »Weißt du, ich war früher einmal verliebt, schrecklich verliebt, aber ich wusste es nicht – ich konnte es mit nichts vergleichen.«

»In Großvater?«

Noonie schüttelte den Kopf. »Nein, nicht in *ihn.*«

»In wen dann?«

»Ach, das ist eine lange Geschichte. Die bewahren wir uns für ein andermal auf. Aber ich sage dir, er war – und ist noch immer – die Liebe meines Lebens.«

»Du hast ihn noch nie erwähnt – nichts dergleichen.«

Noonie hob einen Finger an die Lippen. »Ich konnte es nicht – und kann es auch noch immer nicht. Außerdem ist es schon sehr lange her … ein ganzes Leben. Aber ich denke noch immer an ihn … an Samuel«, sagte sie voll Wehmut und Sehnsucht. »Er hat schließlich geheiratet und eine Familie gegründet. Seine Tochter hat mir letztes Jahr geschrieben, nach seinem Tod. Er hat mit ihr über mich gesprochen. Am Ende hat er von mir gesprochen.« Sie sah Daisy an. »Liebe verlässt uns nie. Sie bleibt immer hier drin«, sagte sie und legte eine Hand auf die Brust. »Und eines Tages lüftet sich der Nebel, die Teile fallen alle an ihren Platz, und man erkennt und begreift und wünscht, man könnte die Jahre zurückdrehen, zurück zu dieser Liebe.«

Stephen erschien mit zwei Gläsern in der Hand. Er reichte Noonie eins und Daisy das andere. Noonie sah zu ihm auf, ihre Augen blinzelten. »Warst du je verliebt, Stephen?«, fragte sie.

Howard und Mabel standen neben dem Seerosenteich, der Schein der Sterne funkelte auf dem stillen Wasser, und zwei Steinlaternen leuchteten.

»Wie du weißt, war ich nie besonders gut darin, mich

auszudrücken, was Gefühle anbelangt und … wenn etwas wichtig ist«, sagte Howard. Dann griff er in seine Innentasche und reichte Mabel ein kleines, ledergebundenes Buch.

Mabel starrte es einen Augenblick an, dann rückte sie näher an eine der Laternen heran. Sie öffnete das Büchlein, blätterte langsam ein paar Seiten um und sah ihren Ehemann an. »Aber das ist ja deine Handschrift … Das hast du ja alles geschrieben«, sagte sie verwirrt.

»Ja, während deiner Reise … Ich wollte alles festhalten – alles über dich und mich und unser Leben … und auch das, was ich gefühlt habe, was ich fühle. Vermutlich war – ist – es eine Art Beichte, aber sie hatte eine reinigende Wirkung und hat mir sehr geholfen. Und ich möchte, dass du weißt … dass du weißt, dass …«, er stockte, »dass ich nie aufgehört habe, dich zu lieben, und dass du mein Ein und Alles bist.«

Mabel wusste nicht, was sie antworten sollte. Es war ein denkwürdiges Geschenk und etwas völlig anderes, als sie erwartet hatte.

»Kein Schmuck also?«

»Nein, kein Schmuck.«

»Und keine Rede?«

Howard schüttelte den Kopf. »Nur ein paar Worte aus meinem Herzen.«

Mabel blätterte zu einer anderen Seite. Sie sah den Namen – eine Überschrift oben auf der Seite – und lächelte. Soweit sie sich erinnern konnte, war es das erste Mal, dass sie ihn in Howards Handschrift sah. Nun wusste sie, dass ihre Abwesenheit ihrem Gatten nicht nur Zeit zum Nachdenken gegeben hatte, sondern auch Zeit zum Trauern. Am Tag nach ihrer Rückkehr war sie zum Friedhof gegangen und hatte Theos Grab von weißen Blüten umgeben vorgefunden, und die Luft war von demselben himmlischen Duft erfüllt gewesen wie der Rosengarten.

»Er hat sie alle persönlich gepflanzt«, hatte Noonie Mabel erzählt. »Und er ist jeden Abend hingegangen, um sie zu gießen … Er hat eine Menge Zeit auf dem Friedhof verbracht.«

Mabel klappte das Büchlein zu. »Danke«, sagte sie. »Und danke für Theos Rosen.«

»Verliebt?«, gab Stephen zurück und wandte lachend den Blick ab.

»Ja, hast du nicht vielleicht eine Freundin, eine Dame, die eine besondere Rolle in deinem Leben spielt … und die vielleicht sogar heute Abend hier ist?«, fragte Noonie nach und blinzelte noch immer aufgeregt.

Stephen sah Daisy an, und sie fand, sie musste einschreiten. Es war ungerecht von Noonie, ihn derart in Verlegenheit zu bringen. »Stephen hat heute Abend Tabitha mitgebracht«, sagte sie zu ihrer Großmutter.

»Ah, ich verstehe«, sagte Noonie, und ihr Lächeln erstarb. »Und wo ist sie?«

»Ich habe keine Ahnung«, sagte Stephen. »Aber vielleicht sollte ich sie suchen gehen«, fügte er hinzu und stand auf.

»Du solltest nicht so voreilig sein«, sagte Noonie, sobald Stephen gegangen war.

»Voreilig?«

»Ja, ihm Worte in den Mund zu legen. *Namen*«, fügte Noonie kopfschüttelnd hinzu. »Dummes Mädchen«, sagte sie, »dummes, dummes Mädchen.«

Als Stephen Ben Gifford und Tabitha sah, wie sie fest umschlungen die Einfahrt hinuntertorkelten, wäre er ihnen beinahe nachgelaufen, hätte Gifford am Kragen gepackt und ihn zurückgeschleift. Was war dieser Mann bloß für ein Schuft, dachte er, während er die beiden in der Dunkelheit verschwinden sah.

Es hatte ihn schon genug bekümmert, Daisy weinend vor dem Zelt vorzufinden. Und sie konnte nur wegen ihrer Verlobung geweint haben, wegen Gifford, dachte er. Hoffentlich hatte sie die Sache wirklich beendet, und zwar ein für alle Mal. Junge Frauen schienen ein wenig Dramatik zu lieben, und verlobte junge Frauen neigten dazu, Beziehungen erst zu beenden und dann wieder aufzunehmen. Bei der Vorstellung, sie könnte sich dazu genötigt fühlen, überlegte er beinahe, ihr geradewegs zu erzählen, was Gifford für ein Mann war und *wo* er sich gerade aufhielt, aber er brachte es nicht übers Herz. Wie auch? Lieber würde er eine Kugel einstecken, als Daisy Schmerz oder Kummer zuzufügen.

Das Feuerwerk um eins markierte für einige das Ende des Abends, für andere den Anfang vom Ende und für wieder andere schlichtweg den Beginn. Das Orchester spielte weiter, und alle strömten aus dem Festzelt, um Raketen explodieren und den Himmel weit hoch über Eden Hall aufleuchten zu sehen. Anschließend tanzten Howard und Mabel einen letzten Tanz, einen Walzer zu Schuberts *Serenade*, und blieben danach noch fast eine Stunde lang stehen, um Gäste zu verabschieden und ihnen Gute Nacht zu sagen, während eine Prozession aus chauffierten Wagen und Taxis die Einfahrt hinauf- und hinunterfuhr, bevor die beiden sich schließlich zurückzogen – und im Haus verschwanden.

Es war schon nach drei, als das Orchester eingepackt hatte und Valentine und Miles den Phonographen aus dem

Haus holten und im Zelt aufbauten. Einige verweilten noch, saßen schweigend an verlassenen Tischen, einige wenige tanzten weiter, andere schlenderten durch die Gärten oder ließen sich in den Korbstühlen auf der Terrasse nieder. Und Daisy saß mit Aurelia hinten im Festzelt.

»Iris sagt, sie sind schon vor Ewigkeiten zusammen verschwunden«, erzählte Aurelia. »Sie hat die beiden gesehen – und Val auch.«

»Das ist mir vollkommen einerlei.«

»Du hast es also geschafft – du hast die Beziehung beendet?«

»Mehr oder weniger. Aber morgen früh werde ich es gleich als Erstes ein für alle Mal erledigen.«

»Meiner sieht nicht wirklich nach gebrochenem Herzen aus, oder was meinst du?«, sagte Aurelia und beobachtete Val – der am anderen Zeltende noch immer mit Iris tanzte.

»Der reine Hohn«, sagte Daisy und beugte sich vor. Sie stützte ihr Kinn auf die Hände und fragte sich erneut, wo Stephen wohl stecken mochte. Im Zelt war von ihm weit und breit keine Spur, und vorher hatte sie ihn auch schon eine ganze Weile, Stunden womöglich, nicht gesehen. Genau konnte sie es nicht sagen, die Zeit war schnell verflogen.

»Armer Stephen ...«

»Weshalb?«, fragte Aurelia.

»Weil es erniedrigend ist, jemanden als Gast mitzubringen und dann zusehen zu müssen ... wie sie mit einem anderen Mann verschwindet. Er hätte weitaus Besseres verdient.«

»Du liebst ihn ehrlich, nicht wahr?«

Daisy richtete sich auf und tat so, als nippe sie an ihrem Champagner – der mittlerweile schal war. »Ja, aber nicht *so* ... Jetzt nicht mehr.«

»Ehrlich? Sieh mir in die Augen, und sag das noch einmal.«

Daisy drehte sich zu Aurelia um: »Nicht auf diese Art.«

»Ich fürchte, du hast mich noch nicht überzeugt ... in keinster Weise.«

»In keinster Weise überzeugt wovon?«, fragte Val, der plötzlich neben ihnen stand.

»Ach, nichts«, sagte Daisy.

»Aurelia, ich finde, wir sollten noch einmal zusammen tanzen ... um der guten alten Zeiten willen«, sagte er.

Daisy sah, wie die beiden Hand in Hand davonliefen. Sie würden Freunde bleiben, dachte sie; sie hatten sich freundschaftlich von einer gemeinsamen Zukunft verabschiedet. Bei Ben und ihr würde die Sache ganz anders verlaufen.

Als Daisy aus dem Festzelt trat, wich die Nacht bereits dem Tag, und die Farben begannen hervorzutreten. Die Türen des Hauses standen offen, und ein Pärchen, das sie nicht kannte, klammerte sich aneinander und wiegte sich, ganz im Moment verloren, zur Musik eines stillen, unsichtbaren Orchesters. Ruby und Boy streunten über den Rasen, schnüffelten an verstreuten Gläsern und Tellern, immer auf der Suche nach einer Liebkosung, einem freundlichen Wort. Dann kläffte Boy etwas – oder jemanden – an und sprang in Richtung japanischer Garten davon. Und Daisy, die ziellos und noch immer suchend umherlief, folgte ihm und fand Stephen.

Der Sonnenaufgang stand kurz bevor – und er wolle ihn sich gern ansehen, erklärte er. Er wolle ihn sich von hier aus ansehen. Er blickte Daisy beim Sprechen nicht an, aber sie sah, wie er Boys Kopf streichelte, wie er sich bückte und seine Nase gegen Boys Schnauze stieß.

»Aurelia hat ihr Werk vollbracht«, sagte sie.

»Und welches Werk wäre das?«

»Sie hat ihre Verlobung aufgelöst.«

»Ah, scheint ja gerade schwer in Mode zu sein.«

»Hast du Tabitha gefunden?«, fragte sie fröstelnd und zog sich ihr Tuch enger um die Schultern.

»Hätte ich sie suchen sollen?«

»Jemand hat gesagt, sie sei gestürzt …«

»Klingt glaubhaft.«

»Kümmert es dich gar nicht?«, fragte sie und setzte sich neben ihn auf die Bank.

»Ich glaube, Tabitha kommt sehr gut allein zurecht.«

Daisy mochte ihm nicht erzählen, mochte nicht wiederholen, was Aurelia gesagt hatte: dass Tabitha und Ben nicht nur gemeinsam das Festzelt verlassen hatten, sondern auch umschlungen neben dem Gebüsch gesehen worden waren, wo man später eine große rote Taftblume fand. Sie gab keinen Deut auf Ben, der – wie sie es Aurelia gegenüber formuliert hatte – innerhalb von vierundzwanzig Stunden durch und durch als Schuft und Schurke enttarnt worden war. Aber sie war wütend auf Tabitha.

»Wollen wir tanzen?«, fragte Stephen.

Daisy lachte. »Was denn – hier … jetzt?«

»Warum nicht?«

Und so tanzten sie.

Er hielt sie in den Armen, und sie umrundeten langsam den Teich, immer und immer wieder, herum und herum, wobei sie vorsichtig ihre Füße über die Steinplatten heben mussten – tanzten ohne Musik, ohne Worte, bis die ersten Vögel zu singen begannen und das blasse Morgenlicht über ihnen hing.

»Stephen«, sagte sie schläfrig, die Wange am weißen Baumwollstoff seines Hemdes, »wir wollen uns nie wieder aus den Augen verlieren, ja? Lass uns nie unsere Freundschaft aufgeben.« Sie hob den Kopf, um ihn anzusehen. »Du bist wie ein Bruder für mich ... mehr als ein Bruder.«

Er schwieg, und sie legte ihre Wange wieder gegen seine Brust, sie wiegten sich hin und her und dann erneut, ohne die Füße anzuheben, wie zu einem Wiegenlied.

»Lass uns morgen gemeinsam etwas unternehmen ... heute, meine ich. Wir können probieren, meine Schneekugel zu finden ... uns einen Picknickkorb mit zum Bach nehmen, wie früher«, sagte sie mit geschlossenen Augen.

Und als er die Arme fester um sie schloss, wusste sie, dass sie sich später an nichts anderes aus dieser Nacht erinnern würde.

Sie ahnte offenbar nichts, und Stephen war erleichtert. Er würde gewiss nicht erwähnen, was er beobachtet oder dass Val Gifford mit Tabitha im Gebüsch gesehen hatte. Sie verdiente etwas viel Besseres, selbst von einem *einstigen* Verlobten.

Er hielt sie in den Armen, und sie umrundeten langsam den Teich, immer und immer wieder, herum und herum, hoben vorsichtig ihre Füße über die Steinplatten, bis die ersten Vögel zu singen begannen und der Himmel heller wurde.

Als Daisy sagte, er sei wie ein Bruder, spürte er einen Stich. Mit sehnlichem Verlangen schloss er die Augen, hielt sein Gesicht an ihr Haar, atmete sie ein. Daisy. Ihr Kopf an seiner Brust, ihre Worte – törichte, unschuldige, erschöpfte Worte – waren alles aus dieser Nacht, woran er sich erinnern würde: alles, woran er sich erinnern wollte.

29

Der Himmel wirkte wie ein verwaschenes, verblichenes Laken, hinter dem eine blasse Sonne hing. Männer mit Schürzen und Schiebermützen liefen über den Rasen hin und her und trugen Teppichrollen und Möbel zu einem Wagen, der in der Einfahrt parkte. Die Rattantische und -stühle waren bereits von der Terrasse unter ihrem Fenster verschwunden.

Als Daisy sah, wie er mit gesenktem Kopf und eiligen Schritten den Rasen überquerte, kehrte die Erinnerung an den vergangenen Abend und seine Abwesenheit zurück. Als er die oberste Treppenstufe erreichte, stand sie bereits dort und wartete auf ihn. »Ich schlage vor, du packst deine Tasche und verschwindest so schnell wie möglich.«

»Daisy …«

Sie trat einen Schritt zurück. Er stank nach Alkohol und abgestandenem Schweiß, und sie empfand für ihn nichts als Verachtung.

»Du kannst zum Bahnhof laufen oder den Bus nehmen. An der Kreuzung ist eine Haltestelle. Wenn du dieses Haus nicht in …«, sie sah auf ihre Armbanduhr, »… zehn Minuten verlassen hast, hole ich meinen Vater und erzähle ihm, wo du warst und was du getan hast – dass du in mein Zimmer gekommen bist … und mich geschlagen hast.«

»Warte«, hob Ben an, »ich bin nicht sicher, was du denkst, aber du verstehst alles falsch ... völlig falsch.«

»Nein. Ich verstehe alles *richtig*. Ich habe dir nichts mehr zu sagen, Benedict Gifford. Du bist meiner Worte nicht würdig – und auch nicht eine einzige weitere Minute meiner Zeit.«

Sie drehte sich, um zurück in ihr Zimmer zu gehen. »Noch neun Minuten«, rief sie ihm über die Schulter zu.

Er war pünktlich, immerhin, dachte sie, als sie sah, wie er mit seiner Tasche die Einfahrt hinablief – beinahe exakt neun Minuten später. Nun musste sie ihren Vater finden, ihm erzählen, dass die Verlobung nicht mehr bestand und sie hoffte, Benedict Gifford niemals wiederzusehen. Mehr wollte sie ihm nicht erzählen. Sie ging ohnehin davon aus, dass er bald noch genug von den Ereignissen des vergangenen Abends zu hören bekommen würde.

Die Tür zum Zimmer ihres Vaters stand offen, sein Bett war gemacht ... aber sein Abendanzug lag darauf, und zwar wie hingeworfen. Seltsam, dachte sie, dass Hilda bereits hier oben war und die Betten gemacht hatte, und noch seltsamer, dass das Hausmädchen die Kleidung ihres Vaters so zurückgelassen hatte.

Es war still im Haus, als Daisy die Treppe hinab zu Howards Studierzimmer ging. Er war nicht darin. Sie lief zurück durch den Korridor und sah kurz in den Salon: niemand dort. Sie lief hinüber zum Foyer und ins Speisezimmer. Der Frühstückstisch war gedeckt, aber bislang nicht angetastet.

Daisy hob einen Deckel des Warmhaltegeräts und nahm sich eine Scheibe Bacon heraus. Dann schwang die Filztür auf, und Hilda kam herein.

»Guten Morgen, Miss. Tee ... Toast?«

»Sie sind ja schon fleißig heute früh ... machen Betten *und* servieren Frühstück.«

Hilda lachte. »Die Betten werden warten müssen, fürchte ich. Es wird Nachmittag werden, bevor ich dazu komme.«

»Aber Sie haben doch bereits das Zimmer meines Vaters fertig gemacht.«

Hilda schüttelte den Kopf. »Nein, Miss ... Wir stehen heute morgen ziemlich unter Dampf – bei den ganzen Männern, die schon früh da sind, und den Gästen, die Aufmerksamkeit brauchen.«

»Ja ... natürlich«, sagte Daisy. »Haben Sie meinen Vater gesehen?«

»Ich glaube, er ist noch nicht heruntergekommen. Darf ich Ihnen einen Tee bringen?«, fragte Hilda erneut.

»Nein, danke.«

Daisy kehrte ins Foyer zurück, stieg die Treppe hinauf und blieb auf dem Absatz stehen. Sie dachte nach. Sie wollte ihre Mutter nicht stören, aber sie musste ihr oder ihrem Vater von Ben erzählen: dass sie die Verlobung aufgelöst und ihn gebeten hatte, das Haus zu verlassen, was er zum Glück bereits getan hatte. Sie lief über den Treppenabsatz zum Gang mit den Zimmern ihrer Eltern, vorbei an der offenen Schlafzimmertür ihres Vater bis zur geschlossenen Tür ihrer Mutter, wo sie stehen blieb. Hinter Mabels Tür konnte sie eine männliche Stimme hören ... dann Gemurmel, dann Gekicher ... dann vollkommene Stille. In Mabels Zimmer war ein Mann ... Reg? Daisys Herz klopfte. Die Tür ging auf.

»Hallo, Dodo«, sagte Howard. »Hast du gut geschlafen, mein Liebling?«

Daisy spürte, wie sie errötete. Sie sagte: »Ich muss mit meiner Mutter sprechen«, und lief an ihm vorbei ins Zimmer, wo Mabel mit Tasse und Untertasse in der Hand in ihrem Bett saß. »Hallo, Liebling … War das nicht ein wunderbarer Abend?«

Howard schloss die Tür; Daisy setzte sich auf den Hocker vor dem Ankleidetisch. Sie starrte auf das Bett – die zerwühlten Kissen, die Laken. Ihre Eltern hatten miteinander geschlafen. Mabel hatte ihn wieder aufgenommen. Sie sagte: »Nur damit du Bescheid weißt: Ich habe meine Verlobung aufgelöst.«

Mabel runzelte die Stirn. »Traurig, aber sehr weise, denke ich.«

»Tu nicht so, als wärst du auch nur im Geringsten betrübt, denn ich weiß, dass es nicht stimmt … und ich bin es auch nicht. Jedenfalls ist er jetzt weg … Ben, meine ich. Ich habe ihn gebeten abzureisen, als er vorhin zurückkam.«

Mabel sah auf ihre Tasse und schüttelte den Kopf.

»Es hat sich herausgestellt, dass er nicht anders ist als gewisse *andere* Männer«, sagte Daisy.

Mabel schwieg. Sie kräuselte die Lippen und ließ den Blick durchs Zimmer schweifen.

»Ach, Mummy …«

»Ein Neuer wird kommen«, sagte Mabel rasch. »Du bist immer noch jung … Es wird ein Neuer kommen.«

Daisy schüttelte den Kopf. »Nein, ich mache mir Gedanken um dich. Ich will nicht, dass … dass dich jemand verletzt.«

»Verletzt? Wer soll mich denn verletzen?«

»Der Mann, den du geheiratet hast.«

»Daisy …«

»Du hast keine Ahnung, du hast einfach keine Ahnung«, sagte Daisy, während sie sich händeringend umwandte.

»Wovon habe ich keine Ahnung?«

Daisy stand auf. »Du hast keine Ahnung von Stephen«, erwiderte sie lauter als beabsichtigt.

»Von Stephen?«, wiederholte Mabel. »Was weiß ich denn nicht über Stephen?«

»Hast du dich nie gefragt, wie er hierherkam?«

Mabel lächelte. »Ich weiß genau, wie er hierherkam«, sagte sie gelassen und trank einen Schluck Tee. »Dein Vater hat ihn hierhergebracht ... nun ja, nicht persönlich, aber er hat sich um alles gekümmert.«

Sie wusste also doch ein wenig, dachte Daisy und sprach es dann auch aus. »Ja, das ist ein Teil der Geschichte ... aber nicht alles«, sagte sie und setzte sich wieder. »Weißt du ... weißt du ...«

»Liebst du ihn?«, fragte Mabel, bevor Daisy weiterreden konnte.

Daisy rang nach Luft. »Ob ich Stephen liebe? Hier geht es nicht um mich und Stephen oder um Ben oder um Tabitha ...«

»Tabitha? Wer ist denn Tabitha?«

»Die Frau, die mit Ben zusammen war ... gestern Nacht.«

»Ah, die mit dem roten Blumending?«, fragte Mabel und malte sich mit den Fingern eine Blume über den Kopf.

»Genau die«, sagte Daisy ein wenig gereizt, denn sie kamen vom Thema ab.

»Bist du deshalb wütend – weil sie mit Ben fortgegangen ist? Oder bist du wütend, weil sie mit Stephen gekommen ist?«

»Nein! Ich habe dir doch schon gesagt, dass es gar nicht um sie alle geht ... Na ja, vermutlich geht es schon um Stephen, vor allem aber um meinen Vater – deinen Mann.«

»Ich verstehe«, sagte Mabel und trank einen weiteren Schluck Tee.

»Ich hätte ihm, Stephen meine ich, wohl von Tabitha erzählen sollen«, sagte Daisy und erhob sich erneut. »Aber wie bloß?«, fügte sie hinzu und sah Mabel an, während sie durchs Zimmer lief. »Ich hätte es ihm nicht erzählen können, oder?«

Mabel schüttelte den Kopf.

»Darum habe ich es auch nicht getan. Aber ich hätte es tun sollen – oder?«

Mabel war sich unsicher und wollte gerade »Vielleicht« antworten, da sprach Daisy schon weiter.

»Es war nicht aufrichtig von mir … aber ich wollte ihn nicht weiter demütigen. Und jetzt wird er es von jemand anderem erfahren.« Sie drehte sich zu Mabel um. »Ist es besser, ehrlich und aufrichtig zu sein und die Wahrheit zu sagen – obwohl man weiß, dass man dem anderen damit Kummer bereitet?«, fragte sie mit den Händen auf dem Kopf, während sie am Fußende von Mabels Bett ihre Kreise lief.

Mabel wollte gerade sagen, das komme auf die Umstände an, kam aber nicht dazu, weil Daisy bereits fortfuhr: »Das hätte sich alles vermeiden lassen. Wenn ich Ben schon gestern gebeten hätte zu fahren, nachdem er … als mir alles klar war und ich mich entschieden hatte. Dann wäre nichts von alledem passiert, und Stephen hätte nie diese Demütigung erleben müssen. Aber … aber«, stammelte sie und zog die Stirn zusammen, weil ihr ein Gedanke kam, »er wirkte am Seerosenteich gar nicht verärgert.«

»Am Seerosenteich?«

»Ja, als wir getanzt haben …«

»Ihr habt am Seerosenteich getanzt? Wann denn?«

»Bei Sonnenaufgang«, sagte sie, und einer ihrer Mundwinkel hob sich, während sie auf einen Fleck an der Wand starrte. »Bei Sonnenaufgang«, wiederholte sie und ließ die Hände sinken.

Sie wirkte plötzlich ruhiger, dachte Mabel. Sie hatte ihre Tochter an einen Sonnenaufgang verloren, an einen langsamen Tanz mit Stephen Jessop. Aber vor ihren Augen entstand ein Bild, mehrere Teile fielen an ihren Platz. Daisy war im Puzzeln nie besonders gut gewesen – und gerade probierte sie schon wieder, mit den falschen Teilen ihr Bild zusammenzufügen, dachte Mabel. Sie besaß alle Teile; sie wusste nur nicht – konnte nicht erkennen –, wie sie diese zusammenfügen, wo sie diese anlegen sollte.

Und sie hatte jedes Recht, wütend zu sein: auf ihren Vater und auf Ben Gifford. Genau wie Howard besaß sie das Herz eines Löwen, dachte Mabel, während sie ihre Tochter dabei beobachtete, ins Leere zu starren. Aber sie hatte Mabels aufbrausende Art geerbt, die alles in Durcheinander und Verwirrung stürzte. Das war ihr wunder Punkt – in der Vergangenheit und vermutlich auch weiterhin.

»Das klingt himmlisch«, sagte Mabel.

»Ja … ja, das war es auch.«

»Dein Vater wollte auch mit dir tanzen. Er hat dich gesucht … Er hatte ein bestimmtes Musikstück im Kopf.«

Der Traum zerplatzte. Daisy starrte ihre Mutter entgeistert an. »Ich hätte doch mit *ihm* nicht getanzt.«

»Du musst lernen zu vergeben, Daisy … zu vergeben und zu vergessen und voranzugehen.«

»Vergessen? So, wie er seine *Söhne* vergessen hat? … Und damit meine ich nicht nur Theo.«

Mabel stellte ihre Tasse ab. »Das stimmt. Es schien tatsächlich, als hätte er Theo eine Weile vergessen«, sagte sie.

»Und vielleicht hat er mich auch vergessen ... weil ich ihn von mir gestoßen habe, weil ich wütend war. Aber es gibt so vieles, das du nicht weißt und nicht verstehst.«

»Verstehst du es denn?«

Mabel nickte. »Ja, das tue ich ... Es gibt Dinge, die ich dir nicht erzählen kann. Aber vielleicht solltest du mit Mrs. Jessop über Stephen und über deinen Vater sprechen.«

»In Ordnung«, sagte Daisy, »das werde ich tun.« Damit verließ sie das Zimmer.

Mabel sank in ihre Kissen zurück und schloss die Augen. Daisy war willensstark, und es war nicht ihre Aufgabe, ihr alles zu erklären. Ihre Loyalität Stephen gegenüber war so ... Mabel öffnete die Augen.

Daisys Loyalität gegenüber Stephen Jessop führte dazu, dass sie in beinahe jeder Lage zuerst an ihn dachte. Sein Glück und Wohlergehen hatten ihr immer schon sehr am Herzen gelegen. Obwohl Mabel davon gewusst hatte und die beiden seit Jahren beobachtete, war ihr erst kürzlich das wahre Ausmaß und die Art von Daisys Liebe zu ihm klar geworden. Und weil Howard ebenfalls Bescheid wissen und Daisy verstehen musste, hatte Mabel ihn vor wenigen Stunden eingeweiht.

»Bist du sicher?«, hatte er gefragt.

»Ganz sicher.«

»Und was ist mit ihm?«

»Bei ihm bin ich mir sogar noch sicherer.«

Mabel lächelte beim Anblick ihres Kleides – das neben ihrem Ankleidetisch über einem Sessel hing, wo Howard es am Abend zuvor sorgfältig abgelegt hatte. Sie lächelte beim Gedanken an die Nacht. Sie hatte schon beim letzten Tanz gewusst, dass sie die Nacht miteinander verbringen würden;

dass sie nicht nur Gute Nacht sagen und in getrennten Zimmern verschwinden würden. Und besonders wundervoll hatte sie gefunden, dass es keine Fragen, keine Peinlichkeiten, keine Zweifel gegeben hatte. Es hatte sich völlig natürlich angefühlt, sich gemeinsam zurückzuziehen, Hand in Hand ins Haus zu gehen, in ihr Zuhause, die Treppe hinaufzusteigen und gemeinsam das Schlafzimmer zu betreten. Sich zu unterhalten, während sie sich entkleideten, zu kichern und zu lachen über das, was sie erlebt hatten; ihn mit Bruchstücken verschiedener Gespräche, die sie geführt hatte, zu belustigen, während sie an ihrem Ankleidetisch gesessen und sich die Haare gebürstet, das Gesicht eingecremt hatte und schließlich neben ihm ins Bett gestiegen war – um von ihm in den Arm genommen zu werden. Wie bei einer Rückkehr nach einer sehr langen Reise an einen Ort, den man Zuhause nennt, hatte in dieser empfundenen Natürlichkeit ein neuer und besonderer Reichtum gelegen.

Sie hatten, mindestens, eine Stunde lang umschlungen dagelegen und den Geräuschen und Stimmen draußen gelauscht: dem dröhnenden Gelächter und der Musik, die von einem Grammofon im Zelt herüberwehte; den seltsamen Gesprächen und Disputen, die unter ihrem Fenster geführt wurden. Sie hatten Iris nach »mehr Champagner« rufen und Noonie – noch gut in Form – über jemanden namens Samuel reden hören. Einmal war Howard aufgestanden und durchs Zimmer gelaufen, um die Vorhänge zurückzuziehen und das Fenster ein Stück weiter zu öffnen, damit sie besser hören konnten, wie Reg zu Margot sagte, was für eine wunderbare Figur sie habe und wie jung sie auf ihn wirke. Sie hatten sich den Mund zugehalten, um ihr Gelächter zu unterdrücken.

»Ich liebe dich, Mabel Forbes«, hatte er gesagt.

Die Tür zum Dienstbotenzimmer war verschlossen. Daisy konnte dahinter das Gemurmel von Mrs. Jessop und Mrs. Wintrip hören, aber jetzt war nicht die Zeit, um an der Tür zu lauschen und auf Antworten zu hoffen. Jetzt war es an der Zeit, Mut zu beweisen.

»Stephen ist nicht hier, Liebes«, sagte Mrs. Jessop, als sie mit einem Bissen Gebäck im Mund von ihrem Stammplatz zu ihr aufsah. »Ich weiß nicht, wo er steckt.«

»Ich wollte gar nicht zu Stephen, sondern zu Ihnen, Mrs. Jessop … Ob Sie wohl einen Augenblick Zeit für mich hätten?«

Nellie Wintrip warf Daisy einen kurzen Blick zu, als sie sich erhob. Dann nahm sie ihre Tasse und schloss die Tür hinter sich.

Matte Morgensonne schien durch das offene Fenster auf die verblichenen *William-Morris*-Polster und die *Ladderback*-Stühle, auf den Ziegelofen und das Bild von King George darüber. Der Raum war klein, aber gemütlich und schien, genau wie die Küche, mehr Mrs. Jessop als allen anderen zu gehören.

Daisy nahm Platz.

»Nun?«, sagte Mrs. Jessop.

Daisy wusste nicht genau, wo oder wie sie anfangen sollte, aber nun schien kein Weg daran vorbeizuführen, geradewegs ihre Frage zu stellen. »Mrs. Jessop, ich muss dringend etwas wissen … über Stephen …«

»Ja?«, erwiderte die Frau und atmete durch ihre Zähne Luft ein.

»Ist Stephen … ist Stephen das Kind meines Vaters?«

»Ihres *Vaters?*«, wiederholte Mrs. Jessop mit gekräuselter Nase und zog eine Grimasse, als schmeckten die Überreste in ihrem Mund höchst unerfreulich. »Wie um alles in der Welt … Wie sollte er das Kind Ihres Vaters sein?«

»Weil doch …«, sagte Daisy und hielt dann inne. »Also, ich weiß, dass Stephen auf Clanricarde Gardens geboren wurde … und ich bin nicht sicher, wie viel Sie wissen, aber … mein Vater hat dafür gesorgt, dass er hierherkam.«

»Ja«, sagte Mrs. Jessop mit einem Nicken, »aber wieso sollte ihn das zum Sohn Ihres Vaters machen?«

»Ich dachte, das wäre ziemlich offensichtlich … Mein Vater hat ja nicht gerade den besten Ruf …« Daisy hielt inne. »Sie wissen … Sie wissen also, dass er dort geboren wurde?«

»Ja. Ich weiß, dass er dort geboren wurde.«

»Und wissen Sie auch, wer seine Eltern sind – waren?«

»Gewiss.«

»Wer sein Vater war?«

Mrs. Jessop nickte.

»Und er ist nicht der Sohn meines Vaters?«, fragte Daisy, und ihr Herz klopfte so laut, dass sie schon dachte, es müsse zu hören sein.

»Wirklich, Liebes … Ich weiß nicht, wie dieses Gerücht in die Welt kam, und ich kann mir beim besten Willen nicht vorstellen, wie Sie auf den Gedanken kommen, Stephen wäre …«

»Ich möchte nur, dass mir jemand die *Wahrheit* sagt«, unterbrach Daisy. »Ich muss wissen, ob Stephen mein Bruder ist«, sagte sie nun lauter und mit funkelnden Augen. Dann fügte sie im Flüsterton hinzu: »Bitte, wenn Sie es wissen, bitte sagen Sie es mir …«

Mrs. Jessop schloss die Augen, und mit sanfterer, jünger klingender Stimme sagte sie: »Michael … Stephens Vater hieß Michael Hughes.«

Daisy wiederholte den Namen. Er sagte ihr nichts. Sie fragte: »Sind Sie sicher? Sind Sie sich ganz sicher?«

»Oh ja, das ist die eine Sache, in der ich mir ganz sicher bin«, antwortete sie und öffnete die Augen.

Daisy hörte sich selbst losschluchzen.

»Kommen Sie, nun seien Sie doch nicht so besorgt ... Er ist vielleicht nicht Ihr Bruder, aber er hat sich doch immer so verhalten, oder? Und das wird sich auch nicht ändern, nein, das wird auch nie anders sein.«

Daisy schüttelte den Kopf. »Aber das verstehe ich nicht ... Wie kommt es, dass Stephen auf Clanricarde Gardens geboren wurde? War er ... Ist er Mrs. Wintrips Sohn?«

»*Nein*«, sagte Mrs. Jessop und dehnte das Wort in die Länge. »Er ist nicht Nellies Sohn.«

»Aber woher wissen Sie das? Und woher wissen Sie von Stephens Vater? Hat Mrs. Wintrip Ihnen von ihm erzählt? Hat sie Ihnen von Michael Hughes erzählt?«

Mrs. Jessop wandte stirnrunzelnd den Blick ab, als versuche sie, sich an etwas zu erinnern.

»Und Mrs. Wintrip muss wissen, wer seine Mutter war«, fuhr Daisy fort, »denn schließlich war sie dort, Mrs. Jessop ... Sie hat Stephen auf die Welt geholt, hat sie mir erzählt.«

»Ja, sie war dabei. Sie hatte noch nie ein Kind auf die Welt gebracht – und auch keine eigenen Kinder –, aber sie wusste genau, was zu tun war.«

»*Sie* waren dabei? Sie waren auch dabei?«

Mrs. Jessop nickte. »Es war die Nacht, die ich nie vergessen werde.«

»Aber wer war Stephens Mutter?«

Und als sie die Frage ausgesprochen hatte, kannte sie bereits die Antwort.

»Ich«, sagte Mrs. Jessop und sah Daisy an. »Ich bin Stephens Mutter.«

In der nächsten halben Stunde – oder länger – erzählte Mrs. Jessop ihr alles über Stephens Vater Michael. Er sei ihre große Liebe gewesen, sagte sie, die Liebe ihrer Kindheit. Sie waren zusammen in einem Dorf in Berkshire aufgewachsen.

»Ich war kein junges Küken mehr, aber ich war trotzdem ahnungslos ... wie alle damals. Ich wusste nicht, wie man ein Kind verhütet. Aber wir waren verlobt, und ich hatte ihn schon lange genug hingehalten, und wir wollten ohnehin in wenigen Wochen heiraten, dachte ich.« Sie schüttelte sachte den Kopf. »Stephen ist ihm so ähnlich, nicht nur in seinem Aussehen, sondern auch in seinem freundlichen, ruhigen Wesen ... ganz wie Michael.« Sie machte eine Pause. »Ich hatte keine Ahnung, keinerlei Befürchtung, als es passierte.«

»Als *was* passierte?«, fragte Daisy.

»Michael ... Er hatte seine Mutter in der Nähe von Slough besucht, wo wir aufgewachsen sind, und war auf dem Rückweg nach Windsor, wo er damals arbeitete. Er war Zimmermann, ein hervorragender dazu, ihm gelang alles, ein echter Handwerker. Er hat all die Regale und Schränke im Studierzimmer Ihres Vaters auf Clanricarde angefertigt«, sagte sie. »Oh ja, er hat in vielen der großen Häuser gearbeitet.«

»Aber was ist denn passiert?«, fragte Daisy erneut.

Mrs. Jessop starrte auf die Hände in ihrem Schoß. »Es war Juni ... und ich wusste noch nicht, dass ich schwanger war, ich wusste es erst im August nach meinem Geburtstag, dem Monat, in dem wir heiraten wollten.« Sie schloss die Augen. »Ein Schnellzug ... Er überfuhr zwei Signale und prallte frontal mit Michaels Zug zusammen. Sie haben gesagt, er sei auf der Stelle tot gewesen und habe nichts gespürt. Das gab mir einen Hauch von Trost«, fügte sie hinzu und sah Daisy an, »denn er war mein Ein und Alles, wissen Sie, mein ganzes Leben und meine Zukunft.«

»Es tut mir so leid.«

»Als ich erfuhr, dass ich schwanger war, fühlte es sich an, als hätte Gott mir einen Teil von Michael zurückgegeben ... Ich fühlte mich beraubt und glücklich und hatte Angst – alles zugleich. Und da kam Ihr Vater ins Spiel. Ich hatte vorher für ihn gearbeitet, hatte ihm Nellie empfohlen und meine Stellung nur aufgegeben, um näher bei Michael sein zu können«, fügte sie schnell hinzu. »Als Ihr Vater von meiner Lage erfuhr und hörte, dass die Familie, für die ich arbeitete, mich auf die Straße setzen würde, bestand er darauf, dass ich zurück nach Clanricarde Gardens käme.«

Daisy lächelte. *Natürlich ... natürlich hatte er das getan*, dachte sie.

»Ihr Vater schickte eine Kutsche, die mich hinbringen sollte«, fuhr Mrs. Jessop fort und lachte nun beinahe. »Meine Güte, Sie hätten die Gesichter der anderen Dienstboten sehen sollen ... Und Ihrem Vater war von Anfang an klar ... Er wusste, dass ich mein Kind nicht würde abgeben können ... Aber ich konnte es auch nicht behalten. Niemand würde eine ledige Frau mit einem unehelichen Kind anstellen. Ich konnte aber auch nicht für immer auf Clanricarde Gardens bleiben, denn dort würde es Gerede geben ... Ein Dienstmädchen mit einem Kind unter demselben Dach wie ein verheirateter Gentleman – mit einer auf dem Land versteckten Gattin?« Sie sah zu Daisy hinüber und schauderte. »Daher beschlossen wir – Ihr Vater, Nellie und ich –, dass Nellie das Kind nach der Geburt, nach ein oder zwei Monaten, aufnehmen und versorgen sollte, bis sich meine Lage änderte – und Ihr Vater würde für seinen Unterhalt aufkommen. Nellie war verheiratet, und alles klang vernünftig.«

»Sie waren also ein paar Monate bei Stephen?«

Mrs. Jessop lächelte. »Sie wissen ja, wie sehr Ihr Vater kleine Kinder liebt… Am Ende war Stephen fast sechs Monate alt, als Nellie ihn aufnahm, da war er entwöhnt und mit fester Nahrung vertraut und alles. Ach ja, wir haben uns gemeinsam sechs Monate glücklich durchgeschlagen auf Clanricarde – Nellie, Ihr Vater und Stephen.«

»Er ahnt nichts davon …«

»Nein, gut, er war ja noch ein Säugling … und was für ein hübscher«, sagte sie, plötzlich von mütterlichem Stolz erfüllt.

»Und meine Mutter? Wusste meine Mutter Bescheid?«

»Natürlich. Sie kam ein paar Mal zu Besuch. Sie war es, die mir alles über das Stillen, einen regelmäßigen Rhythmus und dergleichen beibrachte. Denn sie hatte ja Erfahrung, sie hatte ja schon Ihre Schwestern.«

»Und dann sind Sie hierhergekommen«, sagte Daisy und fügte die Teile zusammen.

»Ja, und ich habe Isaac kennengelernt – den alten Jessop –, und nach unserer Hochzeit brachte mir Nellie, genau wie Ihr Vater es versprochen hatte, Stephen.«

»Eine Adoption war gar nicht notwendig …«

Mrs. Jessop lächelte und schüttelte den Kopf.

»Warum haben Sie es Stephen nie erzählt?«, fragte Daisy.

Mrs. Jessop senkte den Blick. »Ich habe es niemandem erzählt. Nur Ihre Eltern und Nellie wissen davon … Nein, ich habe es niemandem erzählt, und Isaac erst recht nicht, denn … tja, ich habe mich so geschämt, müssen Sie wissen. Und ich weiß nicht, ob er oder ein anderer mich geheiratet hätte – und ich wollte doch unbedingt heiraten, damit ich Stephen wieder bei mir haben konnte.« Sie hielt einen Augenblick inne und fuhr dann fort: »Mein Mann konnte sich an so wenig erinnern, als er aus dem Krieg kam, er dachte, Stephen wäre *sein* Sohn. Denkt immer noch, es wäre sein Sohn«, korrigierte sie sich. »Aber ich habe immer vorgehabt, es Stephen zu sagen, wenn er einundzwanzig wird …« Sie sah Daisy an. »Besser spät als nie, nicht wahr?«

Mabel lag in Howards Armen, ihr Kopf ruhte auf seiner Brust, während er ihr mit der Hand durchs Haar strich. Sie hatte den ganzen Vormittag im Bett zugebracht. Howard hatte gesagt, sie könne liegen bleiben, er werde sich um alles kümmern. Dem war sie gefolgt. Nachdem Daisy sich auf die Suche nach Mrs. Jessop begeben hatte, hatte Mabel sich in ihrem Bett ausgestreckt, hatte Howards Buch gelesen, seine Worte verschlungen, nach denen sie sich so lange gesehnt hatte, wunderschöne Worte, die sie gelegentlich um Luft ringen oder zittern oder die Augen schließen ließen.

Als Howard zurück ins Zimmer kam, kletterte er aufs Bett und legte sich neben sie, starrte an die sonnige Decke, während sie las, bis sie das Buch zuklappte, es zur Seite legte und ihn küsste.

»Aber weshalb bist du zu *ihr* gegangen?«, fragte sie nun. »Weshalb bist du nicht zu mir gekommen – und hast mit mir geredet?«

»Das habe ich doch bereits erzählt. Ich habe mich an sie als alte Freundin gewandt, habe sie um Rat gebeten – um einen Rat, was dich, was uns betraf, und was ich tun sollte … Es hatte den Anschein, als wolltest du nicht mit mir reden … und ich dachte, du würdest mich nicht mehr lieben.«

Neben seinen Worten über Theo, neben Worten über so viele Dinge hatte Howard auch über die Zeit geschrieben, in der er aus Mabels Bett verbannt worden war, als er erfahren – zum ersten Mal gehört – hatte, dass seine Gattin ihn nicht in ihrer Nähe wollte, dass sie keine weiteren Kinder wünschte und es nicht ertrug, von ihm berührt zu werden. Mabel erinnerte sich ebenfalls an diese Zeit: das erste und einzige Mal, als sie sich ihrem damaligen Dienstmädchen anvertraut hatte. Dass ihre persönlichen Worte der Verzweiflung weitererzählt worden waren, dass Nancy sich entschieden hatte, sie Howard gegenüber zu erwähnen, war beinahe unverzeihlich – und ein umso größerer Verrat, als diese Gefühle gar nicht der Wahrheit entsprachen.

Vielleicht hatte sie etwas in der Art gesagt, räumte Mabel ein. Vielleicht hatte sie so etwas gestammelt, in der Nacht, als Nancy sie allein, unter Schmerzen und schluchzend auf dem Badezimmerfußboden fand. Aber was immer sie gesagt haben mochte, entstammte ihrer Verzweiflung nach einer weiteren Fehlgeburt, und nur Nancy war da gewesen, um sie zu trösten.

»Ich dachte, du wolltest mich hier nicht mehr sehen, wolltest mich nicht mehr in deiner Nähe haben. Ich dachte, du wolltest *mich* nicht mehr«, sagte Howard.

»Aber Margot schon …«

Howard schwieg. Er war ihr untreu gewesen, und diese Tatsache konnte niemand ändern. Genau wie niemand ändern konnte, dass Mabel ihn liebte.

»Was ist mit Giancarlo?«, fragte Howard schließlich.

Mabel ließ sich Zeit. Eine Affäre mit Giancarlo wäre eine leichte Rache gewesen. Aber als der Zeitpunkt gekommen war, als die Gelegenheit günstig gewesen war, um es Howard mit gleicher Münze heimzuzahlen, war es ihr *zu* leicht erschienen. Aber vielleicht war es nur gerecht, dachte sie nun, wenn Howard Zweifel empfand und sie selbst Gewissheit hatte. Und so ließ sie die Frage nach ihrer Treue noch einige Minuten länger über ihrem Gatten schweben, bevor sie sagte: »Es hat in meinem Leben immer nur dich gegeben.«

Und als hätte er die gesamte Zeit die Luft angehalten und als wäre sie für ihn so lang gewesen wie für Mabel jene sechs Jahre, hatte Howard mit einem langen Seufzer ausgeatmet.

»Ich habe mich schon gefragt, wo mein Parfum ist«, sagte sie nach einer Weile lächelnd.

Sie wusste aus dem Büchlein, dass Howard während ihrer Abwesenheit in ihrem Bett geschlafen und die Kissen besprüht hatte – und eins ihrer Taschentücher, um es in der Tasche bei sich zu tragen. Sie wusste, dass jede Spur von ihr ihn getröstet hatte. Er hatte beschrieben, dass hier zu sein, in diesem Bett, in diesem Zimmer, ohne sie, aber umgeben von allem, was mit ihr zu tun hatte, zu den intimsten Erfahrungen seines Lebens zählte. Er hatte viele einsame Abende und Tage erlebt, war im Haus von Zimmer zu Zimmer gegangen und durch die Gärten spaziert, hatte sich den vergessenen Zeiten gestellt, den hellen und den dunklen Tagen vergangener Jahre. Und trotz allem hatte er währenddessen, auf seiner Reise zurück, den Eindruck gehabt, nach vorne zu gehen und Mabel näherzukommen. Es hatte sich, wie er eines Tages um Frühlingsanfang herum in dem von seiner Frau so geliebten japanischen Garten geschrieben hatte, »beinahe spirituell« angefühlt.

Anders als sein Vater war Howard kein besonders religiöser Mensch, aber Mabel wusste, dass während ihrer langen Abwesenheit etwas in ihm geschehen war. Howard hatte es ein »Wiedererwachen« genannt: eine starke Erkenntnis von Liebe, gepaart mit dem Gefühl unendlicher Dankbarkeit. Als junger Mann habe er das oft so empfunden, hatte er geschrieben, später sei es ihm entglitten.

»Erinnerst du dich noch daran, als meine Haare ganz lang waren und du mir jeden Abend geholfen hast, sie zu flechten?«, fragte Mabel nun, den Kopf auf seiner Schulter, auf dem wiederum seine Hand ruhte.

»Ich erinnere mich gut.«

»Würdest du dir wünschen, ich wäre noch dieselbe? So jung und schön und mit langem, langem Haar, das man jeden Abend flechten muss?«

»Ich habe dich damals geliebt, und ich liebe dich heute noch mehr … genau so, wie du heute bist.«

Mabel hob den Kopf und sah ihn an. »Du hast das Richtige gesagt, aber ich weiß nicht, ob ich dir glauben soll.«

»Das ist die Wahrheit. Ich sehe nicht dein Alter, ich sehe dich. In meinen Augen warst du immer schön – heute vielleicht mehr als je zuvor.«

»Daisy kennt ihre Schönheit nicht. Nicht im Geringsten.«

»Gut für sie.«

»Ihr war es immer egal, wie sie aussieht, wie andere aussehen … völlig anders als Iris. Seltsam irgendwie«, fügte Mabel hinzu. Sie lagen eine Weile schweigend da. »Und sie hat endlich alle Puzzleteile beisammen … alle schön nebeneinander aufgereiht und zum Zusammenfügen bereit.«

»Was meinst du?«

»Dich … Clara, Nellie … und Stephen.«

»Ach ja, Stephen«, sagte er und lehnte seinen Kopf wieder an.

»Machst du dir immer noch Sorgen um sie?«

»Ein wenig schon, aber ich bin auch sehr stolz auf sie.«

»Es war klar, dass sie es sein wird, die irgendwelche Leichen findet.«

Howard lächelte. »Sind es denn Leichen?«

»Nein, in deinem Keller findet sie nur Engel«, sagte Mabel, blickte ihn erneut an und streichelte ihm mit dem Finger über die Wange.

Das Gurren einer Ringeltaube drang durch das offene Fenster herein. Die nur wenige Meter entfernten Geräusche von Geschäftigkeit und Menschen und das Gemurmel von Gesprächen klangen für Mabel nach einer anderen Welt. Einer Welt, nach deren Teilhabe sie in diesem Augenblick keinerlei Verlangen spürte.

»Sie ist nicht allzu aufgebracht wegen Gifford, oder?«, fragte Howard.

»Nein, eher erleichtert, glaube ich … wie alle anderen auch.«

»Das hoffe ich. Ich ertrage die Vorstellung nicht, sie könnte darunter leiden.«

»Ihr Herz ist einigermaßen ungebrochen und treu ergeben. Ich glaube nicht, dass sich an ihren Gefühlen noch etwas ändern wird, jetzt nicht mehr.«

»Und bist du sicher … dass sie ihn liebt?«

»Oh, ganz sicher«, sagte Mabel. »Sie liebt ihn – genau wie ich dich … Ich bin mir nur noch nicht so sicher, ob sie selbst das auch schon weiß.«

Mabel erhob sich vom Bett und lief hinüber ans Fenster. Das Zelt war abgebaut. Wie ein leerer Luftballon lag der weiße Leinenstoff matt und aufgetürmt auf der Wiese. Unten stand Hilda mit einem Tablett Limonade auf dem Kiesweg und lachte und kokettierte mit einem der Männer. In der

Ferne blieb Mrs. Wintrip auf ihrem Spaziergang gerade stehen, beugte sich über einen Rosenstrauch, sprang dann zurück und wedelte mit dem Arm über ihrem Kopf. Mabel lachte. Dann sah sie Daisy. Sie beobachtete, wie sie in großen Schritten auf den Rasen lief, stehen blieb, eine Minute vollkommen still dastand, als denke sie über etwas nach, dann ihre Hände küsste und hinauf zum Himmel hob. Dann sah sie, wie ihre Tochter sich umdrehte und über den Rasen zurück ins Haus marschierte.

»Was sie nun wohl vorhat, frage ich mich. Sie sieht ziemlich entschlossen aus …«

»Sie ist zweifellos auf einer ihrer Missionen unterwegs«, sagte Howard, als er sich zu ihr ans Fenster gesellte. »Denkst du, es war richtig, sie zu Mrs. J. zu schicken, um sie zu fragen?«

»Ja … es obliegt nicht uns, ihre Geschichte zu erzählen.«

Sie standen eine Weile schweigend da, dann sagte Howard: »Weißt du, ich habe manchmal ein schlechtes Gewissen und wünschte, ich hätte mehr getan … Ich kann mir nicht helfen, aber ich bin traurig, dass Stephen und seine Mutter getrennt wurden.«

»Ein schlechtes Gewissen?« Mabel drehte sich zu ihm. »Ach, Liebling, es gibt nichts, weshalb du ein schlechtes Gewissen haben müsstest.«

»Hm, ich weiß nicht …«

»Nein, Daddy, du hast das Richtige getan.«

Howard und Mabel drehten sich um.

Daisy kam zu ihnen herüber. »Du hast das Richtige getan«, wiederholte sie, als sie vor ihnen stand und ihren Vater ansah. »Es war die einzige Möglichkeit … Du wusstest, dass Mrs. Jessop niemandem davon erzählen konnte, du wusstest, dass sie ihrem Mann nichts von dem Kind gesagt hatte. Und sie hat dir vertraut. Sie wusste, sie konnte sich darauf verlassen, dass du es nie jemandem erzählen und dass du ihr Stephen zurückbringen würdest.«

»Nicht ich habe ihn ihr zurückgebracht. Das hat Nellie Wintrip getan.«

Daisy schüttelte den Kopf. »Nein, du hast alles Nötige veranlasst. Alles. Ohne deine Hilfe wäre Stephen in ein Heim geschickt und adoptiert worden, vielleicht … aber er wäre nie bei seiner Mutter aufgewachsen, er wäre niemals hierhergekommen, und ich hätte ihn nie kennengelernt.«

Sie hielt einen Augenblick inne und fuhr dann fort: »Ich dachte, du wüsstest nichts«, sagte sie an ihre Mutter gerichtet. »Als ich an Weihnachten von Margot Vincent erfuhr, konnte ich nicht glauben, dass du es wusstest … dass du es wusstest und sie respektiert hast. Und auf *dich* war ich so wütend«, sagte sie und wandte sich erneut ihrem Vater zu. »Ich habe dich gehasst. Ich habe dich dafür gehasst, dass du meine Mutter betrogen hast und mich ebenfalls, dass du uns alle angelogen hast … Und ich konnte um alles in der Welt nicht begreifen, weshalb Nellie Wintrip und Mrs. Jessop dich so in Schutz genommen haben, warum sie dir so viel Respekt entgegengebracht haben, aber jetzt verstehe ich, warum. Und ich verstehe, warum meine Mutter dich liebt und warum sie dir vergibt … denn das tue ich auch.«

30

Daisy war den ganzen Nachmittag über immer wieder in der Küche gewesen, um Mrs. Jessop zu fragen, ob Stephen schon zurückgekehrt war. Sie hatte Hilda, Mrs. Wintrip, Iris – und alle anderen, die sie finden konnte – gefragt, ob sie ihn gesehen hatten. Aber niemand konnte ihr weiterhelfen. Sie lief über das Grundstück, den Rasen – der von der Feier am Abend zuvor etliche Blessuren davongetragen hatte – und setzte sich auf die Bank im japanischen Garten, versank in die Gedanken an den Sonnenaufgang, an den Tanz. Und je später es wurde, desto verzweifelter war sie.

Es war keine Sache von Leben und Tod, aber es fühlte sich so an. Da war die Enthüllung seiner Mutter, aber sie war nicht der Grund, weshalb sie ihn sehen wollte, und sie wollte sich auch nicht erklären. Da waren Benedict und Tabitha: Aber die beiden waren keinesfalls der Grund. Es war einfach alles andere. Jeder flüchtige Gedanke, der ihr kam und der geteilt werden wollte; jedes Detail, das er darüber erfahren musste, wie sie sich jetzt gerade fühlte. Und dieses *Jetzt* war eine Tortur: der erbärmlich qualvolle Zustand zwischen jedem verstreichenden Augenblick und seiner Anwesenheit.

Es war schon früher Abend, als Daisy durch den Wald ins

Tal lief, seinen Namen rief und dann lauschte, wie er von den Bäumen abprallte und zu ihr zurückkehrte. Sie stand am Bergkamm, betrachtete die unermessliche Wildnis vor sich, suchte nach seiner Silhouette. Dann lief sie denselben Weg durch Nesseln und Farn zurück, durch das noch immer offene Tor wieder in den Hof. Sie hämmerte mit den Fäusten an die Tür.

Der alte Jessop schüttelte den Kopf. »Er ist fort … zurück nach London«, sagte er mit wehmütiger Saumseligkeit.

»Aber wann denn – gerade erst?«

Der Mann nickte.

Daisy drehte sich um und rannte ins Haus zurück.

»Kannst du mich zum Bahnhof bringen?«, fragte sie, als sie in ebenjenem Moment über den Holzboden in Howards Studierzimmer schlitterte, in dem die Ankleideglocke läutete.

»Aber du fährst doch noch nicht zurück nach London, oder?«

»Nein, aber Stephen hat … Er ist auf dem Weg zum Zug.«

Daisy wusste weder, ob ihr Vater gelernt hatte, selbst zu fahren, noch ob es legal war. Den längsten Teil der Fahrt hielt sie sich ohnehin die Augen zu. Als Howard vor dem Bahnhof auf die Bremse trat, sprang Daisy aus dem Wagen und rannte durch den Torbogen. Sie sah den alten Peabody, den Bahnhofsvorsteher, der am anderen Ende des verlassenen Bahnsteigs einen Kübel wässerte, und rannte auf ihn zu.

»Ist er schon fort … ist der Zug nach London schon weg?«, fragte sie atemlos.

»Hallo, guten Tag, junge Miss«, sagte er, während er sich aufrichtete, bereit für ein Gespräch.

»Ist er schon weg?«, fragte sie erneut, in schriller Tonlage.

»Ja, aber Sie müssen sich nicht grämen, der nächste

kommt in ...« Er griff sich an die Brusttasche und zog seine Taschenuhr heraus.

»Nein ...«, sagte Daisy. »Ich will nirgendwohin. Ich muss jemanden treffen, das ist alles.«

»Und um wen handelt es sich da?«

»Stephen ... Stephen Jessop.«

»Ah ja, der junge Jessop.« Er schob die Mütze zurück und kratzte sich am Kopf. »Nun ja, ich bin nicht ganz sicher, aber ich glaube, er könnte im letzten Zug gewesen sein.«

»Zu spät?«, fragte Howard, als sie wieder auf ihn zulief.

Daisy nickte.

»Wir könnten vermutlich nach London fahren ... Weißt du, wo er wohnt? Hast du seine Adresse?«

Daisy schüttelte den Kopf.

Howard streckte die Arme aus und zog sie zu sich heran. Er schloss sie in die Arme, und ihren Vater zu spüren – den sie so sehr vermisst hatte, der so lange kein Teil ihres Lebens gewesen war – genügte. Sie schluchzte an seiner Brust, nässte sein Hemd und die Seidenkrawatte mit ihren Tränen. Sie hörte, wie er ein paar Worte mit Peabody wechselte, nach seiner großen Familie und den Enkeln fragte und sie dabei fest umschlungen hielt. Dann, endlich, hörte sie auf zu weinen und hob den Kopf.

»War wohl wichtig?«, fragte Peabody, neigte den Kopf und lächelte Daisy freundlich an.

»Ja«, erwiderte Howard, »sehr wichtig.« Dann nahm er Daisy an die Hand und verließ mit ihr den Bahnsteig, den Bahnhof und lief zum Wagen.

Sie fuhren langsam, und Howard wählte eine ungewöhnliche Strecke, auf der sie viel mehr Dörfer sahen als zwischen dem Bahnhof und Eden Hall. Daisy saß schweigend da, starrte durch das Fenster auf Hecken und Felder. Sie hatte das Gefühl, all ihre Worte bereits ausgegeben zu haben, als wären sie Pennys, und sie hätte einfach keinen mehr übrig. Die letzten achtundvierzig Stunden waren seelisch und körperlich anstrengend gewesen und die letzten acht Monate einfach zu viel.

Der Wagen fuhr erneut um eine Kurve, eine schmale, sonnenbetupfte Straße hinunter und hielt wenige Minuten später vor einem alten Wirtshaus.

Daisy drehte sich zu ihrem Vater um. »Was tun wir hier?«

»Ich dachte, wir könnten etwas trinken«, sagte er und stellte den Motor ab.

Drinnen bestellte Howard sich Whisky und Soda und für Daisy eine Limonade. Dann überlegte er es sich anders und rief dem Kellner zu: »Bringen Sie uns zwei!«

»Ich weiß nicht, ob ich Whisky mag«, sagte Daisy, als sich die beiden draußen mit ihren Gläsern auf eine Bank setzten.

Howard sah zu, wie Daisy einen Schluck trank, und hob fragend die Augenbrauen.

»Hm ... ganz in Ordnung, schätze ich. Würde vielleicht mit Limonade noch besser schmecken.«

»Ich habe dich vermisst«, sagte er.

Er streckte den Arm zu ihrem Gesicht aus und fuhr mit dem Finger über ihre Wange. »Ich ertrage es nicht, dich unglücklich zu sehen ...«

Sie saßen eine Weile schweigend da, nebeneinander, den Blick geradeaus gerichtet, Schafe blökten auf dem abschüssigen Feld oberhalb von ihnen.

Schließlich fragte er: »Liebst du ihn?«

»Ja«, erwiderte sie.

Mrs. Jessop hatte Hilda früher freigegeben. Das arme Ding war vollkommen verausgabt und nach dem Dinner niemandem mehr von Nutzen. Heute war auch Nancys freier Tag, und so hatte Mrs. Jessop die Wäsche alleine erledigt, hatte leise vor sich hin gesummt, während sie aus dem Küchenfenster sah, gelächelt, sich an den Glanz des vergangenen Abends erinnert. Wie hatte ihre Cousine Nellie so treffend formuliert? Nie wieder würden sie »einen Empfang solcher Größe« erleben. Sie hatte gerade ein Leinenhandtuch geholt, um mit dem Abtrocknen zu beginnen, als Mr. Forbes hereinkam, mit zwei Gläsern in der Hand.

Er bat sie, Platz zu nehmen, reichte ihr ein Glas und sagte: »Ich weiß, Sie mögen Sherry zu Weihnachten. Heute ist zwar nicht Weihnachten, aber ich dachte, vielleicht … nun ja, ich dachte, Sie würden sich heute vielleicht auch über einen freuen.«

Er war immer so freundlich, dachte Mrs. Jessop. Fürsorglich. Immer schon. Und noch dazu war es ein recht großes Glas. Er sagte: »Ist das Leben nicht ein merkwürdiges, altes Spiel, Clara?« Er hatte sie seit Jahren nicht mehr bei ihrem Vornamen genannt, schon vor ihrer Hochzeit nicht mehr, bevor sie Köchin wurde. »Wie dem auch sei – zum Wohl«, sagte er. Sie ließen ihre Gläser klirren und tranken einen Schluck. »Ich hoffe, es war alles in Ordnung mit Stephen … bevor er abgereist ist.«

»Bevor er abgereist ist?«

»Bevor er zurück nach London gefahren ist.«

Clara schüttelte den Kopf. »Er ist nicht nach London gefahren. Er war den ganzen Tag unten im Tal … und ist gerade erst zurückgekommen. Aber er hatte keine Zeit, mit mir zu reden«, sagte sie und täuschte mit einem Augenklimpern eine kleine Enttäuschung vor. »Er hat gesagt, er habe noch etwas Wichtiges zu erledigen«, fügte sie hinzu.

Howard starrte sie an. »Er ist noch *hier?* Aber der alte Jessop – Isaac – hat Daisy gesagt, Stephen sei schon nach London zurückgefahren.«

Clara verdrehte die Augen gen Himmel. »Dieser Mann wird immer schlimmer und …«

»Wo ist Stephen jetzt?«

»Im Cottage, denke ich.«

Aber da war Howard bereits auf den Beinen. »Ich bin gleich wieder da«, rief er über die Schulter, als er im Korridor verschwand. Clara nahm noch einen Schluck aus ihrem Glas. Sie konnte sich nicht erklären, was so eilig war, aber sie hoffte, er würde Stephen nicht herschleifen, damit er hier mit ihnen zusammensäße. Sie wollte es Stephen gern allein erzählen. Minuten später hörte sie die Hintertür zuschlagen und Howard Forbes' unverkennbare Schritte auf dem Kachelboden. »Es dauert nur eine Minute«, sagte er, als er hinter ihr durch die Küche und durch die andere Tür hinausstürmte. Und als Clara erneut einen Schluck aus ihrem Glas nahm, meinte sie, ihn die Treppe hoch nach Daisy rufen zu hören.

Einige weitere Minuten verstrichen, bis er wieder erschien – die Sherry-Karaffe im Arm – und sich erneut an den Tisch setzte. Er lächelte ihr zu, seine dunklen Augen leuchteten. Er war solch ein stattlicher Mann: Verständlich, dass sich ihm die Frauen an die Brust warfen, dachte sie. Er schenkte nach, und sie stießen erneut auf ihr Wohl an. Er sagte: »Alles in bester Ordnung, Clara. Sie müssen sich um nichts Sorgen machen … Und wenn Sie mich brauchen, wenn ich mit Stephen über Michael reden soll, dann bin ich mehr als bereit dazu.«

»Nein«, sagte sie, »es ist besser, wenn ich mit ihm rede, ihm alles erkläre … zu Beginn jedenfalls. Aber vielleicht später; ja, später wäre es schön, wenn er noch von jemand anderem etwas über seinen Vater erfahren würde. Und Sie kannten ihn, ja, Sie kannten Michael.«

»Das ist richtig, und ich erinnere mich gut an ihn.«

»Stephen ist genau wie er, nicht wahr?«

»Auf unheimliche Art, ja.«

»Erinnern Sie sich an den Tag auf Clanricarde, als in Ihrem Studierzimmer alles umgebaut wurde und Sie zu ihm sagten, Sie haben zu Michael gesagt: ›Meine Schränke lassen wir gerade mal beiseite, was ist mit meiner Clara? Wann machen Sie eine ehrenwerte Dame aus ihr?‹ Er hat noch am selben Tag um meine Hand angehalten.«

»Ja, und ich glaube, ich habe einen Toast ausgebracht …«

»Das haben Sie! Sie haben eine Flasche *echten* Champagner aus dem Keller geholt. Meine Güte, wie der geknallt hat, und dann – erinnern Sie sich noch? – schoss der Korken heraus und traf den Kronleuchter! Und Sie haben gesagt: ›Auf Michael und Clara, auf ein langes, glückliches Leben …‹«

»Tja, man sollte das Schicksal nicht herausfordern, Clara, aber ich glaube, wir werden schon bald wieder einen Korken knallen lassen und anstoßen … Ich glaube, wir werden schon *sehr* bald wieder in den Genuss eines guten Champagners kommen.«

Clara wusste nicht, was er damit meinte, mochte aber nicht nachfragen – nachdem er das Schicksal erwähnt hatte und sie ohnehin schon so gerührt war. Sich an die Zeit und an Stephens erste Monate zurückzuerinnern hatte sie schon den ganzen Tag zittrig gemacht.

Aber es waren seltsame Monate gewesen, ein seltsames Jahr, dachte sie später, nachdem Mr. Forbes gegangen war. Und sie kam immer noch nicht über Nancys Verlobung mit Mr. Brown, dem Butler von Beacon House, hinweg. Ohne sie würden sie an Weihnachten ganz schön unter Druck stehen, selbst wenn Hildas jüngere Schwester aushalf. Warum Nancy allerdings – für eine Vergnügungsreise – ein Schiff besteigen wollte, lag jenseits ihres Verständnisses. Die *Titanic* würde sie bis ans Ende ihrer Tage von Schiffen fernhalten. Nicht, dass sie je auf einem gewesen wäre – und das würde sich auch gewiss nicht ändern. Nein, die Vorstellung, draußen im Meer mit einer Horde Fremder auf einem Boot festzusitzen … Sie schüttelte den Kopf. Sie konnte sich nicht mehr recht entsinnen, welches Reiseziel Nancy genannt hatte, aber es war eine warme Gegend voller Inseln gewesen.

Eins jedoch musste Clara Mr. Brown lassen: Er hatte sich sehr aufmerksam um Nancy bemüht. Die Romanze, wenn es denn eine war, hatte um Ostern erste Knospen getragen, als Mr. Brown vorbeigekommen war, um Nancy zu einem frühen Abendspaziergang abzuholen. Nancy hatte gesagt, er sei ganz anders, als man anfangs denke, er habe sehr viel Humor und die Manieren eines wahren Gentleman. Letzteres war, wie Clara wusste, Nancy besonders wichtig.

Vorhin hatte sie Nancy getroffen, als sie von einem ihrer gemeinsamen Spaziergänge zurückgekehrt war und ausgesehen hatte, als hätte sie sich in der Heide gewälzt. Erde und Blätter hatten an ihrem Kleid und in ihrem Haar geklebt. Sie hatte Clara verlegen angesehen, schuldbewusst, und war rot angelaufen.

»Du siehst aus, als wärst du rückwärts durch eine Hecke

gelaufen«, hatte Clara gesagt, als Nancy im Dienstbotenzimmer erschienen war.

»Oh.« Nancy war noch mehr errötet, strich ihr Kleid sauber und machte sich an ihrem Haar zu schaffen. »Ich bin ausgerutscht.«

Clara hatte gelächelt und sich umgedreht. Sie wusste Bescheid über turtelnde Paare, die in der Heide oder im hohen Gras ausrutschten.

Als Nancy ihr erzählt hatte, sie überlege, mit Ralph – wie er inzwischen hieß – eine Vergnügungsreise zu unternehmen, hatte Clara sich Sorgen gemacht, allerdings nur, weil sie nicht wollte, dass Nancy noch einmal vom Leben gestraft wurde. Dass ihre Hoffnungen geweckt und wieder zerstört wurden. Aber Nancy betonte, sie seien in erster Linie Freunde, und die Veränderungen würden ihr guttun.

Ja, Veränderung war genauso gut wie Erholung, und die Reise würde Nancy gewiss wohl bekommen … solange sie nicht seekrank oder Ralph Browns überdrüssig wurde, dachte Clara, und versuchte sich einen Moment lang ihre Freundin auf einem Schiff vorzustellen. Aber sosehr sie sich auch bemühte, sie hatte immer nur die sinkende *Titanic* vor Augen.

Clara lief zum Sessel neben dem Herd. Sie machte es sich darin bequem und nahm einen Schluck von dem warmen Getränk in ihrem Glas. Sie musste gar nicht die Augen schließen. Sie konnte ihn auf dem Feld erkennen, konnte ihn sehen, er war noch immer dort und wartete, dass sie sich zu ihm gesellte …

Die Sonne steht hoch am Himmel, und die Wiese ist üppig und voller Goldrosen und Mohnblumen. Sie hört den Bach plätschern, das Summen der Bienen, sonst nichts. Sonst nichts. Er sagt: »Hier ist es vollkommen.« Er sagt: »Du bist vollkommen.« Er sagt: »Erinnere dich immer daran.«

Sie würde es nie vergessen.

Stephen hatte das Glas geputzt und poliert, sodass es beinahe aussah wie neu. Es hatte eine Weile gedauert, bis er sie gefunden hatte, fast den ganzen Tag, aber er war fest entschlossen gewesen. Er hatte mit den Füßen getastet, hatte Heidekraut und Farn und Ginster beiseitegeschoben, war hin und her gelaufen, hatte das Gebiet durchsucht, auf das Daisy gezeigt hatte, als sie gesagt hatte: »Dort ist sie gelandet.« Die Letzte, die er hier erwartet hatte, war Nancy gewesen, die – Hand in Hand – mit dem Burschen von Beacon House spazieren ging. Und weil ihm nichts anderes eingefallen war, kein guter Grund, weshalb er hier war und die Heide durchkämmte, hatte er ihr erzählt: »Ich suche nach Daisys Schneekugel. Sie hat sie letzte Weihnachten von da oben hinuntergeworfen«, hatte er gesagt und hinauf zum Bergkamm genickt, »und mir erzählt, dass sie irgendwo hier gelandet ist.«

»Ach ja, letzte Weihnachten«, hatte Nancy gesagt, als wüsste und verstünde sie, weshalb *damals* jemand so etwas getan hatte.

Nancy hatte darauf bestanden, ihm beim Suchen zu helfen, und Stephen hatte mitbekommen, wie sie ihrem Begleiter einen flüchtigen Kuss auf die Wange gedrückt und gesagt hatte, sie würden sich dann später sehen. Und Stephen erfuhr in der anschließenden Stunde mehr über Nancy als in den gesamten achtzehn Jahren zuvor. Während sie mit ihm das Farn und die Heide durchsuchte, erzählte sie Stephen alles über ihren Verlobten, John Bradley, der in der Schlacht an der Somme gefallen war: über seine Farm und ihre Zukunftspläne, seine Liebe zu diesem Teil des Landes und seine Liebe zu ihr.

»Wir wünschten uns beide eine große Familie«, sagte sie und sah lächelnd in die Ferne. »Ja … sieben, haben wir immer gesagt … denn sieben ist eine Glückszahl. Vier Jungen und drei Mädchen, dachte ich. Aber nur, weil John die Jungen zum Arbeiten auf der Farm brauchen würde.«

Als Stephen die Kugel schließlich in einem Gestrüpp aus wilden Rosen und Heckenkirschen fand, umrandet von Zaunrüben, das Glas unversehrt und in der frühen Abendsonne schillernd, hatte er sich gefühlt wie Howard Carter, als er das Grab von Tutanchamun entdeckt hatte. Er hatte sie aufgehoben und geküsst. Und während er sie an seiner Brust hielt und die Augen für einen kurzen Moment schloss, hätte er schwören können, dass er ein schwaches Zittern spürte, und konnte nicht anders, als an Daisys Herz zu denken. Und dann kam Nancy und küsste ihn auf die Wange.

Sie sagte: »Ich hoffe, das Mädchen weiß, was es an dir hat, Stephen Jessop … was es haben könnte.«

Die Kugel an die Brust gepresst, hatte Stephen Nancy nachgesehen, wie sie den Hügel wieder hinaufgeklettert und unter den Bäumen verschwunden war, die die Grenze von Eden Hall markierten, und er wünschte ihr, dass sie in diesem Leben eine neue Liebe fand. Sie würde nie ihre glücklichen Sieben mit dem Mann bekommen, den sie geliebt hatte, das nicht. Aber sie verdiente ein wenig Glück, verdiente es, geliebt zu werden.

Als Mr. Forbes später in der Küche im Cottage erschien, wunderte sich Stephen. Gar nicht so sehr über sein Kommen, sondern über die Art und Weise: Er hatte nicht einmal geklopft, sondern war hereingestürmt – als wäre gerade ein Kind geboren worden.

»Stephen«, sagte er und streckte lächelnd die Hand aus. »Ich glaube nicht, dass ich jemals in meinem Leben glücklicher war, jemanden zu sehen.«

Als Stephen die Hand ergriff, zog Mr. Forbes ihn zu sich heran und umarmte ihn fest. Das war einigermaßen unangenehm. Er war schließlich nicht aus dem Krieg zurückgekehrt: Er war lediglich unten im Tal gewesen.

»Ich muss dich etwas fragen«, sagte Mr. Forbes und trat mit ungewöhnlich festem und funkelndem Blick einen Schritt zurück. »Ich muss dich fragen, ob du Daisy liebst … und bitte sage mir die Wahrheit.«

Die Wahrheit. Sie zählte nicht zu den Dingen, mit denen Howard Forbes in letzter Zeit besonders verschwenderisch umgegangen war. Aber diese Frage konnte Stephen unzweideutig und ohne zu zögern beantworten.

»Ja, Sir«, sagte Stephen und sah ihm in die Augen, »das ist richtig. Ich liebe sie.«

Howard Forbes nickte. Er rieb sich die Hände. »Das Leben ist kurz«, sagte er, »für manche *zu* kurz …« Er sah auf. »Könntest du mir einen Gefallen tun, Stephen? Könntest du zum Haus herüberkommen, etwa in …« Er schüttelte den Kopf. »Nein, nein – nicht zum Haus. Könntest du mich am Teich treffen … sagen wir in einer halben Stunde?«

Stephen zuckte die Schultern. »Ja, natürlich«, sagte er. »Obwohl ich eigentlich vorhatte, mich mit …«

Aber da war er schon verschwunden.

Dann kam er zurück: »Ach so, Stephen, bitte kein *Sir* oder *Mr. Forbes* mehr. Wir kennen uns jetzt lange genug, um die Formalitäten abzulegen, findest du nicht? Ich heiße Howard.«

Stephen nahm seine Jacke vom Haken hinter der Tür, steckte die Kugel in seine Tasche und verließ das Cottage. Er hoffte, dass Mr. Forbes – er konnte ihn unmöglich ab jetzt Howard nennen, dachte er – ihn nicht zu lange aufhielt und er noch Daisy suchen konnte.

Mabel und Howard standen gemeinsam an Daisys Schlafzimmerfenster und beobachteten ihre Tochter, die unter dem leuchtend flimmernden Himmel wartete.

Mabel drückte Howards Hand. »Ich wünschte, er würde sich beeilen«, sagte sie.

»Er wird schon kommen.«

Aber Mabel war nervös. Dafür sorgten ihre Zweifel. Und die Unzuverlässigkeit ihres eigenen Vaters. Howard war der einzige Mensch, dessen sie sich immer gewiss gewesen war, und das seltsamerweise sogar in den – wie sie jetzt sagten – Wüstenjahren.

Mabels Lippen zuckten, dann schob sich ein Mundwinkel nach oben. Sie hatten es geschafft. Sie hatten ihre Krise bewältigt, hatten an ihrer Ehe festgehalten und ihre Entfremdung überwunden. Fünfundzwanzig Jahre – diese lange Spanne hatten sie gemeinsam überquert.

Gemeinsam hatten sie den Beginn eines neuen Jahrhunderts erlebt, den Tod einer Königin und Regentin und den Krieg; und Autos, Flugzeuge, Fernsprechgeräte, das Grammofon und das Radio. Es war schwer, sich vorzustellen, was noch alles erfunden werden oder sich ändern würde. Aber das Geschäft, *Forbes and Sons*, ein Familienbetrieb, der zwei Jahrhunderte überdauert hatte und gewachsen war, war am Ende, zumindest bald.

Die Zeiten hatten sich geändert, Menschen hatten ein

Vermögen gemacht und wieder verloren, sie würden weitere machen und wieder verlieren. Das war, wie ihr Gatte gesagt hatte, der Lauf der Dinge und würde auch dann noch andauern, wenn sie schon lange nicht mehr auf der Erde weilten. Wo es ihre Töchter hinverschlagen würde, wie sie und mögliche Enkelkinder leben würden, wusste Mabel nicht. Sie war sich nur über eins im Klaren: dass ihr Herz dem Mann an ihrer Seite gehörte. Er war die Liebe ihres Lebens – ihre erste und einzige Liebe –, und nun wusste sie, dass er es auch bis ans Ende ihrer Tage bleiben würde.

Daisy wusste es. Sie hätte nichts dagegen tun können. Ihr Leben hing an seinem, jede schöne Erinnerung drehte sich um ihn, jeden zauberhaften Augenblick hatte sie mit ihm verbracht. Und eine Zukunft, in der er nicht ihr Mittelpunkt war, mochte sie sich nicht ausmalen.

Sie hatte keine Ahnung, woher ihr Vater wusste, dass Stephen zurück war oder dass er zum Seerosenteich kommen würde, aber es kümmerte sie auch nicht. Es zählte nur, *dass* er zurück war. Aber liebte er sie noch immer? Viele Monate waren verstrichen, seitdem sie seine Zeilen gelesen hatte – die ihr noch immer so erfrischend und atemberaubend erschienen wie die klare Abendluft: *Ich liebe Dich GANZ … alles an Dir …* Was war wohl mit diesem Brief geschehen? Hatte er seine kostbaren Worte vernichtet, zerrissen und ins Feuer oder in den Papierkorb geworfen? Waren sie und die Leidenschaft dahinter vergangen … für immer? Diese Vorstellung bekümmerte ihr Herz. Und dann begriff sie: Die Worte würden nie vergehen, denn sie waren gelesen worden, gelesen, verschlungen und für immer eingeprägt worden – von dem Menschen, an den sie gerichtet gewesen waren.

Sie saß auf der Bank am Teich, lächelte und sah nach oben. Und mit dem Blick gen Himmel dachte sie über das außerordentliche und unerklärliche Wesen der Liebe, verschiedener Arten von Liebe nach, die in all den Jahrtausenden und Jahrhunderten so unendlich, so unterschiedlich war. Welche geheimnisvolle Chemie, fragte sie sich, ließ zwei Menschen wissen und verstehen, dass sie zusammengehörten, dass ihr Leben nur gemeinsam vollständig und vollkommen sein würde? Wer oder was hatte eine so großartige Chemie erschaffen?

Dann rief ihr eine Eule zu – auffallend, zitternd, klar, eine Verbindung schaffend. Die Tannen begannen zart zu schimmern, und winzige Sterne tauchten auf. Diamanten am Himmel, dachte sie. Das Universum war nie schwarz und weiß gewesen. Und wie in einer Offenbarung, einer tiefgreifenden, augenblicklichen Verbindung, in der sie und die Erde und der Mond und die Sterne – und all das, was sie gewesen war und werden würde – miteinander verschmolzen und eins wurden, begriff sie schließlich, wie klein sie selbst war und wie groß ihre Liebe.

Als sie seine Nähe spürte, stand sie auf; als sie seine Schritte hörte, drehte sie sich um. Und begierig, zitternd, wehrlos vor Leidenschaft und mit nur einem Wort – seinem Namen – auf den Lippen, trat sie auf ihn zu und vergrub ihr Gesicht in seiner Wärme. Sie klammerte sich an ihn, während sie sich wiegten, sanft wiegten, genau wie bei Sonnenaufgang.

»Lass mich nie wieder los.«

»Das muss ich leider«, sagte er. »Aber nur für einen Augenblick, denn ich habe etwas für dich.«

Und mit einem tiefen Blick in ihre Augen griff er in seine

Tasche, öffnete ihre Handfläche und legte die Schneekugel hinein.

»Du hast sie gefunden …« Sie sah ihn erneut an. »Du hast sie gefunden, und du bist hier, obwohl ich dachte, du wärst fort.«

Er schwieg. Er nahm ihren Kopf zwischen seine Hände, beugte sich zu ihr hinunter und küsste sie. Und küsste sie. Und küsste sie.

Daisy konnte nie sagen, wie lang dieser erste Kuss gewesen war, wobei Stephen immer behauptete, er hätte so lange gedauert, bis auch das letzte Licht auf Eden Hall verloschen war. Seinen Kindern und später seinen Enkeln würde er erzählen, dass er elf Jahre warten musste, bis er das Mädchen küssen durfte, in das er sich mit elf verliebt hatte; dass er bei Sonnenaufgang mit ihr getanzt und sie schließlich bei Sonnenuntergang geküsst hatte. Und jedes Jahr zu Weihnachten, wenn die Schneekugel ausgepackt wurde, erzählte er die Geschichte erneut: von dem Spätsommertag, an dem er eine Schneekugel, seine Mutter *und* seine Frau gefunden hatte.

Danksagung

Zunächst einmal ein besonderer Dank an Ellen Edwards, meine Lektorin, für ihre Geduld und guten Ratschläge, und an das ganze Team bei NAL/Penguin Random House; ein besonderer Dank auch an meine Agentin Deborah Schneider von Gelfman Schneider in New York und an Sam Copeland bei Rogers, Coleridge and White in London.

Vielen Dank an die wunderbare Jo Rees und an Doug Kean und an meine Freunde und ersten Leser: Harriett Jagger, Rivinia Ahearne, Dixie Jenks und Sophie Durlacher. Danke auch an Tim O'Kelly und meinen Lieblingsbuchladen: One Tree Books in Petersfield/Hampshire. Einen riesigen und tiefempfundenen Dank an all meine Leser und Leserinnen und an meine Freunde und Follower bei Twitter und Facebook. Und wie immer sende ich Bella, Max und Jeremy meine ewige Liebe.

Schließlich bin ich meiner Agentin und Freundin Ali Gunn auf ewig zu Dank verpflichtet. Sie starb in der Schweiz, als ich *Die Rose von Eden Hall* schrieb. Ihre außerordentliche Leidenschaft für das Leben und ihr Glaube an mich werden auch weiterhin eine Inspirations- und Kraftquelle für mich bleiben.

JK
Hampshire, England
September 2014